"近现代中法文学与文化交流研究"丛书

彭玉平　郭丽娜　主编

国家社科基金重大项目（19ZDA221）阶段性成果

环旅与邂逅、想象与诠释

近现代法国文学中的世界与中国书写

郭丽娜　执行主编

Voyages and Encounters, Imaginations and Interpretations: The World and China in Modern French Literature

SPM 南方传媒 | 广东人民出版社

·广　州·

图书在版编目（CIP）数据

环旅与邂逅、想象与诠释：近现代法国文学中的世界与中国书写 / 郭丽娜执行主编. —广州：广东人民出版社，2022. 11
（“近现代中法文学与文化交流研究”丛书 / 彭玉平、郭丽娜主编）
ISBN 978-7-218-15895-2

Ⅰ. ①环… Ⅱ. ①郭… Ⅲ. ①文学研究—法国—近现代 Ⅳ. ①I565. 064

中国版本图书馆 CIP 数据核字（2022）第 129968 号

HUANLÜ YU XIEHOU、XIANGXIANG YU QUANSHI:
JINXIANDAI FAGUO WENXUE ZHONG DE SHIJIE YU ZHONGGUO SHUXIE
环旅与邂逅、想象与诠释：近现代法国文学中的世界与中国书写
郭丽娜 执行主编

出 版 人：肖风华

责任编辑：周惊涛
封面设计：彭 力
责任技编：周星奎

出版发行：广东人民出版社
地 址：广州市越秀区大沙头四马路 10 号（邮政编码：510199）
电 话：（020）85716809（总编室）
传 真：（020）83289585
网 址：http://www. gdpph. com
印 刷：广州市豪威彩色印务有限公司
开 本：787mm×1092mm 1/16
印 张：17. 5 字 数：310 千
版 次：2022 年 11 月第 1 版
印 次：2022 年 11 月第 1 次印刷
定 价：68. 00 元

编委会成员

总　序

彭玉平

中国与法国是亚欧大陆的一对对踵点。语言和历史文化之差异，并不妨碍两个在自然地理上具有高度相似性的国家都敬畏自然、热爱土地和向往海洋，孕育多样之人类文明，培养高雅之审美情趣。

中华文明源发多地，而中原则为其荦荦大端。九州之内，依山傍海，五岳矗立，平原广袤，东倚太平洋，南达印度洋，农耕文化与海洋文化并存。《诗经》崇尚自然，讴歌农事，所谓“载芟载柞，其耕泽泽。千耦其耘，徂隰徂畛”，即言其事也。而明代郑和七下西洋，则是对海洋文明的有力拓展，也是欧洲地理大发现之前史上规模最大之海上探险旅行，极大地促进了文化交流。

法兰西文化共同体起源于文艺气息浓厚之巴黎盆地，西邻大西洋，南望地中海。古典主义时期，重农学派代表人物魁奈坚持“君主和人民决不能忘记土地是财富的唯一源泉，只有农业能够增加财富”，“农人穷困，则国家穷困；国家穷困，则国王穷困”的理念。为此法王路易十五曾亲耕籍田。年鉴学派建构“整体史”（total history），第二代领军人物、集大成者费尔南·布罗代尔眷恋法国南部的橄榄树和葡萄园之海，也热爱狭长桨船和圆形商船的蓝色之海。他借用普罗旺斯谚语“赞美海洋吧！但要留在陆地上”，表达依托土地、向往海洋之意。中法两国据陆地而向海洋的精神，堪称神韵略似。

中法两国尽管相隔万里之遥，彼此间却未曾间断过联系，停止过接触。西方大航海时代拉开帷幕不久，法籍传教士取代葡籍传教士，成为远东文化活动之主力。海洋推动人流、物流和信息流的全球性流动，在不知不觉中改变了欧陆知识体系和欧洲人的认知模式，为欧洲发生思想变革埋下了种子。法籍传教士东来，既促成路易十四凡尔赛宫廷和康熙紫禁城的对话；也因诸传教群体介入典籍术语翻译之争，而激化中国礼仪争论。这场东西文化交流史上中欧双方能以平等文化身份参与的思想讨论，原本牵涉神义，却意外地为中华典籍及其所蕴含之东方文化精髓通达欧陆打开渠道，对业已开始的启蒙运动起到推波助澜之效。以法国学者狄德罗为代表的欧洲百科全书派，编写具有真正人类知识体系意义的百科全书，推介世俗知识，动摇了神权知识论。《科学和美术史文集》的作者们与伏尔泰和百科全书派展开论战，维护神义。中国古典学对欧洲启蒙运动产生思想启迪，是西方全球知识体系建构过程中之自觉行为。

与东学西渐同行的是，文化交往的另一向度——西学东渐。明末江南士子学人倡导“经世致用”之学风，西来学说与此契合，与“崇实黜虚”和“经世应务”之学术心理产生共鸣。西来之士导入算学、地图学、天文学、机械学、水利学和铸炮技术等科技知识，开拓江南士人的视野。徐光启和李之藻为首之“西学集团”积极倡导，东林学派和复社士子大力推动，促成科技会通、新学旧学融会贯通之靓丽风景，成就了江南地区在中国近现代学术史和世界知识史上之独特地位，也为学术之浙粤递嬗做好了充分的前期准备。

后续中法交往不断深入。历史与学术同相，有其不可抗拒之规律，也偶有侧滑。只要立意为善，自有意想不到之功。鸦片战争之后，全球化进程加速。战争折射出经济利益分配争端、法律条文解读差异和文化习俗误读等诸多内容，错综复杂。《中法黄埔条约》以及后续若干中外条约签订，没有改变世界之不平等面貌，不过仍然有肯定对话和文化交流之必要。

不论对于东方还是对于西方，相遇的磕磕碰碰，是全球化进程中不可缺失之环节。近观全球化，当然迷雾重重，疑窦丛生，不过历史车轮向前，科技发展，学术进步，数理化、语言学、心理学和计算机科学等自然学科以及文史哲、博物学、人类学、社会学和法学等人文社会学科，既实现门类化和专业化，又交叉发展，则是不可否认之事实与史实。王阳明心学以心为理，知行合一而后致良知。法国思想家利科指出历史和真理之辩证关系，请读者发挥思辨能力，在史学家之“正确”主观性上自我构建一种属于“人”之“高品位”主观性。由此可见，东西方思想在哲学层面上是有相通之处的，均重视主体之能动性。如今处于互联网高科技时代，人对自然和社会的认识，较之以往任何一个时代，更加深入透彻，那么我们是否有更为高超之智慧，来面对当下，构思人类命运共同体这一全球价值观呢？

亚欧大陆是一片完整大土地，亚洲和欧洲之界限主要体现在自然地理上，而非文化精神上，此即钱锺书所谓“东学西学，道亦攸同”之义也。王国维花费了近10年时间沉浸在西方哲学、美学之中，但他后来幡然醒悟说：“因此颇知西人数千年思索之结果，与我国三千年前圣贤之说大略相同。”他们都看到了中西文化彼此相通的特点。从文化流播之历史长时段看，汉唐之际佛教东传，印度、波斯和希腊化艺术传统在东亚艺术上留下印记；宋元之时东亚艺术和物质文化沿陆上丝绸之路反哺欧洲；西方大航海时代和中国明清时代，亚欧之间在海上丝绸之路再现文化和艺术之东传西渐，为当今之全球化或世界化时代奠定基础。而无论哪一次文化碰撞，均表现出惊人之想象力与非凡之创造力。

本丛书以“中法文学与文化交流”为题，是聚焦亚欧大陆上两个历史悠久的国家间之文学和文化交往，旨在集中主题，讨论近现代史上主要人物的活动或主要事件的发生，毫无画地为牢、局限于中法或亚欧交流之意；相反，试图抛砖引玉，突破地理界限，思考人类命运共同体问题。不过编者亦有自知之明，绝无意图、也无能力解决全球文学和文化交往史或世界文学和文化交往史之重大疑难。人类生活在地球之上，留下了无数印记，有图文，有音像；有写实，有想象。有的有迹存留，有的早已灰飞烟灭。人文社会科学，研究的是“人”之整体问题，古往今来，林林总总，只能择其要点，释其要义，力抓关键。学术务求“竭泽而渔”，而庄子警示“以有涯随无涯，殆已”。或许倾力而为，以稍纵即逝之“有涯”，由此及彼，以小见大，即便管窥蠡测，或可略“知无涯”，更说不定还有“山重水复疑无路，柳暗花明又一村”之学术新境生矣。

是为序。

目　录

导　言 …………………………………………………………………… 郭丽娜 1

“安菲特利特号”与法国耶稣会

比中国人更像中国人
——17—18 世纪法国在华的耶稣会士
…………………………［法］弗朗索瓦·穆罗（François Moureau）著
桑　瑞译　程曾厚校 7

“安菲特利特号”与 18 世纪法国的“中国器物热”和“中国风”
………………………［法］布里吉特·尼古拉（Brigitte Nicolas）著
郭丽娜译注 31

康熙年间两广总督石琳与法国船“安菲特利特号”的广州之行
………………………………………［法］梅谦立（Thierry Meynard） 58

从法国“安菲特利特号”船远航中国看 17—18 世纪的海上丝绸之路
…………………………………………………………………… 耿　昇 82

国王的船只“安菲特利特号”旅行报告：1698 年，从好望角往广州
……………………………………………………………… 佚　名著
郭丽娜译　梅谦立注 98

巴黎外方传教会童文献（Paul Hubert PERNY）

皈依中华的法国汉学家童文献（1818—1907）
——生平及其汉学贡献 ………［法］沙百里（Jean Charbonnier）著
周晓艺　张浩健译　郭丽娜校 107

童文献的科学研究述评 ………………………………………………………… 郭丽娜 125

谢阁兰（Victor Segalen）与多样美学

维克多·谢阁兰的《古今碑录》：一部汉法双语的“现代诗”集
…………………………………… ［法］包世潭（Philippe Postel）著
郭丽娜译注 147
认知危机与美学实现
——对谢阁兰小说《天子》的阐释 ……………………………… 邹　琰 167
从独语到对话：维克多·谢阁兰与程抱一跨文化书写之异同 …… 邹　琰 175
瓦赞、拉尔蒂格和谢阁兰考古团报告
…………………………………… ［法］谢阁兰（Victor Segalen）著
别　致译　郭丽娜校 184
中国雕刻艺术的多种起源 …………… ［法］谢阁兰（Victor Segalen）著
别　致译　郭丽娜校 191

特约专题

饶宗颐的“小学校”与法国皇港小学校：中法古典学之精神共鸣
………………………………………………………………………… 李晓红 217
“中国文化和中国人民的友谊向我展示了中国特有的人文主义的宽厚”
——忆恩师汪德迈先生 ………………………………………… 李晓红 237

作者和译者简介 ……………………………………………………………… 264
致　谢 ………………………………………………………………………… 266

Contents

Introduction Guo Lina 1

Amphitrite and the French jesuits

More Chinese than the Chinese: French Jesuits in China during the 17th and 18th centuries François Moureau 7

Amphitrite and the vogues of chinoiserie and lachinage during the 18th centuries in France Brigitte Nicolas 31

Shilin, governor of Liang Guangs and the commercial travel of *Amphitrite* in Canton during the reign of Emperor Kangxi Thierry Meynard 58

The Maritime Silk Road of the 17th and 18th centuries: from the perspective of French ship *Amphitrite*'s voyage to China Geng Sheng 82

Relation du Voyage fait par le Vaisseau du Roy nommé *l'Amphitrite*, depuis le Cap de Bonne Espérance jusqu'à Kanton, en la Chine, en l'année 1698 Anonyme 98

Paul Hubert Perny of the MEP

Le parcours et les contributions de Paul Hubert Perny (1818-1907), missionaire sinologue converti par la Chine Jean Charbonnier 107

Comment on Paul Hubert Perny's sinologique works Guo Lina 125

Victor Segalen and his diversity theory

Victor Segalen's *Stèles*: Ambition of a modern poetry in French and Chinese languages Philippe Postel 147

Cognitive crisis and aesthetic realization: Interpretation of Victor Segalen's novel

Le Fils du ciel Zou Yan 167

From monologue to dialogue: Similarities and differences of the transcultural writing between Victor Segalen and Francois Cheng Zou Yan 175

Rapport sur les résultats archéologiques de la mission Voisins, Lartigue et Segalen Victor Segalen 184

Les origines de la Statuaire de Chine Victor Segalen 191

Special Issue

Jao Tsung-I Petite École of Hongkong University and *Les Petites-Écoles de Port-Royal*: consonance between Chinese classics and French classics Li Xiaohong 217

"Chinese Culture and the friendship of Chinese People show me the Chinese humanism." —In commemoration of Mr. Léon Vandermeersch Li Xiaohong 237

Contributors and translators 264

Acknowledgement 266

导　言

郭丽娜

交流的意愿，始于人与生俱来的求知欲和好奇心。对外面世界的向往，能够孕育包容之德。古人云："有朋自远方来，不亦乐乎？"又云："不行万里路，不读万卷书，欲作画祖，其可得乎？"今人笃信，走出去，世界就在眼前；走不出去，眼前就是世界。

当代艺术哲学认为艺术品与文明是相关的，艺术品之所以成为艺术品，是因为它被人为地切断了它与现实的联系，放到"真"的序列，失去实用性，成为非常主观的审美对象或研究对象，让人得以借此而展开想象。用艺术的思维"凝视"文献和档案，思考当中的人和事，或许可以穿越历史、文学与思想的迷津，反观当下，展望未来。

中法文化交往的首个高峰期，出现在西方大航海时代之后。随着全球化的推进，双方在经济、政治和文化各层面的交往日益深入。本书从海上环球旅行切入，在横跨3个世纪的时段里，从不同角度叙述中法交往的主要人物和主要事件，管窥两个语言相异而文化心理相似的共同体在偶遇之时相互想象和诠释的状况。本书集中讨论3个专题，分别是"安菲特利特号"商船与法国耶稣会、巴黎外方传教会的童文献、法国诗人谢阁兰（Victor Segalen，1878—1919）及其多样美学思想；此外收录特约稿2篇，讲述知名国学泰斗饶宗颐先生（1917—2018）与法国文化结缘之逸事，以及法国著名汉学家汪德迈先生（Léon Vandermeersch，1928—2021）与中国文化结缘之美谈。

"安菲特利特号"是一艘颇具传奇色彩的法国商船。其传奇之处在于船只来华时代特别、船只性质特殊以及对商船来华历史的诠释众多。该专题收录4篇文章，分别来自法国索邦大学文学院弗朗索瓦·穆罗教授（François Moureau）、洛里昂法国东印度公司博物馆馆长布里吉特·尼古拉女士（Brigitte Nicolas）、法国汉学家梅谦立教授（Thierry Meynard）和中国学者耿昇，另外提供一份藏于法国国家图书馆的法文文献译件。4篇文章分别从不同角度展示传教士在远东活动时代"安菲特利特号"的商业使命，以及不同群体在此基础上赋予商船的政治意义和文化价值。国内有关早期中法或中外文化关系的研究，因教会拥有档案之便利，多以修会内部学者的声音为主。此次特别向弗朗索瓦·穆罗和布里吉特·尼古拉约稿。他们是法国主流学术界人士，文章从另一个侧面为当下的研究提供了重要的世俗视角，并做文献补充。尤其是《比中国人更像中国人——17—18 世纪法国在华的耶稣会士》一文作者弗朗索瓦·穆罗，他是法国游记文学研究中心创始人，曾是法国主流文学界领军人物之一，为法国文学和文化在西方世界的传播作出了贡献。他的文章信息量颇大，提供了大量文学文献，从法国主流学界的角度对早期远东文化活动者耶稣会的贡献做出评价。该文与布里吉特·尼古拉的文章发表于《中山大学学报》2020 年第 6 期，当时因版面所限，内容有所删减。本书全文收入，以飨读者。

童文献是巴黎外方传教会的另类人物，笔者从 2015 年起陆陆续续搜集相关资料，在此对此前所写文章进行修正，当作是一阶段性小结。同时本书还翻译法国宗教史学家沙百里先生（Jean Charbonnier）的文章，希望为深入研究巴黎外方传教会和童文献提供更多资料线索。沙百里先生是修会人士和著名史学家，有阅读原始档案的便利。他试图重新评价童文献这位被逐出教门的人物在中法文化交流史和欧洲宗教沿革史上的地位，肯定其汉学成就，以及这位另类人物之作为对中欧关系的现实意义。我们从字里行间觉察到沙百里先生的复杂情感，或许得有所回应，反思以往理解中外关系时，我们是否过于单一或片面去看待一个人物或理解某个事件？童文献个人的复杂经历，从笃信教义到皈依中华，呼吁交流，构成一个典型案例，折射出历史的多种面相，呼唤一种理解文化交往的新范式。

谢阁兰是中法文化交流史上的一位特殊人物。当代法国汉学界有一个说法："如果说克洛岱尔（Paul Claudel，1868—1955）是'滞留在中国的门槛'的话，那么谢阁兰则是'跨过了这道门槛，投身其中去再塑自我'的法国诗人。"换言之，历史学界若垂青于伯希和，那么文学界肯定不能绕过谢阁兰。谢阁兰曾两次在华考古，第一次是 1914 年 2—6 月在中国西部，第二次是 1917 年以法国招募华工军事代表团随团医生的身份，在江浙一带考察了南北朝墓葬和春秋战国的部分遗迹。谢阁兰完成首次考古工作之后，于 1914 年底在法兰西铭文与美文学院宣读考古报告。该报告的主要内容后由冯承钧先生翻译成中文，因此国内学术界一般认为谢阁兰是考古学家。国际谢阁兰研究协会前主席包世潭（Philippe Postel）对谢阁兰的代表性作品《古今碑录》以及美学理念进行诠释，说明将谢阁兰当作一位诗人和艺术家可能更为贴切。本书收入邹琰女士的2篇论文，也选译谢阁兰在1914年结束中国西部考古工作之后，致法国著名汉学家和《通报》主编考狄（Henri Cordier，1849—1925）之函件，以及1918年谢阁兰返法之后所著《中国雕刻艺术的多种起源》一文，进一步说明谢阁兰的诗人和艺术家特质以及他对中国古代艺术的理解，也便于学术界从一个侧面感知中国古代艺术在世界艺术史上的地位和贡献。

一代国学宗师饶宗颐先生在传统经史、考古、宗教、哲学、艺术和文献研究等多个学科领域享有盛誉。饶先生旅法期间，在汪德迈先生的陪同下造访巴黎近郊乡间皇港小学校，与法国经典注疏学传统和冉森派文化革新思想产生精神共鸣，后将香港大学饶宗颐学术馆命名为“饶宗颐小学校”。汪德迈先生师承饶宗颐先生，得其真传，感知中国古典文化之人文特质。饶宗颐先生与法国文化、汪德迈先生与中国文化，互结奇缘，是近现代中法文学与文化交往之美谈。

最后有两点说明：首先，本书所用图片若未注明出处，均为编者在法国调研期间所拍摄；其次，关于选译文章，翻译是一项实践性工作，尤其是专业翻译，既考验译者的语言能力，又考验译者的专业知识，要求相当高，目前国内高等教育亟待突破学科藩篱。译校者均已尽力，不过译文肯定还存在很多不足，恳请方家指正，也请读者海涵。

“安菲特利特号”与法国耶稣会

法国东印度公司商船模型，法国东印度公司博物馆收藏

比中国人更像中国人

——17—18 世纪法国在华的耶稣会士[①]

［法］弗朗索瓦·穆罗（François Moureau）著
桑 瑞译 程曾厚校

引 言

自 1582 年利玛窦（Matteo Ricci，1552—1610）到达澳门，到 1724 年"耶稣会士的保护者"康熙之子雍正帝颁布禁教令，其间耶稣会的在华经历可谓一场非凡的精神探险。在华耶稣会成功地推行文化适应策略，将"中国神话"传到西方，使中国成为欧洲启蒙思想的典范。本文力求厘清这一中国形象的形成根源，避免单向表述的模糊性。

一、中国——奇异而陌生的东方土地

研究欧中关系却不谙中文的西方历史学者，往往难以摆脱只掌握单方面文献资料的陷阱。[②] 正如伏尔泰那样，西方人对中国的了解范围曾仅限于职业旅行家们提供的内容。在欧洲内部的旅行，首先是在语言、宗教及文化根基上拥有共同特点的人群之间的交流。不同于欧洲的旅人，早期来到西方的中国人寥寥可数，只有一些受洗的基督徒，因而当时的西方世界完全不了解中国人如何看待这样一群从外貌到生活习俗都如此奇怪而又陌生的人时有何感受。而对这些长途跋涉到达中国、试图让自己比中国人更像中国人的西方旅

① 本文获 2019 年国家科技部高端外国专家引进计划"海外亚洲研究与跨文化对话"的资助，为 2019 年 11 月弗朗索瓦·穆罗教授在中山大学中文系演讲的讲稿，文中图片皆为穆罗教授提供。

② 参见《比较文学杂志》（*Revue de Littérature comparée*）2001 年第 297 期刊文《想象与再现远东》（Penser et représenter l'Extrême-Orient）的详细阐述。

行者们，这群好奇的、被北美人称为“黑袍修士”的群体，西方世界也并无详细记录。然而在17世纪中国文人浩如烟海的记载中，我们却可以找到一些珍贵的文献资料，见证当时中国的宋明理学和佛教信奉者对于西方传教士意识形态的抵触。编纂于1608—1639年间的《破邪集》汇集了60多篇来自中国南方的批评文章，差不多同时期的《辟邪集》则深受佛教思想的影响，而与二者相比更为知名、且到了18世纪仍在传播的作品，当属信奉宋明理学的士大夫杨光先的《不得已》。这部完成于1664—1665年间的文集影响颇深，导致了当时宫廷传教士的严重危机①。显然，这些作品当时完全没有在西方传播。②

对于一个欧洲人来说，在欧洲他国旅行是置身于一个已知的国家，尤其当旅行者是一名文化修养良好的贵族，在其与同类人相遇时更是如此。就像蒙田或者孟德斯鸠在意大利或者德国旅行时，其交谈对象皆为同类人，都是受到过同类型教育（往往是耶稣会教育）的文化与社会精英。对于他们来说，所谓的“外国”并不令人感到新奇。这让我们联想到中世纪的“学术朝圣”（peregrinatio academica）。参加“学术朝圣”的中世纪大学生们穿越整个欧洲，从博洛尼亚到巴黎，从哥根廷到牛津，在各国间游学。拉丁语是他们的共同语言，古老的中世纪经院哲学主导着他们的思想。相比之下，中国则完全是另一片天地了。

诚然，对于欧洲人来说，除中国外，也存在着其他的“外国”。然而那些地方，要么是被他们武力征服的土地，例如美洲大陆，他们给这片土地命了名，还把当地人误认为亚洲人，而称之为印第安人；要么因与欧洲有着共同的“圣典宗教”（religions du Livre）的“历史”，而与欧洲有着不可分割的渊源关系。对于一个基督徒而言，耶路撒冷并非异国他乡，在某种程度上说，耶路撒冷是他的故乡，橄榄山、各各他山、加利利海、约旦河，无处不驻守着他的记忆。对于一个中世纪或古典时期的基督教徒来说，这些地方要比他居住地的周边更为重要。然而，中国所在的“东方”与上述被认作“西方世

---

① 指发生于1666年的康熙历狱。——译注

② 关于此问题，详见李晟文专著中的书目与分析：Shenwen Li（李晟文），*Stratégies missionnaires des jésuites français en Nouvelle-France et en Chine au XVIIe siècle*（《十七世纪法国耶稣会士在新法兰西与中国的传教策略》），魁北克市：拉瓦尔大学出版社，巴黎：L'Harmattan出版社，2001年，第22—23页。该书对耶稣会在不同地区传教活动中贯彻的多元化政策进行了具有启发性和学术性的对比分析。

界的根”的“东方”迥然不同。中国位于的“东方”，那是绝对的奇异之地。

中华文明无疑是这个星球上最古老的文明，在西方世界甚至尚未为它命名时[①]，它已然存在了数个世纪。公元初几个世纪中，圣依西多禄（Isidore de Séville，560—636）在其《词源》中收录“赛里斯”（Seres）一词，并提及赛里斯人“面孔陌生，但其出产的羊毛闻名遐迩”（此处“羊毛”即指丝）。那时丝绸之路尚未开启，中西两个世界对彼此全无了解。中央帝国与环伺它的游牧蛮族、他们眼中的“凶恶的陌生人”毫无瓜葛，而西方的古埃及与古希腊—罗马帝国对东方的窥视与足及范围也从未逾越亚历山大曾一度征服的印度。东西两世界是如此隔绝，仿佛它们分属于两个不同的星球。唯有征服了亚洲大草原的伊斯兰民族曾在一段时期内，把从托莱多（Tolède）到撒马尔罕（Samarcande）的两个世界联系在了一起。纵观历史，再无任何两个文明的相遇是如此出人意料，又如此颠覆了人们既往的认知。

二、从西方制图学看西方人对中国的认识

从希罗多德（Hérodote，约前 480—约前 425）到托勒密（Claude Ptolémée，约 100—约 170），古代西方制图学在基督教诞生前的若干世纪普遍认为世界是封闭的。希罗多德提出世界是以地中海为中心的，托勒密则认为世界是向东方开放的，但他的地图只画出了北半球。中世纪的制图学与前代相比无甚进步，这段时期绘制地图的目的只是为了在地球上留下基督教是世界正统的印记。在中世纪的地图上，世界是一个被水域环绕的大圆盘，耶路撒冷位于圆盘中心，“天堂”位于顶端，也是传统上归放东方的位置，即从幼发拉底河的河口到印度和塔普罗巴奈—锡兰（Taprobane-Ceylan）[②] 一带。如此，一个由犹太教和基督教的上帝所创造出来的世界被呈现出来。在这被创造的世界边缘，也就是圣地外围，存在着塔尔塔洛斯（Tartarus）。塔尔塔洛斯是地狱的代名词，圣经《启示录》（20：7）宣称在末日审判时，歌革和玛各（Gog et Magog）将会从那里出来。在马可·波罗时代过去很久之后，14

① 关于世界制图史，可参阅 Christian Jacob，*L'Empire des cartes. Approche théorique de la cartographie à travers l'histoire*（《地图帝国——通过历史来看制图的理论方法》），巴黎：Albin Michel 出版社，1992 年。

② 指今斯里兰卡。——译注

世纪问世的《加泰罗尼亚地图集》（*Atlas Catalan*）（法国国家图书馆编号：Cartes et Plans，Esp. 30）[①] 仍明确标出歌革和玛各的王国位于亚洲东南部，而位于当今中国北部地区的契丹（Cathay 或 Catayo）则被视为食鱼族的王国，那里坐落着大汗的城市汗八里（Chambaleth）[②]。《加泰罗尼亚地图集》还称广州为辛迦兰（Cincalan）。米歇尔·帕斯图罗（Michel Pastoureau，1947—　　）指出方济各会士鲁布鲁克（Guillaume de Rubrouck，约 1220—约 1293）和鄂多立克（Odoric de Pordenone，约 1286—1331）的游记均为该地图的参考资料，因为前者对契丹进行了描述，而后者指出了广州的位置。[③] 被妖魔化的东方和圣经中描述的东方乐园就这样被重叠在了一起。

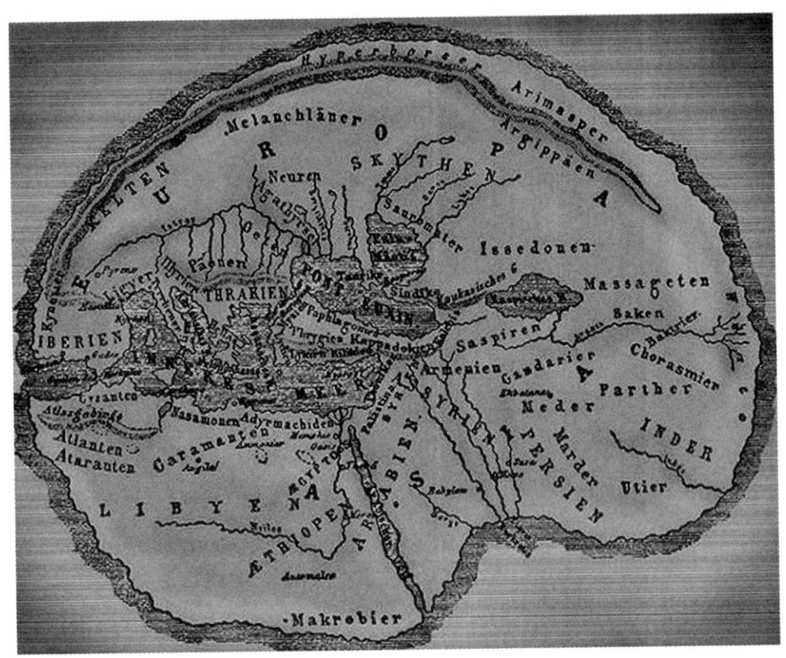

图 1　公元前 5 世纪希罗多德绘制的世界地图

---

① 该地图集于 1735 年由马略卡王国一位犹太学者（亚伯拉罕·克莱斯克与其子耶胡达·克莱斯克及其他地图绘制者——译注）完成，后被米歇尔·帕斯图罗（Michel Pastoureau）转载于 *Voies océanes: De l'ancien aux nouveaux mondes*（《海路——从古代到新世界》），巴黎：Hervas 出版社，1990 年，第 18—23 页。

② 在《马可·波罗游记》第 85 章中写作"Cambalut"，在突厥语中有"帝王之城"之意。

③ 前文所引米歇尔·帕斯图罗著作，第 25 页。

图 2　公元 2 世纪托勒密绘制的世界地图

文艺复兴时期的世界地图将中国置于最东端，而圣地和欧洲仍然是世界的中心，正如中世纪地图所展现的那样。塞巴斯蒂安·卡伯特（Sébastien Cabot，约 1476—1557）的世界地图（1544 年，法国国家图书馆编号：Rés. Ge AA 582）甚至将大西洋作为中心，从而导致中国被分成两部分，分列于地图两端。[①] 霍曼（Andreas Homem，1497—1572）的世界地图（1559 年，法国国家图书馆编号：Rés. Ge CC 2719）以同样的方式将中国分成了两部分，并在其北部标出"赛里斯契丹"（Serica Cathaya）[②]，在南部标出"中国"（China）和"中国外海"（mare Chinorum）[③]。让·格拉尔（Jean Guérard，15?? —1640）在 1634 年献给黎世留红衣主教（Cardinal de Richelieu）的《世界水文地图》（*carte universelle hydrographique*，法国国家图书馆编号：S. H. Archives n°15）中展现的中国，与同时代的在华游历者描述的一样，以长城为界，"中国"与"契丹"被分开。而这一时期对中华帝国描绘最清晰准确的当属耶稣会的制图师。耶稣会士卫匡国（Martino Martini，1614—1661）于

① 前文所引米歇尔·帕斯图罗著作，第 63 页。

② 18 世纪时该词的法语形式"Sérique"仍被德堡（De Pauw）使用。

③ 前文所引米歇尔·帕斯图罗著作，第 64—65 页。

1655 年出版的《中国新地图集》（又称《中国新图志》，*Imperii Sinarum Nova Descriptio*，法国国家图书馆编号：Rés. Ge DD 1210）[①] 是当时对中国地理资料记录最丰富完整的地图集，包含中国总图 1 幅和 15 个省份的地图各 1 幅。这部著述融合了中西方的最新研究成果[②]，而这种“融合创新”的思路实则来自另一位耶稣会士——利玛窦。利玛窦曾在广东居住，后从 1601 年起定居北京。[③] 利氏在奥特里乌斯（Abraham Ortelius，1527—1598）和麦卡托（Gérard Mercator，1512—1594）绘制的世界地图的基础上进行了修改完善，将中华帝国放置到了世界的中心位置。他没有遵循西方绘制地图“上北下南”的传统，而是按照“上东下西”的方式呈现了他设想的地球，因为这样可以使远东和中国处于“地球的最顶端”，从而取悦托付他掌管钦天监重任的万历皇帝[④]。

图 3　14 世纪的《加泰罗尼亚地图集》（*Atlas Catalan*）

① 前文所引米歇尔·帕斯图罗著作，第 142 页。

② P. M. d'Elia, *Fonti Ricciane. Documenti originali concernenti Matteo Ricci e la storia delle prime relazioni tra l'Europa e la Cina*（《利氏资料集：关于利玛窦和初期中欧关系史的原始资料》），罗马：国家图书馆，1942 年，第一卷，第 262 号，第 207—211 页。

③ Etienne Ducornet，*Matteo Ricci，le lettré d'Occident*（《利玛窦——西方的文人》），巴黎：Éditions du Cerf 出版社，1992 年。

④ 首次掌管钦天监的外国传教士是汤若望（Johann Adam Schall von Bell，1592—1666）。已与作者沟通，此处作者意指利玛窦利用其数学、天文学知识帮助中国进行历法改革。——译注

图 4　西欧知识界想象中的歌革和玛各（Gog et Magog）王国

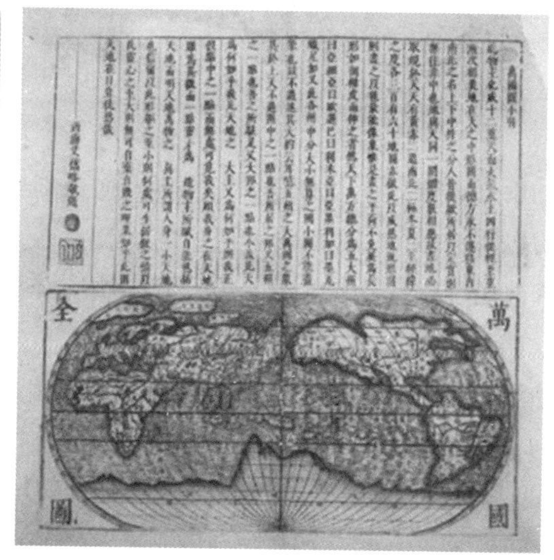

图 5　利玛窦和他对奥特里乌斯及麦卡托所绘制的世界地图进行改造之后的版本

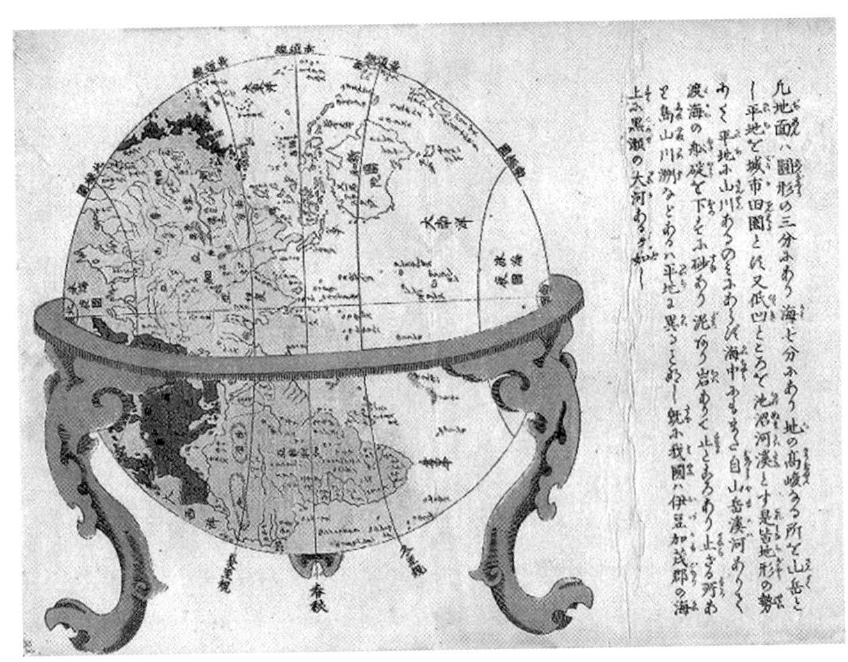

图 6　根据利玛窦的《两仪玄览图》制作出来的中国式地球仪

三、“埃及假说”及其对西方人认识中国的影响

被基督教主宰的西方世界在与中华文明的接触过程中，始终感受到强烈的反差和冲击。这是一个如此古老而又如此精致的文明，它与航海者们早已习以为常的、每次登陆后遇见的人群有着天渊之别。而正如面对美洲印第安人时的疑虑，关于中国人的人种问题同样存在。基督教的启示显然不知道有这群人，那他们也在神的计划之中吗？当时耶稣会或其他教派的学者圈中传播最广泛、影响最大的假说之一认为中国人本不是中国人，而是埃及人。此假说美洲已存在了较长一段时间，面对阿兹特克金字塔（pyramides aztèques）[①]，亦有学者认为当地人本是埃及移民。17 世纪时，任教于耶稣会创办的罗马学院（Collegium romanum）、自诩破译了圣书体的埃及学家阿塔

① 阿兹特克（又译为阿兹台克、阿兹提克）是存在于 14—16 世纪的墨西哥古文明，主要分布在墨西哥中部和南部，因阿兹特克人而得名。——译注

纳修斯·基歇尔（Athanasius Kircher，1602—1680）就在著述《中国图说》（*China illustrata*，1667 年）中为这一大胆的理论辩护。《中国图说》后来被不断再版和翻译成多国语言，这证明了基歇尔的论述在文学界获得的认可。[①]这部著作提供的中国地图，在很大程度上受到了近 1 个世纪以来在华的耶稣会士的工作成果的启发。无论是通过对生机勃勃的风景、大自然的奇特之处及日常生活的描述，还是通过对现有本土宗教多样性和汉语起源的研究，基歇尔这部在副标题中强调了"文物"和"带插图"的著作为西方带来了第一部关于中国的"百科全书"。《中国图说》介绍了彼时西方人眼中的中国，这仍要归功于那些穿华服、写汉文、积极汉化的在华传教士，他们通过在中国的日常活动、科技和传教工作，从一种全新的世界性视角出发，把中国和世界其他地方紧紧连在了一起。

中国人突然变成了"古埃及失落的后裔"，因此而"重返"圣经的世界。但闻名于世的中国纪年表将几千年的历史推溯到所谓的诺亚大洪水发生之前（根据希伯来日历推算法，大洪水发生于公元前 2528 年）。[②] 一份 1722 年编撰于西方的中国历代帝王年表[③]开始于公元前 2697 年，这使人不禁思忖它先于

① *China monumentis qua sacris qua profanis*, *nec non variis naturae et artis spectaculis*, *aliarumque rerum memorabilium argumentis illustrata*（《中国的宗教文物、世俗文物和各种自然、技术奇观及关于有价值事物各种说法的汇编》），罗马：TypisVaresij 印刷社。其他版本为：Amstelodami，apud Joannem Janssonium a Waesberge et Elizeum Weyerstraet，1667 年，共 237 页；Antwerpiae，apud Jacobum a Meurs，1667 年，共 XIV—246 页，系阿姆斯特丹版本的伪造版；F. S. Dalquié 译法文版，*La Chine d'Athanase Kircher de la Compagnie de Jésus*，*illustrée de plusieurs monuments tant sacrés que profanes*，*et de quantité de recherches de la nature et de l'art*（《耶稣会基歇尔的中国图说，各种宗教文物、世俗文物和关于自然和艺术的研究的汇编》），阿姆斯特丹：Jean Jansson à Waesberge & les Heritiers d'Elizée Weyerstraet 印刷社，1670 年，共 XVI—367 页；J. H. Glazemaker 译荷文版，阿姆斯特丹，Johannes Janssonius van Waesberge en de Wed. Wijlen Elizeus Weyerstraet 印刷社，1668 年，共 286 页；John Ogilby 编译英文版，伦敦，1669 年。

② 对于此问题的现代考证，参见 Shun-Ching Song（宋顺钦），*Voltaire et la Chine*（《伏尔泰与中国》），艾克斯：普罗旺斯大学出版社，1989 年，第 20—25 页。Jean Henri Alsted 在 *Thesaurus chronologiæ*（《年代学词典》，Herbornæ Nassoviorum 印刷社，1624 年）中，推定诺亚大洪水发生于创世后 1656 年，而基督诞生于创世后 3950 年，因此大洪水发生于公元前 2293 年。而《七十士译本》认为其发生于公元前 3379 年。中国纪年的历史部分始于商朝（公元前 1765 年），传说部分始于公元前 2697 年的黄帝。耶稣会士对司马迁的《史记》（写于公元前 1 世纪）较为了解，而《史记》里的中国历史是从黄帝开始，详见后文钱德明神父对黄帝的评述。

③ 巴黎，马萨林图书馆（Bibliothèque Mazarine），编号：ms. 2006，pièce 1，41f。

圣经洪水的事实。这也使得基督教的学者们必须运用巧妙的说法[1]来驳斥中国历史纪年的准确性。伟大的万有引力之父艾萨克·牛顿（Issac Newton，1643—1727）就曾致力于斯，他写了一本世界年代史纲要[2]，但并未获得很大成功[3]。假如中国人本属于西方已知的最古老的文明——埃及人，人们就可以将中国令人难以置信的纪年与地中海近东这同样久远的纪年进行比照，毕竟后者是由他们“最完美的教义”圣经中摩西受到上帝启发而撰写的《摩西五经》所确认过的。

基歇尔的思想建构在接下来的一个世纪受到了一定程度的欢迎。学识渊博的阿夫朗什市（Avranches）主教于埃（Pierre-Daniel Huet，1630—1721）是耶稣会士的朋友，也是一位作家。人们猜测他参与了17世纪著名小说《克莱芙王妃》（*La Princesse de Clèves*）的撰写。他曾写过很多关于人间乐园的文章，还对古代民族的航海有一定研究。继基歇尔之后，于埃也深信中国和印度都曾是埃及殖民地。[4] 法国科学院院士梅德朗（Dortous de Mairan，1678—1771）在1759年也提出了同样的论点。同年，另一位法国科学院院士德经（Joseph de Guignes，1721—1800）在《论中国曾是埃及殖民地》（*Mémoire dans lequel on prouve que les Chinois sont une colonie égyptienne*）[5]中提出汉字无疑是由埃及圣书体直接派生而来的。对于此类观点，耶稣会士巴多明（Dominique Parrenin，1663—1741）表示反对，伏尔泰更是不忘大加嘲讽。[6] 1770年，修道院长鲁西埃（Pierre-Joseph Roussier，1716—1792）表

---

① Élisabeth Quennehen 在其文章 *Lapeyrère, la Chine et la chronologie biblique*（《拉佩雷尔，中国和圣经年代学》，*La Lettre clandestine* 期刊2000年第9期，第255页）中否认了维吉尔·毕诺（Virgile Pinot）的观点（其著作名称参见后文注释），毕诺认为“亚当之前人类说”的创立者（指拉佩雷尔 Isaac de La Peyrère，他否认诺亚洪水的普遍性并暗示世界是永久的、无始无终的——译注）不仅提出时间无穷尽之说，且将中国年表与圣经年表相对照。

② 牛顿的编年史考察了埃及、希腊、亚述、巴比伦、所罗门和波斯，但并未提及中国。——译注

③ *Abrégé de la chronologie de M. le chevalier Isaac Newton, fait par lui-même et traduit sur le manuscrit anglais*（《艾萨克·牛顿爵士的年代史纲要》），Nicolas Fréret 译自牛顿手稿，巴黎：G. Cavelier 印刷社，1725年。

④ *Histoire du commerce et de la navigation des anciens*（《古代商业与航海史》），巴黎：F. Fournier 印刷社，1716年。

⑤ 巴黎：Desaint et Saillant 印刷社，1759年。

⑥ 相关细节参见前文所引宋顺钦著作。

示希腊、埃及和中国的音乐同根同源，他还因此曲解了真正熟悉中国艺术的耶稣会士钱德明（Joseph-Marie Amiot，1718—1793）的著作。[①] 让·尼古拉·德·圣佩拉维（Jean-Nicolas de Saint-Peravi，1735—1789）紧跟“潮流”，在其带有乌托邦色彩的故事《观点，或中国人在孟菲斯》（*L'Optique, ou le Chinois à Memphis*，伦敦：M. -M. Rey 印刷社，1763 年）[②] 中，将一位中国哲学家“送回”他在尼罗河畔的“祖国”。启蒙时代极受狄德罗赏识的另一位知识分子德堡（Cornelius de Pauw，1739—1799）曾预言“美洲是一块没有前途的大陆”，而他对于中国的看法则更为现实。1773 年，他在柏林出版了两卷本的《关于埃及人和中国人的哲学研究》（*Recherches philosophiques sur les Égyptiens et les Chinois*）。[③] 该书以仇华的心态推翻了这一理论，这种仇华的观点逐渐取代了 18 世纪传统的亲华学说。德堡对美洲的评价已经证明了他是一位爱唱反调的人，而面对中国，他又从妇女的生活条件、人口状况、饮食制度以及艺术、化学、宗教、政府、建筑（他提出埃及也有“长城”[④]）等角

① 鲁西埃是拉米斯（Petrus Pamus，1515—1572）思想的拥护者，著有 *Mémoire sur la musique des anciens*（《古代音乐考》，巴黎：Lacombe 印刷社，1770 年）。他在该书中为“埃及假说”辩护，并在钱德明的 *Mémoire sur la musique des Chinois tant anciens que modernes*（《中国古今音乐考》，巴黎：Nyon l'aîné 印刷社，1779 年）出版前，以译注和评论的方式曲解了钱氏之意。远在北京的钱德明对此非常不满，他在 1781 年致鲁西埃的一封信（比利时皇家图书馆编号：ms. II 7379）中，用委婉的语气手写了一份对《中国古今音乐考》的《补篇》（法国国家图书馆编号：ms. Bréquigny 13），以表达他对布鲁埃假设理论的反对。这份手稿目前已发表在《鲁汶考古学家与艺术史家年刊》（*Revue des archéologues et historiens d'art de Louvain*）的两篇文章中，文章作者分别为米歇尔·布里（Michel Brix）和伊夫·勒诺（Yves Lenoir），题为《钱德明神父致鲁西埃院长的一封未被出版的信》［*une lettre inédite du père Amiot à l'abbé Roussier (1781)*，XXVIII，1995 年，第 63—74 页］和《钱德明神父〈中国古今音乐考〉之补篇（含注解）》（*Le "Supplément" au Mémoire sur la musique des Chinois du père Amiot*. Édition commentée，XXX，1997 年，第 79—111 页）。钱德明在《补篇》中写道：“和声学家们……可以去将这些研究成果（中国音乐理论）和埃及人与希腊人做的那些比较一下，他们会无不吃惊地发现后者关于音乐的言论早在很久之前就已被中国人以同样的方式提及。……是希腊人仿效了中国人。鲁西埃院长说这两者都仿效了一个更为古老的源头。那这个源头是什么呢？他告诉我们是埃及人或者其他比埃及人和中国人更古老的民族。……在等待这些名称及被核实信息之前，我们可以坚持相信中国人所创造的东西。早在黄帝时代，也就是说公元前 2637 年，他们已经了解了十二律（中国音乐和声的基础）。”

② 孟菲斯，古埃及城市。据佩拉维在序言所述，本书并非他原创，而是一部埃及作品的译本，其原作时代未知，作者亦未知。——译注

③ 在 G. J. Decker 印刷社出版。

④ 见卷二起始的地图。

度出发，把埃及和中国这两种文明进行比较，并由此得出埃及要比人们长久以来所青睐的中国更加优越的结论。事实上，上述杰出的知识分子无一人曾到过中国旅行。德堡轻率地断定亲华学说是青睐中国及中国文化的天主教传教士们布下的“阴谋”。

> 在这里看到的中国人不是根据世俗观念描绘的，而是根据事实记录的。我们必须得承认，以这种方式评价，他们的形象变差了许多。真正的学者早已发觉，这些亚洲人一直以来的美好声誉是建立在那些只习惯往好处看的传教士在欧洲的传播热情上的。然而，有一些作家不想着迷途而返，不去纠正如此多的错误和片面之词，反而在吹捧中国人的道路上越走越远，而从来不去仔细考虑他们是否值得这种称颂。①

ATHANASII KIRCHERI
E SOC. JESU
CHINA
MONUMENTIS
QUA
Sacris quà Profanis,
NATURÆ & ARTIS
SPECTACULIS,
Aliarumque rerum memorabilium
Argumentis
ILLUSTRATA,
AUSPICIIS
LEOPOLDI PRIMI
ROMAN. IMPER. SEMPER AUGUSTI
IHS
AMSTELODAMI,

图7　基歇尔的《中国图说》

从这段文字中可以看出，作为普鲁士国王的子民和一名新教徒，德堡显然对耶稣会士没有任何好感。他论证的巧妙在于指出亲华开明人士的自相矛盾之处：在他看来，耶稣会士宣扬的让欧洲崇尚的中国模式是现代化、进步和自由思想的公敌所捏造之物。德堡的观点非常重要，他的书出版，意味着欧洲启蒙时代亲华倾向的终结和早期陈旧中国形象的再现，这一割裂在19世纪随着欧洲民族帝国主义计划的提出而再度被放大。

四、耶稣会士的亲儒著述及其对欧洲思想界的影响

就法文文献而言，耶稣会士们对中央帝国的叙述和研究直接或间接地影

① 前文所引德堡著作，第一卷，第5页。

响了同时代很多作品，而这些作品主导了启蒙时代的中国形象。这个主题是众所周知的①，我们在此仅强调几个方面，以交代那场争议的背景。在日本对西方天主教关闭大门后，耶稣会士们（以葡萄牙裔为主）作为“印度使徒”圣方济·沙勿略（François Xavier，1506—1552）的门徒，以“桥头”澳门为起点，将传教的主力集中于中国大陆的外围地区。在明朝最后几十年间，法国和意大利传教士们抓住了这个门户大开的机会。他们的策略与“黑袍教士”——他们在北美的同仁们不同，他们力图融入中国社会，把握中国社会的主要特征，从而将中央帝国引向基督教启示之路。从某种意义上说，是要变为“他者”，或者可以借用使徒保罗对哥林多人的告诫“与犹太人在一起，成为犹太人，以战胜犹太人”（哥林多前书1：9，20），将其引申为“与中国人在一起，成为中国人，以战胜中国人”。前文所提到关于“中国起源于埃及”的奇谈，主张的是把“他者”变成“第二个自我”或是类似的人。耶稣会的活动策略则与之不同。耶稣会士们倾向于消除自己作为欧洲人奇特而神秘的个体殊异感，将自身融化于儒家传统礼仪的熔炉中。该策略是之后“礼仪之争”的源头。如前文所述，利玛窦是成功实现这种文化融入的第一人。②他于1582年到达澳门，次年到达肇庆，那时的他穿着佛教僧侣的长袍宣传天主教义（一神论）和中文版的十诫（《祖传天主十诫》）。1584年，利玛窦和罗明坚（Michele Ruggieri，1543—1607）共同出版了一本看似来自佛教的教理书《天主实录》，只是这本书删掉了一些讲述终极真理的天主教信条。整本书使用中文撰写，用词优雅，以此类书籍的经典形式，即异教徒与欧洲学者的对话形式呈现。神父们因此而得到了本地官员的重视和保护。他们“本地化”（inculturation）③ 的第二步是在1593年放弃僧衣而改穿了儒家士大夫以红色丝绸制作的华服。抛弃了伪装成佛教和道教的面具，移居韶州的利玛窦和其他耶稣会士转而亲近儒家人文主义。在他们看来，儒家学说更适合对中

---

① Virgile Pinot（维吉尔·毕诺），*La Chine et la formation de l'esprit philosophique en France, 1640 - 1740*（《中国对法国哲学思想形成的影响》），巴黎：P. Geuthner出版社，1932年；René Étiemble（艾田蒲），*Les Jésuites en Chine (1552 - 1773), la querelle des rites*［《耶稣会士在中国（1552—1773），礼仪之争》］，巴黎：Julliard出版社，1966年。

② J. D. Spence（史景迁），*Le Palais de mémoire de Matteo Ricci*（《利玛窦的记忆宫殿》），巴黎：Payot出版社，1986年。

③ Y. Raguin（甘易逢），« Un exemple d'inculturation, Matteo Ricci »（《本地化的典范——利玛窦》），*Lumen Vitæ* 第39期，1984年，第261—277页。

国人进行宗教教育，至少早期儒家的形式如此，而非朱熹（1130—1200）倡导的带有唯物色彩并成为统治思想和科举考试的基础的理学。利玛窦把孔子视为“文人的领袖”，他将孔子与一种有神论形式联系在一起，这种形式建立在存在一位赏罚分明的神（指上天或天公）的基础上。[①] 因此我们也不难理解倡导同一学说的伏尔泰亦在儒家思想的智慧中寻找到某种伏尔泰思想。[②] 而利玛窦在其最后一部著作《天主实义》中，将西方古代哲学传统与儒家经典真正融合在了一起。《天主实义》发表于1605年，以对话体形式，上演了中国士大夫和西方文人的谈话交流。我们可以想象该对话的结语部分会足够巧妙，以避免沦为简单的基督教护教学说。[③] 利玛窦在紫禁城的最后几年证明了“本地化”策略的成功，而在推行这项策略的同时，他向中国士大夫积极传播后者渴求的西方科学技术知识。可以说利氏策略是耶稣会在华传教活动的基石。

从17世纪中叶到1773年罗马教宗解散耶稣会这段时期，亲儒传教士文献有两种类型，法文版著作占大多数。[④] 第一类文献是见证式文学，如著名的《耶稣会士书简集》（*Lettres édifiantes et curieuses*），这种文学形式须凸显其“他异性”以激发和维持传教热情；第二类文献是“本地化”策略以及1692年康熙容教令的产物，耶稣会士们对“如同文人和学者一样在中国生活”的需求，推动了这群圣依纳爵（Saint Ignace，1491—1556）的门徒燃起对中国社会生活其他方面的兴趣，尽管这些领域并不属于福音领域：例如火炮之于汤若望（Adam Schall，1591—1666）[⑤]，抑或绘画之于郎世宁（Giuseppe Castiglione，1688—1766）和王致诚（Jean - Denis Attiret，1702—1768）[⑥]。在这

---

① 利玛窦认为《书经》撰写于公元前9—前6世纪。

② 参见前文所引宋顺钦著作第5章“哲学”，第153—175页。

③ 法文译文为“Entretiens d'un lettré chinois et d'un docteur européen sur la vraie idée de Dieu”。详见 *Lettres édifiantes et curieuses*（《耶稣会士书简集》），Charles Jacques（杨嘉禄，1688—1728）神父译自中文，里昂，1819年，第14卷，第66—248页。专家认为该版本需参照 Douglas Lancashire 和 Peter Huokuo-Chien 的英文版本再次校阅。文本法文分析参见前文所引 Etienne Ducornet 著作第81—148页。

④ 德国的情况可参阅 *Die Deutschland-Kenntnisse der Chinesen, bis 1870: nebsteinem Exkursüber die Darstellungfremder Tiereim K'un-yü t'u-shuo des P. Verbiest* [⋯] [《中国人对德国的了解（至1870年），作为对南怀仁神父〈坤舆图说〉中对异国动物介绍的附录的补充》]，Hartmut Walravens 翻译并出版，科隆：W. Kleikamp 出版社，1972年。

⑤ 德国汤若望神父成功地为明朝最后一位皇帝明思宗（1627—1644年在位）建造第一批大炮。

⑥ Michel Beurdeley（米歇尔·伯德莱），*Peintres jésuites en Chine au XVIIIe siècle*（《十八世纪在中国的耶稣会士画家》），亚捷（Arcueil）：Anthèse 出版社，1997年。这些以中国风格进行创作的艺术家中，最著名的是郎世宁和王致诚。

种情况下，“他异性”之感不复存在，耶稣会士们似乎必须比中国人更像中国人。实用的道德人文主义儒家学说与基督教的斯多葛派思想相似，耶稣会士们非常受用，这成为他们摆脱“西夷”称号的有力保证，使他们积极融入中国社会。《耶稣会士书简集》（*Lettres édifiantes et curieuses, écrites des Missions Étrangères par quelques Missionnaires de la Compagnie de Jésus*，全称直译名为《关于在外国传教，耶稣会的传教士所写的富于教化和趣味的书简集》）自1702 年起连续在巴黎刊行，直至 1776 年完结。这部著作共 34 卷，涵括耶稣会在世界各教区的传教活动之叙述。① 早在 16 世纪，传教士们写给教会的书信就开始被印刷，后来又多次再版。从巴西到日本，葡萄牙籍耶稣会士无疑冲在了传教布道的最前锋。但若仅谈及中国，法国耶稣会士的步伐也并未落后。这些从 1632 年起每年都出版一本《在新法兰西发生的事情的记述》（*Relation de ce qui s'est passé […] en la Nouvelle France*，新法兰西即今加拿大）的法国神父们，也是一些环球旅行游记的作者。我们在此仅列举 17 世纪的罗历山（Alexandre de Rhodes，1591—1660，其游记出版于 1653 年）②、陆方济（François Pallu，1626—1684，其游记出版于 1668 年）、南怀仁（Ferdinand Verbiest，1623—1688，其游记出版于 1684 年）③、阿夫里尔（Philippe Avril，1654—1698，其游记出版于 1692 年）④ 等神父。他们的环球游记促使中国成为当时旅行的热门目的地和终点站。

那他们对于中国思想持何观点呢？利玛窦的法国门徒是中国思想最积极的传播者，尽管他们始终冒着被方济各会士、多明我会士、外方传教会士斥

---

① 关于对该著作的分析，可参阅 Nadine Hamadène 的一篇引证丰富的简述。*Dictionnaire des journaux, 1600－1789*［《日志词典（1600—1789）》］，Jean Sgard 编，巴黎：Universitas 出版社，1991 年，第二卷，第 731—741 页，第 814 条简述。

② *Sommaire des divers voyages et missions apostoliques du R. P. Alexandre de Rhodes de la Compagnie de Jésus à la Chine et autres royaumes de l'Orient, avec son retour de la Chine à Rome, depuis l'année 1618 jusques à l'année 1653*（《罗历山神父 1618—1653 年间在中国及东方其他国家的旅行和传教活动简述，写于从中国返回罗马后》），巴黎：F. Lambert 印刷社，1653 年。

③ 南怀仁是西属尼德兰皮特姆（今比利时布鲁塞尔附近）人，但作者认为他与法国耶稣会士关系密切，且他的一部中国游记 *Voyage de l'Empereur de la Chine en Tartarie*（《鞑靼旅行记》，巴黎：Etienne Michallon 印刷社，1684 年）使用法文撰写，因而此处将其与其他法文游记作者列在一起。——译注

④ 他的 *Voyage en divers États d'Europe et d'Asie entrepris pour découvrir un nouveau chemin à la Chine*（《在欧洲不同国家和亚洲地区旨在发现通往中国的新道路的旅行》）在巴黎 Claude Barbin 印刷社出版，*Journal des Savants*（《学者杂志》）在 1692 年 3 月 10 日和 24 日的 2 期中刊登了关于此书的书评。

责的风险。后者认为他们不仅不将儒家“科学”欧洲化、理性化，反而陷基督教思想于被汉化、被异端化的危险之中。胡格诺派的福尔梅（Jean-Samuel Formey，1711—1797）在柏林鼓吹孔子是耶稣基督的翻版，是弥赛亚还未降临前的弥赛亚。[①] 法国国家图书馆保存着殷铎泽（Prospero Intorcetta，1625—1696）撰写于1660年的手稿《论中国文字》（*De Sinarum Literis*）[②]。在此作中，这位来自西西里的耶稣会士论述了中国文字的发展史，还将孔子著作译介为西方语言。1662年，殷铎泽在江西建昌府出版了《中国的智慧》（*Sapientia sinica, exponente P. Ignatio a Costa, […] a P. Prospero Intorcetta, […] orbi proposita*）[③]，将孔子、曾子的《大学》和孔子的《论语》译为拉丁文，正如书名所示，该书内容是他意欲“向世界推荐”的。10年后，他又在巴黎出版了《中国的政治道德学》（*Sinarum Scientia politico-moralis*，为《中庸》拉丁译本），该书的法译本《中国之科学或孔子经典逐字翻译》（*La Science des Chinois ou le Livre de Cum-fu-su traduit mot pour mot de la langue chinoise*，巴黎：A. Cramoisy印刷社）于隔年问世。1686—1687年，耶稣会士将《四书》的新拉丁译本《中国哲学家孔子，或中国科学》（*Confucius Sinarum Philosophus, sive Scientiasinensis*）献给“法国的康熙”路易十四；隔年，德·拉布吕纳（Jean de la Brune，？—1743？）在巴黎出版了《中国哲学家孔子的道德箴言》（*La Morale de Confucius, philosophe de la Chine*）。无论是使用“学者的语言”拉丁语还是使用本地语言，这些著作显然都在寻求尽可能多的读者。这样做的目的是什么呢？把孔子介绍为世俗的哲学家，用莱布尼茨的话来说是“中国的柏拉图”，这产生了耶稣会士们未曾想到的后果：一方面，若干年之后的“中国礼仪之争”导致部分传教士和教派怀疑耶稣会士的做法，在他们看来，耶稣会士如此推崇一位与宗教毫无瓜葛的哲学家，而这位哲学家又

---

① *La Belle Wolfienne*（《沃尔夫哲学思想之美》），拉雅（La Haye）：Jean Neaulme印刷社，1746年。

② 法国国家图书馆编号：ms.，Latin 6277。该手稿英文译本为 *The Traditional History of the Chinese Script: from a Seventeenth century Jesuit manuscript*（《中国传统文字史：来自十七世纪耶稣会的手稿》），Knud Lundbaek编，奥胡斯（Aarhus，丹麦），奥胡斯大学出版社，1988年。

③ 法国国家图书馆收藏区域：ms. orientaux，nouveau fonds chinois（东方国家，中国相关的新藏书），此书为单面印刷。

是中国人的崇拜对象，他们斥责耶稣会士此举会殃及基督教的纯洁性[①]；另一方面，对宗教持有怀疑态度的比埃尔·培尔（Pierre Bayle，1647—1706）在他抱有好感的儒家文人身上找到了无神论社会可以存在的证据，此假说在欧洲各地引起轩然大波。同样引起争议的还有当时的自由思想，拉莫特·勒瓦耶（La Mothe le Vayer，1588—1672）在其1641年问世的《论异教徒的道德》（*De la Vertu des païens*）的第二部分《论中国的苏格拉底——孔子》中写道："孔子和苏格拉底一样，使哲学从天上降临人间。"[②] 奥拉多利修会修士马勒伯朗士（Nicolas Malebranche，1638—1715）虽并未与耶稣会士交好，也从未到过中国，但仍在其《一个基督教哲学家和一个中国哲学家关于上帝本性和存在的谈话》（*Entretien d'un philosophe chrétien et d'un philosophe chinois sur l'existence et la nature de Dieu*，巴黎：Michel David 印刷社，1708年）中借鉴了耶稣会士的作品，表达了同样的观点。马勒伯朗士另著有《真理的探求》（*Recherche de la vérité*），他将"中国的宗教"类比为"斯宾诺莎式的不信教"，将其看作泛神论式的无神论。[③] 18世纪中期，无神论的倡导者、反教会人士霍尔巴赫男爵（baron d'Holbach，1723—1789）在《被揭穿的基督教》（*Le Christianisme dévoilé*，1766年）中亦大力歌颂这些处于迷信社会的无神论文人们，甚至孟德斯鸠也在《论法的精神》（*De l'Esprit des lois*，1748年）里莫名提到"孔子的教义否认灵魂不死"[④]。

中国文人的无神论和近乎神圣的祭孔仪式频繁出现在当时来华旅行者的游记中，但由于语言的隔阂，其中关于中国科学的部分往往是他们阅读了耶稣会士的记叙之后才写出的。例如有位弗拉芒商人在《从奥斯坦德到中国珠

---

① 郭弼恩（Charles Le Gobien，1653—1708）神父在«Éclaircissement donné à Monseigneur le duc du Maine sur les honneurs que les Chinois rendent à Confucius et aux Morts»（《致曼恩公爵：对中国人祭孔和祭祖活动的解释》）中为耶稣会的做法辩护。此信收录于《中国近事报道》中：*Nouveaux Mémoires sur l'état présent de la Chine*（《中国近事报道》），巴黎：Jean Anisson 印刷社，1698年，卷三，第217—322页。就此关键问题，耶稣会的敌人们进行了激烈的争论，并向罗马教廷控诉，详见 Louis Thiberge，*Lettre de Messieurs des Missions étrangères au Pape sur les idolâtries et sur les superstitions chinoises*（《外方传教会士就中国偶像崇拜和迷信问题致教皇的信》），落款未注明地点与日期［巴黎，1700年］。

② *De la Vertu des païens*（《论异教徒的道德》），*Œuvres*（《拉莫特·勒瓦耶全集》），巴黎：Louis Billaine 印刷社，1669年，第239页。

③ 耶稣会会刊《特雷武文集》（*Mémoires de Trévoux*）的报告与这一阐释相去甚远（1708年7月，第1134—1143页），我们将其归因于路易·马奎尔（Louis Marquer）神父。

④ 第29章，第19节。版本为 L. Versini 编，巴黎，《Folio/Essais》丛书，1995年，下册，第818页。

江畔的游记》（*Relation du voyage depuis le départ d'Ostende jusqu'à l'arrivée dans la rivière de Canton dans la Chine*，1723 年）[①] 中，洋洋洒洒地论述了“中华帝国的宗教及其不同教派”（书信四）及“中国人对孔子的尊敬”（书信六），他认为中国人已然忘记“诺亚的后代”在圣经中所揭示的真正的上帝（第 74 页），至于“僧侣”，他认为“他们神秘的学说是一种纯粹的无神论”，“学者和文人将自然视为神灵”，他们“信奉一种高雅的无神论，且远离一切宗教崇拜”（第 85—87 页）。另有一位佚名旅行者是白晋（Joachim Bouvet，1656—1730）的一名非常挑剔的旅伴[②]，他于 1702 年 9 月在广州秘密参加了“中国官员在孔庙举行的祭孔典礼”，并对此做了记录（第 380—396 页）。《从奥斯坦德到中国珠江畔的游记》作者其实也曾在同一港口参加过这种典礼，但他似乎并未理解多少内容（第 69—73 页）。就这样在西方逐渐形成了“中国人没有宗教信仰”的共识，耶稣会士是这种“中国知识”的诠释者，有时甚至是发明者。加拿大学者宋顺钦（Shun-Ching Song）[③] 整理过一份伏尔泰图书馆[④]收藏的关于中国的著述的列表，其中大多数著述为耶稣会士所作：钱德明、阿夫里尔、韩国英（Pierre-Martial Cibot，1727—1780）、宋君荣（Antoine Gaubil，1689—1759）、杜赫德（Jean-Baptiste Du Halde，1674—1743）、殷铎泽、拉布吕纳（Jean de Labrune，？—1743？）、李明（Louis Le Comte，1655—1728）、德·马尔绪（François-Marie de Marsy，1714—1763）、金尼阁（Nicholas Trigault，1577—1628）的著作，以及《耶稣会士书简集》全集。

一方面，启蒙哲学家们始终渴望收集更多可以用来反驳西方固有观念的探索经历；而另一方面，儒家“科学”更充分地扩展了原有的欧洲中心主义哲学视野。从 18 世纪中叶起，西方人开始将中国历史纳入世界历史的范畴。耶稣会士德·马尔绪的著述标题便可证明这一点。马尔绪著有《现代中国、日本、印度历史……作为对罗林先生古代史的补充》（*Histoire moderne des Chinois, des Japonais, des Indiens […] pour servir de suite à l'histoire ancienne de*

---

① 慕尼黑，巴伐利亚州立图书馆，编号：ms.，cod. gall. 674. 匿名，手稿，对开本，共 9 封信，共 210 页。

② 《1701、1702、1703 年在华旅行日志》（*Journal du voyage de la Chine fait dans les années 1701, 1702 et 1703*），法国国家图书馆编号：ms.，nafr. 2086. 匿名，专业副本，共 476 页，对开本。

③ 前文所引宋顺钦著作，第 255—259 页。

④ 位于俄罗斯国家图书馆内。——译注

M. Rollin，1755 年），此书在当时各学校所教授的古代西方文化的传统模式基础上，并入了中国历史。被称为“教会人士出版社”的迪多印刷社（Didot l'aîné）于 1782 年在巴黎出版了《古代道德家辑录，献给国王》（*Collection des moralistes anciens, dédiée au Roi*）一书，全面介绍了古代圣贤，内容涵盖《孔子的道德箴言》（*Pensées morales de Confucius*）和《其他中国思想家的道德箴言》（*Pensées morales de divers auteurs chinois*）。该书作者是狄德罗的前门生、后服务于叶卡捷琳娜二世的勒威思克（Pierre-Charles Lévesque，1736—1812）①，他在序言中写道：“在这种普遍的疯狂中，唯有中国人，保留着正确的思想和对幸福的热爱，总是喜爱给他们启示的人，而不是杀害他们的人。”② 此言论视孔子为知识分子的榜样，视中国人为智慧的人民，这说明中国的“启蒙思想”滋养了大革命前的法国。而在这之前，雷纳尔神父（Guillaume-Thomas Raynal，1713—1796）也曾著有一篇抨击性文章，言辞辛辣地反对西方殖民主义。文章得到狄德罗修正，以悖论的方式称颂中国社会是一个家长式的、和平的、农业的、共产的乌托邦，这遭到了德堡的指责。雷纳尔在《两个印度的哲学和政治史》（*Histoire philosophique et politique des deux Indes*）中写道：

对于这个富有智慧的民族，束缚和教化民众的唯一力量就是宗教，而宗教本身只是社会道德的实践。这是一个成熟而理性的民族，他们只需要民法的约束就可以实现正义。……大海、江河、运河等一切本质上无法共享的事物都是公共的，每个人都可以享受它们，但没有人可以拥有它们。航海、钓鱼和打猎都是自由的。……他们的生活方式通常颇为简单，花销甚少，并趋向于越来越节省。……中国就像一个大家庭，皇帝是这个大家庭的家长。……如此完美的平等可以让中国人接受均等的教育，可以让他们拥有相同的规则。……孔子创立了中国的民族宗教。他使用的法典仅仅是自然法典，这本应是地球上所有宗教的基础，一切社会的根基，任何政府须遵循的规则。……有这样的制度，中国定是世界上最人道的国家。③

① 该书中许多道德箴言译自俄语，而非如这两本文集的其余部分那样译自耶稣会使用的拉丁文。

② 巴黎：Didot l'aîné 印刷社和 De Bure l'aîné 印刷社，1782 年，《中国人的哲学》，第 8 页。

③ 版本为日内瓦：Jean-Léonard Pellet 印刷社，1780 年，八开本，第一册，第 201、204、207、210、212、216、219 页。

文中提及“自然法典”[1]，它为狄德罗和摩莱里（Étienne-Gabriel Morelly，1717—1778 或 1782）所珍视，但并未说服德堡。德堡只在雷纳尔的文章中注意到关于“农奴制在中国不存在”的观点。德堡认为，雷纳尔作为废除奴隶贸易的呼吁者，似乎已为其亲华立场所害，甚至心甘情愿变得盲目。他反驳说：“这好似他（雷纳尔）断定了那些在圣多明戈种植甘蔗的黑奴是真正的共和国公民。我全心全意地希望中国的奴隶制真的永远被废除。”[2] 而卢梭早在其首部著作《论科学与艺术》（*Discours sur les sciences et les arts*，1750 年）中就持相同的观点，对于卢梭而言，一个被文人统治的国家只会“充斥着奴隶和为非作歹的人”。[3] 再往前推两年，孟德斯鸠在《论法的精神》（*De l'Esprit des lois*）中也谴责了中国的专制主义，同时承认儒家文化（“礼仪”）能使中国人抵抗各种侵略者，这次也将抵抗基督教。[4] 18 世纪 60 年代主导法国经济思想的重农主义理论则认为重视农耕的君主寓意着完美的统治。同时代的马布利（Cabriel Bonnot De Mably，1709—1785）在其对重农派“政治社会”的评论中反驳了以德·拉·里维埃尔（Paul-Pierre Le Mercier de la Rivière，1719—1801）为首的“经济学家”们，并详细分析了他们这种受耶稣会士著述影响而产生的错觉。[5] 在马布利看来，耶稣会士翻译的孔子思想只不过是一些“普遍的真理”，而在中国官僚体制下的活动都被局限在“一个禁锢思想的圈子”里。[6] 他总结道：“我们必须避免把一个偶然对中国有利的统治方式当作天然和基本的社会秩序，更确切地说，这种统治方式虽在中国未

---

① 众所周知，《自然法典》是摩莱里一部著作的名字，此书在很长一段时间内曾被误认为是狄德罗所作。此外，“自然法典”也是狄德罗在其 *Supplément au Voyage de Bougainville*（《布干维尔游记补篇》）中设想的塔西提岛上所遵循的社会法则。

② 前文所引德堡著作，“序言”，第一册，第 7 页。

③ *Œuvres complètes*（《作品全集》），巴黎：NRF/ La Pléiade 出版社，1964，第三册，第 11 页。

④ 前文所引《论法的精神》，第 19 章，第 17—18 节，上册，第 581—583 页。

⑤ *Doutes proposés aux philosophes économistes sur l'ordre essentiel et naturel des sociétés politiques*（《面向经济哲学家的关于〈政治社会天然固有的秩序〉的质疑》，拉雅（La Haye）/巴黎：Nyon/ Veuve Durand 出版社，1768 年。此书是对里维埃尔的迈尔西埃（Paul-Pierre Le Mercier de la Rivière）的 *Ordre naturel et essentiel des sociétés politiques*（《政治社会天然固有的秩序》，伦敦：J. Nourse 印刷社，及巴黎：Desaint 印刷社，1767 年）的回应，同时也是对魁奈（François Quesnay，1694—1774）在重农派经济学家的刊物 *Ephémérides du citoyen*（《公民日志》，1767 年，第 3—6 卷）中发表的关于“中国的专制制度”或“合法的专制”的一系列文章的回应。

⑥ 前文所引马布利著作，第 125、134 页。

展现弊端，但并不代表在别国也是如此。”① 就这样，耶稣会士笔下的中国社会被捍卫不同思想体系的西方哲学家们解读成了两种截然不同的形象：“东方专制国家”和“已实现的乌托邦”。这些哲学家们实际只是纸上谈兵，而未曾亲历中国。而那些传教士们就完全不同了，他们在多方面意义上表现出大胆和勇敢。

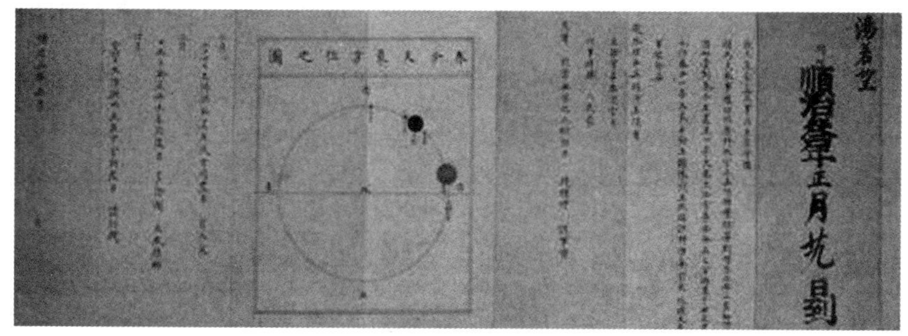

图 8　汤若望书信

五、法国耶稣会士在华的贸易活动

在华耶稣会士除传教和学术活动之外，也有一些活动并未出现在他们那些看起来过于“教化”的书信里。他们在与其他教派明争暗斗的同时，也面临着国与国之间利益的冲突。东南亚地区早在 15 世纪地理大发现起就成为天主教国家葡萄牙的特权辖区，后来却逐渐被荷兰联省共和国和英国这两个新教国家的“贸易公司”所占领。② 在这种情况下，以宗教为幌子的“天主教贸易”的地位急需得到巩固，而当时路易十四统治下的天主教国家法国正是继承这一遗产的天然候选者。耶稣会士白晋是这次法国在华活动“转型”的最活跃的代表。他的两部同年出版的著述《呈奏国王的中国皇帝之历史肖像》（即《康熙帝传》，*Portrait historique de l'empereur de Chine présenté au Roi*，巴黎：E. Michallet 印刷社，1697 年）和《中国现状》（*L'Etat présent de la Chine en figures*，巴黎：Giffard 印刷社，1697 年）见证了“礼仪之争”初期传教士们所追求的利益之世俗化。这两本书更多地把中国看作一个向法国开放的市场，而非仅是布道之地。白晋是受康熙帝庇护的数学家，他于 1693 年

① 前文所引马布利著作，第 136 页。

② 前文所提弗拉芒商人曾抱怨与中国的商业贸易被荷兰人和英国人控制了（前文所引《从奥斯坦德到中国珠江畔的游记》，1723 年，第 1 页）。

被派遣返法，希望携归更多的学者和科技专家。他两度回自己的祖国停留，以便促成计划成功，推动中国吸收借鉴西方先进发展成果。杜赫德曾指出①，白晋提及过他和康熙帝的有关科学和宗教主题的数次长谈。白晋的这份函件未刊，现存于慕尼黑。② 另有一封未刊信件③以及一本署名为“聂云龙（Giovanni Ghirardini，1655—1723），意大利画师”的游记［但实际大量地借鉴了马若瑟（Joseph Henri Marie de Prémare，1666—1736）神父的记述］④《1698年随“安菲特里特号”首航中国记》（*Relation du voyage fait à la Chine sur le vaisseau l'Amphitrite en l'année 1698*，巴黎：N. Pépie 印刷社，1700 年），记叙了白晋神父首次返华的旅行。而他第二次返华旅程，也被记述在一份未刊手稿上，即前文提到过的《1701、1702、1703 年在华旅行日志》（*Journal du voyage de la Chine fait dans les années 1701, 1702 et 1703*）⑤。该旅行日志对白晋真实意图的概述颇为引人注目。该旅行日志由白晋的一位旅伴所写，他和白晋一同乘坐了与前次旅行相同的那艘东印度公司的商船。这位未具名的旅行者对耶稣会士言辞十分严厉，他指出白晋护送一批伪装成“能取悦皇帝的数学家、音乐家、乐器家、钟表师等等”的耶稣会士入华。此外，他提到白晋与东印度公司为达到同一目的而进行的数次关于成立一家中国公司的谈判，其中特别提及关于从皇家御用玻璃公司出口产品事宜。皇家御用玻璃公司曾掌握整块玻璃的制作技术，为凡尔赛宫镜厅制作玻璃，而这项技术对于当时的中

---

① *Description de l'Empire de la Chine*（《中华帝国全志》），拉雅（La Haye），1736 年，四开本，第一卷，第 113 页及之后部分。

② 《由中国皇帝派遣至虔诚信徒国王陛下的耶稣会士白晋神父的旅行日志》（*Journal des voyages du père Bouvet jésuite missionnaire, envoyé par l'Empereur de la Chine vers Sa Majesté très chrétienne*，慕尼黑，巴伐利亚州立图书馆，编号：ms.，cod. gall. 711），四方形八开本，共 191 页。按语：“原稿没有标题，这些回忆录也并未公开发表。”

③ 《白晋神父和他的同伴从广州到北京的旅程》（*Voyage du père Bouvet jésuite et de ses compagnons depuis Canton jusqu'à Pékin (...) Le tout contenu dans une lettre du p. Dolzay, jésuite allemand, écrite de Pékin le 23 août 1699 au p. Brossia, jésuite franc-comtois*，全部内容出自德国耶稣会士 Dolzay 神父于 1699 年 8 月 23 日致弗朗什—孔泰地区耶稣会士利圣学神父的信件）（法国国家图书馆编号：ms.，fr. 21690）。

④ 已与作者就此结论进行交流，作者指出《1698 年随“安菲特里特号”首航中国记》虽署名聂云龙，但其内容大量引自马若瑟神父在《耶稣会士书简集》中刊出的一封于 1699 年 2 月 17 日写于广州的信件（第 16 卷）。另外，聂云龙为意大利画师，虽与法国耶稣会士生活在一起，但法语并非其母语，然而其游记所使用的法文标准而完美，作者因此也猜想该游记实际由马若瑟所写。——译注

⑤ 见《1701、1702、1703 年在华旅行日志》。

国来说是未知的。这位旅行者把白晋描写成一位真正地为法国利益服务的在华商业代理："我们的旅行目的……是购买、运输和装载那些我们必须要带往欧洲的瓷器、茶叶、丝绸。"在他看来，尊崇儒家文化的中国也是，或者说更像是东方宝藏的福地。①

结 语

1722 年，康熙在遗诏中重申他对中华传统文化的热爱和对基督教的拒绝（康熙遗诏后多次被来华旅行者转载②）。1724 年，雍正颁布禁教令。尽管如此，宫廷耶稣会士继续得到皇权的眷顾。他们几乎成功地融入了中国社会，不再以探索"他者"为主题，即便有些表面看似"中国传统的完美模仿者"的耶稣会士画家，也仍然被中国人认为其作品缺少某些"气韵"。他们也获得法国一些开明大臣的庇护，譬如在 1765—1790 年间一直与北京教会保持着学术通信的亨利·伯丁（Henri Bertin，1720—1792）③，从而逐渐成为中国史专家、建筑师、天文学家、音乐家④，甚至成为满族王朝的传记作家⑤。那是杜

① 另有一份未刊旅行日志也证明了这一点，见《对于东印度公司在中国的贸易活动之评论与观察》（*Remarques et observations sur le commerce de la Compagnie des Indes à la Chine, fait par le S. Jazu dans son voyage des années 1740 et 1741*，节选自 S. Jazu 于 1740—1741 年间的旅行日志），慕尼黑，巴伐利亚州立图书馆，编号：ms.，cod. gall. 732，四开本，共（4）—121—（4）页，专业副本。未编页码处有作者致财务总管 Orry de Fulvy 的亲笔题词及其签名。不同章节内容涉及货币、黄金、重量、度量、茶、中国墨水、胶、大黄、南京丝绸、人参、珍珠、清漆、瓷器、墙纸等。

② 《1720—1724 年在中国、暹罗、马六甲及其他印度地区，附中国康熙皇帝遗诏及有关该帝国革命的报告》（*Voyage fait pendant les années 1720, 1721, 1722, 1723 et 1724 à la Chine, à Siam, à Malaca et autres pays de l'Inde, avec le testament de Kamhy empereur de la Chine et un mémoire des révolutions de cet empire par le sr. Gardin du Brossay*），慕尼黑，巴伐利亚州立图书馆，编号：ms.，cod. gall. 624，第 170—242 页。同一藏书区还收藏有另一份康熙遗诏的副本（编号：cod. gall. 674，第 9—98 页）。

③ J. S. de Sacy，《追随中国的亨利·伯丁》（*Henri Bertin dans le sillage de la Chine*），《启蒙时代的中国》（*La Chine au temps des Lumières*），第一册，巴黎：Cathasia-Les Belles Lettres 出版社，1970 年。

④ Y. Tchen，*La Musique chinoise en France au XVIIIe siècle*（《十八世纪法国的中国音乐》），巴黎，法国国家东方语言文化学院，1974 年。

⑤ 可参阅 *Mémoires concernant l'histoire, les sciences, les arts, les mœurs, les usages des Chinois*（《有关中国历史、科学、艺术、礼仪与习俗的备忘录》，又名《中国杂纂》或《中国丛刊》），巴黎：Nyon 印刷社，1776—1814 年，共 16 卷，四开本。此丛书由夏尔·巴托神父（Charles Batteux，1713—1780）和布雷基尼（Louis-Georges Feudrix de Bréquigny，1714—1795）发布，记录了耶稣会士们作出的各种贡献。

赫德、宋君荣、马尔绪、钱德明们的时代，是各位杰出法国汉学家的时代。

中国也逐步登上了世界舞台。时光荏苒，传教士和学者唱主角的时代很快过去，外交家、商人以及随后的军人们纷纷走到幕前。古老的中国相对于西方而言，具有绝对的“他异性”，是独特而非凡的人道主义符号。现在，一个现代化的中国紧跟着到来，它拒绝成为世界的中心，却不得不为了抵御西方工业社会咄咄逼人的胃口而无限靠近这个中心。

“安菲特利特号”与18世纪法国的“中国器物热”和“中国风”①

［法］布里吉特·尼古拉（Brigitte Nicolas）著

郭丽娜译注

一、“安菲特利特号”返航前欧洲进口的中国物品，以及欧洲对中国物品的认识

“安菲特利特号”的货物在1700年分散拍卖，这是中国商品首次在法国销售。而早在1700年之前，经陆上丝绸之路流入欧洲的中国商品虽数量不多，但仍引起了欧洲大贵族对远东器物的浓厚兴趣，特别是神秘的瓷器。中国瓷器结实，光泽度好，十分精致，触感柔滑，洁白无瑕，令西方着迷。瓷器的材质是动物性的呢，还是矿物性的呢？西方科学界对瓷器成分存在各种猜测，这本身就增加了瓷器的魅力。在卢浮宫考古遗址中，出现青白瓷（Qingbai）碎片，这说明14世纪法国宫廷已经使用来自中国的瓷器。已知在德·贝里公爵（duc de Berry，1340—1416）的收藏品中，有一件非常漂亮的镶边白瓷。16世纪初期起，葡萄牙国王曼努埃尔一世（Manuel Ier）便命令印度总督弗朗西斯科·德·阿尔梅达（Francisco de Almeida）和阿方索·德·阿尔布克尔克（Afonso de Albuquerque）在远征亚洲时带回绘有王室徽章的定制中国瓷器。绘有曼努埃尔一世浑天仪徽章的青花执壶②是欧洲最早的定制中

---

① 本文为《广州大典》与广州历史文化研究重点课题“法国商船‘安菲特利特号’与广州”（项目号：2018GZZ005）的阶段性成果。

② 参见国家博物馆联盟编，1992年3月9日至4月30日里斯本克鲁斯皇宫展览和1992年5月19日至8月31日巴黎吉美亚洲艺术国家博物馆展览《从塔霍河到中国海：一部葡萄牙史诗》的目录，巴黎：1992年，第70页。关于绘有曼努埃尔一世浑天仪徽章的执壶，参见万明：《明代青花瓶的展开：以时空为视点》，《历史研究》2012年第5期。——译注

国瓷器。1557年葡萄牙人获许在澳门定居，且每年两次到广州采购[①]，于是贸易情况发生变化，葡萄牙国王的船队将成千上万的中国货物运回里斯本。在整个16世纪中，葡萄牙对亚贸易遥遥领先于欧洲其他国家。里斯本成为人人趋之若鹜的异国商品的卸载港，而其中最受欢迎的商品也成为宫廷的珍贵外交赠品。16世纪中叶，旅行者们游历葡萄牙首都里斯本时，均描述过不同商行的中国物品，琳琅满目，数不胜数。威尼斯大使提婆罗（Tiepolo）难掩内心的兴奋，1571年在日记中写道："精美的生丝……大量瓷器……黑漆器具和家私，像乌木一样发亮；象牙匣子，上面刻有人物，并镶嵌着金子和红宝石；用印度檀香木和金子制成的女用折扇。"[②] 中国商品的到来在里斯本引领新风尚。1580年前后，努埃瓦街（Rua Nueva）6位卖家推波助澜，使绸缎、瓷器、漆器和折扇流行一时。历史学家安娜玛丽·乔丹·施格文德（Annemarie Jordan Gschwend）的研究证明，卖家们用东方物品激发起文艺复兴时期里斯本的狂热。[③] 葡萄牙摄政皇后奥地利的凯瑟琳（Catherine de Austria，1507—1578）把东方商品赐给亲信，在欧洲掀起了一轮小奢侈品风潮。这证明了葡萄牙王国的强大，也只有她才配得上"欧洲对亚贸易之主"的称号。由于扇子免税，里斯本到处都是扇子。1630年，印度总督米格尔·德·诺罗尼亚（Miguel de Noronha）指挥3艘商船，载回多达19000把扇子。迭戈·德·卡

图1　里斯本桑托斯宫的克拉克瓷屋顶

① 参见路易·德尔米尼：《18世纪的广州贸易，1719—1833》，SEVPEN：国家出版社，1964年，共4卷。

② 安娜玛丽·乔丹·施格文德、K. J. P. 罗伊：《全球化的城市：文艺复兴时期的里斯本街道》，伦敦：保罗·霍尔贝通出版社，2014年，第47、244—245页。

③ 参见安娜玛丽·乔丹·施格文德、K. J. P. 罗伊：《全球化的城市：文艺复兴时期的里斯本街道》。

斯特罗（Diego de Castro）一个人就载回1万把![1] 此外，葡萄牙船只将成千上万的明代克拉克瓷（Kraak）运回欧洲。1620年，葡萄牙“圣地亚哥号”（*Sao Tiago*）在圣赫勒拿岛附近被抢掠，船上估值150万荷兰盾的克拉克瓷由荷兰东印度公司在米德尔堡出售。这次销售激发起荷兰人对青花瓷的热情。[2]

也就是说，在“安菲特利特号”首航返回南特之前，欧洲（起码贵族阶层）已对远东商品有相当的了解。1553年，意大利美第奇家族的王公们拥有400件中国瓷。[3] 1677—1689年，英国女王玛丽二世（Mary II），也即荷兰奥兰治纪尧姆三世（Guillaume III）的王妃，收藏了1000多件来自中国和日本的瓷器。法国的大收藏家首推红衣大主教黎士留（Richelieu，1585—1642），他在红衣大主教宫（即现在的巴黎皇宫）收藏了400件瓷器，后来又增添了各类漆器和一扇中国屏风。[4] 1670年之后，王室还专门修建存放瓷器的收藏室。路易十四的皇太子命人布置凡尔赛宫的金色收藏室，用来展示他的381件瓷器。[5] 这些藏品主要是通过中间商从荷兰东印度公司购得的，只有少数由法国公司采购。当时法国公司的个别商船确实能够借“在印度从事印度贸易的名义”，从东南亚万丹（爪哇）和北大年（暹罗）的某些商行采购中国商品。

图2　绘制蝴蝶花鸟图案的克拉克瓷盘，产于明代万历年间（1573—1620）。青花瓷盘系列，直径37厘米，法国东印度公司博物馆收藏，编号Inv. 2012. 12. 1

① 参见安娜玛丽·乔丹·施格文德、K. J. P. 罗伊：《全球化的城市：文艺复兴时期的里斯本街道》，第262—266页。

② 参见罗曼·贝尔当：《均势贸易史：16—17世纪东西方相遇述略》，巴黎：瑟伊出版社，2011年，第201页。其中包括5个大花瓶和650—700个碗碟，是托斯卡纳商人弗朗西斯科·卡雷蒂在1598年驻留澳门期间赴广州十三行采购的。

③ 参见斯泰芬·卡斯特卢西奥：《中国与日本瓷器鉴赏》，圣勒米昂洛：莫内勒·海约出版社，2013年，第45—49页。

④ 莫尼卡·科普林：《17世纪法国漆在欧洲的诞生》，载安娜·福莱·卡利尔主编：《漆的秘密·马丁漆》，巴黎：装饰艺术出版社，2014年，第12页。

⑤ 斯泰芬·卡斯特卢西奥：《中国与日本瓷器鉴赏》，第57页。

早在1614年，“克洛弗号”（*Clove*）船长萨瑞斯（Saris）就曾建议他的东印度公司法国同行：“莫在万丹购胡椒或者中国商品，如果2月初有时间去暹罗北大年，在那里的港口，你会遇到中国帆船，做成大买卖，价廉物美，关税低……”①

法国人在房间里除了摆放瓷器之外，还在做工考究的欧式横档上放置中式或日式橱柜。1675—1680年间，亨利·加斯卡（Henri Gascar）② 绘制了一幅蒙特斯庞夫人（Madame de Montespan）肖像画，背景是2个立在横档上的亚洲大漆柜，上面摆放着青花瓷。国王的枢机主教马扎然（Mazarin）酷爱远东器物，1661年他去世时，其藏品清单上列有26个中国漆盒。③

正是在马扎然红衣大主教的影响下，法国从17世纪60年代起出现远东器物热，并有一专门术语“中国器物热”（le lachinage）来指称这一风潮。④这一风潮因暹罗国王帕·纳拉伊（Phra Naraï）向路易十四及王公贵族赠送大批礼物这一事件而变得激涌。1686年，首任暹罗大使到达巴黎，带去大量中国和日本的瓷器、漆器、织物、金银器、木偶、壁纸和画卷⑤，充盈了皇家宫室，也使几个世纪以来西方对远东财富的抽象幻想得以具体化。

二、“安菲特利特号”运回什么中国商品？

1. “安菲特利特号”的商品清单

“安菲特利特号”的商品清单保存在普罗旺斯—艾克斯海外档案馆中。⑥《文雅信使》（*Mercure Galant*）在1700年刊登过这份清单⑦，为东印度公司

---

① A. 乔弗雷：《金色东方出口市场：瓷器及其对欧洲器物的影响》，伦敦：格拉纳达出版社，1979，第21页。

② 佛罗伦萨乌菲齐宫油画：《克拉涅堡的德·蒙特斯庞侯爵夫人（弗朗索瓦丝·阿泰纳伊斯·德·罗什舒瓦尔）肖像》，亨利·加斯卡，制作于1679—1685年，博物馆编号：inv. 2837。

③ 参见吉田忠子、克洛迪娜·勒布伦·儒弗：《1661年红衣主教马扎然去世后的财产清单》，《法兰西铭文与美文学院文集》第30卷。

④ H. 贝莱维奇·斯坦凯维奇：《路易十四时期法国的中国品味》，巴黎：茹弗出版公司，1910年，第87页。

⑤ H. 贝莱维奇·斯坦凯维奇：《路易十四时期法国的中国品味》，第156—162页。

⑥ 法国普罗旺斯—艾克斯海外殖民地档案馆（ANOM）档案，文献号 C[1] 17。该文献未出版。

⑦ 巴黎皇宫文献：《文雅信使》，1700年，第205—213页。

位于南特（谢齐耐，Chézines）的商店进行商品拍卖做广告："印度公司广而告之，将于10月4日起连续几天在南特出售商船载回的货物，8月2日和9月出售'安菲特利特号'从中国载回的商品。"

在拍卖品中，除了中国白铜、铜、茶叶、樟脑和大黄，还有成包的头发、墨水、"用于铸币的金饼"和大量丝织品，如花缎、锦缎（Damas）、图尔的格罗斯（Gros de Tours）①、单色缎、方格缎、条纹缎、"英式"布块、"萨亚"布块（Saya）或小塔夫绸、潘西（Pansi）和东京（Tonkins）布块、织金与织银面料、绉纱与薄纱、镶边白缎挂毯和丝绸小餐巾。

某些丝织品是用欧洲词汇来命名，比如"图尔的格罗斯"（Gros de Tours）和"英式"布块（Façon d'Angleterre），非常滑稽，不过这也说明商船采购人员面对形形色色的中国丝绸时不仅没有方寸大乱，而且还将它们与欧洲产品进行类比。除了织物之外，还有绘着花朵、用金子或丝绸镶边的广州或南京信笺，以及一些画卷，令人吃惊的是，竟然还有107幅画。"安菲特利特号"上有后来常见的中国壁纸吗？这个问题有待后续整理，再加以回答。接着是折扇或折扇半成品、屏风，还有系列生漆器，被归在"Verny（漆器）"一类，包括盒子、写字台、酒桌、剃须盆和橱柜。写字台和橱柜属于"精细漆器"类，有"描金花枝图案"。令人遗憾的是，并不是所有瓷器都能够被识别，特别是"精致瓷器"类。不过还是可以识别出如下瓷器：水壶、碗、盆、执壶、茶托、剃须盆、盘、碟、水罐和茶罐、瓶、平底大口杯、茶杯、玻璃杯、糖罐、盐瓶和壁炉配件。对这些瓷器与某些漆器进行归类，可以说明当时中国人已经懂得按照葡萄牙采购商（尤其是英格兰采购商）的订单要求来生产对欧出口产品。17世纪末期，厦门早已是英格兰采购定制商品的港口，英格兰采购商带来金银制品、锡制品甚至是木制品的模板，到厦门定制符合欧洲餐台和盥洗室规格的配件。

除了中国货物外，还有"日本货物"：橱柜、办公台、匣子、盒子、38架屏风以及酒桌、茶壶和巧克力壶……珐琅制品没有出现在"安菲特利特号"的第一批货物中，而是出现在1703年的那批货物中。

2. 一份指令性清单，有助于了解"安菲特利特号"上的中国商品

法国海外殖民地档案中保存有一份文献，标题为《清单：送即将赴华采

① 一种横棱绸，比塔夫绸更结实。——译注

购的“皇家雅克号”（*Royal-Jacques*）船长德·朗日里（de Langerie）先生》。① 文献是新成立的中国公司②所撰写。新中国公司获得法国对华贸易特权，名下2艘商船“掌玺大臣号”和“弗朗索瓦号”曾在1702年和1704年到广州从事贸易。在“皇家雅克号”赴华采购之前，公司根据“安菲特利特号”的两次贸易经验，再结合“掌玺大臣号”和“弗朗索瓦号”的贸易经验，发出指令，罗列出哪些中国商品适宜带回欧洲，哪些是不合适的。除了大黄、樟脑、茶和丝绸之外，《清单》特别推荐了如下货物：瓷器、漆柜、屏风、清漆假发匣、酒桌、折扇、铜质煮壶。这份《清单》与《文雅信使》上的货物清单形成了互补，从另一个角度提供了南特的中国拍卖品的状况。这是一份珍贵的稀有文献，尚未出版。对这份文献进行研究，有助于理解商船所在公司的务实性贸易策略。目前看来，这份文献起码说明了法国人对中国物品的品味在整个18世纪是不断变化的，这就迫使唯一有权从事东方商品买卖的贸易公司和中间商不断地调整销售策略，推陈出新。

德·朗日里船长最先收到的指令是关于瓷器的。指示十分简短，仅建议船长在购买大件瓷器时必须谨慎。这意味着“安菲特利特号”带回的瓷器未必符合欧洲一般消费者的期待，而那批瓷器是当时景德镇作坊生产的青花瓷，其中极可能有中国家庭绿瓷。

《清单》写道“橱柜在船上很占空间”，易损坏，且“难以修补，销量也少，因此建议德·朗日里先生不宜采购”。关于屏风，“彩绘屏风在法国销量好，采购大件屏风耗时，德·朗日里先生可以载回100件，小件宜多，大件宜少。但须精心挑选，以黑漆描金花枝屏风为好，不能含任何石质。以前曾运回此类屏风，但没有销路，因为石子易跌落，难以长期固定在木头上。石料需用金属固定，这样的处理方法在中国成本不高，但在法国手工费颇高，大大影响公司的屏风销量。”至于假发匣，“需进口1000多个三件套，即三件一套装，其中一半是红漆镶金边，另一半是黑漆镶金边，均配精美铜锁”。关

---

① 法国普罗旺斯—艾克斯海外殖民地档案馆（ANOM）档案，文献号 C[1] 17，第87—103页。

② 1664年，科尔贝成立法国东印度公司。法国富商儒尔丹从法国东印度公司获得向东方派遣商船进行贸易的许可，“安菲特利特号”首航得到的利润让法国政府和商人看到了商机，儒尔丹随后组建一个新的“中国公司”（la campagnie de la Chine），专事中国贸易。18世纪法国东印度公司因法国与荷兰爆发战争而濒临破产，1719年5月，约翰·劳将“西方公司”“印度公司”和“中国公司”合并组成新的东印度公司，其特许经营权持续到1770年。（参见解江红：《清代广州贸易中的法国商馆》，《清史研究》2017年第2期。）由此可见，该《清单》应该是成文于1719年5月之前。——译注

图 3　中国家庭绿瓷，法国东印度公司博物馆收藏

于漆酒桌和漆托盘，“根据销售经验，运回大、中、小三种漆器酒桌。中型酒桌销量最少，不宜大批进货。大型可以用作餐桌，而小型若不用于收藏酒具，也可用于收藏贵重物品。特告知德·朗日里先生如下两件事：一、必须带有金色龙纹；二、必须是红漆黑漆各占一半。可带回 2000 件大酒桌和 1000 件小酒桌”。《清单》对图案提出具体要求：镶金边和绘金色龙纹。这说明在那个时代，纯粹中式图案因其异国情调而受到欢迎。

扇子存在严重问题：“公司驻广州代理人在折扇进货上表现得非常糟糕。‘安菲特利特号’运回的扇子尺寸太大，而且质量低劣。折扇种类多，但很普通。‘掌玺大臣号’和‘弗朗索瓦号’① 带回的竹扇比‘安菲特利特号’的大，都是同一类型，价格低廉。公司请德·朗日里先生吸取经验教训，切勿购买大折扇，带回 2000 把小折扇，包括竹扇、黑漆扇和红漆扇，扇面以烫金纸为好，部分有图画，部分为金色折页纱扇。”② “安菲特利特号”商品畅销的神话被扇子打碎了。这份文件也透露出如下信息：公司对折扇有高品质要

① 新成立的中国公司垄断对华贸易，1704 年购买“弗朗索瓦号”和“掌玺大臣号”。两艘商船于 1707 年到达中国。安德烈·莱斯帕尼奥尔曾指出，这两艘法国商船没有达到中国，甚至连秘鲁都没去，但这份文件似乎说明事实并非如安德烈所言。参见安德烈·莱斯帕尼奥尔：《圣马洛的先生们，路易十四时期的商贸精英》，雷恩：雷恩大学出版社，1997 年，卷 2，第 655 页。

② 法国普罗旺斯—艾克斯海外殖民地档案馆（ANOM）档案，文献号编号 C^1 17，第 87—103 页。

图 4　饰画镶金漆木，产于清代乾隆年间（1736—1795），法国东印度公司博物馆收藏，编号 Inv. 20

求，意在维持顾客的购买欲，可是去哪里寻找物廉价美的商品呢？可见 1700 年公司驻广州商务代理人在寻找折扇进货渠道方面是不容易的。

指令非常清晰：除了提及货物数量，也提及尺寸、颜色和图案，以迎合法国顾客的期待。不过商船往返中国需时两年，采购指示在商品正式销售之前提前两年下达，时尚法则变化无常，指令的时效性还是值得商榷的。

三、“安菲特利特号”的中国货物在法国的销售情况及其对中国趣味在法国流行的影响

在这份《清单》之外，我们能否知道“安菲特利特号”的货物在法国的销售和接受情况？它们对法国艺术家和手工业者产生了什么影响？法国人的中国品味又如何得以提升？采购商如何从中盈利？

首先历史学家们一致同意，销售是成功的，因为“安菲特利特号”的投资者们获利高达 50%。卢浮宫保存有一幅制作于 1700 年的画作，证实了这一点。

在路易十四时期，凡是能够彰显法国国力、庆祝和“传递”法国引以为

傲的历史性事件，都会以绘画方式保存下来。拍卖会成为让·盖拉尔（Jean Guérard）① 的绘画主题，并复制在折扇扇面上，在市面上流通，这说明拍卖非常成功。这幅画色彩清淡，却展现了重大的商业利益。它敏锐地捕捉到“安菲特利特号”从中国载回货物的销售状况；从更高的角度看，它描绘了18世纪法国两家私人贸易公司（或两家东印度公司）派往中国的150余艘商船在法中贸易中发挥的作用。

图5　“安菲特利特号”的商品拍卖会（水彩画，1700年），让·盖拉尔（Jean Guérard）绘制，卢浮宫博物馆收藏

有学者认为，“安菲特利特号”的中国之行象征着法国的外交和商业成功。这是法中之间的首次直接贸易。此后随着对华贸易的常态化，更多中国商品进入法国社会，首先赢得贵族精英阶层的芳心，然后引起整个贵族阶层的关注，继而进入市民阶层的视野。“中国器物热”（le lachinage），也即收藏具有远东异国情调的中国物品和家具的品味，自觉在整个法国社会流行。也有学者指出，这意味着外国商品进入法国，对本国商品构成竞争，并因税收低而迅速成为热销商品。由于对进口漆品的制作工序一无所知，法国折扇、桌台、木器和陶器等行业制造商纷纷做出反应，自1700年起向政府提出申诉，反对中国公司管理层进口“外国玩意儿”②，中国漆“是一种树胶或树脂，涂于家具之上，观感柔和舒服。对于外国人而言，庞大的中华帝国曾可

① 让·盖拉尔：“安菲特利特号”的商品拍卖会，水彩画，1700年。埃德蒙·德·罗特希尔德藏品，现藏于卢浮宫博物馆。

② 参见法国普罗旺斯—艾克斯海外殖民地档案馆（ANOM）档案，文献号编号 C[1] 17—34，“1700年‘安菲特利特号’第二次赴华采购事件，法国折扇制造商陈情书，注释”。

望而不可即。如今亲王一纸敕令，使中国漆器占领欧洲，特别是在法国、英国和荷兰”[①]。这种反应与此前欧洲人对中国瓷器的反应如出一辙。

尽管法国工匠不断申诉，但这不能阻止中国和日本漆器的进口。远东漆器进口品在18世纪上半叶法国的进口商品中一直占有一席之地。[②] 这些商品包括五斗橱、屏风、办公桌、镜框[③]、鼻烟壶[④]，特别是托盘（酒具）和盒子（尤其是游戏盒），基本上涂有“中国漆”，外形接近法国家具，或仿制法国家具。

图6　仙境屏风，法国东印度公司博物馆收藏

图7　漆器游戏盒及筹码，法国东印度公司博物馆收藏

① 参见“中国漆”词条，雅克·萨瓦里·德·布吕斯隆：《通用商业词典（1726—1732）》，阿姆斯特丹：瓦尔斯堡让森出版社，1923年，第355页。

② 参见南特市档案馆，洛里昂HH系列和SHD系列文献之1P系列。

③ 参见南特市档案馆，HH225系列文献。

④ 参见南特市档案馆，HH223系列文献。

法国国防部的历史档案还罕见地提及涂有清漆的轿子和坐便椅，饰有绸穗的粉盒[①]，还有个人定制的漆器，比如两个剃须盘，其中一个绘有罗比安（Robien）家族的徽章，另一个绘有拉吉尔·德·桑蒂（Larguier de Santy）家族的徽章。[②] 大屏风由于体积过于庞大，进口量少，只运回几件，加之成本高昂，所以一般是为富人预订。屏风的壁板是双面的，运抵欧洲之后被锯开，摊开拼装，反面也当作正面使用。

图8　漆茶盒，法国东印度公司博物馆收藏

图9　“皇帝在木兰围场狩猎”屏风，属于法国国家亚洲艺术博物馆所有，由吉美博物馆寄存在法国东印度公司博物馆

① 参见国防部历史档案处（SHD），洛里昂，文献编号1P，第105页。

② 安托万·勒贝尔：《18世纪中国瓷器上的法国和瑞士纹章》，布鲁塞尔：阿·勒贝尔出版社，2009年，第70、72页。

从 17 世纪初期起，欧洲工匠们先后进入漆器制造业。先是荷兰工匠，后是柏林漆匠达格利兄弟，接着是英国工匠，不少人从事远东漆器仿制工作。法国工匠别无选择，只能努力破解中国清漆的秘密，1728 年马丁兄弟推出首件仿制品。而在此之前，工匠们的不懈努力充满神奇色彩："伪造和仿制美丽清漆制品的尝试至今徒劳无功；据说最成功的仿制品是使用格鲁耶尔奶酪和生石灰，用胶水调制。加入朱砂，成为红漆；熏黑，则成为黑漆……"① 这就是滑稽可笑的法式仿制漆，配方是瑞士格鲁耶尔奶酪、胶水和石灰！尽管仿制品粗制滥造，法国漆匠们还是毫不犹豫地为他们的作品贴上艾蒂安·萨热（Etienne Sager）的头像，自我标榜为"中式生漆"。而萨热从 17 世纪上半叶起就以"中国作品制造大师"②（Maître faiseur③ d'ouvrages de la Chine）的面目出现在法国生漆生产界。

与漆器相反，中国丝绸以及印度或中国的纺织品受到贸易限制。东印度公司的创始人和保护者科尔贝（Colbert）去世不久，法国政府在 1686 年和 1687 年先后出台法令，禁止印度纺织品进口，将丝绸贸易金额限制在 50 万里弗尔以内④，力图保护法国纺织工业和制造业，特别是保护里昂和图尔的丝绸制造业不受东印度公司大量远东织物进口的影响。

远东织物在法国成功销售的原因是多样的。印度的纺织品布料轻薄透气，图案欢快多彩，法国人对其编织工艺不了解，这些都是流行的主要原因。17 世纪初欧洲的编织业还处于起步时期，复杂的工艺、抽丝和织造技术以及印花技术还处于探索阶段。在法国，直到 1759 年远东织品禁令结束之前，编织行业的生产还基本上是依靠经验。至于孟加拉丝绸和中国丝绸，价格低廉是流行的主要原因，此外，织品图案充满异国情调，令人浮想联翩。法国大众对中国和印度织品的痴迷一直持续到 18 世纪末，因此东印度公司得以在第一次拍卖会上成功抛售印度和中国织物，令"安菲特利特号"船东大获其利。⑤

① 参见"中国漆"词条，雅克·萨瓦里·德·布吕斯隆：《通用商业词典（1726—1732）》，第 355 页。

② 莫尼卡·科普林：《17 世纪法国漆在欧洲的诞生》，载安娜·福莱·卡利尔主编：《漆的秘密·马丁漆》，第 14 页。

③ Faiseur 一词为贬义，多指大量生产但粗制滥造的作者和制作者。——译注

④ 路易·德尔米尼：《18 世纪的广州贸易，1719—1833》，第 392—405 页。

⑤ 路易·德尔米尼：《18 世纪的广州贸易，1719—1833》，第 397 页。

1714 年，法国政府颁布禁令，禁止中国和日本丝绸进口。大部分染色或提花丝绸都被列入违禁品登记处的名册，不准在法国销售，如彩色北京绸、单色绸或条纹绸、十字条纹绸或提花绸、帕提绸（patisoyes）、单色或条纹缎、锦缎、金丝和银丝缎，还有一些图案和色彩搭配极其怪诞的彩色绸缎。[①] 1719 年之后东印度公司又获得授权，可以进口生丝，特别是塔尼丝（Tany）和南京生丝，以“半成品”成绞（enmosche）进口。这种生丝只能吸引有能力进行加工的制造商，成品是袜子或花边。当时洛里昂仍可进口远东的彩色丝绸，前提是必须运到法国境外才能合法出售，于是法国境内形成一个地下非法销售网络。

除了在葡萄牙市场上出售的中国面料之外，目前我们能鉴别出来的 18 世纪中国面料是非常少的。在这些罕见的中国纺织品中，有一种北京彩缎，是一种“上面绘制有水粉颜料图案的中国丝绸，在 18 世纪非常流行”[②]，到了 18 世纪下半叶风靡一时。这种北京绸用于室内装饰或制作成衣，特别是连衣裙。厄尔和卢瓦尔省丰盛堡（château d’Abondant）的大厅窗帘就是用这种面料制成的，目前保存在卢浮宫。另外，蓬巴杜夫人（marquise de Pompadour）曾身着彩绘北京绸礼服，命人为她绘制肖像，玛丽·安托瓦内特王后（Marie-Antoinette）“为她在圣克卢的内室和在凡尔赛宫的游戏厅选择了彩绘北京绸”[③]。

图 10　织布机旁的蓬巴杜夫人，弗朗索瓦－于贝尔·德鲁埃（François-Hubert Drouais）绘制于 1763—1764 年，油画，现藏于伦敦国家美术馆

不过保护法国产业的想法始终还是存在于法国东印度公司领导人的脑海之中。1734 年“和平号”（*la Paix*）和

① H. 贝莱维奇·斯坦凯维奇：《路易十四时期法国的中国品味》，第 193 页。

② E. 富吉尔·哈多因、B. 贝尔托和 M. 富萨罗·查文特：《织物：历史词典》，巴黎：拉玛德出版社，1994 年。

③ A. 弗：《法国丝绸史》，巴黎：西部—法国出版社，2010 年，第 111—113 页。

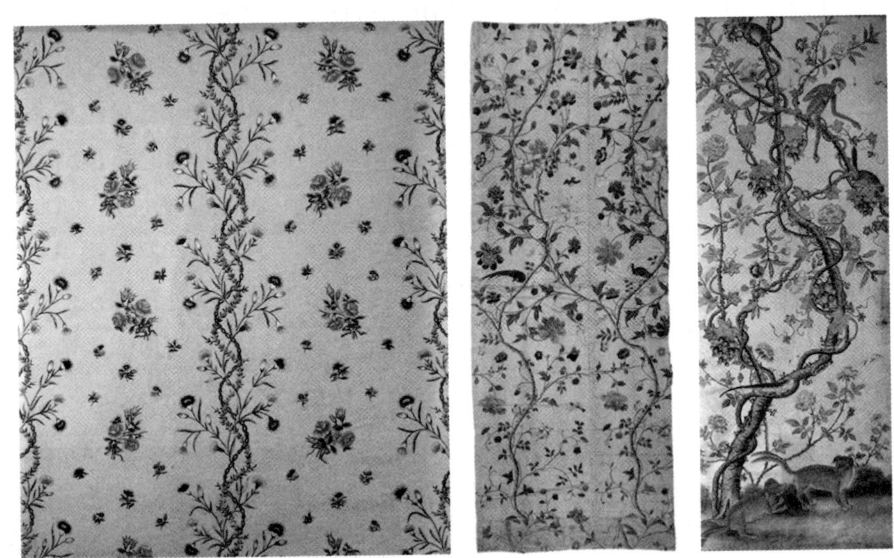

图 11　三种北京绸彩绘式样：18 世纪塔夫绸或绸缎，水粉，中国生产。近期收入法国东印度公司博物馆系列藏品

“海王星号”（*le Neptune*）将 5000 柄扇子从广州运抵洛里昂时[①]，公司理事和董事做了一份货物质量评估报告，指出：“公司认为不宜进口此类精致产品，这会剥夺法国工人的生计。”[②] 看来折扇进口与亚洲纺织品一样，对法国行业构成了不公平竞争，唤起贸易保护主义。

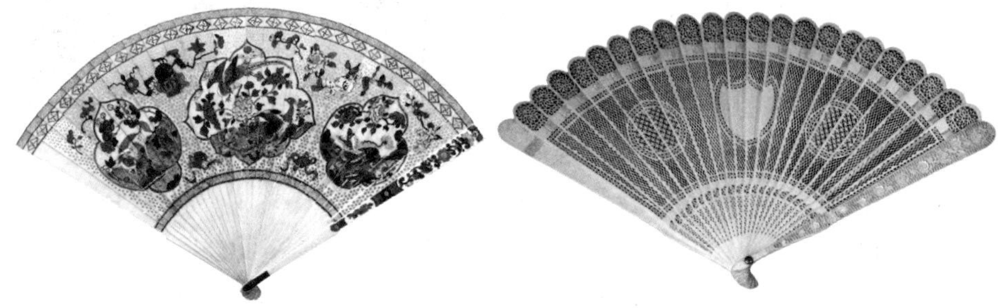

图 12　中国折扇，法国东印度公司博物馆收藏

① 唐纳德·惠灵顿：《法国东印度公司：历史账簿与交易记录》，哈密尔顿手册，2006 年，第 143—176 页，“1687—1769 年间的进货单”。

② 引自《贝尔热拍卖会目录，N° 53—1734 年从广州返航的“和平号”和“海王星号”货物观察报告》，洛里昂，1734 年 11 月 1 日。

四、“中国器物热”（le lachinage）推动生活品味的提升

清漆屏风或彩绘屏风、中式或日式漆柜、酒台、瓷器、折扇和中国壁纸等远东商品进口到法国之后，先倒卖到中间商手里，然后再流转到消费者手中。确实，随着“安菲特利特号”和后期赴华采购的船只将亚洲货物运回法国，倒卖二手奢侈品中间商这一行业蓬勃发展。中间商购买来自东方的商船上的货物①，他们的投机行为助长了“中国器物热”，并使收藏家和爱好者数量不断增长。

在“中国器物爱好者”中，富裕阶层并不满足于收藏物品，而是希望开发中国器物，在欧洲建筑的空间中展现一个中式装饰世界。他们修建瓷器收藏室、中式客厅和印度客厅。在收藏室或客厅的漆面墙壁上，相间贴着中国壁纸、亚洲织物、中国丝绸或印度丝绸。② 幽黑发亮的漆器家具与洁白无瑕的瓷器形成鲜明对比，相互辉映，精致风雅，颇具风情，唤起一个梦幻般的中国。“中国器物热”趣味的最典型例子是波兰亲王奥古斯特·德·萨克斯（Auguste de Saxe，1670—1733）在德累斯顿的瓷器收藏室。这位亲王绰号“强者”，自称患上“瓷器痴迷症”，对瓷器的热爱达到狂热的地步。而欧洲最大的中国瓷器收藏室位于夏洛滕堡宫，是1703 年普鲁士王后汉诺威的索菲亚－夏洛特（Sophie-Charlotte，1668—1705）下令布置的。

收藏室唤起人们对中国这个遥远且神秘的国度的无限遐想，那里的天才工匠把天然原材料变成美轮美奂的艺术品，而欧洲对此却一无所知。定居于北京宫廷的耶稣会士在 1702—1776 年出版了系列《耶稣会士中国书简集》，对法国知识分子和哲学家孕育启蒙思潮产生了影响，而中式空间则与启蒙知识分子共同见证了法国的亲华情结。③

在 18 世纪前 30 年，法国时尚界一直沉浸在收藏中国“白金”（即瓷器）的狂热之中，以至于建筑师马罗（Marot）的欧式收藏室设计图不再流行。法国人对瓷器收藏追捧有加。法国家庭的遗产清单显示，到了 18 世纪下半叶，

---

① 参见娜塔莎·科克里：《18 世纪在巴黎经营商店：奢侈品与二手货》，巴黎：CTHS 出版社，2011 年。

② 参见凡妮莎·阿莱拉·菲尔丁主编：《梦幻中国》，图尔昆：安维尼出版社，2017 年。

③ 参见《耶稣会士中国书简集，1702—1776》，巴黎：卡尔尼埃·弗拉马里昂出版社，1979 年。

中国瓷器已不再是富裕阶层的专属品。普通法国家庭可以轻易购得清代的青花瓷、金线莲纹样茶具、仿伊万里瓷器和胭脂红釉瓷器。这类瓷器均是通过东印度公司流入洛里昂的。

图 13 胭脂红釉瓷器，法国东印度公司博物馆收藏

图 14 嘉布遣会修士套装茶具①，法国东印度公司博物馆收藏

洛里昂档案显示，1760—1770 年，年均销售为大约 30 套装（餐具或盥洗），总瓷器量为 20 万到 30 万件。② 以法国东印度公司为例，1764、1769 和 1771 年出售将近 10 万个金线莲纹样茶杯和茶托。中国瓷器热销并普及，肯定

① 这种茶具被命名为嘉布遣会修士套装，是因为其表面着色与嘉布遣会道袍的颜色一样。嘉布遣会是天主教方济各会的一支。1525 年由意大利方济各会修士玛窦·巴西（Matteo di Bassi，1495—1552）创立。1528 年获教皇克雷芒七世（Clément Ⅶ，1523—1534）批准，因其会服带有尖顶风帽（capuche）而得名。——译注

② 国家历史档案处，洛里昂 1P，第 257、258、260、262、266、303、305、308 页。

会影响到审美风气的变化。从18世纪30年代起，奢侈品二手商贩开始请法国铜匠对瓷器加以“美化”，天马行空地把青铜和瓷器花纹结合在一起，加工出精美的烛台、写字桌和餐桌。铜匠们各施奇技，为瓷器加装了洛可可风格的托座。[①] 瓷器日渐寻常，如果不借助铜匠的奇思妙技，迎合路易十五时期的审美趣味，很可能卖不出去。从表面上看，奢侈品中间商是中欧混合式审美趣味形成的推手，可实际上并非如此，他们只不过是希望商品获得大幅度增值。给出一例子便可证实：在洛里昂，购买一套完整瓷器（数百件）只需支付325里弗尔，而商人拉扎尔·杜瓦（Lazare Duvaux）1751年在账本[②]中记录，蓬巴杜夫人购买一件绘有双猫的天蓝色瓷饰品和3个定制铜鎏金龙纹瓶，支付了高达3600里弗尔的款项。这相当于东印度公司资历最深的水手15年的薪水！

18世纪上半叶，东印度公司将数百万件中国瓷器进口到欧洲，进口量大增，加上瓷器制造秘方被破解，加速了瓷器的贬值。从1750年起，瓷器只占进口货物总值的2%—3.5%。[③] 到了19世纪初，布朗卡尔（P. Blancard）编写《东印度与中国贸易手册》[④] 时指出，中国瓷器除了作为船只的优质压舱物之外，别无其他好处！

同样，“中国器物热”风潮过去之后，除了漆酒具之外，大屏风和漆家具等物品极少出现在东印度公司的船只和提单上。另外法国社会的审美趣味也发生了变化，从1730年起，屏风开始被据成碎片，由法国高级细木工匠重新加工处理。工匠们把屏风漆面板的碎片镶嵌在装饰有青铜镀金雕饰的路易十五式家具上。18世纪上半叶为权贵准备的折扇（主要是漆竹扇和镂空象牙扇）[⑤] 也不再出现在东印度公司的中国进口商品清单上。折扇贸易似乎与漆器贸易一样发生转型：一种情况是由船员在小型通商港内进行，也因此被称作“pacotille”，即“运销海外小商品”；另一种情况是由东印度公司指定的私人

---

① 参见雅利：《中国风：中国趣味对17世纪和18世纪装饰艺术的影响》，巴黎：书社出版社，1981年。

② 参见《国王御用珠宝商拉扎尔·杜瓦的凭单日记账，1748—1758》，巴黎：法国书友协会，1873年。

③ 路易·德尔米尼：《18世纪的广州贸易，1719—1833》，第392页。

④ 参见P. 布朗卡尔：《东印度与中国贸易手册》，巴黎，1806年。

⑤ 布里吉特·尼古拉：《中国折扇贸易》，载2019年6月15日至11月27日东印度公司博物馆展览目录《一只羽饰：中国折扇》，洛里昂：城市出版社，第17—25页。

货运[①]为"有条件的人群"服务。确实，当时仍有一些消费者对远东精致物品保持着特殊爱好，而洛里昂的东印度公司以大批量进货为主，无法满足此类爱好者的需求，因此公司自18世纪30年代起开始授权，接受"有条件的人群"以个人名义订购"日常用品、瓷器、织物、家具等物品，平均利润为25%［……］'特殊人群'需在每年9月上旬在巴黎的柜台支付货款［……］。特殊订单在印度预订"[②]。公司驻印度代理人、商船商务负责人和船长都可为此类"有条件的人群"提供服务。据我们了解，"灵敏号"（*la Subtile*）船长热斯兰（Geslin）先生"那些天返回欧洲，愿意承接两个货柜，是两张中国清漆写字台"[③]，是专门为苏比斯亲王（Prince de Soubise）预订的；此外，在"恒河号"的货物中，有艾吉永公爵（duc d'Aiguillon）的"四个大盒子，各包装着一个瓷瓮"；还有"奥尔良公爵先生（duc d'Orléans）的一个大箱子和谢弗勒兹公爵夫人（duchesse de Chevreuse）的一个小糖果盒"[④]；"维尔沃号"（*le Villevault*）的船舱侧翼"放着绘制有科蒙公爵夫人（duchesse de Caumont）徽章的全套定制咖啡具"。德·桑塞元帅（maréchal de Sancé）定制了"一个漆器游戏盒和筹码、六个中国小墨砚，还有几个剃须盘以及配套的海绵盒和肥皂盒"[⑤]。

图15　中国书台，法国东印度公司博物馆收藏

由于"私人货运"的存在，私人定制品可以合法进入法国。不过当时"有条件的人群"并非唯一能以个人名义购得中国货物的顾客，东印度公司还允许船员或公

① 国家历史档案处，洛里昂1P第305页"1764年行政会议"。

② 国家历史档案处，洛里昂1P。

③ 国家历史档案处，洛里昂1P第299页。

④ 国家历史档案处，洛里昂1P第63页。

⑤ 国家历史档案处，洛里昂1P第266页。

图 16　漆器套装，法国东印度公司博物馆收藏

图 17　玻璃油画，法国东印度公司博物馆收藏

司驻远东代理人以私人名义带回一些纪念品，因此洛里昂的商店也会兜售一些远东小商品。那些无法利用“私人货运”这一渠道暗度陈仓的顾客，会委托相识的船员从中国或印度带回异国小商品，比如鞭炮、灯笼、墨水、果酱、壁纸、银器、鼻烟壶、中国花缎鞋、螺钿饰品、珐琅、水彩画和玻璃油画等。洛里昂东印度公司负责人洛特（Rothe）的“中国小玩意儿”清单上，还提到罕见的“配备 12 支箭的中国弩、3000 个土球”。1764 年，布列塔尼瓦纳（Vannes）主教收到了“一小盒清漆”。①

由此可见，“私人货运”是一种为了满足个人需求而出现的贸易方式，东印度公司尽管对此严加监管，但这一贸易形式仍不时钻规章制度的空子，表

① 国家历史档案处，洛里昂 1P 第 110 页“博蒙的服饰与日用品盘点登记簿”。

图 18　广州珐琅彩瓷杯和水壶，法国东印度公司博物馆收藏

图 19　清代官员、夫人瓷像，法国东印度公司博物馆收藏

现出“非法”面貌。参与“运销海外小商品”的船员从中获得额外收入，许多人还与地方当局勾结，常年非法进口明令禁止的印度丝绸和中国丝绸，从中谋取暴利。档案显示，中央政府曾敦促洛里昂港负责人“逮捕运销海外小商品的卸载人。‘普拉兰公爵号’（*le Duc de Praslin*）运载此批货物，抵达时发生过持械抢劫”①。运销海外小商品交易的存在，对亚洲商品在老百姓阶层的传播起到推波助澜的作用，而二手交易市场的存在则助长了倒卖行为。

图 20　路易十五定制徽章瓷盘，中国制造，约 1730 年，法国东印度公司博物馆收藏

此外东印度公司也将为王公贵族提供预订定制徽章瓷器的服务转让给船员，法国的“特殊人群”慷慨地购买了多达 400 件定制徽章瓷。

从另一方面看，这种贸易机制也是对 1700 年“安菲特利特号”返航后，法国折扇制造商和手工艺制作者的新诉求所做的回应。其积极一面表现为：返航商船在长达 1 个世纪里源源不断地带回一种重要原材料，满足了法国折扇制造商和手工艺制作者的生产需求，这种原材料就是“漆”，其形态各异，分成“木状漆”（laque en bois）、“叶状漆”（laque en feuille）和“无木漆”（laque sans bois）。②

1730—1740 年，法国的中国器物进口出现暂时中断，原因是洛可可审美趣味出现。然而新趣味并没有割断与中国器物的关联，而是与中国器物所呈现的东方品味相互调适，产生融合中西审美因素的各式“中国风”。

① 国家历史档案处，洛里昂 1P 第 300 页。

② 尚未查获国内关于明清漆器涂层材料“漆”的文献和研究工作，无法得知上述“漆”品种所对应的材料专名，仅做字面翻译，特此说明。——译注

图 21　彭提维里公爵定制徽章螺钿游戏盒，中国制造，约 1730 年，法国东印度公司博物馆收藏

图 22　彭提维里公爵定制徽章小便池，中国制造，约 1730 年，法国东印度公司博物馆收藏

五、各式“中国风”（les chinoiseries）的兴起

18 世纪初中国商品进入法国，与本地生产形成竞争。法国工匠们迅速做出反应，生产和仿制相关产品，试图夺回制造业主权，特别是在漆器、瓷器和折扇领域。然而应战并不容易，1741 年，《通用商业词典》[①] 曾这样描写当时的折扇制造业：“（法国扇子的）扇骨由手工艺大师制作，扇面制作和整扇组装由扇子制造商负责。不论如何，还是来自中国的扇骨最受到青睐，不过

① 唐纳德·惠灵顿：《法国东印度公司：历史账簿与交易记录》，第 143—176 页。

价格昂贵，只能用于制作精品。”①

在手工艺者的艺术创作中，装潢工的帮助必不可少。装潢工收藏有大量雕塑，可以提供图像模型。在所有物品里面，最能激发艺术创造力的是中国器物，它们为手工艺者所偏爱。他们无法理解中国图案的意义，却对图案相当着迷。图案构图独特，线条无序，充满异国情调，激发他们的创作灵感。他们对凌云驾雾的中国文人感兴趣；宝塔和东方人使他们联想到奇异的猿类。雕塑模型变幻多端，纷繁琐细，轻盈纤细。各式“中国风”就这样出现了，而最能体现这一审美趣味的是欧洲人对中国“宝塔”（pagodes）的偏爱。对于18世纪欧洲收藏家而言，“宝塔”是一种滑稽的中国小雕像，其形状奇异，充满异国情调，愉悦身心。当时的法国文人、哲学家和艺术家，比如画家弗朗索瓦·布歇（François Boucher），都是这种东方物品的爱好者。② 1740年，

图23　菩萨烛台，约1750年，法国东印度公司博物馆收藏

① 参见“中国漆”词条，雅克·萨瓦里·德·布吕斯隆：《通用商业词典（1726—1732）》，第355页。

② T. 沃思柏：《奢侈品商人与1700—1760年间的中国》，载2007年2月24日至6月17日赛努奇博物馆和巴黎市亚洲艺术博物馆展览目录《宝塔与龙：1720—1770年间欧洲洛可可风潮中的异国情调与幻想》。

知名艺术品经销商埃德蒙·弗朗索瓦·热尔圣（Edme-François Gersaint）把商店招牌写作“在宝塔”（A la Pagode）。弗朗索瓦·布歇设计的名片上有一尊坐在日本漆柜上的菩萨。这种戏谑式艺术在摄政王时期出现，在路易十五亲政时期更是广为流传。当时贵族阶层所崇尚的轻浮、愉悦和享乐的新生活艺术，可以在洛可可和各式中国风中找到印迹。中国器物蕴含的审美品味被吸收、消化、重新诠释，并展示出来。洛可可式家具的青铜镀金雕饰上点缀着漆屏风碎片和瓷器饰件。这一切成就了洛可可风格，标志着异国情调趣味与精致装饰艺术相结合，象征法国社会的奢华。

“中国风”风尚一直持续到1776年之后，当时让·皮勒蒙（Jean Pillement，1728—1808）在巴黎出版《中国花纹、饰物、边饰与图案题材集》（*Recueil des fleurs, ornements, cartouches, figures et sujets chinois*）一书，对法国工匠们的艺术创作产生了长期影响。

图24　法国工匠受皮勒蒙一书启发而创作的壁纸，法国东印度公司博物馆收藏

六、东印度公司的中国商品：融合中西审美风格的商品与具有全球贸易特质的商品

我们回顾一下 18 世纪“安菲特利特号”返航之后法国各家贸易公司的中国物品进口状况。当时绝大多数器物（除了极少数外）都不是亚洲款式，像漆器家具、漆盒、瓷器和珐琅器等，基本是定制产品，外形符合西方家庭生活的需要。法国东印度公司会和荷兰东印度公司一样，把图纸和款式寄给驻广州商务代理人。[①] 绝大部分定制品品相不同，但基本以最低成本在亚洲生产，以最高利润在欧洲销售。公司的欧洲总部和亚洲商行代理人之间的往返函件反映出，贸易公司强烈希望亚洲定制品能符合欧洲人的品味，适应欧洲风尚。比如 1709 年东印度公司“罗亚尔・布利斯号”（*Loyal Bliss*）代理人收到指示，建议购买 5 万至 6 万把扇子，共 19 个款式，均是管理层所指定。[②] 扇子价位不同，以满足不同需求和喜好。

这一时期的中国器物还有另外一个共同点，就是绘制有欧洲的乡村场景，上面也有人物。

图 25　瓷器，法国东印度公司博物馆收藏

① 《1706—1710 年英国东印度公司订单》，载大卫 S. 霍华德：《三城传说：广州、上海和香港——三个世纪中英在装饰艺术上的交流和贸易》，伦敦：苏富比版，1997 年。

② 复制图像来自克里斯蒂安・J. A. 约尔格：《瓷器与荷兰瓷器贸易》，海牙：马尔提努・尼约夫出版社，1982 年，第 100、106、109、115、167 页。

图 26　折扇，法国东印度公司博物馆收藏

图 27　珐琅器

中国工匠在制作上述器物时绘制欧洲人物，并不是因为他们喜欢“欧洲的野蛮人”，而是欧洲人定制产品时提出了要求。18 世纪，西方商人从版画上复制图像，寄给中国工匠，因此定制产品上出现大量人物身着盛装的欢愉场景，画家弗朗索瓦·布歇（1703—1770）笔下的田园风光也常出现在瓷器、珐琅器、扇子和玻璃画上，不过通常和原画相差甚远，只有皮毛相似。那么欧洲人把自己的文化影像送到千里之外，绘制在商品上，再当作自身文化“镜像”置于眼前，这种心态该如何理解呢？

当时的定制品是一种采用中国技艺，将欧洲文化元素与儒释道元素相结合并图式化的商品，是亚欧技艺和文化汇合的典型。因此严格来讲，这些融合中西审美风格的商品并不属于某种特定的文化。它们首先是以资本主义模式运营的公司创造的商品，是一种具有全球贸易特质的产品。这些商品在亚洲定制，在欧洲销售，市场庞大，制作成本低廉，利润丰厚，完全符合公司追逐商业利润的要求。这种行为纯粹出于商业动机，而非对艺术的热爱。定制品的大批量进口满足了欧洲爱好者的需求，但与此相伴而生的是质量下降，并导致商品贬值。同理，欧洲的瓷器和漆器需求下降，也使中国之旅变得越来越无利可图。

结　语

“安菲特利特号”商船返航，恰逢“中国器物热”进入全盛时期。此后瓷器、漆器、丝绸、壁纸和折扇等商品不再为上层贵族所专有。18 世纪初期，成千上万定制品进口，法国富裕阶层沉迷在“中国器物热”之中。可是 18 世纪三四十年代之后，他们逐渐对大屏风、壁纸、漆橱、丝绸和瓷器套件失去兴趣。中国器物作为小配件嵌在洛可可式家具上，参与建构洛可可美学。东印度公司对审美趣味的变化做出反应，停止大部分中国物品的进口，将不确定的市场转让给船员或者私人货运。在整个 18 世纪，瓷器仍然是东印度公司的批量进口物品，保持着数千件的进口量，迎合了蓬巴杜夫人对“中国风”的喜好。

康熙年间两广总督石琳与法国船“安菲特利特号”的广州之行[①]

［法］梅谦立（Thierry Meynard）

一、引论

1684 年清朝颁布“展海令”，允许一种在朝贡体制之外的贸易体制存在。在这种新贸易体制中，广州扮演了主导角色。在《广州贸易》中，美国学者范岱克（Paul A. Van Dyke）评介了 1700—1842 年“广州体制”的完整性与成就。[②] 然而，学界比较忽视 1685 年（粤海关成立）至 1700 年这个时间段，这是一个盲点。[③] 目前研究的另一个不足之处在于忽略了英文之外其他语种如法文的史料。对法国船“安菲特利特号”两次在广州（1698—1699 年及 1702

① 感谢中山大学历史系章文钦教授及肇庆学院汪聂才讲师提出的修改意见，也感谢王琦同学对该文的润色。本文获得 2018 年《广州大典》与广州历史文化研究重点课题“法国商船‘安菲特利特’号与广州”（项目号：2018GZZ05）的支持。

② 范岱克特别强调不应该以 1757 年广州成为全国唯一通商口岸这一事件作为转折点，因为事实上广州早已获得了中国贸易的主导地位。参见 Paul A. Van Dyke，*The Canton Trade: Life and Enterprise on the China Coast, 1700 – 1845*，Hong Kong：Hong Kong University Press，2005，第 10 页；［美］范岱克著，江滢河、黄超译：《广州贸易：中国沿海的生活与事业，1700—1845》，北京：社会科学文献出版社，2018 年，第 5 页。

③ 西方学者一般以 1720 年左右为广州贸易的时间起点，如 Louis Dermigny，*La Chine et l'Occident: Le commerce à Canton au XVIIIe siècle 1719 – 1833*（Paris: S. E. V. P. E. N.，1964）、Henri Cordier，“Les Marchans Hansistes de Canton”（*T'oung Pao* 3，1902 年，第 281—315 页）。如同范岱克一样，当代中国学者则主要以 1700 年为起点开始研究，如陈柏坚、黄启臣的《广州外贸史》（广州：广州出版社，1995 年）。将时间起点推到更早的 1684 年的研究有：Weng Eang Cheong（张荣洋），*The Hong Merchants of Canton: Chinese Merchants in Sino-Western Trade, 1684 – 1798*（Richmond：Curzon Press，1998）。不过该研究主要依据英文材料。

年）的经历进行研究，能更深刻地理解“安菲特利特号”与粤海关之间冲突的根由，可以弥补我们对早期广州体制认识的不足。

关于“安菲特利特号”的相关事务，有很多参与者：康熙、两广总督、广东巡抚、粤海关监督、广州商人、法国船长、法国公司、法国耶稣会士等。本文以两广总督石琳为研究的核心。石琳担任总督 14 年，然而中文文献对其在任期间的记载不够充分，尤其是对于石琳在商业与外事上的作为所言甚少。好在很多西方文献（拉丁文、法文）都有记载，从中我们看到他在处理法国人同朝廷、粤海关监督、广东巡抚与广州商人的关系中充当了很重要的媒介。本文从三个方面分析他的角色。第一，石琳管理外国人的出入境，尽量配合朝廷与法国耶稣会士白晋（Joachim Bouvet，1656—1730）等人，然而康熙对某些传教士的表现不满，导致了他的配合政策发生了很大的变化。第二，关于“安菲特利特号”的性质产生的争论，法国人坚称该船既不是商船，也不是贡船，而石琳在粤海关监督与法国人之间起到很重要的媒介作用。第三，西方文献还披露了石琳本人与法国船从事商业活动的事实，然而二者在贸易过程中也发生了各种冲突。由此，我们能看到“安菲特利特号”在外事、外交、贸易三个领域挑战广州贸易体制，而在朝廷、粤海关监督、广州商人之间，石琳一开始便充当媒介的角色。这个事件暴露出广州贸易体制在早期阶段存在若干问题，对此进行研究有助于我们更深入地理解它后来的完整性。

二、“安菲特利特号”第一、二次广州之行的报告及其他文献

关于“安菲特利特号”第一次广州之行，学术界比较熟悉 1926 年出版的海军军官弗罗热（François Froger）的手稿报告①，这个报告描述了从法国到广州黄埔港（1698 年 11 月 22 日）9 个月的航行、在广州停留 14 个月的航行。② 弗罗热对“安菲特利特号”的贸易活动非常熟悉，报告中的信息非常丰

① 手稿保存在里斯本的阿儒达（Ajuda）图书馆，编号：52 - XIV - 23。

② François Froger，*Relation du premier voyage des Français à la Chine, en l'année 1698, 1699 et 1700 sur le vaisseau l'Amphitrite*；ed. Voretzsch（Leipzig：Asia Major，1926）。萨克斯·班尼斯特（Saxe Bannister）把报告翻译成了英文：Saxe Bannister，*A Journal of the First French Embassy to China, 1698 - 1700*（London：Thomas Cautley Newby，1859）。不过，班尼斯特过于强调船只的外交性质，所谓“第一个法国来华使团”值得商榷。

富。在这个报告的基础上，著名的汉学家伯希和（Paul Pelliot，1878—1945）在1928—1929年的《学者通报》（*Journal des Savants*）上发表了非常详细的考证文章，介绍了船上的各个人物（船员、公司职员、传教士），并分析他们的不同目的（外交、商业、宗教），以及由此导致的各种冲突。[①] 伯希和非常重视“安菲特利特号”第一次广州之行，把它界定为“中法关系的起源”。然而，他没有系统地研究第二次广州之行的文献，也没有提到中国的参与者。[②]

国内学者对“安菲特利特号”的研究并不多。最早对“安菲特利特号”的研究应该是张雁深在《中法外交关系史考》中用两页篇幅简略介绍了“安菲特利特号”来华第一次广州之行的始末。[③] 在《法国汉学史论》里，耿昇概括地翻译了伯希和的文章，并且补充关于第二次广州之行的信息，特别是贸易方面的信息。[④] 比较值得注意的研究是伍玉西的《宗教利益至上：传教史视野下的“安菲特利特号”首航中国若干问题考察》一文。[⑤] 他从传教史的角度，介绍了白晋在法国对“安菲特利特号”的筹备工作，船只在广州所受到的待遇，白晋用什么策略使“安菲特利特号”获得了法王御船而不是贡船的身份，以及送给康熙的货物作为礼物而不是贡物，并且陈述了白晋离开广州之后法国船在商业方面面临的困难，这导致船只在广州滞留了15个月。不过，伍玉西没有提及第二次广州之行，也没有系统分析石琳的角色。另外，他主要分析了传教士与法国公司之间的冲突，因为耶稣会士把宗教利益置于经济利益之上；不过，耶稣会士把传教计划融合在一个经济行动中，因此还需要对此进一步加以说明。

笔者的研究则包括被忽略的第二次广州之行，因为分析两次广州之行的异同能帮助我们理解法国人如何处理与广州体制的关系，因此应当把两次广

---

① Paul Pelliot，“L'origine des relations de la France avec la Chine：Le premier voyage de l'Amphitrite en Chine”，*Journal des Savants*（1928），第433—451页；（1929），第110—125、252—267、289—298页。关于法国“中国公司”（Compagnie de la Chine）和印度公司在广州，参见解江红：《清代广州贸易中的法国商馆》，《清史研究》2017年第2期。

② 其实，中法关系的起源应该追溯到1685年法国国王把法国耶稣会士以“国王数学家”的名义派往中国。

③ 张雁深：《中法外交关系史考》第1章《初期关系》，北京：史哲研究所，1950年，第12—13页。

④ 耿昇：《法国汉学史论》下册，北京：学苑出版社，2015年，第557—583页。

⑤ 伍玉西：《宗教利益至上：传教史视野下的“安菲特利特号”首航中国若干问题考察》，《海交史研究》2012年第2期，第34—47页。

州之行作为一个整体进行研究。1701 年 10 月 1、2 日，“安菲特利特号”受到暴风的影响，失去了船锚及船桅，在广东茂名、湛江的海面待了 6 个多月，于 1702 年 5 月 26 日到达黄埔港。关于这次航行及在广州的活动，我们主要依靠一份匿名报告，这份报告于 1901 年由马特罗列（Claudius Madrolle，1870—1949）出版。[①] 作者应该是海军军官，对贸易活动也很清楚。不过，他在报告中对法国耶稣会士表示不满，并且在“礼仪之争”问题上，他倾向于巴黎外方传教会士的立场，而且跟他们有密切的来往。他所提供的信息与巴黎外方传教会的文献一致，这揭示了巴黎外方传教会士是他的主要信息来源。

把两次广州之行作为整体研究的另一个理由在于石琳参与了两次广州之行的事务处理。在“安菲特利特号”结束第二次广州之行并离开广州（1702 年 11 月 20 日）的 7 天之后，他在广州病逝（1702 年 11 月 27 日，康熙四十一年农历十月初九）。除了这两份报告之外，我们还使用耶稣会士的日记、书信及巴黎外方传教会士的记载（包括没有出版的文件），同时，我们尽量寻找了一些中国文献。

三、石琳与传教士的管理

石琳，字琅公，本姓瓜尔佳氏，清朝将军石廷柱（1599—1661）第四子。他曾经出任湖广巡抚和云南巡抚，后担任两广总督，并卒于任上（1689 年 8 月 19 日至 1702 年 11 月 27 日）。[②] 石琳跟皇家有密切关系，因为他哥哥石华善（？—1695）的孙女福晋（？—1718）嫁给了皇太子胤礽，并被封皇太子妃（1695）。由于他跟胤礽的亲戚关系，石琳的地位也得到提升。法国人经常把他称为胤礽的“舅舅”（法文 oncle）。据《清史稿 · 萧永藻传》记载，1700 年，给事中汤右曾（1656—1721）弹劾广东巡抚萧永藻（1644—1729）和石琳在海南岛黎人争斗之事上处理不力，酿成严重的匪患。因此，康熙下令萧永藻与广西巡抚彭鹏（1635—1704）互调官职。从 1701 年 1 月 23 日起，彭鹏担任广东巡抚。不过，石琳的总督官位没有受到影响，也许跟他与皇家

① 收藏于法国国家图书馆 BNF ms. NAF 2086：*Journal du Voyage de la Chine dans les Années, 1701 - 1703*。出版（不全）信息见 Claudius Madrolle，*Les premiers voyages français à la Chine; la Compagnie de la Chine, 1698 - 1719*（Paris：A. Challamel，第 61—267 页），马特罗列认为作者为 Bouvet de la Touche，不过，他并没有提供任何根据。

② “国史馆”校注：《清史稿校注》，台北：台湾商务印书馆，1999 年，第 8671—8672 页。

的关系有关。

在“安菲特利特号”两次广州之行中，我们看到石琳在外事方面所发挥的作用主要体现在三个方面：安排传教士进出境、协助天主教会、向康熙赠送外来的礼物。

（一）安排外国人进出境及派遣传教士前往北京。广州作为最主要的口岸，也是外国人出入中国的主要关口。由于石琳的总督身份，他负责处理外国人的出入境事务，派遣宫廷所需要的传教士前往北京，也协助传教士受康熙的派遣返回欧洲。石琳安排送别那些康熙派遣的传教士，或接待他们回国。在他的任期内，有 88 位耶稣会士进入中国，其中半数为法国耶稣会士。[①] 此外，还有其他修会会士，如道明会、方济会、奥古斯丁会等，以及巴黎外方传教会传教士。在这一时期，传教士来华非常频繁，是传教士进入中国的高峰期。石琳第一次处理法国耶稣会士的出入境是在 1693 年，这应该是他第一次见到白晋。当时，白晋受康熙之命以钦差身份准备前往法国，从 1693 年 8 月 21 日至 12 月 27 日在广州待了 4 个多月时间，等待有船载他回欧洲，这期间他在公馆住了一段时间。据白晋的记载，8 月 24 日，石琳给他安排了很隆重的宴会。因为石琳在广州没有自己的衙门（他经常住在广州府学宫里）[②]，宴会在武威将军的衙门举行。白晋称这个衙门是“全国最漂亮的衙门之一”，曾经作为平南王（即尚之信，1633—1680）的衙门。白晋在日记中花了很长篇幅来描述宴会及其乐队。[③] 石琳、巡抚及布政使一起将 120 元（pistoles）送给白晋，然而白晋当时并没有接受，但在 12 月出发之前，他最终接受了这笔钱。[④] 需要注意的是，白晋会说满文，他用满语给康熙上课，为他用满文撰

① 进入中国的人员为 1689 年的王石汗（Pierre Van Ham，179 号）到 1702 年的卢多禄（Pierre Loupias，266b 号），参见费赖之（Aloysius Pfister），*Notices biographiques et bibliographiques sur les Jésuites de l'ancienne Mission de Chine: 1552 - 1773*，Chang-hai：Imprimerie de la Mission Catholique，1932 - 1934，第 1 卷，第 VII—IX 页。

② 这时的两广总督的衙门仍在肇庆。

③ 参见 Joachim Bouvet，*Journal des Voyages*，edited by Collani（Taipei Ricci Institute，2005），第 182—183 页。法国耶稣会编辑杜赫德（Jean-Baptiste Du Halde，1674—1743）把白晋对宴会的描述写进《中华帝国全志》中，参见 *Description géographique, historique, chronologique, politique et physique de la Chine et de la Tartarie chinoise*（Paris：Lemercier，1735），第 2 卷，第 114—117 页。

④ 法文 Pou-ching-ssee 应该为布政使，这件事发生在 1693 年 9 月 4 日；Bouvet，*Journal des Voyages*，第 190、216 页。当时广东巡抚为江有良（康熙三十一年十二月二十二日至三十二年十二月二十日，即 1693 年 1 月 27 日至 1694 年 1 月 15 日）。

写数学著作。由于不允许汉人学习满文，白晋有其优势。他出发之前，石琳送给他 30 本满文著作。[①] 5 年之后，即 1698 年，白晋乘“安菲特利特号”返回中国再次入境。“安菲特利特号”先经过上川岛，白晋在广海登陆，去广州通报法国船的到来。[②] 1698 年 11 月 2 日，“安菲特利特号”抵达黄埔港。船长拉罗克（La Roque）在附近村庄租了祠堂，给病人居住。关于这个村庄，弗罗热的报告及地图都标记为“Cang-teng-tchuën”，伍玉西认为很可能指“仓头村”，不过章文钦教授认为可能指“仑头村”。[③] 此后，船长及高级船员住在石琳在广州为他们准备的公馆；白晋也有自己的公馆。与他同行的 10 位耶稣会士则住在法国耶稣会教堂（位于广州新城东南清水濠）。当时康熙不在北京，因此传教士为了等待康熙的命令在广州居留了 2 个月。

1699 年 1 月 26 日，康熙派遣的 3 位钦差到了广州天字码头，并受到隆重的接待。第一位钦差是武英殿总监造赫世亨（约 1645—1708），传教士称他为 Hencama 或 Henkama。陈国栋指出：“目前能找到赫世亨与西洋人互动的最早纪录是 1699 年初他前往广州迎接白晋。”[④] 其他两位钦差是法国耶稣会士刘应

---

① 参见 Bouvet，*Journal des Voyages*，第 215 页。原来康熙给白晋 45 本书要带回法国，其中也许有满文的。

② 1699 年 11 月 30 日，白晋致路易十四告解神父拉雪兹（François La Chaise，1624—1709）的书信中写道：“我对这个高官很熟悉”（je connaissais très particulièrement ce madarin），参见 Bouvet，Lettre au P. La Chaize，30 novembre 1699；*Lettres édifiantes et curieuses*，ed. Louis Aimé-Martin（Paris：Panthéon littéraire，1843），第 3 卷，第 19 页；《耶稣会士中国书简集》（郑州：大象出版社，2005 年）上卷，第 145 页。按照弗罗热的记载（第 82 页），石琳与白晋曾经在宫廷认识，不过，弗罗热的信息不一定正确。

③ 伍玉西：《宗教利益至上：传教史视野下的“安菲特利特号”首航中国若干问题考察》，第 39 页。笔者在法国国家图书馆的网页上发现了四张相关的地图，标题为《进入广州的地图，其中标识了我们从上川岛出发沿途的抛锚处、沙洲、礁岩及我能认出的其他危险》（Carte de l'entrée de Canton où sont marquez exactement tous les mouillages que nous fismes depuis l'isle de Sanciam，les bancs，les roches et autres dangers que j'ai pu reconnaître）。四张地图没有说明作者，不过，将其与 *Relation du premier voyage des Français à la Chine, en l'année 1698, 1699 et 1700 sur le vaisseau l'Amphitrite* 对比，可见二者在抛锚之处及深度的信息上是一致的，因此可以肯定作者是弗罗热。另外，里斯本的阿儒达图书馆收藏弗罗热的手稿（52—XIV—23）有同样的地图，只是地图方向不同。

④ 陈国栋：《武英殿总监造赫世亨：礼仪之争事件中的一位内务府人物》，《两岸故宫第三届学术研讨会：十七、十八世纪（1662—1722）中西文化交流》，台北：台湾故宫博物院，2011 年，第 257—290 页，其中第 278 页。白晋把赫世亨描述为“皇帝皇庭负责人”（chef d'un tribunal de la maison de l'empereur）。按照耶稣会的说法，后来赫世亨犯了错误，把礼物在扬州展示，被康熙责怪，因为康熙答应白晋，不要让人错误地认为这些礼物是贡物；Froger，*Relation*，第 107 页。

（Claude de Visdelou，1656—1737）和葡萄牙耶稣会士苏霖（José Soares，1656—1736）。康熙允许5位传教士到北京，石琳及白晋商量后选定了人选。赫世亨到了法国耶稣会教堂，强调皇帝重视美德、个人功德、科学与艺术的技巧，恭喜被选的5位。[①] 关于其他5位，赫世亨对他们说可以“随便传教”（soui pien tchouen kiao）或“随便各处传教”（soui pien teku tchouon kiao）。这番话表明了康熙对天主教的支持，也符合康熙1692年发布的“宽容诏令”，允许中国人加入天主教会。不过，对于赫世亨的这句话，耶稣会的解读过于乐观，比如白晋在1699年11月30日的书信中写道，康熙给他们“完全自由去全国传天主教”。[②] 我们下文将会讨论法国耶稣会士的误会所带来的后果。1699年2月25日，3位钦差、白晋及其他耶稣会士往北方出发，石琳、巡抚及其他高官在天字码头举行了隆重的仪式。[③] 按照弗罗热报告中附上的一幅画，白晋的船队很宏伟，包括8艘客船及50艘货船。

石琳第三次安排法国耶稣会士出入境是同一年洪若翰（Jean de Fontaney，1643—1710）的出入境。为了缓解“礼仪之争”，同时寻找其他传教士，康熙派洪若翰返回欧洲。不过，洪若翰有自己的计划，即要得到耶稣会总会长许可，使在华的法国耶稣会独立于葡萄牙人所指导的中华省。1699年10月11日，洪若翰及刘应到了广州，住在2个不同的公馆，2天之后，刘应搬到了法国耶稣会教堂。1700年1月27日，洪若翰搭乘“安菲特利特号”出发返回法国，当年8月3日到达了法国路易港口（Port Louis）。“安菲特利特号”与洪

① 严理伯（Philibert Geneix，1667—1699）、翟敬臣（Charles Dolzé，1663—1701）、南光国（Louis Pernon，1664—1704）、卫嘉禄（Charles de Belleville，1657—1730），还有一位意大利画家聂云龙（Giovanni Gherardini，1655—1723）。这五位在中国的命运有所不同：1704年，聂云龙被允许回欧洲；另外三位在5年内都去世，都不满40岁；只有卫嘉禄活得长久，在中国服务了32年。

② 白晋：“une entière liberté d'aller par tout son empire prêcher la loi du Seigneur du ciel”，参见 Lettre de Bouvet du 30 novembre 1699，第19页。按照聂云龙所言，“随便传教”（soui pien tchouen kiao）见 Gherardini，*Relation du voyage fait à la Chine*（Paris：Nicolas Pépie，1700），第89页。在1699年2月22日的书信中，翟敬臣写“随便各处传教”（soui pien teku tchouon kiao），见 Lettre du R. P. Dolzé，jésuite missionnaire，écrite au R. Père Dez，Provincial de la Province de France，de Canton，le 22 février 1699，Archives nationales K. 1375. 5，f. 17。除了早死的利圣学（Jean-Charles-Etienne de Broissia，1660—1704）之外，其他比较顺利地适应，其中巴多明（Dominique Parrenin，1665—1741）在中国服务了43年，也有著名汉学家马若瑟（Joseph-Henri de Prémare，1666—1736）在中国服务了38年。

③ 除了被选去北京的3位传教士之外，还有往北传教的其他3位：巴多明、卜纳爵（Ignace-Gabriel Barborier，1663—1727）、雷孝思（Jean-Baptiste Régis，1663—1741）。在广州剩下2位法国耶稣会士，即利圣学及马若瑟。

若翰在法国只待了9个月，1701年3月7日再次出发前往中国。

由于“安菲特利特号”在广东海域遇上暴风，洪若翰先行在茂名登陆，前往肇庆拜见石琳。有人注意到，虽然石琳对他非常有礼貌，不过并没有在衙门门口等待他，也没有给他开衙门的中门，因为与白晋在第一次广州之行的身份不同，洪若翰不享有钦差的身份。[①] 但是石琳还是给他提供公馆，以及财务支持。例如1701年12月18日，洪若翰跟10个耶稣会士准备离开广州向北旅行，发现船上缺乏旅行所需的食品，当天晚上，他去找石琳，让他提供必需品及一些仆人。石琳给予了支持。洪若翰船队一共有5艘客船及9艘货船（cinq grandes galères，neuf bateaux de charge），比白晋船队的规模要小。[②] 另外，由于“安菲特利特号”失去了船锚，石琳安排了小船去广州湾寻找船锚。[③]

由此可以看出，石琳配合朝廷的外事，与武英殿总监造赫世亨、宫廷耶稣会士相协调，提供公馆及财务支持。对于传教士的出入境，广州贸易体制起了决定性的作用，因为中国没有自己的大船，康熙所需要的传教士必须搭乘英国船或法国船才能在中国与欧洲之间往返。[④] 当传教士在广东境内遇到各种各样的困难时，石琳都会尽量帮助他们，下文将会说明。

（二）帮助天主教士改建教堂及墓地。当传教士与地方政府发生冲突时，石琳努力化解他们的矛盾。例如，长期住在佛山的意大利耶稣会士杜加禄（Carlo Turcotti，1643—1706）计划在广东新会建造新的教堂，但是遭到新会知县的拒绝。1693年11月20日，杜加禄通过白晋请求帮忙。白晋为此专门到肇庆寻求石琳的帮助，最终他得到在新会修建教堂的许可。同时，白晋也获得在广州建造法国耶稣会教堂的许可。[⑤] 由此可见，白晋通过石琳越过了广东巡抚的权力，白晋自己也注意到了这个问题，因此，他12月离开广州时，巡抚没来送别。[⑥] 因为白晋及其他传教士获得宫廷或总督的支持，他们比较容易忽略广东

---

① *Journal du Voyage de la Chine dans les Années, 1701 – 1703*，第77页。

② *Journal du Voyage de la Chine dans les Années, 1701 – 1703*，第134—135页。

③ *Journal du Voyage de la Chine dans les Années, 1701 – 1703*，第124、130—133、158—159页。

④ 关于法国耶稣会士乘坐英国的船有这样的记载：“在其他的事业方面，虽然没有事先商量好，但两公司采取同样行动。如他们给‘法国耶稣会神父’免费从中国乘船返欧洲，以报答他们给予大班的友谊与无私的建议。”［美］马士著，区宗华译，林树惠校，章文钦校注：《东印度公司对华贸易编年史（1635—1834）》第1卷，广州：广东人民出版社，2016年，第134页。

⑤ Bouvet，*Journal des Voyages*，第213—215页。

⑥ Bouvet，*Journal des Voyages*，第218页。另一个原因是英国船长在澳门买房之事。

或广州高官的权力。我们会在下文专门讨论石琳跟粤海关监督的冲突。

石琳也给予了在上川岛改建圣方济各·沙勿略（Francis Xavier，1506—1552）墓地的许可。1698 年，法国商船“安菲特利特号”的船员向沙勿略立誓，要在上川岛为他重修一块墓地，以感谢他在航程中的护佑。1698 年 12 月 3 日的圣方济各·沙勿略节，他们在广州耶稣会的驻地讨论该如何履行他们的誓言。按照弗罗热所述，耶稣会修士卫嘉禄展示了他设计的大理石纪念碑草图，水手们为此举行了募捐。白晋应该有足够的政治影响力来实现他们的目标。其实，杜加禄原本就有在上川岛改建墓地的计划，由于他忙于发展佛山的天主教会，加上缺乏资源，最终没有落实。① 1698 年 10 月 15 日，杜加禄被任命为中华省和日本省的视察员，在知晓法国人的决定后，他开始重启计划。然而，由于法国耶稣会士不承认葡萄牙“保教权”（padroado），导致在华耶稣会士之间产生冲突，改建墓园的计划最终只能以日本省的名义进行。② 在一封 1699 年 11 月 30 日写给罗马总会长的信件中，杜加禄提到筹备在上川岛修建墓地的计划，而在另一封写于 1700 年 1 月 1 日的信中他提到在等候石琳的批准，在此事上他得到了刘应的帮助。③ 石琳和广州总兵给杜加禄提供了军事上的保护，使庞嘉宾（Kaspar Castner，1665—1709）等人免受海盗的袭击，在三个月内顺利改建墓园。在此期间，庞嘉宾给岛上的 30 个居民施洗。1701 年，杜加禄向石琳提出新的请求：允许传教士随时去上川岛照顾新教友。庞嘉宾记载道：“令人吃惊的是，只需要承认圣人的墓地是在上川岛上，我们便很容易从这个异教徒那里获得许可。他甚至用礼貌的信函答复了嘉禄神父，并向我们表达了关爱和尊重。几个月前他到广州处理公务，甚至还亲自登门拜访了我们的神父［嘉禄］。因为他听说神父生病了，他希望以朋友的身份前往慰问。”④

---

① 庞嘉宾著，黄志鹏译：《关于 1700 年在上川岛为伟大的东方使徒圣方济各·沙勿略建造的墓园》，《西学东渐研究》第 8 辑，北京：商务印书馆，2019 年，第 288—308 页；拉丁原文标题为“Relatio Sepulturae Magno Orientis Apostolo S. Francisco Xauerio erectae in Insula Sanciano anno Saeculari, 1700”。

② Froger, *Relation du premier voyage des Français à la Chine, en l'année 1698, 1699 et 1700 sur le vaisseau l'Amphitrite*, 第 84 页。

③ 罗马耶稣会档案馆 ARSI Jap. Sin. 166：410v；ARSI Jap. Sin. 167：235。

④ 庞嘉宾著，黄志鹏译：《关于 1700 年在上川岛为伟大的东方使徒圣方济各·沙勿略建造的墓园》，第 305 页。

如此，我们可以看到石琳与耶稣会士有密切的关系，并且这种关系也扩展到石琳的家族。1699 年 4 月，白晋已离开广州到达江苏常州拜见康熙。在常州，他写了封信给广州法国耶稣会院长利圣学（Jean-Charles-Etienne de Broissia，1660—1704），信中提到石琳的侄子祈求白晋向皇帝推荐他。白晋答应了他，并在书信中表示："由于总督的缘故，我们在广州能得到那么好的接待。"① 由此可见，石琳与耶稣会士的关系并不是单向的，而是互相的，并且拓展到石琳的家族。

石琳跟传教士的特殊关系并不只限于耶稣会士，例如，按照第二次广州之行的匿名报告，1701 年 12 月初有 3 位巴黎外方传教会士要从广州前往云南，即雪白郎（Philibert Le Blanc，1644—1720）、Alexandre Danry（1656—?），还有一位"外科医生 Querry"，应该是方舟（Gaspar-Francois Guety，约 1675—1725）。居住在葡萄牙耶稣会堂的意大利耶稣会士利国安（Giovanni Laureati，1666—1727）给石琳写了一封信介绍这三位。当他们到达石琳的衙门时，他唯一的儿子得了天花，方舟使用风信子（hiacinto）的香膏治好了石琳儿子的病；方舟还照顾年纪大的妇女，减少她们的痛苦。② 他们离开之前，石琳给云南巡抚写了推荐信，使他们可以在云南传教。③ 总之，根据赫世亨的"随便传教"的意思，石琳为天主教会提供了很多方便。由于石琳的帮助，天主教会得以在新会建立一座教堂，在广州增加一座教堂，在上川岛改建墓地。另外，石琳还去传教士的教堂，也欢迎传教士到他的衙门，允许其家人及亲戚与传教士来往。法国耶稣会士于 1688 年到了宫廷，1693 年康熙得了疟疾差点驾崩，法国耶稣会士给他吃奎宁（quinine）使其康复。此后，康熙派遣白晋、洪若翰回到欧洲。可以说 1693—1701 年法国耶稣会士在宫廷的地位达到高峰。石琳应该了解康熙与耶稣会传教士的特殊关系，不过，我们接下来会看到，石琳的开放态度违背了康熙的意旨，导致康熙对法国耶稣会士的态度发生了很大的改变。

（三）给康熙送礼物的复杂性。跟其他高官一样，石琳的一个重要任务就是给康熙送礼物。他有地理位置的优势，可以从国外获得奇物。不过，在

---

① 这封信是弗罗热在他报告中所抄录，Froger，*Relation du premier voyage des Français à la Chine, en l'année 1698, 1699 et 1700 sur le vaisseau l'Amphitrite*，第 105—106 页。

② 1702 年 12 月 6 日雪白郎致广州葡萄牙耶稣会堂利国安的书信，ARSI Jap. Sin. 167：212。

③ 参见 *Journal du Voyage de la Chine dans les Années, 1701 – 1703*，第 119 页。

"安菲特利特号"第二次广州之行中，洪若翰犯了个重大错误。1701 年，粤海关监督要求检查"安菲特利特号"的货物，但是洪若翰拒绝了，并且在茂名电白（Tienpé）把 54 包（ballots）和 35 箱（caisses）货物卸下船，然后分为 250 盒（boites），由 300—400 人背上带到肇庆，此后移到广州法国耶稣会教堂。这样的举动很大胆，因此粤海关监督认为洪若翰要逃税走私。① 更严重的是，康熙后来怀疑洪若翰没有将货物造册，反而将部分礼物售卖或赠送给别人。确实，按照第二次广州之行的报告及巴黎外方传教会士的记载，他把部分货物以 1 万两纹银（taels）的高价卖给石琳，以便石琳可以以自己的名义将这些货物送给康熙。② 另外，洪若翰花了 4 个多月的时间才到达北京（从 1701 年 12 月 18 日至 1702 年 4 月 6 日）。洪若翰的行动过于缓慢引起了康熙的怀疑，于是 1702 年 3 月粤海关监督受康熙之命，去赣州检查洪若翰所带的礼物与张诚（Jean-François Gerbillon，1654—1707）所提供的清单是否一致。③ 洪若翰到北京后，康熙表达了他的不满，一开始拒绝接收礼物，但最后还是收下了。从洪若翰的书信中可以知道有三件事让康熙不满：（1）洪若翰卖给石琳的礼物先到了北京，他自己的礼物却晚到；（2）做生意这件事违背耶稣会自己的规定；（3）洪若翰买了 4 栋房子（分别位于南京、湖广、宁波）给法国耶稣会士专用，引起在北京的葡萄牙耶稣会士的强烈反对。④ 确实，第一

① 第二次广州之行的报告揭露洪若翰在广州做买卖（BNF ms. NAF 2086：130 il ne se faisait pas de scrupule de faire un trafic public et un commerce ouvert de montres，de pendules，de corail，et de tabatières émaillées d'armes de cristaux et d'autres marchandises de cette nature），也在江西和南京做买卖（BNF ms. NAF 2086：266：On a su aussi qu'il avait vendu dans les provinces de Kiangsi et de Nankin pour 30，000 taels d'autres curiosités）。马特罗列并没有输入这两个段落。

② 这些礼物包括 fusils，pendules，cristaux，tapis，tabatières；machine de cuivre dorée qui supportait un bœuf et un tigre jetant de l'eau 6, 400 taels；*Journal du Voyage de la Chine dans les Années, 1701 – 1703*，第 179 页。关于洪若翰的货物，巴黎外方传教会士记载类似的数字：52 ballots，45 coffres；Fontaney，*Anecdotes orientales*；BNF ms. Fr. 25056，f. 279。不过，巴黎外方传教会士记载 5 万两纹银，另一处说 1 万，并且补充信息：部分货物卖给盐道（mandarindusel），Fontaney，*Anecdotes orientales*；BNF ms. Fr. 25056，f. 279—280。洪若翰在路上花了那么多时间不仅仅是因为他做生意，他还需要买一些土地给新来的法国传教士使用。

③ 参见 *Journal du Voyage de la Chine dans les Années, 1701 – 1703*，第 180—181 页。

④ 参见 1702 年 5 月 9 日洪若翰致宋若翰书信，ARSI Jap. Sin. 167：28。关于赵昌，参见 Jin Guoping，"Amícissimos，Tomás Pereira and Zhao Chang"，*In the Light and Shadow of an Emperor, Tomás Pereira SJ (1645 – 1708), the Kangxi Emperor and the Jesuit Mission in China*，edited by Artur Wardega and António Vasconcelos de Saldanha，2012，第 228—251 页。

件事令康熙认为洪若翰无礼，因为洪若翰没有尽快到北京来拜见他。对另外两件事不满，表明康熙不支持法国耶稣会士随便在中国买土地、建教堂。可见，康熙的态度与耶稣会士对“随便传教”的理解相去甚远。更为关键的是，康熙不支持法国耶稣会独立于中华省。洪若翰也许以为葡萄牙耶稣会士与法国耶稣会士之间的问题是耶稣会自己内部的事情，但是在康熙看来，法国耶稣会独立之后，管理会变得更加复杂。因此，形势发生了巨大的变化。1702 年 11 月 6 日，洪若翰离开了北京，次年 3 月从浙江舟山坐英国船回欧洲，再也没有回来。

后来，洪若翰给罗马写信为自己辩护，他说明在电白登陆的货物中，除了送给康熙的礼物之外，还有他带来的教堂装饰品及书籍。另外，1700 年他准备去法国时，石琳要他帮忙买一些礼物送给康熙，因此，1701 年他回广东时，把这些礼物卖给了石琳。按照他的说法，从广州到北京的路上，他并没有卖任何东西。不过，洪若翰没有完全否认参与买卖，他只说葡萄牙耶稣会士也在做买卖。他提及粤海关监督发现了他没有把货物直接送往北京，而是寄给各省，于是粤海关监督奏报朝廷洪若翰做买卖的问题，康熙自己读了这份奏折。据洪若翰说，事情背后真相是赫世亨、赵老爷（Tchao Laoye，即赵昌）及葡萄牙耶稣会士徐日升（Tomás Pereira，1645—1708）向康熙毁谤法国耶稣会。① 确实，葡萄牙耶稣会士要维护他们的保教权，反对法国耶稣会士的参与，并且当时在欧洲爆发的西班牙王位继承战（1701—1714），使法国与葡萄牙成为敌对国。不过，正如比利时耶稣会士安多（Antoine Thomas，1644—1709）所说，问题的关键并不在于葡萄牙耶稣会士，而在于洪若翰违背了康熙的命令，建立教堂，成立贸易的组织。② 安多也指出，洪若翰在一些商业中心买土地、房子，这令康熙怀疑他们要做买卖。另外，石琳差一点遭遇危机。按照第二次广州之行的报告，北京耶稣会士抱怨石琳办事不畅，耽误了洪若翰前往北京的旅程，这迫使石琳给朝廷写信为自己辩护，这件事甚至在《邸报》（*Gazette*）上被报道出来。③ 也许是洪若翰把他耽误行程的责任

---

① 1704 年 5 月 9 日在巴黎洪若翰致 Jean-Joseph Guibert（1647—1723）神父的书信，ARSI Jap. Sin. 168：85 – 89v。

② 1705 年 6 月 20 日，安多致罗历山（Alessandro Ciceri）的书信，参见 Paul Rule，“Pereira and the Jesuits of the Court of the Kangxi Emperor”，*In the Light and Shadow of an Emperor, Tomás Pereira SJ (1645 – 1708), the Kangxi Emperor and the Jesuit Mission in China*，edited by Artur Wardega and António Vasconcelos de Saldanha，2012，第 55 页。

③ *Journal du Voyage de la Chine dans les Années, 1701 – 1703*，第 189 页。

归咎于石琳，不过，这个办法很明显没有成功，最终康熙责怪洪若翰并把他逐出宫廷；这件事也导致石琳与法国耶稣会士关系破裂，然而石琳与法国公司还保持着良好关系。①

总之，1693—1702 年，石琳在法国耶稣会士的出入境方面扮演了重要角色。每次宫廷耶稣会士白晋、洪若翰、闵明我（Claudio Grimaldi，1632—1712）等经过广东，他都从中协助。可以说，石琳非常支持耶稣会在广东的发展。不过，这一态度在 1702 年发生了很大的变化。康熙并不支持法国耶稣会独立于中华省发展，因此石琳对法国耶稣会在广东的开放政策必须调整。接下来，我们要讨论石琳如何协调法国人与粤海关监督之间的矛盾。

四、石琳与贸易政策

关于“安菲特利特号”的性质问题引起了很大的争论，因为法国耶稣会士坚称它不是商船，也不是贡船，而是法国国王的御船（Vaisseau d' honneur）。在这场争论中，石琳支持耶稣会士，然而粤海关监督强烈反对，广东巡抚也提出要将法国船视为贡船纳入传统的朝贡体系中。

（一）御船：石琳与法国耶稣会外交、贸易融合的政策。1684 年清政府颁布“展海令”之后，广东高级官员积极推动海外贸易。按照第二次广州之行的报告：“四年前，总督、提督及其他官员派遣我们在广州的商人之一 Ankoua，带一份介绍信，前往巴达维亚（Batavia，今雅加达）邀请荷兰人到广州做生意，由他们提供协助与保护。”② Ankoua 指宴官，被荷兰人称为 Anqua，是福建泉州人。1700—1720 年，他是广州的最大商人。下文将会专门讨论石琳与广州商人的关系。这里我们要注意，石琳曾与其他高官主动联系荷兰人。按照报告的记载，此事发生在 1697 年左右。但按照张荣洋的考证，则发生于 1694 年。③ 这件事说明，石琳不仅因为总督的身份要管理海外贸易，而且在某种程度上，他也推动了海外贸易。这就可以理解他为什么大力协助“安菲特利特号”的贸易活动。

在中国开放海外贸易的时候，法国耶稣会士曾设想要建立两国的自由贸

① *Journal du Voyage de la Chine dans les Années, 1701 - 1703*，第 209—211 页。

② *Journal du Voyage de la Chine dans les Années, 1701 - 1703*，第 152—153 页。

③ 参见 Weng Eang Cheong，*The Hong Merchants of Canton*，第 34、130—133 页。

易。在 1692 年致拉雪兹神父的书信中，洪若翰提出需要从康熙那里得到法国船不交任何税的许可。① 为什么法国耶稣会士认为他们有可能得到这个许可？这或许可以从中俄贸易关系中找到答案。1697 年，白晋给法国国王路易十四写了封很长的书信，向他描述康熙及中国的情况，其中谈道：

每当俄国使节到中国来时，康熙皇帝总是特别仁慈地优待他们。他谕令向前来宫廷的俄国使节一行，提供他们在中国境内所需要的一切。俄国使节抵达北京以前，必须在清属鞑靼地区跋涉三百余里的路程，康熙皇帝鉴于他们旅途艰辛，由皇室出资给他们雇车运送来往行李与商品。此外，康熙皇帝还赐予他们同中国自由贸易的优惠待遇。于是，俄国人能够住在诸如北京这样的大城市，并获得了他们渴望得到的全部利益。而且中国政府不向他们征收任何捐税，更不允许国民对他们有侮辱或不礼貌的行为。由于受到这样的优待，俄国人从与中国的贸易中获得了巨额利润。因此，他们希望永久保持与中国自由通商，并由此而要求与中国和平相处。②

俄国人在北方获得自由贸易的许可，因此，法国耶稣会士希望法国在南方获得同样的待遇。他们认为，贸易与传教要同时进行，因为贸易给传教事业带来很多好处（交通、财务等），并且会给中国带来财富及康熙所重视的西方科学和技艺。他们试图说服康熙给予法国同俄国一样的自由贸易待遇。他们要想方设法使“安菲特利特号”不被视为商船，不用交税。

另外一个重要的因素就是，法国耶稣会士如白晋、洪若翰被康熙派往欧洲，当他们返回中国时，他们强调搭乘的是法国国王提供的船只，而不会承认是商船——伍玉西认为这是一种“抬高自我的用意”。③ 由于他们所坐的船不是商

① Charles Le Gobien, *Lettre sur les progrez de la religion à la Chine, à Monsieur de Bignon*, Paris: Antoine Lambin, 1697, 第 20—30 页, On pourrait même obtenir que ce vaisseau ne payât aucun droit; Extrait de la lettre écrite au Père de La Chaise en 1692, 第 28 页。

② 白晋著，李文潮译：《献给国王陛下》，载莱布尼茨编：《中国近事》，郑州：大象出版社，2005 年，第 59 页；原文见 Bouvet, *Portrait historique de l'empereur de la Chine*, Paris: Etienne Michallet, 1697, 第 36—38 页。《尼布楚条约》（1689 年）没有提及交税问题，第五条只说明：“凡两国人民持有护照者，俱得国界来往，并许其贸易互市。”拉丁文为“licité accedent ad regna utriusque dominii, ibique vendent et ement quaecumque ipsis videbuntur necessaria mutuo commercio”。

③ 伍玉西：《宗教利益至上：传教史视野下的“安菲特利特号”首航中国若干问题考察》，第 41 页。

船，因此逻辑上不需要交税，特别是绝对不能交港口税（即“船钞”）。

其实，传教士忽略了中俄贸易的规模很小，只有俄国代表团一年一度通过陆地去北京。相反，从1684年起，海洋贸易已有十几年的发展，达到了很大的规模。不过，最关键的阻力来自清廷的户部及广东、福建、浙江、江苏4个海关。可以说，法国耶稣会士的计划挑战了广州贸易体制。

法国耶稣会成功地使“安菲特利特号”第一次广州之行不用接受丈量，最终免收港口税。康熙所派遣的三位钦差在广州确认了这点。[①] 一等船（长25尺，宽24尺）的船钞为1400两，并且对于来自“西洋”的船只征收原额的80%，因此伍玉西认为“安菲特利特号”的船钞原来应该为1120两。[②] 我们可以看到“安菲特利特号”通过耶稣会士的努力获得了很大的优惠。在这方面，胤礽好像扮演了很重要的角色，因为他从法国人那里获得5400两纹银来办这件事。[③]

石琳似乎站在法国耶稣会士的立场上。在第一次广州之行中，他马上接收了白晋送的礼物，转给康熙。[④] 第二次广州之行，他从洪若翰那里买到他送给康熙的货物，也收法国公司的礼物。[⑤]

在免税问题上，石琳在法国耶稣会、法国公司及朝廷之间也扮演了很重要的角色。1701年12月14日，法国公司把2000埃居（livres，即écus，相当于1200两纹银）交给洪若翰，让他为商人提供保护，也帮助公司在宁波建立商馆。[⑥] 1702年1月，法国公司主任菲杰拉德（Figerald）也收到了张诚的

---

① 1699年11月30日白晋致路易十四告解神父拉雪兹的书信：L'Amphitrite ne serait ni visité ni mesuré des douaniers, et qu'il ne payerait aucuns droits, non pas même ceux de mesurage et d'ancrage, que tout vaisseau doit à l'empereur [...] Sa Majesté prétendait qu'on remettât à l'Amphitrite, qui m'avait apporté, tous les droits de mesurage et d'ancrage [...], *Lettres édifiantes et curieuses*，第3卷，第19—20页。也参见Froger，第70页。

② 关于三等船的不同船钞，参见章文钦：《广东十三行与早期中西关系》，广州：广东经济出版社，2009年，第212页。

③ *Journal du Voyage de la Chine dans les Années, 1701 – 1703*，第153页。

④ 如果按照原来的计划有：miroir moyen，fusil，pendule，montre，cave，4 portraits de la cour，cantine de liqueurs；Froger，第53页。

⑤ 公司礼物有：pendule，fusil，paire de pistolets，sabre a poignée d'agathe，montre sonnante，tabatière émaillée；耶稣会的礼物有：montre émaillée，longue lunette，carabine；*Journal du Voyage de la Chine dans les Années, 1701 – 1703*，第117页。

⑥ *Journal du Voyage de la Chine dans les Années, 1701 – 1703*，第121页。巴黎外方传教士会记载1000，应该有误；Fontaney，Anecdotes orientales；BNF ms. Fr. 25056，f. 279。

信，张诚在信中表示他已经写信给石琳，要他关注法国公司的事务。张诚也暗示，康熙还没有做出是否免除“安菲特利特号”港口税的决定，因此，他建议法国公司考虑送礼物。①

由此可以看出，法国耶稣会士跟石琳共同努力要让“安菲特利特号”免税。在这个网络中，石琳的角色很突出：一方面，他的权力可以在广州发挥作用，特别是可以直接帮助法国人进行贸易；另一方面，由于他跟胤礽有亲戚关系，因此他对朝廷也可以发挥作用，尤其是他可以尽快把法国人的金钱及礼物送到北京，对局势的发展提供了很大帮助。

在广州贸易体制的初期阶段，可以看出总督石琳有过度的干涉，他使用政治力量介入贸易活动。另外，在广州体制之下各个国家平等竞争，然而，由于法国船来广州要晚于英国船，因此法国商人试图利用耶稣会士在朝廷的影响力来获得免税的优待政策。

（二）商船：粤海关监督维护广州体制之下的外交、贸易分开的政策。粤海关监督当然不乐意法国船免税。按照弗罗热所说，监督好几次追问白晋：“神父，到底这是商船还是贡船？这是否类似于暹国及越南的国王派遣来的贡船？因为，商船进入中国而不交税，这是不可思议的！”② 关于商品税，问题的复杂在于货物有不同的所有权（大部分属于法国公司，少部分属于耶稣会），不过并没有所谓法国国王的礼物；另外，货物目的更复杂：法国公司要把大部分货物在广州卖出去，一部分要送给康熙或高官，还有一部分是耶稣会士自己要用的（书籍、装饰），另一部分为耶稣会士要卖出去的。因为法国人不允许海关官船将货物造册，所以关于货物的分类非常模糊，以致粤海关怀疑法国人走私。因此，粤海关监督设法给“安菲特利特号”施加压力，比如禁止广州商人跟“安菲特利特号”做生意。1698 年 12 月 4 日，粤海关抓了一位中国基督徒丹尼斯（Denis），因为他协助法国公司的事务。③

其实，法国公司很早就发现白晋所要求的全免税是不可靠的。1698 年 12 月 12 日，法国公司商人方柔发（Francia）去粤海关将货物申报造册。此后，

---

① *Journal du Voyage de la Chine dans les Années, 1701 - 1703*，第 141—142 页。

② Froger，*Relation du premier voyage des Français à la Chine, en l'année 1698, 1699 et 1700 sur le vaisseau l'Amphitrite*，第 70—71 页。从 1698 年 8 月至 1699 年 8 月，黑申（汉人）担任当时的海关监督，法国人称其为 Grand douanier。

③ Froger，*Relation du premier voyage des Français à la Chine, en l'année 1698, 1699 et 1700 sur le vaisseau l'Amphitrite*，第 85 页。3 个月之后，1699 年 2 月 16 日，刘应成功把他释放出来，参见 Froger，第 98 页。

货物被允许移到广州法国公司商馆的库房。[①] 1699 年 1 月 29 日，法国公司没告诉白晋，就把 600 两纹银（taels）的税交给粤海关。[②] 由于法国耶稣会士不完全了解法国公司向粤海关交税的情况，他们还保持着他们“全免税”的错误印象，如洪若翰在提及第一次广州之行时说：“康熙皇帝给‘安菲特利特号’免了商品税，又免港口税。”[③]

由于这种错误的理解，在第二次广州之行，洪若翰也坚持不交港口税及商品税。[④] 1702 年 6 月 17 日，当法国公司在广州得知洪若翰失去康熙信任的消息，再加上他们不想再像第一次广州之行那样在广州停滞两年时间，法国公司马上交了 1260 两纹银的港口税，化解了与粤海关监督的冲突。[⑤] 后来，法国公司与粤海关之间的关系变得非常顺利，互相宴请。

法国耶稣会士通过石琳影响了粤海关监督，但不仅仅是为了帮助法国商人，他们也愿意帮助英国商人。在此可以举两个例子。第一，1693 年 9 月 20 日，英国船“幸运号”（*Fortune*）的船长斯图尔特（Stewat）答应白晋乘坐他的船前往印度苏拉特（Surat），他要求白晋帮助他获得英国船做生意的许可，以及在澳门买房的许可，因为粤海关监督已拒绝了英国人的这些要求。白晋帮他们联系了石琳。[⑥] 由此可见，白晋要用他的权威来强迫粤海关监督改变决定。第二，1701 年 11—12 月，英国商人阿克顿（Acton）跟粤海关发生冲突时，法国耶稣会士通过石琳威胁粤海关监督。[⑦]

---

① Froger 地图标志法国“中国公司”之处，即广州城西郊。亚历山大·汉密尔顿（Alexander Hamilton）记录道：“到广州后，粤海关将我和我的下属以及货物安置在一间行馆中，这间行馆属于他手下的一名商人。里面只有法国人，他们后来也租用了一间商馆并可以随意拜访我”。［美］孔佩特著，丁毅颖译：《广州十三行：中外外销画中的外商（1700—1900）》，北京：商务印书馆，2014 年，第 29 页。由此得知，公司商馆靠近广州新城油栏门及粤海关监督衙门。

② 参见 Froger，*Relation du premier voyage des Français à la Chine, en l'année 1698, 1699 et 1700 sur le vaisseau l'Amphitrite*，第 94 页。1699 年 8 月 10 日，粤海关新监督上任，前者给布政使（Pou-tsien-tçe）结账，也许缓解了紧张关系。新来者有一位满人（即监督索尔弼），也有一位广州都督（Toutou）的亲戚。参见 Froger，第 109 页。

③ 在 1703 年 2 月 15 日的信里，*Lettres édifiantes et curieuses*，第 3 卷，第 113 页。

④ *Journal du Voyage de la Chine dans les Années, 1701 – 1703*，第 107 页。

⑤ *Journal du Voyage de la Chine dans les Années, 1701 – 1703*，第 205 页。

⑥ Bouvet，*Journal des voyages*，第 204—206 页；也参见 Bouvet，*Anecdotes orientales*，BNF ms. Fr. 25056，f. 38。

⑦ *Journal du Voyage de la Chine dans les Années, 1701 – 1703*，第 137 页。虽然法国人并不高兴看到法国耶稣会士帮助英国商人，不过，从耶稣会士的角度来说，由于法国船极少，他们必须经常乘坐英国船。

（三）贡船：广东巡抚所要求的外交礼仪。广东巡抚萧永藻行事谨慎，首先他拒绝了法国公司赠送的礼物。朝廷提示可以免港口税之后，1699 年 2 月 5 日，他提出了条件，白晋在书信中写道："为了配合钦差的意思，也为了更好接待我们的高级船员，巡抚及其他高官决定要给他们举行宴会，并且免除船上所有商品的关税，约一万埃居，不过他们要求为了已给的港口费免税，要先向皇帝做出纯粹礼貌的感谢。"① 很难相信粤海关监督主动提出要免除所有商品关税，一般来说，应该只允许对给康熙的礼物免税。不过，为什么萧永藻要强调这个礼仪？既然法国人坚持不肯交关税，那么，必须以贡船的名义来对待，那就要安排代表法国国王的船长拉罗克进行外交礼仪，即查验贡品的仪式。这里只做简单的说明，这个礼仪在中国人与法国人之间有不同的理解，或者说存在很大的模糊性。

洪若翰跟随白晋的思路，坚称"安菲特利特号"不是商船，也不是贡船，而是法国国王的御船，因为法国不屈服于任何国家，与中国平等。② 不过，报告者用很多事实来说明中国人还是把"安菲特利特号"视为贡船，比如：康熙给了一笔钱来补偿礼物的费用，他没有收路易十四骑马的画像，中国官方文件把"安菲特利特号"标识为贡船，第一次广州之行的拉罗克在萧永藻面前跪下。

其实，白晋及拉罗克参与这样的外交礼仪违背了法国政府的决议，因为出发之前，拉罗克接到命令：他的首要任务就是要寻找关于航海及贸易的信息，并且"必须说明这艘船并不是君王的船，而是商船"。③ 很明显，法国没有跟中国确定正式外交关系的想法。英国官员班尼斯特（Saxe Bannister，1790—1877）后来所说的"第一个法国使团"，超出了法国政府的意图。班尼斯特赞扬 1699 年代表法国的拉罗克与代表中国的萧永藻之间所进行的平等外

---

① 1699 年 11 月 30 日白晋致路易十四告解神父拉雪兹的书信：Cependant le vice-roi et les autres mandarins，pour se conformer à ce que les kin-tchai avaient marqué，et pour faire encore un meilleur traitement à nos officiers，résolurent de leur donner un festin en cérémonie，et de leur remettre les droits de tous les effets qui étaient sur le vaisseau，ce qui allait à près de dix mille écus；mais ils exigèrent qu'on fit auparavant un remerciement de pure cérémonie à l'empereur pour le droit d'ancrage et de mesurage du vaisseau，qu'on avait déjà accordé，*Lettres édifiantes et curieuses*，第 3 卷，第 20 页。另参见 Froger，第 96—97 页。伍玉西计算 1 万埃居（écus）等于 6000 两纹银，见《宗教利益至上：传教史视野下的"安菲特利特号"首航中国若干问题考察》，第 40 页。

② *Journal du Voyage de la Chine dans les Années, 1701 - 1703*，第 142—145 页。

③ 参见 Pelliot，"L'origine des relations de la France avec la Chine"（1929），第 116—117 页。

交礼仪，然而班尼斯特忽略了这次礼仪的模糊性，因为中国官方把它理解为查验贡品的外交礼仪。

对第二次广州之行的报告者而言，中国高官把法国船当作贡船，这还不如英国或荷兰的商船，因为它们不被要求任何外交仪式。确实，第二次广州之行的法国船最终交纳了港口税，因此，与第一次广州之行不同，第二次广州之行的船长没有进行拉罗克那样模糊的外交仪式。

总之，法国耶稣会士对广州体制的挑战最终失败了。第一，粤海关监督付出了很多努力来保护自己。第二，虽然第一次广州之行免除了港口税，只交商品税，不过，这导致粤海关带给法国公司很多做买卖的限制。第三，很难保持秩序，因为朝廷的人事不稳定；洪若翰一失去康熙的信任，法国船就无法得到免税的优待政策，如此，第二次广州之行最终既交了港口税，又交了商品税。可以说，中法贸易回到了广州体制之内。法国耶稣会士所构思的一种自由、全免税的中法贸易失败了。

五、石琳与私人贸易

前面分析了石琳对传教士的管理，也看到了他支持法国船在第一次广州之行中获得免税。伍玉西对石琳的评价是“人虽算不上清廉，却是个能员”。①

（一）石琳对贸易的干涉。原则上，由一个特定的广州商人负责一艘船，通常他享有这艘船进出口买卖的优先权。粤海关不允许商人独占一艘船的全部贸易，然而这个特定的商人会承担该船相当比重的贸易。② 范岱克教授也强调粤海关的良性作用：“行商曾多次企图独占某个公司的贸易，或者形成某种联盟来垄断价格，但这些做法往往没有成功。如果广州的负责官员允许商业垄断或者价格固定，外国人就不会愿意再来广州贸易了。如果外国人不回头，粤海关监督和两广总督就必须向朝廷奏报，因此官员并不愿意出现某种价格联盟来控制市场准入或者价格固定。”③ 对外国公司而言，选择他们所信任的

---

① 伍玉西：《宗教利益至上：传教史视野下的“安菲特利特号”首航中国若干问题考察》，第45页。

② 参见［美］范岱克：《广州贸易：中国沿海的生活与事业，1700—1845》，第7页；原文见 Paul A. Van Dyke，第11页。

③ ［美］范岱克：《广州贸易：中国沿海的生活与事业，1700—1845》，第7页；原文见 Paul A. Van Dyke，第16页。

广州商人非常关键。范岱克教授还说明："粤海关监督和两广总督总是希望中国商人之间存在竞争，他们只给若干商人颁发了行商执照，外国商人可以从这些获得执照的行商中挑选贸易伙伴。"①

石琳反对垄断并保障贸易自由，这可以从他处理英国船"士里菲尔德号"（*Macclesfield*）找到依据。该船船长为赫理（Captain John Hurle），英国公司商人为道格拉斯（Robert Douglas）。1699 年 8 月 26 日，这艘船抵达澳门。一开始，道格拉斯只跟一位洪顺官（Hunshunqin）进行买卖，其他商人因为无法参与而有很大意见，所以石琳便强迫洪顺官跟其他商人合作。② 由此可见，石琳要保障所有商人都可以得到做生意的公平机会，保持他们之间存在某种竞争性。

不过，石琳不是完全中立的管理者，他自己也积极参与贸易。当时广州的所有高官都是这样，总督、巡抚、粮道、将军，甚至于粤海关监督，都有自己的商人。石琳的商人名为 Shemea 或 SinLoya，被认为是"广州最大的商人"（the greatest merchant in Canton）。③ 法国耶稣会士把他称为"总督商人"（le marchand de Tsongtou）、陈老爷（Chin Laoye）或陈管家（Chin Quonkia），来澳门或广州的外国船只必须跟他做生意。因此关于"麦士里菲尔德号"的广州商人问题，石琳不只是要反对洪顺官的垄断，同时也是在保障他自己的利益。然而，有时石琳也会利用手中的权力去垄断市场，以便在商业上获得优势。④ 我们前面提及 1693 年英国船"幸运号"的船长斯图尔特，因为他跟粤海关有冲突，他通过白晋联系石琳。当时，石琳的商人把 1000 两纹银交给粤海关，不允许英国人跟别人做任何买卖。

（二）石琳跟法国耶稣会士的商业合作。在中国，很多传教士也在做生意。如 1699—1702 年，驻广州的法国耶稣会院长宋若翰（Jean-François

---

① ［美］范岱克：《广州贸易：中国沿海的生活与事业，1700—1845》，第 16 页；原文见 Paul A. Van Dyke，第 20 页。

② Hosea Ballou Morse，*The Chronicles of the East India Company trading to China, 1635 - 1834*，第 1 卷，第 93 页；［美］马士：《东印度公司对华贸易编年史（1635—1834）》第 1 卷，第 102 页。Hunshunqin 也称为 Hunsunquin，曾经作为尚之信的商人。参见 Weng Eang Cheong，*The Hong Merchants of Canton*，第 32 页。

③ Hosea Ballou Morse，*The Chronicles of the East India Company trading to China, 1635 - 1834*，第 1 卷，第 93、101 页；中译本见第 1 卷，第 102、110 页。

④ Froger，*Relation du premier voyage des Français à la Chine, en l'année 1698, 1699 et 1700 sur le vaisseau l'Amphitrite*，第 145 页。

Pélisson，1657—1713）就非常活跃。[①] 这里举三个例子：第一，1702 年 1 月初，金奈（Chennai）英国总督皮特（Thomas Pitt，1653—1726）的儿子在广州做生意，答应宋若翰把 4 个装有宗教类书籍的书箱放在船上，带到印度本地治里（Pondichéry），然而粤海关检查时发现书箱里装满了布料、瓷器、漆器等物品。[②] 第二，1702 年 11 月 11 日，宋若翰通过石琳的商人卖了 1 万件丝绸给英国人。[③] 第三，同年 11 月 20 日，"安菲特利特号"准备回法国，宋若翰把 29 个巨大的包裹（ballots）带到船上。巴黎外方传教会士凯梅内主教（Louis Quémener，1644—1704）发现宋若翰做生意，表示此举违背教会规定，迫使宋若翰自动（ipso facto）离开教会，并被开除教籍。[④] 我们注意到，第二次广州之行的报告者表达了与凯梅内主教同样的极端观点。

天主教会内部有人担忧传教士参与买卖，但是康熙的哥哥裕亲王（福全，1653—1703）没有这样的担忧，他把一个匾额赠给宋若翰。1702 年 6 月 2 日，这个匾额被挂在广州的法国耶稣会教堂中。这表示广州耶稣会、北京耶稣会与朝廷之间有密切的关系，这不能不令人怀疑石琳在其中扮演着重要的角色。不过，我们前面谈到了洪若翰案件，看到康熙本人不赞成传教士过分参与贸易活动。在差不多同一时间，洪若翰及宋若翰都突然离开中国，没有再回来。

石琳的商人很投入"安菲特利特号"货物的买卖，把船上所有的玻璃都买了下来。[⑤] 对法国公司而言，这是不利的，因为无法获得商业竞争的机会，不过，由于石琳帮助法国公司解决了跟粤海关的冲突，所以他们也很难拒绝这样的举动。由此我们再一次看到石琳垄断市场的举动。石琳的商人买了法

---

① 1699 年，宋若翰先行到达厦门，当年 12 月 7 日到达广州，按照耶稣会法国省省会长的命令，他担任广州会院的院长。参见 Froger，第 122 页。荣振华以为，宋若翰 1710 年才返回法国。参见 Joseph Dehergne，*Répertoire des Jésuites de Chine de 1552 à 1800*（Rome：IHSI，1973），第 197 页；不过，荣振华有误，因为 1702 年 11 月，宋若翰乘坐"安菲特利特号"返回法国，没有再回中国。

② *Journal du Voyage de la Chine dans les Années, 1701 – 1703*，第 157—158 页。

③ 巴黎外方传教会士记载 1000 件丝绸，Fontaney，*Anecdotes orientales*；BNF ms. Fr. 25056，f. 280。那时宋若翰跟英国做生意，不过，1703 年 1 月，宋若翰跟英国人竞争买丝绸，他先于英国人买，使英国人不满意。参见 *Anecdotes orientales*；BNF ms. Fr. 25057，f. 605。

④ *Journal du Voyage de la Chine dans les Années, 1701 – 1703*，第 259 页；又参见 Pélisson，*Anecdotes orientales*；BNF ms. Fr. 25057，f. 605；Poulletel，*Anecdotes orientales*；BNF ms. Fr. 25063，f. 4329。1633 年，教宗伍朋八世（Urban VIII）提出禁止宗座传教士和教团参与商业行为的意见。参见康志杰：《中国天主教财务经济研究（1582—1949）》，北京：人民出版社，2019 年，第 73 页。

⑤ Froger，*Relation du premier voyage des Français à la Chine, en l'année 1698, 1699 et 1700 sur le vaisseaul'Amphitrite*，第 107 页。

国公司的玻璃，这个举动跟法国耶稣会有密切关系，因为 1699 年 11 月底，洪若翰要求法国公司提供 2 个掌握玻璃安装等技术的工人去北京，法国公司拒绝了。但是，几天之后，两位工人却偷偷离开法国公司，先去找石琳，然后被送到北京，住在法国耶稣会的北堂。① 按照伯希和的考证，这两位工人为丹迪涅（Andigné）和维莱特（Vilette）。② 由此可以看出，石琳跟耶稣会商量好，把玻璃买下来，运往北京，并派两个法国工人去安装修理，很可能在清宫耶稣会士创立的玻璃厂里工作。他们在北京待了 1 年时间。③ 对此，洪若翰有长期的计划，因为 1696 年他写了 2 封书信，其中要求派工人到北京去。④

但耶稣会士强烈反对法国公司自己派人去北京或内地，为此发生了三次重大的冲突。第一次是 1698 年，白晋强烈反对法国公司派人去北京，即便所有的礼物都是法国公司送给康熙的。第二次是 1702 年，公司计划派 2 人去饶州买瓷器，去南京买丝绸。当时，宋若翰提出了 11 个反对的理由。⑤ 此后，其他修会传教士联名写信，表示他们反对在没有得到政府许可的情况下有商人进入内地。由于法国公司坚持其计划，宋若翰通知石琳进行阻止，传教士联名写信，表示反对。⑥ 法国公司因此抱怨失去了 10 万至 20 万两纹银的生意。第三次冲突发生于 1702 年 5 月 14 日：法国公司第二主任普莱特尔（Le Poulletet）偷偷离开广州，去江西、南京、宁波调查哪些瓷器和丝绸比较适合法国市场。当时宋若翰写信告诉在南昌及南京的法国耶稣会士要注意。然而，

① *Journal du Voyage de la Chine dans les Années, 1701 - 1703*，第 48 页。

② Pelliot（1929），第 56 页。1702 年 1 月 1 日，他们两位从北京回到了广州。参见 *Journal du Voyage de la Chine dans les Années, 1701 - 1703*，第 140 页。

③ 1696 年，德国耶稣会士纪理安（Kilian Stumpf，1655—1720）创立了清宫的玻璃厂。

④ Xiaodong Xu，"Europe-China-Europe：The Transmission of the Craft of Painted Enamel in the Seventeenth and Eighteenth Centuries"，in Maxine Berg，ed.，*Goods From the East, 1600 - 1800*，Palgrave Macmillan，2015，第 94—95 页。

⑤ 参见 1700 年 3 月 22 日宋若翰给法国公司的法文书信，表示如果法国公司商人去内地会导致破坏天主教的危险。ARSIJap. Sin. 167：9—10v。

⑥ 1702 年 3 月 26 日"致居住广州的所有传教士"（Ad omnes missionarios qui Cantone degunt）拉丁文原文，由奥古斯丁会士 Miguel Rubio（？—1710），方济各会省会长石铎琭（Pedro de la Piñuela，1650—1704）及林养默（Jaime Tarín，1644—1719）、杜加禄（Carlo Turcotti，1643—1706），巴黎外方传教会士 Jean Bénard（1668—1711）及 Jean-Baptiste de La Motte（1668—？）签字。BNF ms. NAF 2086：245—253（马特罗列没有收入）。宋若翰翻译成了法文，参见 ARSI Jap. Sin. 167：13—14v；也参见 *Anecdotes orientales*；BNF ms. Fr. 25057，f. 604。法国公司则以为 1701 年交给洪若翰的 2000 livres，使耶稣会士能够帮助法国公司去内地。

普莱特尔伪装成传教士，没有遇到困难，没有被扣留，11 月 17 日平安回到广州。[①]

从这三个例子可以看出，法国耶稣会士要保障法国商人遵从中国法律，不让他们非法离开广州。同时，他们要传教士在中国内地保持贸易垄断：他们派了 2 个工人去北京，不过强烈反对法国公司派自己的人去内地。白晋考虑到，如果法国公司去北京送礼，很可能朝廷把礼品错误理解为贡品，从而降低了法国的地位。因此，法国耶稣会士与石琳合作，以保证商人不离开广州。从石琳的角度来看，他一方面要执行法律，另一方面要保证外贸留在广州，使他更容易控制并且获得利益。

范岱克提出，在广州体系里，病变如腐败与走私往往存在，不过，大多数的非法活动不会被朝廷发现。[②] 可以看出，石琳不但允许这些病变的存在，而且他自己还是很大的受益者。当然，也有其他高官参与“安菲特利特号”的生意，如广东粮道。[③]

六、结论

1693—1702 年，石琳跟法国耶稣会士来往密切，特别是由于“安菲特利特号”两次来广州。石琳大力帮助法国耶稣会士在广州成立他们的基地，并且支持法国船获得免税的优待，甚至他跟法国船进行私人买卖。法国耶稣会士积极地参与商业活动，一方面体现了他们致力于构建中法贸易关系的设想；另一方面，他们到中国的时间不久，需要大量的金钱来购置土地、房产，修建教堂，并负责 20 多人的生活费用等。不过，1702 年康熙对法国耶稣会的态度发生了很大变化，原因之一在于他们过度参与贸易。1702 年 11 月，宋若翰乘坐“安菲特利特号”回法国，没有再回来；1702 年 11 月 27 日，石琳在广州去世；1703 年 3 月，洪若翰从浙江舟山乘坐英国船回欧洲，没有再回来。

---

① *Journal du Voyage de la Chine dans les Années, 1701 – 1703*，第 185 页。因为普莱特尔被法国耶稣会士控告他的内地调查导致对教会很大的危险，所以他回法国之后写了信给广州的传教士，为自己辩护。参见 Poulletel，*Anecdotes orientales*；BNF ms. Fr. 25063，f. 4308。

② 参见［美］范岱克：《广州贸易：中国沿海的生活与事业，1700—1875》，第 177 页；原文见 Paul A. Van Dyke，第 169 页。

③ 伍玉西考证，1692—1705 年期间张天觉担任广东督粮道，见《宗教利益至上：传教史视野下的“安菲特利特号”首航中国若干问题考察》，第 45 页。

最终，法国耶稣会士所追求的贸易优待没有实现。

当时的广州贸易体制代表一种非政治化的体系。从1684年中国的海外贸易恢复之后，荷兰人与葡萄牙人便意识到他们无法凭借外交关系获得经济优势。广州体制允许所有外国人来中国进行贸易，不要求任何外交仪式。这样，双方在经济方面能获得利益；在文化上，这是比较底层的交流模式（外国船员及商人对中国文化历史理解很少）。然而，正是因为不涉及政治与文化，广州体制才获得了200年的发展。

"安菲特利特号"到中国之时，广州体制还处在初步阶段，也存在不少问题。也许这样的实际问题促使法国耶稣会士构思新的模式。当然，他们不能接受中国传统的朝贡体制，由于他们在康熙与路易十四两边有很大的影响力，他们认为能推动一种融合外贸、外交、文化、科学、宗教的交流模式。这样的交流不仅仅是物品上的交易，更重要的是如莱布尼茨所讲的"光明之交流"（commerce de lumière）。[①] 与当时的广州体制相比，在石琳的帮助之下，法国耶稣会士提倡一种高层的交流模式。不过，这样的综合性、高水平的交流非常难以实现，需要双方的充分信任及开放态度。

当时，法国政府没有准备好，他们把"安菲特利特号"作为法国的商船，而非法国耶稣会士所说的"法国国王的御船"。同样，中国当时也很难接受国与国之间平等交流，并且由于担心损害国家安全，中国始终把外贸控制在一定规模之下。连石琳也表达了这样的担忧，他问利国安神父："为什么那么多外国船只来中国，并且它们带那么多武装？"[②] 然而，最大的问题在于，法国耶稣会士所推动的交流模式将外交、宗教、经济、科学混在一起，试图作为各种交流的必要媒介，然而发生冲突时，他们又把宗教放在一切之上，使康熙、朝廷官员、中外商人、科学家等都很难接受他们的垄断。由于种种复杂的原因，导致中外之间的交流难以达到"光明之交流"的目标。

---

① 1697年12月2日莱布尼茨致Antoine Verjus的信，参见Rita Widmaier, ed., *Leibniz Korrespondiert mit China*, Frankfurt: Klostermann, 1990，第55页。法文"commerce"有双重含义：经济交往和人际交往。

② *Journal du Voyage de la Chine dans les Années, 1701–1703*，第170页。

从法国“安菲特利特号”船远航中国看 17—18 世纪的海上丝绸之路

耿　昇

一、“安菲特利特号”船远航中国的缘起、船组人员及舱载货物

笔者借助“安菲特利特号”的航行记与档案文献，在此对该船远航中国的缘起、装备这艘船的背景，多次险些造成灾难的人员与利益冲突、舱载货物及其销售情况作一梗概性介绍。大而言之，甚至是与后期相比较，这次远航没有遇到很大障碍，也未为将来的发展留下太多的阴影。

“安菲特利特号”船远航中国的开路先锋是法国入华耶稣会士白晋(Joachim Bouvet，1656—1730)，他是法国勒芒人。白晋神父是由法王路易十四于 1685 年出资派往中国的 6 位数学家耶稣会士之一。他于 1688 年 2 月到达北京，留在了清朝宫中并得到了大清皇帝某种程度的信任。他奉康熙皇帝的钦命，以“钦差”的身份返欧，为中国征募新人，实际上，康熙所需要的并非是传教士，而是科学家。白晋于 1692 年 7 月 8 日离开北京，并于 1694 年 2 月 1 日自澳门启程返法，最终于 1697 年 3 月到达法国布雷斯特。由于受路易十四派遣而于 1688 年初莅华的 5 名法国耶稣会士形成了独立于“葡萄牙神父”之外的一股独特力量，所以他们需要巩固自己的地位和继续扩大自己的势力。康熙皇帝于 1692 年 3 月 22 日颁了一道著名的诏书，恩准在中国各地自由地从事天主教的布道活动，传教士们的情绪为之大振，形成了一种先归化中国皇帝和上层士大夫，然后自上而下地归化整个中华帝国的战略。实际上，传教士们的这种欢欣是以误解为基础的。康熙皇帝对传教士们表现出了浩荡皇恩，是由于他一则希望表现出泱泱大国、泽被四夷的风范；另一方面更是

希望能利用传教士的科学知识。而传教士们迂回地从事科学事业却是为了发展其布道活动，双方各有打算。所以，一方的主要目的，对于另一方来说则是无关宏旨的次要琐事了。数年后，由于欧洲天主教诸国之间的利益纠纷、嫉妒心情以及天主教不同修会之间的竞争或门户之见，激起了冲突。严嘉乐（Charles Maigrot，1652—1730）1693 年 3 月 26 日有关中国礼仪的主教通谕，并未使传教士们立即失去康熙皇帝容教圣旨赋予他们的优惠条件。康熙对法国数学家耶稣会士们产生了极大好感与兴趣，于 1693 年 7 月 4 日在皇城内赐他们一处住院（白晋所说的地处“皇宫围墙内”，实际上是有些夸大其词）。同一天，康熙皇帝便命令白晋神父返法以携归新学者，白晋也决心利用这次出使为法国传教区谋求最大利益。他于 7 月 18 日以一位清朝大皇帝“钦差”的身份，离开北京返欧。当白晋神父离开法国 4 年后再度返回时，便迫不及待地开始了游说活动。为了制造舆论和说服路易十四本人，他于 1697 年用法文出版了《呈奏国王的中国皇帝之历史肖像》（即《康熙帝传》）一书，此书实际上是他当时呈奏路易十四的一份有关康熙时代中国国情的秘密报告。但白晋并非是康熙派往欧洲的第一位使节，意大利籍的入华耶稣会士闵明我（Claudio Filippo Grimald，事实是冒名顶替了已逃走的多明我会士 Navarette），在白晋离京时，就已经奉康熙钦命持节出使欧洲并顺利返归。白晋于其书中首次将康熙比作路易十四，并对中法两国君主都极尽美誉之辞。当然，他为了向路易十四邀功并促使国王重视中国，不辱康熙之钦命，为了法国传教区的未来利益，说得有许多言过其实之处。法国殖民地档案馆中收藏着一卷《中国皇帝派往法国的使节——尊敬的 × × 神父的呈文》的档案，其中阐述了中国皇帝的意图并要求法国国王作出积极回答。这位匿名神父毫无疑问正是白晋。他于上奏路易十四的呈文中，提到了康熙皇帝在向法国耶稣会士们赐住宅的同一日，又选择白晋本人赴欧向法王致以敬意。白晋声称中国皇帝对“太阳王”高度敬仰，希望自己身边能有更多的法国耶稣会士科学家，更希望每年都有大批这样的人进入东方第一帝国，并经由他们而引入西方所有艺术和科学。康熙希望每年都能看到“日落处的王国”法国的船舶驶往“日出处的王国”中国的港口，并给予他们国王陛下所希望的一切经商自由和优惠待遇。有人对白晋的身份提出质疑，询问他为什么未携带中国皇帝致“太阳王”的亲笔御书。白晋回答说，中国皇帝只习惯于向其附庸国或藩部下达命令，他持有“钦差”的证书就足够了。当有人要求白晋出示康熙的证书时，他又诡称在离华时交回去了，因为这种证书只能颁发给皇帝的臣民。他有一部从北京到苏拉特之间的旅行日志，其中记载了沿途所发生的一切事件。他请求“太阳王”向中国派遣1艘船，以此船运送一批精心选择的新传教士，国王还应该颁布一道圣旨，支持入华耶稣会士们以宗教和科学手段来布道，他甚至要求路易十四允许入华耶稣会士们在北京建立一所与法国科学院有直接联系的科学院，彼此能互相通报最新科学发现，他最后还提供了一大批可以证明其“钦差”身份的中国人名单。

无论是康熙皇帝还是白晋神父，他们都希望法国能派遣传教士入华，但最大的困难是运送问题。占据澳门的葡萄牙人以其君主保教权的名义，对法国耶稣会士们封锁这条通道。白晋以其4年的长途跋涉，也感到让法国传教士们通过澳门需要很长时间并会冒很大危险。但如果法国派遣一艘运送传教士们的皇家御船赴华，那么其处境就会大大改善。白晋于路易十四面前炫耀康熙“敬重”自己，认为这是大清王朝皇恩浩荡的证据。路易十四的大臣们却并未对白晋那娓娓动听的说辞心悦诚服。他们不相信法国国王的一艘皇家御船会在中华帝国受到欢迎，因为康熙大帝没有依礼呈送国书，而仅以对待藩部附庸的模式托传“口信”。白晋已经预料到了其计划可能会流产，但他无论如何也必须获得一条船。路易十四是否真正赐御船无关紧要，他可以矫诏。康熙所希望的也只是能看到法国船舶每年都进入中国港口，并恩准路易十四所希望的那种“自由和优惠的贸易”之要求。白晋返回东印度公司后，甚至吹嘘中国皇帝允许在其所有港口设立法国贸易商行。

由于官方的渠道不通，白晋于是便被迫向私营企业求援，他首先想到了东印度公司。该公司自1664年以来就垄断了自好望角到印度以及整个中国南海的贸易。法国东印度公司虽在暹罗作出过尝试，但其活动从未超越印度以东地区，其17世纪末叶的经济形势不允许它在远东发起新的商业攻势。白晋通过蓬查特兰伯爵的引荐，结识了让·儒尔丹（Jean Jourdan）。儒尔丹在20多年间创办了一系列贸易公司，经历过各种挫折，于1710年在蓬查特兰的支持下，于洛里昂开办了一家海事保险公司，佛朗索瓦·热古（François Egou）在《战争港口洛里昂的历史》（1887年第2版）中讲到过格鲁埃的领主让·儒尔丹（Jean Jourdan de Grouée）。马德罗尔称他为“格鲁西的儒尔丹”（Jourdan de Groussy），并以为他是一名“工业巨富和玻璃制造商”。索塔（Sottas）于其《皇家东印度公司的历史》（巴黎1905年版）和凯普兰（P. Kaepplin）于其《东印度公司》（1908年巴黎版）中，都称儒尔丹为“大船主”。达尔格伦（Dahlgren）于其《法国与太平洋沿岸的贸易关系》（1909

年巴黎版）中指出，“格鲁埃的儒尔丹”又自称为“格鲁西的儒尔丹”，并且认为他是巴黎的香料富贾和批发商；贝勒维奇－斯坦凯维奇则认为他是在巴黎做批发商和玻璃制造商的马赛人；考狄在《中国通史》第3卷中认为他是马赛人和批发富商；福雷奇则认为“格鲁西的儒尔丹是玻璃制造富商”。从各种迹象来看，我们应称之为“格鲁西的儒尔丹”较为合适。他事实上很可能是玻璃制造商，因为“安菲特利特号”船上装载着大批玻璃，它们在中国市场上的销售成了商务代理人面临的棘手问题，而且大家确实知道正是儒尔丹将这些玻璃装上船的。

儒尔丹等人为向中国派遣1艘船，为此而专门草创了一家公司。儒尔丹热衷于经商和装备船舶，事事都对白晋的建议言听计从。儒尔丹及其朋友们的最大困难，则是设法从东印度公司处谋求准许派遣大船驶往中国。东印度公司财大气粗，它只希望独自装备白晋所要求的那艘船。在蓬查特兰的干预下，最终达成了妥协。1698年1月4日，双方签订了一项共有12款的协议。东印度公司授权儒尔丹相继派两艘船直接入华经商，但不允许它以东印度公司的名义连续第三次远航中国。这两次远航也不能在中法两国途中任何港口中经商。每艘船上必须设两位东印度公司的监察大员，并由儒尔丹提供经费。船舶返归圣·路易港后，要由东印度公司出面销售运回的中国商品，而且还提取5%的利润。法国行政法院于1689年1月22日批准了这项协议。为了赴中国旅行，法国政府向儒尔丹出售了“安菲特利特号”这艘快速三桅帆船，该船当时正停泊在罗什福尔港（Rochefort）。它是由快速轻帆船长德·拉罗克（de La Roque）装备的，他根据1698年1月28日由凡尔赛宫颁布的一道国王敕令而获得了这艘船的导航权。同一天，正在凡尔赛的海军警卫队的路易·德·拉格朗热也使拉罗克成了该船上的执旗官。当拉格朗热于1698年2月25日抵达拉罗歇尔港时，“安菲特利特号”船即将下水，并已为装载儒尔丹采购的货物准备就绪。

路易十四国王于1698年2月8日从凡尔赛向拉罗克颁发敕令。敕令中提到这艘船是经国王的批准驶往中国的，但却特别明确指出它不是一艘皇家御船，而是完全如同荷兰人和英国人所做的那样，只是一艘普通商船，以免对国王将来向中国派遣官船造成消极影响。敕令要求他们既不能在沿途向欧洲其他列强的船舶致敬，也不要求其他船舶与之联系。一旦在中国港口停泊后，就要特别注重于观察那里的季风、潮汐、气候以及与航海有关的一切资料情报，调查中国是否有港口、抛锚地、海岸地图以及航海指南。如能找到这一切，那就必须将它们呈奏国王陛下。他们还必须调查中国与欧亚各国之间经商的方式，特别要调查中国的风俗习惯，以利于法国政府将来方便时派船驶往那里。敕令特别要求，当该船返航时，必须准确全面地向国王禀报所搜集到的一切情报。

拉格朗热于其《神奇的旅行》一书中向我们介绍了拉罗克骑士的家庭关系。指出此人出身在巴黎一个富裕的市民家庭。拉罗克的个人档案也说明他一生中始终在远洋船上供职。至于“安菲特利特号”船上的大副，班尼斯特认为是萨里奥兹（Salioz）和弗罗热·德·拉·里戈迪埃尔（Forgerde de La Rigaudier）。萨里奥兹在此之前就曾在马六甲海峡航行过。里戈迪埃尔原为罗什福尔港口的官员。里戈迪埃尔在1698—1700年首航中国时，似乎是一名忠于职守的严肃官吏，尽可能地避免介入诸同事之间的纠纷。在该船二航中国时，白晋与他（一名大副）和外科医生组成了一个“三头政治”集团，里戈迪埃尔似乎公开投身于耶稣会士们的阵营中了。

“安菲特利特号”船上的2名二副分别是德·布瓦西（de Boissy）和德·巴里利（de Barilly）。德·布瓦西是儒尔丹的弟弟，他似乎不是职业海员，但由于儒尔丹的原因才跻身于这批人中，而且还占据着举足轻重的地位。巴里利于1706—1707年间才出现于路易港。该船上的海军军官是德·萨布勒瓦（de Sabrevois）、德·拉格朗热、德·博利厄（de Beaulieu）、小热拉尔丹（Geraldin Le Jeune）和菲利。在“安菲特利特号”第二次远航中国期间，博利厄任少尉军官。在拉格朗热与拉罗克的旅行记以及刘应（Claude de Visdelou，1665—1737）神父致儒尔丹的书简中，都提到过萨布勒瓦，此人是罗什福尔港的官员，1692年成为海军见习军官，1703年成为海军少尉，1709年9月30日死于一次海难事故。1699年3月1日，拉罗克将萨布勒瓦派回欧洲，以向国王禀报“安菲特利特号”船远航中国的艰辛历程。

除了上述各司其职的船组人员外，“安菲特利特号”船还运去了儒尔丹公司的3名经理：第一商务经理德·贝纳克（de Benac）、经理和出纳员勒·普莱特尔（Le Pouletel）、经理和商务监察官员吕西安·布瓦扎尔（Lucien Boizard）。其中贝纳克是个名气很大的人物。人们发现贝纳克与拉罗克之间的关系很紧张，几乎从启程航行时便剑拔弩张了。在该船到达广州时，这种冲突关系达到了白热化程度。因为贝纳克认为拉罗克是船长，而第一经理却是公司的代理人。所以当拉罗克于1699年2月5日正式以法国国王的名义拜访广州巡抚时，贝纳克拒绝陪同前往。入华耶稣会士们本来希望遏制他的这种喜怒无常的行为，他们甚至把他当作狂徒看待。中国人也不会接受由一名蛮夷商客代表法国国王。在“安菲特利特号”于中国停泊期间，贝纳克始终与拉罗克争夺名誉权。贝纳克最后与两名经理滞留广州，以销售该船运来的商品，当地人习惯于用中文称他为“贝老爷”。事态进展得并非一帆风顺。萨里奥兹1700年初带到马德拉斯的信件中，便包括贝纳克1699年对普莱特尔和布瓦扎尔的控告纪要，迫使贝纳克发表声明，万般无奈地放弃对中国公司的领导权。当“安菲特利特号”1701年秋二航中国时，带来了以费热拉尔（Figeral）为首的一批新任商务经理，从而结束了贝纳克在华的活动。“安菲特利特号”于1703年8月17日将贝纳克带回了布雷斯特。

对于圣马洛人普莱特尔和布瓦扎尔的情况，大家所知甚少，唯有通过贝纳克发自广州的书简或屡屡发出的怨言而略知一二。此二人与入华耶稣会士们联手反对贝纳克。在“安菲特利特号”二航中国期间，勒·普莱特尔于1702年5月14日秘密地离开广州赴南京，途中参观景德镇瓷都后，于6月28日顺利到达南京，并于11月17日返回广州，不久便乘“安菲特利特号”船返法。

在这3位商务经理之外，乘“安菲特利特号”船入华的贸易公司职员还包括1名“商人”、1名秘书、2名雇员和8名伙计。“商人”即产品服务部主任，弗罗热于其《游记》中称之为弗朗西亚（Francia），白晋为他起的汉名是方儒法，在他与广州海关官员们打交道时便使用此名，其完整的法文原名很可能为乔治·弗朗西来（Georges Francia）。他随“安菲特利特号”船首航中国返法后，又随该船二航中国并暂留广州，直到1709年2月15日仍在广州任商务经理。

该公司的秘书叫作拉加尔德（La Garde 或 Lagarde）。他似乎未曾起过巨大作用，在1703年6月25日于“安菲特利特号”返归欧洲海岸之前逝世。

弗罗热提到了赴华公司的两名伙计，但却未指出其姓名。马德罗尔认为他们是“文书”，分别叫作萨巴蒂埃（Dabattier）和布格雷（Bougre，或作Bongre）。萨巴蒂埃是“国王的作家”，布格雷只出现在白晋的日志中，他曾参加过“安菲特利特号”首航中国。但由于该船二航中国后某些商务人员滞留中国，所以他可能在留华人员之列。在中国公司1703年12月12日的一封书简中，还提到布格雷仍在广州。

马德罗尔也提到了2名商务代理人，分别叫作维莱特（Vilette）和丹迪涅（d'Andigne）。他们曾陪同首席经理往赴北京朝廷。因为中国公司原计划让贝纳克晋京入宫，公司认为这样做有利于实施其计划。我们通过1698年9月28日在海上才拆封的一道中国公司的命令而获悉这一切。为了这次旅行，公司选择了贝纳克、布瓦希、弗罗热等人。其中只字未提及维莱特和丹迪涅，而且这后一个名字既未出现在弗罗热的书中，也未在拉格朗热的著作中记录在案。白晋神父反对这次北京之行的计划，因为贸易公司事先未曾征求过他的意见。于是便决定，在“安菲特利特号”船到达广州后，必须开会专门进行讨论。耶稣会士们始终反对让中国公司的代理商进入中国腹地，无论是进入各省还是京城，都一概反对。

但是，维莱特和丹迪涅最终还是北上北京，白晋神父于日记中写道：“1702年1月1日，丹迪涅和维莱特先生到达了北京。”（马德罗尔书，第140页）马德罗尔于其书中的注释中指出：“他们是于1700年12月从广州出发晋京的。”他们二人实际上于1699年12月离粤晋京。因为班尼斯特指出：“我们于1700年1月26日离北京返法，将中国公司的3位经理、萨里奥兹先生、2名伙计和6名其他法国人留在广州，其中2名法国人于1699年12月离粤晋京。”我们通过白晋日记的有关段落获知，这两个人在北京逗留期间，如同中国“皇帝的奴才”一样生活，由大清皇帝支付俸禄，如同在北京为大清朝廷效力的耶稣会士一样地为康熙皇帝工作。这已经不是中国公司的“商务代理人”所能接受的那种角色了。维莱特未曾受过高等教育，神父们反对在北京称他们为“老爷”。“安菲特利特号”实际上是运来了几名“伙计”或“工人”。

在法国皇家玻璃制造厂的3名包税人的倡导下，“安菲特利特号”船运载了大批玻璃，白晋神父肯定曾向他们信誓旦旦地断言，中国是玻璃畅销的市场。由于玻璃易碎和必须切割与装配，所以又在中国公司的文职人员中增列八名“镜子工”。白晋曾向儒尔丹建议在广州城筹建一家玻璃制造厂，这八名玻璃工也可能正是为此目的才赴华的，大约是到了1699年4月末，其中的某些人在第三位经理的主持下，将破损的玻璃作了一番清理。该年11月末，中国公司的第一经理婉言谢绝了洪若翰神父有关向大清皇帝派遣2名玻璃工的请求。12月13日，曾遭贝纳克拒绝的两个人中的主要人物逃往总督府，不久又与另一个人共同前往北京。这次逃亡在某种程度上是在耶稣会士神父们的挑唆下发生的。弗罗热声称，当“安菲特利特号”船于1700年1月26日离开中国广州时，在那里安置了中国公司的3位经理、萨里奥兹、2名职员和其他6个法国人，其中2名已于1个月前晋京。这里所说的6名法国人都是由中国公司经理们挽留下来的玻璃镜子工，1 个月前晋京的 2 个人便是丹迪涅和维莱特。前者于 1699 年 12 月 13 日从公司所在地逃走，后者不久也与之相会合。丹迪涅就是遭贝纳克拒绝的主要人员，维莱特便是那个未曾受过高等教育的人，卫嘉禄（Charles de Belleville，1657—1730）修士和其他某些人的学问实际上也并不比他高深多少。清朝皇帝于其行宫中召见所有西洋人时，维莱特被耶稣会士们冷落在一旁了。当然，对于 17 世纪末叶来说，挽留一个玻璃镜子工在北京，即使他是一位手艺高超的巨匠，也会令人感到莫名其妙。现在尚未找到保存下来的有关此人的任何记载。

“安菲特利特号”船除了运送中国公司成员之外，还带去了东印度公司的 2 名职员。他们负责监督贸易经营，同时又阻止“安菲特利特号”船在中法之间漫长航程中逐港口地交易。此二人分别叫作让·佩什贝蒂（Jean Pechberty）和让·德厄（Jean Dieu）。正如现在收藏于法国国家档案馆的一封此二人 1699 年 2 月 17 日写于广州的书简所证明的那样，他们的处境并不如意。1698 年 1 月 4 日的协议加强了对他们的控制。中国公司的经理们不但拒绝向他们传授任何贸易知识，而且也不肯于公司所在地为他们提供食宿。东印度公司的 2 名职员还申辩说，他们目睹过儒尔丹的一道直到广州才被启封的命令，要求经理们尽一切可能不让这些人掌握任何科学知识。佩什贝蒂与让·德厄经过在死亡线上的挣扎和饱受虐待之后，终于随船返回法国。佩什贝蒂从未曾与中国公司反目，他甚至在脱离东印度公司后，于“安菲特利特号”二航中国时仍出任中国公司的第二经理。佩什贝蒂和另一名叫迪·朱斯（Du Jus）的职员曾制订一项赴江西饶州和南京的旅行计划，但由于耶稣会士们横加阻拦而最终未能成行。继“安菲特利特号”二航离华后，佩什贝蒂仍暂留广州并作为第一经理，直到 1705 年 11 月 23 日尚滞留于那里。

在“安菲特利特号”船上的世俗人员中，还包括一名医士长。他是由船长供应食宿和支付旅费的“巴黎青年”。拉格朗热于其《神奇的旅行》第 218 页中提到过此人。

除了这些分工明确的文武世俗人员外，“安菲特利特号”船上还有一大批耶稣会士。白晋首先从儒尔丹船长那里获许，除年修士外，让该船再免费运送 5 名耶稣会士入华。最后却增至 10 名。这些耶稣会士个个名声显赫，诸如巴多明（Dominique Parrenin，1665—1741）和马若瑟那样后来成了中国传教史上的明星人物。

儒尔丹曾认为，其经理们可以晋京见驾。白晋曾向他许诺，借助于奉献康熙皇帝与权贵们的礼物，可以在宁波或广州开办一家商行，并使清朝对于舶来品货物免征关税。这一切后来均未能兑现。

对于北京之行，当船员们于途中开启巴黎指令时，连白晋也大为疑惑不解，因为其中规定贝纳克必须晋京。传教士们一般都不想让中国内地的人见到欧洲军人或商人，因为教士们都看不起商客，认为此等欧洲天主教徒不会对土著天主教徒起到好的表率作用。洪若翰神父在一封书简中指出，在欧洲船舶习惯于停泊的中国港口，只能使极少数中国人接受归化，因为那些海员们无法与当地居民中的精英人物接触与交流。白晋认为，到达北京的西洋人会在那里发现一种与他在《中国皇帝的历史形象》中的勾勒完全不同的形象。如果“安菲特利特号”船上的商客们径直北上京城，那么白晋就无法于宫中再保守他吹嘘的该船具有“官方和政府特征”的秘密了。拉格朗热和白晋都曾强调指出，中国人在康熙皇帝时代只知道商船和贡船，不大精于其他通商之道。白晋曾许诺，要设法让中国免除“安菲特利特号”船的吨位税和船舱货物的关税。中国海关回答说，如果该船是贡船，那就应该将其货物入贡北京朝廷；如果它是商船，那就必须照章纳税。白晋在近一年期间费尽心机，玩弄各种手段，以摆脱这种进退维谷的窘境。路易十四给拉罗克的敕令非常明确“本船绝不是国王陛下的御船，而是一艘普通商船”。然而，贝纳克在1700 年 12 月 20 日的一封书简中，却抱怨说白晋让他签署了一份中文文件，其中诡称“安菲特利特号”船是受法王钦差的皇家御船，只不过是个别商人利用这一机会赴华从事某些贸易而已。白晋日记中也声称，为了更加安全可靠一些，他要求船上的文武人员都签署一份文件，证明“安菲特利特号”是属于国王的一艘皇家御船，受法国国王“钦差”，以将他们运载到中国。拉格朗热也于其游记中指出，如果声称“安菲特利特号”既非一艘贡船，也不是商船，而是法国国王的一艘御船，那就会使中国人感到惊讶，因为中国人从未听说过有第三种船舶。当广东总督质问贝纳克为什么不晋京时，白晋神父回答说，“安菲特利特号”是一艘御船，法国人不会入朝进贡；如果贝纳克是一名随船前来的商客，那么他就会试图在中国经商。贝纳克自己也不愿意晋京，因为他害怕由于不熟悉中国传统礼节或有失检点而贻笑大方。1699 年 2 月 5 日，拉罗克隆重地去参拜总督。他声称法国“国王是西方的第一帝王，陛下专门派我将白晋神父送回中国”。此外，早在 1698 年 10 月，白晋神父就指出，澳门那些不怀好意的人可能会声称“安菲特利特号”是一艘私船。拉罗克会让人散布说它确为一艘皇家御船，对这种看法持异议的人将被视为违抗王命。甚至中国公司的经理们，也以他们向白晋神父签署的一份文件而默许了这种事实。“安菲特利特号”船是“皇家御船”的观点，在欧洲人中也广为流传，误认为它是由路易十四派往中国的“使节”。中国人更认为法国人是前来朝拜其皇帝的，始终坚信“安菲特利特号”是一艘法国国王的御船，当时的中文文献中都称之为“贡船”。与“安菲特利特号”的船组人员相比较，耶稣会士们在熟悉中国的国情、语言和风俗习惯方面，都占有很大优势，在为康熙皇帝效劳方面也拥有很高的威信。虽然他们夸大了自己在皇帝面前的威望，但他们确实赢得了各省官吏们的好感。白晋这次以大清皇帝“钦差”身份赴欧之行，与先于他的闵明我（Claudio-Filippo Grimaldi，1639—1712）和晚于他的傅圣铎（Jean-Francois Pelisson，1657—1713）或薄贤士（Antoine de Beauvollier，1657—1708）诸神父的欧洲之行，有颇多相似之处，特别是薄贤士也在巴黎津津乐道地自称是中国皇帝的“钦差”。白晋玩弄字眼，吹嘘他这位中国皇帝的“钦差”身负出使“世界第一帝王”——法兰西国王的特殊使命。他在为法国北京传教区追求物质和宗教利益的同时，也在广州帮助儒尔丹的公司，由于他使“安菲特利特号”船具有了官方特征，所以该船被迫在广州停泊近15个月，而普通商船却只需停泊3个月。中国当局对于该船自愿停泊如此之长的时间毫不理解，甚至感到焦虑不安。公司的经纪人和船组成员很快便愈发坚信，最好的办法就是服从中国为普通商船制定的法规，交纳关税，甚至还可以交小费，完全如同英国人和荷兰人一贯所为的那样。早在1699年2月17日，东印度公司的两名职员就认为，同中国的贸易对商船和东印度公司都十分有利。后来为了照顾东印度公司的特权，故而法国才取缔了中国公司。

弗罗热对于中国文明的评价，与拉格朗热和白晋的评价同出一辙，完全基于一种对中国文明的肤浅认识。但弗罗热与1701—1703年航行记的作者，都转引了某些颇有价值的资料。他们也揭示了当时入华耶稣会士们的诸多内幕，这一切都是对当时所产生的有关文献的颇有裨益的补充。

通过“安菲特利特号”船船组人员状况，大家便可以洞悉该船的重要性、船舶的性质、远航中国的目的及其从事的工作；通过其人员组成，便可以清楚地看到，它绝不是法国国王的一艘御船，而是一艘地道的商船；通过他们所从事的工作，便可以看到法国在经济和文化方面对中国的兴趣；通过其影响，便可以理解法国18世纪的“中国热”的原因了。

二、"安菲特利特号"船在华的活动及其运载的中国商品

"安菲特利特号"船于1698—1700年首航中国时，实际上是法国的中国公司购买了法国国王的这艘500吨级的轻型三桅船。1697—1698年的装配费及其舱货，耗资共达506948镑。这项事业完全由特意为此而组建的中国公司出资兴办。法国政府不肯给予资金赞助，而只给予保护及在进出口关税、货物检验方面的某些特权。因为法国政府希望这项事业首先必须保持其民间特征，为其以后的活动保留余地。

1698年3月6日，"安菲特利特号"船从法国的大西洋名港拉罗歇尔港起锚远航，由拉罗克骑士指挥。6月10日，该船航抵好望角并在那里停泊20多天，以稍事休整。在从好望角到苏门答腊之间，由于它未能顺利地通过巽他（Sonde）海峡，所以只好于8月18日在印尼的亚齐靠泊。经历了9月27日在中国西沙群岛的一次风暴后，于10月5日到达中国广东的上川岛并组织拜谒了方济各·沙勿略墓，1698年10月24日到达澳门。11月2日，这艘船在经过7个多月的远航漂泊之后，终于在广东珠江口抛锚。白晋将船留在珠江口外海，自己偕同利圣学（J-Charles-Etienne Froissard de Broissia，1660—1704）和年修士前往广州城。白晋以其"钦差"的身份，享受到了此尊号在中国应得到的所有荣誉，兵勇们向他致敬，鼓乐齐鸣并放礼炮，广州的官吏们都前来迎接这位康熙大帝"钦差"的荣归。

巧舌如簧的白晋神父极力说服两广总督坚信，"安菲特利特号"船本为战船，法国国王为运送他返华而专门派遣远航。所以该船获准减免1.2万—1.5万埃居的关税。就在这艘法国船于广州港停泊的同时，恰有一艘阿拉伯船靠岸，它必须依法为其船舱吨位检测费而支付8500两白银，与"安菲特利特号"免交的税金基本相同。"安菲特利特号"船还为其船组成员获得了下榻于一座由当地政府开办的"公馆"之待遇，它主要是被用作拉罗克骑士的荣誉住所。马若瑟神父在致拉雪兹神父的书简中曾写道："外国人从未在该国受到过这种荣誉接待。当然也从未有过外国船会像我们这艘船到达中国时受到的那种隆重接待。在距法国有6000多法里（Lieue，每法里约合4公里）的地方，提到法国的名字，对她的尊严与体面没有任何伤害。"其实，中国人对于路易十四基本上一无所知，无法用"太阳王"在中国的威望来解释"安菲特利特号"船在中国受到的礼遇。这件事首先应归功于深谙中国习俗的白晋之

吹嘘，其次是由于法国人又花费重金沟通了关系。如黄埔海关监督曾得到价值 300 两白银的商品礼物，中国公司也向黄埔海关送礼 600 两。1698 年 1 月 17 日，当白晋拜见两广总督石琳时，奉上了由中国公司提供的丰厚礼物。总督回赠的礼品包括 3 只装满香料的金瓶、1 只镶瓷的铜瓶、15 个杯子和 1 尊颇受中国人器重的深红色石雕像、2 个仿玛瑙的白色小杯、4 个漆盒、2 个大古董瓶、10 匹丝绸和数目巨大的一批中国白绢画。总督自己花钱买下了所有玻璃，因为他想以转卖而赚取巨额利润。

事实上，一切都不像耶稣会士们企图让人相信的那样如愿以偿。法国人觉得中国人的行为伤害了他们的自尊心，中国人习惯于高傲地对待蕃夷商人。该船的入关商品申报单是用中文写成的，法国经理们不乐意以普通商人的身份签署它，因为其中未提到他们的尊号。当方儒法去呈交商品清单时，中国海关的官员甚至不屑于起立，而只满足于向他指定一个座位。

12 月 17 日开始检验商品。中国海关官员仔细地检验了整整一箱子画像，它们都是当时尚活在人世的法国宫廷大员中的人物的画像。他们计量了玻璃、玻璃窗以及呢绒的数量和大小，并作了详细记录，一切都计算得非常准确。

1699 年 1 月 20 日，终于允许法国商人出售或与中国人交易这些商品了。当地中国人认为这些法国人一定是带了很多银钱，于是便从各地携带大批商品纷至沓来，争相向他们推销。从而使法国人在 15 天内购得满船的中国商品。但很快便从北京传来了一道上谕，严加禁止这种交易。1 月 26 日，康熙皇帝的使者——刘应、苏霖（Jose Suarez，1656—1736，葡萄牙耶稣会士）神父和一名鞑靼人风风火火地赶到，他们是由康熙皇帝派来的，以迎接白晋神父和法国人。因为在“安菲特利特号”船到达广州时，康熙皇帝正在巡视鞑靼地区。他于 1698 年 12 月 15 日回銮北京，翌日便遣耶稣会士们与清朝官吏前往迎接白晋及其携归的其他传教士。2 月 25 日，耶稣会士们携带奉献皇帝的礼物入朝，康熙热烈欢迎传教士们并破例恩准他们随驾出巡。

在与大批中国人的一次会见中，来使证实，大清皇帝免除了“安菲特利特号”船的所有进口税和商品检验税，应法国商人的请求而允许他们在广州开设一家商行。皇帝不久又允许他们继续从事商品交易了。数日后，拉罗克骑士登门拜访两广总督，对皇帝的浩荡皇恩表示谢恩。该骑士只依法国的礼仪朝拜，传教士们则依中国惯例行三拜九叩礼。骑士在致辞中厚颜声称，他是法国国王的钦差，是为了将康熙钦差白晋神父送回中国而受派遣的。

中国政府从不欢迎外国船舶于其广州水域长期停泊。8 月 27 日，康熙皇帝命令两广总督设法催促法国人尽快地离港，“安菲特利特号”船必须在季风之始扬帆驶去。12 月 24 日，两广总督通知法国人，根据皇帝敕令，他们必须限日驶离黄埔港。法国人于是只得匆忙将最后一批货物装入船舱，“安菲特利特号”最终于 1700 年 1 月 26 日驶离广州水域，运走了一舱丰富的铜器、布帛、瓷器以及大清皇帝赠送路易十四国王的重礼。皇帝御礼由洪若翰神父负责监运并将亲自呈交法国国王。1700 年 5 月 13 日，儒尔丹在巴黎向法国航运局长宣布，“安菲特利特号”船即将从中国返航，当时决定让它在圣路易港停泊，船载商品将被运往南特东印度公司的仓库中。根据协议，东印度公司要从中国商品的出售中提取比例很高的利润。法国政府据此而下达命令，当该船在罗什福尔、布列斯特和拉罗歇尔停泊时，不允许将任何货物卸船走私。

1700 年 8 月 3 日，“安菲特利特号”船历尽两年半的千辛万苦之后，顺利返回圣路易港。8 月 11 日，法国政府签发一份允许自由运输中国皇帝御礼的运输特许证。路易十四于其特许证中通告各省政府和执法长官，有一批中国皇帝御礼的箱包，由耶稣会士洪若翰神父护送抵法，沿途不准设置任何障碍与制造任何混乱，禁止征收任何税金和开启任何箱包。箱包最后被运到耶稣会所在地，当着一名政府官员的面而启封。洪若翰神父以康熙皇帝的名义向路易十四呈上了“绚丽多彩的布帛、非常雅致的瓷器和几大块茶砖”，人们在法国尚从未有幸目睹这样精美的“东方舶来品”。

根据分别于 1687—1700 年通过的东印度公司章程，法国的中国公司只有权进口 15 万镑的中国布帛。但东印度公司的经理们却声称，由“安菲特利特号”运来的那些棉与丝和金银混纺的布帛，都可以包括在这一限额之内。儒尔丹与其股东们联名上书路易十四，重申国王曾允许他们作与中国通商的尝试，他们派船远航中国，并已满载中国货物返航，这些商品可为法兰西提供大量财富。路易十四也法外开恩地给予特许。“安菲特利特号”从中国运回的商品，从 1700 年 10 月 4 日起，在南特公开销售。当时的法国国务部长蓬查特兰在 1700 年 11 月 3 日致德格拉西埃尔（Desgrassiere）的信中，对这次销售中国商品的盛况感慨万千。其中特别提到中国铜器，漆器和瓷器的畅销风景。原来准备出售 300 镑一件，在公开拍卖中涨至 380 镑。《优雅信使报》于 1700 年 9 月号发表过有关这次销售的公告。其中除了提到大批的红铜和黄铜器皿之外，还提到了大量布帛如绢、绮、普通罗和绉纹罗、缎面、重绉纹织物、哔叽、平纹布、织锦，共计 8000 余匹。同时还销售了中国的漆器、刺绣和绘画。共有 17 个箱子中收藏有瓷瓶、瓷碗、瓷盒、瓷壶、瓷碟、大小瓷盘、瓷杯或瓷茶具、瓷酒瓶、平底瓷杯、带把瓷杯、瓷糖罐、瓷盐罐、壁炉瓷器配套物、其他各种细瓷产品。这批货物中还包括17箱漆器，其中有4箱各自内装3件小漆匣和带堆金花卉图案的文房四宝，另外9箱中装有各种各样的漆桌、14小箱酒具、21小箱漆画和人物花卉画等。此外还有36箱中国屏风、4箱树叶屏风和3箱尚未安装好的纸屏风，455根手杖、大批纸张、广州和南京刺绣、12条挂毯以及绣花缎、11条丝巾、6卷绘画、38件麻织品。《优雅信使报》还告诉其读者，人们可以在许多箱中发现其种类和质量相同，而数量各有所异的商品。

这次中国商品的“大举入侵”引起了法国制造商们的阵阵惊悸。蓬查特兰在他1701年1月12日致中国公司经理们的书简写道：“本人获悉，扇子、桌子、细木家具与陶瓷制造商们，都在指控你们从中国运来了其行业的大批产品。他们认为你们的贸易不应建立在这种有损于他们利益的基础上，你们只应运来更好和更便宜的此类商品，以满足那些从外国进口此类商品的人之好奇心，要避免将来会有人对你们的行为提出指责。”但我们只要看一下“安菲特利特号”二航中国时运回的中国货物申报单，便会理解这些怨言未产生效果。

1703年，有关方面对这次商务活动做了结算，股东们收回了本金并赚取50%的利润。1698年协议中有一项条款规定，允许儒尔丹在“安菲特利特号”船首航中国后，如果认为有必要的话，还可以再派一艘船二航中国，为他运回被迫暂存广州的货物，以弥补首航时可能会造成的亏损。当“安菲特利特号”刚一返航，受到首航成功鼓舞的儒尔丹，便事不宜迟地叫人检修船体，为第二次远航中国做好准备。根据1700年10月23日与东印度公司续订并于11月9日批准的协议，儒尔丹及其股东们获得了中国贸易的特许权，不过仅限于中国的广州和宁波港，他们在自己认为合适的情况下，有权向那里派遣一定数量的船舶和进出口一定数量的商品，其条件是每年首次返航时要交纳2.5万镑的税。其本金应由12位经理的缴款与公共认捐所提供。

“安菲特利特号”船二航中国时（1700—1703），其装备共耗资186736镑，其运载货物价值约为363264镑。

当然，这都是中国公司在与圣马洛公司合并时申报的数字，可能有某种程度的夸张。1701年运往中国的商品清单已由沙瓦里（Savary）发表于其《贸易辞典》的《中国贸易》条目中了，这纯粹是为了满足那些希望知道什么商品能在中国畅销的批发商之好奇心。沙瓦里仅限于提供“安菲特利特号”

船二航中国时的商品发货单。因为该船首航中国仅仅是法国人在新贸易地区从事的一次尝试，其二航中国的目的则是为了通过亲身体验而了解适合中国的商品，特别是适应法国人准备建立商行的广州所需求的商品。儒尔丹于1700年3月3日致信国家贸易总监，要求从英国运去某些出口中国的商品以研究其质量，这一要求在“安菲特利特号”船首航中国返法时得到了满足。

由于中国人非常喜欢白银，所以中国公司这次共运去319846镑的银锭、银条和银币，仅有价值25663镑白银的商品。其商品主要有1箱书籍，诸如《圣经》《宗教史》《犹太史》《马勒伯朗士论集》等书；普散（Poussin）以《圣经》为主题的绘画，以及勒布伦（Lebrun）、小夸佩尔（Goypel Le Fils）、米尼亚尔（Mignard）等人的版画，国王和王太子的画像，枝形灯架和多枝烛台，布鲁塞尔的羽纱、羽笔，西班牙蜡烛、小刀、镀金刀、珊瑚、望远镜、首饰、鼻烟壶、首饰盒等；各种计算器、德国水晶、巴黎水晶等。

总而言之，“安菲特利特号”船二航中国不及首航那样轰动朝野。它经历4个多月的时间才到达中国的海岸，又在那里停泊4个多月。由于遇到风暴，它被迫从中国的一个海岛移泊于另一个海岛，始终冒着沉没的危险。当广东电白的官员获悉运载法国国王进献中国皇帝礼物的船舶处境危险时，感到非常惶恐不安，当地李都司派去了救生小船，优先抢运进献皇帝的礼物。当水手们被这种重物不重人的行为激怒时，杀死了一名清朝小吏。白晋于其旅行记中曾对这一偶发事件做过长篇介绍。

白晋日记中还记载了“安菲特利特号”船二航中国回程时在广州运载的中国商品清单。除了铜器、生丝、茶叶和药品外，还有93箱瓷器，45箱屏风，22箱油漆茶具，12箱灯笼，4箱扇子，7箱刺绣品、床、梳妆台、便袍，1箱瓷器样品或陈列品以及漆盒。该船同时还运回了它首航中国时暂存广州的商品，其中包括30箱瓷器，35箱漆橱，1箱带珐琅的南京铜器，总督的2箱礼品（2张弓弩、2个装满箭的箭囊、1架马鞍、2把镀金铜刀、4件古瓷）。法国入华耶稣会士们也利用这一机会而托运回19箱瓷器、9箱生丝和丝绸。这是一宗数额巨大的托运物，船长对于是否接受承运感到犹豫不决，后经理事会讨论才决定接受承运。白晋记述说，在经理们忙着为“安菲特利特号”装船时，又想到了派遣两个人——佩什贝蒂和朱斯赴江西饶州和南京，以在那里采购最绚丽多彩的丝绸、瓷器和漆器，并且就此而向两广总督提出了要求。总督认为这些商品在广州也不匮缺，因而对此项要求不予批准。傅圣铎神父致信经理们，劝说他们放弃这项计划，以免违犯禁止外国人未经允许而进入中国内地的法律。白晋认为，如果佩什贝蒂和朱斯能够前往南京采购，那么中国公司便可有 10 万埃居的纯利润入账。

但中国公司的商务正处于一种“过热”状态。它于 1701—1702 年被迫从事的借贷增至 150 万埃居。1701 年先借贷 865576 埃居，后又增补 559260 埃居。1702 年共借贷 20 万镑。其借贷总额高达 1624836 镑。其股东们也未能使每人应付的 4 万镑资金到位，其余额只剩下 68817 镑了，甚至连儒尔丹本人也拖欠公司 57146 镑。为使该公司摆脱困境，蓬查特兰建议经理们联合几家富商，以等待“安菲特利特号”船返归时还清借贷。1701 年 11 月 7 日，中国公司与圣·马洛的一家商会签订一项协议。这两个公司的本金高达 160 万镑。圣·马洛方面准备共装备 4 艘船，有 2 艘赴中国内港，另外 2 艘赴中国南海。每艘船都大约需要 20 万镑，总共需要 80 万镑。

巴黎方面为装备“安菲特利特号”船需要 186736 镑，船舱货物价值 363264 镑，暂存广州的商品价值 25 万镑，也折合 80 万镑。这样一来便组成了第二家中国贸易公司。它装备的两艘赴华船舶只是“圣·法兰西斯号”和“法国大法官号”。由于西班牙的王位继承之战，该船通过太平洋而远航中国的要求颇费周折之后才被批准，但路易十四却明确地命令船长既不能在西班牙港口停泊，又不能与敌对民族互市。

中国公司焦虑不安地等待“安菲特利特号”二航中国的返航，因为它可能会缓和该公司陷入困境的经营。该船于 1703 年 8 月 11 日才返航，其舱货价值约为 150 万镑。货物首先卸在布列斯特，然后又将部分商品用船运往南特，由国王的护卫艇护航。由于逆风，船航行得很慢，所以，直到 10 月初才开始出售中国商品，而运来的大部分商品却留在布列斯特。中国公司所获利润甚微。“安菲特利特号”二航中国时携归了大批家具，其中的漆器便被好奇者称为“中国—安菲特利特漆器”（Vernis-Chine Amphitrite）。

最后，中国公司请求将“安菲特利特号”船转卖给海军。1704 年 5 月 7 日，中国公司的经理们被告知说，法国国王将赎回该船，包括船上的火药以及一应装备在内，共付资 28791 镑。次年，“安菲特利特号”船被国王出租给了阿西安特（Assiente）公司。17—18 世纪之交的这场法国商船远航中国的大幕终于落下了。

[本文原载《西北第二民族学院学报（哲学社会科学版）》2001 年第 2 期]

国王的船只“安菲特利特号”旅行报告：1698 年，从好望角往广州[①]

佚　名著

郭丽娜译　梅谦立注

阁下已读过德·索瓦西神父[②]的游记，我就无须再谈及荷兰人在好望角的贸易机构了。

风平浪静好几天了，1698 年 6 月【具体日期缺失】，我们从好望角起帆，当时顺风，风力强劲，夹杂着雨点，能感受到寒意，可是既然行走于海上，就必须为了赶路而做好面对任何恶劣气候的心理准备。这种天气一直持续到 7 月 15 日。我们重返航线时，风速逐渐减弱，没那么冷了。

26 日，我们处于航线 2 度、东经 120 度 30 分处，当时爪哇岛位于航线 6 度、东经 120 度处。这是我们的领航员们和船上的耶稣会神父们测量出来的结果，那是一位耶稣会修生和一位意大利耶稣会士画家。我们的处境相当艰难，除了缺少补给，还担心晚上迷路，因为有好些天无法测得纬度。后来终于测到了，才发觉我们本应该往偏东航行；合理的解释是水流太急，然而我们的引航员专业知识不足似乎也是原因之一。尽管并未过于偏离航道，船长德·拉·罗克（Mr. de la Roque）及其副手们还是决定改变路线，绕道亚齐（Achin）。8 月 18 日，我们到达亚齐，在那里找到一位叫德隆（Dellon）的英国先生，他一直在当地经营生意，获利颇丰。他热情地接待我们，为我们提供食物、柴火和饮用水。葡萄牙人家里的两名当地引航员承诺引导我们去中国。不过在离开之前，我得向阁下汇报当地的相关信息。

亚齐王国位于苏门答腊岛北端，马六甲的一侧。苏门答腊岛从巽他海峡

---

① 文献原文藏于巴黎法国国家档案馆皇家档案，编号：Sect. Hist. K. 1375. N. 4，共 8 页。本文获《广州大典》与广州历史文化研究重点课题“法国商船‘安菲特利特’号与广州”（项目号：2018GZZ05）资助。

② Mr l’Abbé de Choisy，即弗朗索瓦 - 迪莫莱昂（François Timoléon，1644—1724）。他一直在亚洲传教，1697 年返回法国。

一直延伸到亚齐，长300古里，宽60—70古里。[①]

苏门答腊岛和亚齐王国之所以引起关注，是因为当地盛产胡椒，富含金子。在那里采集金子根本无须开矿，水流把这种贵金属从高山上冲刷下来。有一座山竟因而得名“金山”。

亚齐市有某种特色，让从未去过中国和印度的外国人感到吃惊。当地有四五个不同的民族混杂居住：摇着扇子的羸弱中国人；带着武器、神情傲慢的马来人；留着大胡子、穿着长袍的摩尔人；脖子上挂着念珠的葡萄牙人，人数不多。

街道上人来人往，色彩斑驳陆离，两边种着奇异的树木，在一排排茅屋竹房之间，时而穿梭着一群大象，或一群水牛，河道上风景优美，漂浮着古老的小舟，所有这一切对于我们来说都很新奇，让人目不暇接，浮想联翩。船只的锚地深入内陆，非常优良，天气恶劣时，可以停靠2000艘商船。8月23日[②]，我们做好补给，引航员上船引领我们离开亚齐，穿过马六甲海峡。可是很快我们意识到新引航员是多么地没经验，8天之后，他们差点让我们全部死于非命。

尽管如此【字迹不清】，我们还是在9月9日到达马六甲市。

当天，德·拉·罗克骑士登岸，受到荷兰人的热烈欢迎。

总督为我们提供了必需的补给。我们在那里找到了两位素质良好的英国籍引航员，他们曾多次到中国旅行，有一些好地图和好日志。他们很乐意加入我们的船队，于是我们辞退了之前的那两位。

9月11日，总督在一座美丽的花园里接待我们。那里树木茂盛，锣鼓声阵阵，欢声笑语，宴请一直持续到夜晚。晚上，我们想回到船上，这时起风了，下起瓢泼大雨，四周一片漆黑，我一直担心我们回不到小艇上。

当时海浪滔天，海水涌进小艇里。大伙齐心协力排水，有人用帽子，有人用木桶。我们费了九牛二虎之力回到小艇上，可是祸不单行，当我们回到锚地时，发觉船只被风吹走了，船长赶紧下令，耶稣会神父们和其他人合力把船开回锚地，因为如果船只再被风吹出4法寻[③]之外，大家可就一无所有了。

---

① 亚齐（Achin），今称为亚济（Aceh）。苏门答腊岛的长度为1790公里，宽度为435公里。

② 原为26日，后涂改为23日。

③ “法寻”，旧水深单位，1法寻约合1.624米。

马六甲位于一处硬土地海岸上，以前叫作 Aurea Chersonesus[①]，在苏门答腊岛的对面。100 多年前，葡萄牙人占领了这处属于亚齐人的地盘。1640 年至今，这里一直属于荷兰人，是除巴达维亚之外最好的土地。[②] 当地贸易发达，宗教信仰自由，甚至可以进行偶像崇拜。唯一的真正宗教却被禁止，天主教徒必须藏匿在丛林里做礼拜。马六甲有各种印度水果，比其他地方的水果都好。

城堡修建得非常坚固，四周都有良炮，可是守卫并不森严。卫戍的兵士处境不好，他们不是专业士兵，都是强征而来的，一半以上是天主教徒。城堡与城市之间隔着一条河，孤悬于海上。

海湾深入内陆，形成一处天然锚地【字迹不清】，一年四季可以泊船。可是船开出去并不容易，越是如此，我们就越急于赶往中国。9 月 12 日，我们和两位英国引航员一起离开马六甲。

19 日，尽管海峡非常危险，我们还是走了出去。由于季风提前，而且我们想在年内到达中国，所以引航员打算走近路，可是这却差点要了我们的命：航标丢失，9 月 29 日，我们来到一块长 150 古里、宽 30—40 古里的大岩石前，当天下午 4 点，船只再往前开 3 尺，就会撞上岩石，好在上天保佑，我们及时发现，改道而行，晚上 8 点，我们终于脱离险境。[③] 神父们唱起《赞美颂》(*Te Deum*)，大家都虔诚地参与。此类事情总会让大家变得虔诚。

10 月 4 日，我们来到了中国海岸边。由于逆风，我们只能停靠在中国上川岛，那是圣・沙勿略离世之地，10 月 14 日，船只抛锚。我们对当地几乎一无所知，那里渔船很多，可是渔家不愿到我们船上，一望到我们就跑。8 日，白晋神父乘坐小艇到 7—8 古里外的广海小镇，从那进入广州，请当地人允许我们把船驶入河道。10 日，所有神父都参观了我们的保护者圣・沙勿略的墓地。12 日，白晋神父给我们派来了引航员和两名中国苦役犯。13 日，我们再次起帆，经过千辛万苦，我们终于到达澳门。澳门是葡萄牙人占据的城市，他们征服印度不久之后在那里定居。22 日，我们看到了一艘商战两用的葡萄牙船只，船长约 18—20 岁，很有修养，他给德・拉・罗克先生送来许多食

---

① 拉丁语，意为金子半岛。

② 1511 年 8 月 24 日，葡萄牙人征服了马六甲。1641 年 1 月，荷兰人打败葡萄牙人，在 1825 年之前一直控制着马六甲。

③ 此处指西沙东北端的礁石群，西方人也称之为“帕拉塞尔群岛（即西沙群岛）中的安菲特里特号组群”，法语写为“groupe Amphitrite des îles Paracel”。

物。他和大副来到船上，我们热情地接待了他们。次日，即 23 日，德·拉·罗克先生登岸，也受到款待。我们见到了“白屋”（la Poste Blanche）的官员，他是白晋神父的好朋友。[①] 他安抚我们，说白晋神父和好几名苦役四处寻找我们，而我们却自己来了。26 日晚上，白晋神父和 4 名苦役也回来了。28 日，我们启航。我为阁下提供如下澳门信息。

葡萄牙人长期居住在这个港口。他们修建了一座欧式城市，不是很大，但很漂亮。清政府允许他们加强城防。据说城里放置了 200 门大炮。对于葡萄牙人而言，只要在澳门能与日本和菲律宾做生意，只要葡萄牙人仍是葡萄牙人，他们就很满意。可是如今他们仍是澳门的葡萄牙人，教堂还在那里，非常漂亮，大炮的底座也在，不过中国人的人口是他们的 2—3 倍，印度人也随处可见。印度人基本贫穷卑微，这是可以想象的。他们还得向中国人支付 22000 埃居的保护费，我不知道他们是怎么挣到钱的。

总之，11 月 2 日，我们经过重重险阻，终于到达广州的河边，在水深 7 法寻的河道抛锚，水流缓慢，非常安全，距离市区 3 古里，但是我们不能继续往前开，因为水深不足。

可敬的白晋神父已经为我们开路，我们受到款待。阁下知道，他是中国皇帝派往法国的特使，3 年来，中国皇帝一直在等待他的消息，每年都从北京遣使到广州垂询，这回他受到隆重的接待。总督为他准备了一处公馆（即皇家客栈），派遣大量随从，还有一架 4 人抬的大轿子，因为当地不能骑豪华四轮马车。皇帝也给他准备了各式龙纹徽章，还有一顶华盖。白晋神父和所有人（包括随从）在广州逗留期间，可谓极显荣华。白晋神父也为德·拉·罗克骑士争取到一处公馆，为儒尔丹公司的经理们争取到特许，可以在他们看中的地点购买一处房屋，存放和销售商品。他给北京写了信，总督派人快马加鞭送去。

1699 年 1 月 23 日，德·拉·罗克骑士收到北京传教团负责人洪若神父（1643—1710）的信件。[②] 信件写于 1698 年 12 月 2 日，告知我们，皇帝已经在鞑靼得知我们到达的消息，他派出 3 名使者，为我们提供所需帮助，给予

① “Poste blanche”，葡萄牙语是 Casa blanca，即香山县前山镇的衙门，明清时期管理澳门，今归属于珠海市。

② 洪若（Jean de Fontaney，1643—1710），1687 年法国国王路易十四遣华的 5 位数学家耶稣会士之一，是传教团负责人。

我们最大的荣耀。信件中也说到，太子胤礽很高兴，命令在广州的亲信款待来自西方的法兰西官大人（即白晋），务必令其满意。

1月26日，3名使者到达广州，带来圣旨。一位是鞑靼大人赫世亨，另外两位分别是葡萄牙耶稣会士苏霖和法国耶稣会士刘应。[①]

27日，他们去了耶稣会神父下榻的公馆。赫世亨宣读了圣旨，他们下跪恭听【字迹不清】，皇帝命令瞿敬臣（Charles Dolzé）、南光国（Louis Pernon）、颜理伯（Philibert Genoix）等神父、卫嘉禄修士（Charles de Belleville）和画家聂云龙（Giovanni Gherardini）进京[②]，至于其他耶稣会士，皇帝允许他们在帝国传道，在他们想停留的地方居留。[③] 宣读圣旨时，公馆大门打开，赞誉之声不断。神父们跪着听旨，向北朝拜，因为北边是北京皇宫所在之处。他们跪拜三次，每次叩三个头。莫斯科使团和中国皇帝的所有藩王都行这种礼仪。太子也不例外。[④] 德·拉·罗克骑士则是例外的，因为他是西方最有权势的君主路易大王的官员和获圣路易勋章的骑士。中国君主制存在4000年，破例允许他不用行叩头礼，而是用法式礼仪朝北行礼三次。[⑤] 他向总督和其他官员表达了感激之情，感谢皇帝在港口款待使团，豁免船只的所有税收，允许儒尔丹公司经理和法国商人在此设点贸易，尤其是允许传教士在辽阔的帝国内部传教。[⑥]

总督进入白晋神父的公馆，白晋神父为他和所有法国人奉上茶水。他们谈话时，白晋神父充当翻译。总督告辞时十分客气，说皇帝乐意每年见到法兰西皇帝的商船出现在港口，总督个人则乐意见到法国能在北京宫廷获得不同于其他国家的待遇。

德·拉·罗克骑士呈上书面文书，赞誉皇帝。白晋神父和刘应神父把它

---

① 康熙派遣的3位钦差，即武英殿总监造赫世亨（约1645—1708）、葡萄牙耶稣会士苏霖（José Soares，1656—1736）、法国耶稣会士刘应（Claude de Visdelou，1656—1737）。

② 4位法国耶稣会士分别是瞿敬臣（Charles Dolzé，1663—1701）、南光国（Louis Pernon，1664—1704）、颜理伯（Philibert Genoix，1667—1699）、卫嘉禄（Charles de Belleville，1657—1730），还有意大利画家聂云龙（Giovanni Gherardini，1654—1723）。

③ 信件作者在此说明法国耶稣会士对于康熙谕令的理解，即“随便传教”，而历史事实是康熙限制法国耶稣会士在内地买房。

④ 作者应该是从白晋处得到这些信息，来解释他们的行为。

⑤ 按照作者的意思，这样的礼仪表示康熙与法国国王是平等的，然而，中国人并不是这样看。

⑥ 作者提及vice-roi（总督），不过从其他文献记载可知，法国船长是在广东巡抚萧永藻面前行礼的，而不是在两广总督石琳面前。

翻译成中文：

中华帝国皇帝英明，恩泽四方。法兰西王国虽距中华帝国上千古里，但一直能感受到皇恩。皇帝派遣白晋神父到法兰西，陈述更多细节。陛下的美德可以和天地媲美，与日月同辉。君主天资聪慧，运筹帷幄，继往开来。他知晓哲学、天文和地理，掌握几何知识，通晓音律，平息云南王吴三桂、福建王耿精忠、广东王尚可喜之乱，剿灭大盗噶尔丹（Rasdan），保证帝国内外之安宁和国民之幸福。这样的功绩是其他国家君主难以取得的。此外，陛下他传下谕旨，允许臣民习教，保护传教神父，允许他们建堂传播福音。法兰西上自国王下达臣民，均感受到皇帝的恩典，高如天穹，广阔如大地。法兰西国王是西方最有权势的君主，特遣我护送白晋神父回中国。中国皇帝王恩浩荡，豁免船只税收。我等感激不尽。呈上文书。[①]

关于这个国家，我无须赘言。李明神父[②]已返回巴黎，他写过一部著作，相信阁下已阅读过。我想说的是，这是世界上最美丽的国家。广州似乎比巴黎还大。河流非常美丽。城市前面有大量的渔船，估计家庭数达到 5000 以上。广州没有未开发之地，什么也不缺，商品很便宜。广州人很和气，但也危险，因为他们爱行骗和盗窃，不过这在中国并不算恶习。他们做买卖时，会坑蒙拐骗，一旦被发现，他们会道歉，可是不会改正，下次只会采取更加隐蔽的方式，不容易被察觉。在那里，随时随地可以学习行骗，就像学习撒谎一样。

此外，在那里设立一个代理机构，有一个好公司支持，是可以从事贸易的，获利应该丰厚。到这里做买卖需有充足资金，无须带来太多商品，少量，精挑细选即可。要想办法设立账房，无须从法国取钱。在这里用银子换金子，有 60%—70% 的利润，然后带回金了。但最好还是带回生丝或编织精美的各色丝绸，以及瓷器、清漆、中国和日本的工艺品、压舱的白铜、黄铜、红铜或金铜，还有大量的药品和颜料。一般 17 个月内可以往返，装满船只，我乘坐的英国船就是这样经营的。不过不要相信公司派遣的经理。如果这些先生们熟知业务的话，我们早就熟门熟路，发大财了，而不是像现在这样，长途

① 未找到白晋等人的译本。

② 即 Louis Lecomte（1655—1729）。

跋涉，而盈利甚少。现在我们只能等到11月才能返航，回到法国大概是1700年5月或6月。神保佑我们早日回家。我静候季风来临。①

1699年2月23日于中国广州

① 在整封信件中，作者留意到贸易问题，并且批评儒尔丹公司（Compagnie de la Chine）的三位经理。因此可以推测，作者应是儒尔丹公司内部职员，可能是公司秘书拉加尔德（Lagarde），也可能是法国印度公司的顾问佩什贝蒂（Jean Pechberty）或德厄（Jean Dieu）。

巴黎外方传教会童文献
（Paul Hubert PERNY）

童文献（Paul Hubert PERNY，1818—1907）

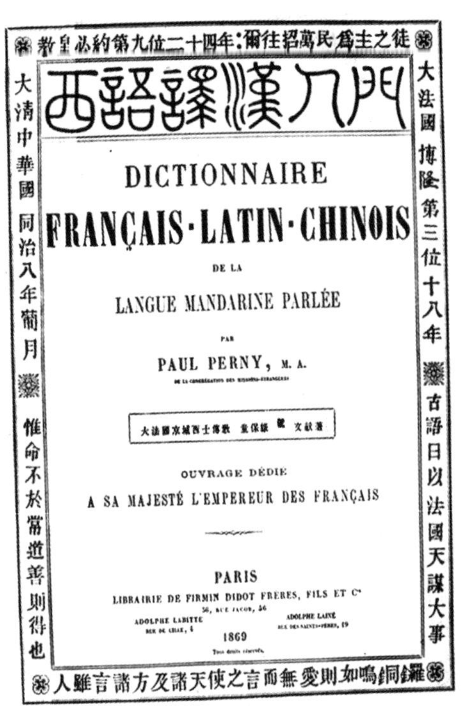

教皇庇約第九位二十四年：爾往招萬民為主之徒

大清中華國 同治八年葡月

惟命不於常道善則得也

西語譯漢入門

DICTIONNAIRE

FRANÇAIS-LATIN-CHINOIS

DE LA

LANGUE MANDARINE PARLÉE

PAR

PAUL PERNY, M. A.

DE LA CONGRÉGATION DES MISSIONS-ÉTRANGÈRES

大法國京城西士傳教 童保祿 號 文獻著

OUVRAGE DÉDIÉ

A SA MAJESTÉ L'EMPEREUR DES FRANÇAIS

PARIS

LIBRAIRIE DE FIRMIN DIDOT FRÈRES, FILS ET Cie

56, RUE JACOB, 56

ADOLPHE LABITTE RUE DE LILLE, 4 | ADOLPHE LAINÉ RUE DES SAINTS-PÈRES, 19

1869

Tous droits réservés.

大法國博隆第三位十八年

古語曰以法國天謀大事

人雖言諸方及諸天使之言而無愛則如鳴銅鑼

图1 《西语译汉入门》正文

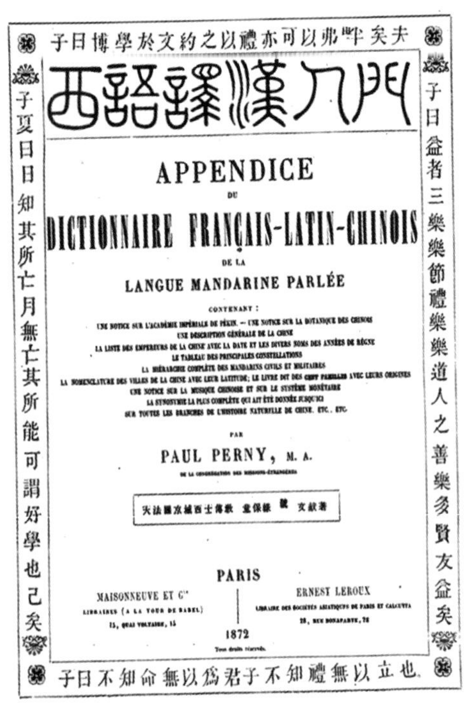

子曰博學於文約之以禮亦可以弗畔矣夫

子夏曰日知其所亡月無亡其所能可謂好學也已矣

西語譯漢入門

APPENDICE

DU

DICTIONNAIRE FRANÇAIS-LATIN-CHINOIS

DE LA

LANGUE MANDARINE PARLÉE

CONTENANT :

UNE NOTICE SUR L'ACADÉMIE IMPÉRIALE DE PÉKIN. — UNE NOTICE SUR LA BOTANIQUE DES CHINOIS

UNE DESCRIPTION GÉNÉRALE DE LA CHINE

LA LISTE DES EMPEREURS DE LA CHINE AVEC LA DATE ET LES DIVERS NOMS DES ANNÉES DE RÈGNE

LE TABLEAU DES PRINCIPALES CONSTELLATIONS

LA HIÉRARCHIE COMPLÈTE DES MANDARINS CIVILS ET MILITAIRES

LA NOMENCLATURE DES VILLES DE LA CHINE AVEC LEUR LATITUDE; LE LIVRE DIT DES CENT FAMILLES AVEC LEURS ORIGINES

UNE NOTICE SUR LA MUSIQUE CHINOISE ET SUR LE SYSTÈME MONÉTAIRE

LA SYNONYMIE LA PLUS COMPLÈTE QUI AIT ÉTÉ DONNÉE JUSQU'ICI

SUR TOUTES LES BRANCHES DE L'HISTOIRE NATURELLE DE CHINE, ETC., ETC.

PAR

PAUL PERNY, M. A.

DE LA CONGRÉGATION DES MISSIONS-ÉTRANGÈRES

大法國京城西士傳教 童保祿 號 文獻著

PARIS

MAISONNEUVE ET Cie LIBRAIRES (A LA TOUR DE BABEL) 15, QUAI VOLTAIRE, 15 | ERNEST LEROUX LIBRAIRE DES SOCIÉTÉS ASIATIQUES DE PARIS ET CALCUTTA 28, RUE BONAPARTE, 28

1872

Tous droits réservés.

子曰益者三樂樂節禮樂樂道人之善樂多賢友益矣

子曰不知命無以為君子不知禮無以立也

图2 《西语译汉入门》附录

惟斅學半念終始典于學厥德修罔覺

子曰君子博學於文約之以禮亦可以弗畔矣夫

西漢同文法

GRAMMAIRE

DE LA

LANGUE CHINOISE

RALE ET ÉCRITE

PAR

PAUL PERNY

Auteur du Dictionnaire français-chinois

CONFUCIUS disait : je commente les anciens livres, mais je n'en compose pas de nouveaux ; j'ai foi dans les anciens et je les aime.

子曰述而不作信而好古

(LÉN YU, ch. 7, v. 1.)

TOME PREMIER

LANGUE ORALE

PARIS

MAISONNEUVE & Cie Libraires (à la Tour de Babel) 15, QUAI VOLTAIRE, 15 | ERNEST LEROUX Librairie des Sociétés Asiatiques de Paris et Calcutta 28, RUE BONAPARTE, 28

ET A LA LIBRAIRIE AD. LAINÉ, RUE DES SAINTS-PÈRES, 19

1873

Tous droits réservés.

子曰知者樂水仁者樂山知者動仁者靜知者樂

子謂子夏曰汝為君子儒無為小人儒

图3 《西汉同文法》卷1

惟斅學半念終始典于學厥德修罔覺

子曰君子博學於文約之以禮亦可以弗畔矣夫

西漢同文法

GRAMMAIRE

DE LA

LANGUE CHINOISE

ORALE ET ÉCRITE

PAR

PAUL PERNY

Auteur du Dictionnaire français-chinois

CONFUCIUS disait : je commente les anciens livres, mais je n'en compose pas de nouveaux ; j'ai foi dans les anciens et je les aime.

子曰。述而不作。信而好古

(LÉN YU, ch. 7, v. 1.)

TOME SECOND

LANGUE ÉCRITE

PARIS

MAISONNEUVE & Cie Libraires (à la tour de Babel) 25, QUAI VOLTAIRE, 25 | ERNEST LEROUX Librairie des Sociétés Asiatiques de Paris et Calcutta 28, RUE BONAPARTE, 28

1876

Tous droits réservés.

子曰知者樂水仁者樂山知者動仁者靜知者樂

子謂子夏曰汝為君子儒無為小人儒

图4 《西汉同文法》卷2

皈依中华的法国汉学家童文献（1818—1907）

——生平及其汉学贡献

［法］沙百里（Jean Charbonnier）著

周晓艺　张浩健译　郭丽娜校

童文献（Paul Hubert Perny）是19世纪中叶赴华的巴黎外方传教士，与中国处于半殖民时期的赴华同会修士相比，他在许多方面都与众不同。他为了鼓励同胞学习中文和中国文化，付出不少努力。这使他更像是一位在法的中国传教士而不是在华的法国传教士。1848—1870年期间，他先后于贵州和四川传教，习得大量民间俗语和格言，他收集各种中文书目，从中挖掘关于政治社会生活、历法、音乐、植物学与其他社会科学的准确信息。他非常希望向传教士、商人与公务员同胞分享他之所得。为此他在1869年出版了一本厚厚的词典《西语译汉入门》（*Dictionnaire français-latin-chinois de la langue mandarine parlée*），1872年又出版了字典附录。这部词典堪称一部百科全书。他为了编写词典，不得不中断福音工作，临时返回法国，这令巴黎教团的长上不快。他还提出了许多难以实现的建议和计划。尽管他成绩突出，但性格偏执。1870年他在巴黎被巴黎公社社员逮捕并监禁了两个月。随后他发表了回忆录，质疑巴黎教区代理主教在事件中持放任自流的态度，导致大主教罹难。巴黎教区要求外方传教会道歉，不过童文献拒绝修改其报告。在那个时期，巴黎大主教和外方传教负责人之间常有意见分歧，这并不鲜见。不过长上认为，为了与大主教建立良好关系，还是驱逐童文献为好。童文献感觉无望再赴华传教，便克服各种困难，继续从事汉学研究，他也因出色的科学研究工作而当之无愧成为法国汉学先驱者之一。童文献始终是一名传教士，鉴于这一身份，他应该是第二梵蒂冈大公会议诸多改革的倡导者之一。

童文献1818年生于汝拉省（Jura）邦达烈（Pontarlier）。[①] 教会史学家罗尔巴克（René-François Rochbacher）简要介绍过童文献的青年时代和从道志向：

> 学业结束之后，他患上怪疾，生命垂危，开始修医学课。富尔韦圣母院（Notre-Dame de Fourvière）奇迹般地治愈他，于是他改变志向，立志成为“神父”。[②]

1843年4月15日，他获得晋铎，在贝桑松圣母院履行圣职。2年后他决心传教。1846年11月11日，他加入巴黎外方传教神修院，次年7月5日前往贵州。1849年，贵州教区从四川教区划分出来，成为宗座代牧区。白斯德望主教（Mgr Étienne Albrand）在新加坡和曼谷生活了10余年，熟悉中国人，被任命为代牧主教。

童文献先在临近云南的兴义府传教，后在遵义地区传教。1853年4月22日，白斯德望主教去世时，童文献成了教务长。可是在白斯德望主教的遗嘱里，他指定的继任者是15个月前从波尔多到贵州的年轻的胡缚理（Faurie）。胡缚理年仅29岁，作为新人缺乏经验，于是拒绝担任主教。他去信罗马和巴黎，解释了此事。贵州教友根据巴黎外方传教会章程第四章第十四条，通过投票在两人中选出了管理者。

巴黎外方传教档案有童文献传记，用相对正面的措辞叙述他作为教区长的活动，不过也插入一段，严厉批评他缺乏谦卑之心：

---

① 邦达烈市年鉴有《汉学家童文献（1818—1907）》［*Paul Hubert PERNY (1818 – 1907), sinologue*］词条，作者是让-马里·蒂埃博（Jean-Marie THIÉBAUD）。该词条提供了童文献家族的更多细节：童文佩，汉学家，著书献给拿破仑三世的《西语译汉入门》。1818年4月21日出生于杜省（Doubs）邦达烈市，现今圣女贞德街，原巴斯街（rue Basse）的莫尔托酒店（Hôtel de Morteau）。童文献1907年3月2日逝世于上塞纳省加尔舍（Garches）。父亲是批发商弗朗索瓦-约瑟夫·佩尔尼［François-Joseph Perny，让-皮埃尔·佩尔尼（Jean-Pierre Perny）和马丽-马德莱娜·N（Marie-Madeleine N）之子］，1849年5月27日在邦达烈市去世。母亲是让娜-弗朗索瓦-朱迪斯·奥迪内尔（Jeanne-Françoise-Judith Ordinaire），1794年1月31日出生于杜省阿芒塞（Amancey），1852年12月27日在邦达烈市去世，是外科医生兼卫生员让-安托万·奥迪内尔（Jean-Antoine Ordinaire）和让娜-巴蒂斯特·鲁瓦（Jeanne-Baptiste Roy）之女。弗朗索瓦-约瑟夫·佩尔尼与让娜-弗朗索瓦丝-朱迪斯·奥迪内尔于1814年5月23日在阿芒塞结婚。

② René-François ROCHBACHER, *Histoire universelle de l'Église catholique*, Tome XIII, p. 595.

他在贵阳认真负责地做好管理工作。他具有做好这项工作的诸多品质：谨慎、执着和有视野；然而也缺乏对情势的必要判断。他认为局势严峻，必须建立一所学校，培养最优秀的新信徒，部分未来是要传教的，部分未来是要行医或教导新生的。可是资源缺乏，建校计划最终流产……1856 年，他把修院迁至六冲关，制定华籍神父守则。①

一、将中国研究列入修院教学大纲

童文献忠于外方传教的福音宗旨，全心全意培养华籍神父。他命人在市区以北约 5 公里外的一处山区建造一所修道院，让师生不受打扰。他委托胡缚理负责校舍建造和照顾学生。1856 年 9 月 8 日玛丽圣母节，修道院落成，气氛分外庄严。将近 400 名宾客，其中“十几位头戴官帽”，来自城里，在苗乐声中被接待。童文献也乐意看到天主教会有“面子”。他热衷于创造理想条件，培养神父，在教学大纲中引入一个当时备受忽视的部分：汉语教学。他写道：

我认为我们一直忽视汉语教学；请想一下，在某些修院，学生语言学习时间不足，在六七年里，每星期才学一个下午，而重大节日的时候……你们不觉得这是他们学习中的一大空白吗？②

他对自己为填补这一空白而采取的实用措施感到满意：

我希望贵州学生精通母语，聘请了一名秀才来给他们上课，每天三分之一课时花在汉语学习上；他们还要学典籍，以便日后能反驳孔子弟子的谬误。此外，难道你们没有想过，他们有朝一日考取功名？难道这些带着官帽的神

① Paul Hubert Perny, Notice biographique, AMEP.

② Adrien LAUNAY, *Histoire des missions de Chine, Mission du Kouy-Tcheou*, Paris 1907, tome 1er, p. 413.

父文人不会在很多场合下为教会事业提供帮助……[①]

童文献再次想入非非。外方传教史学家南志恒（Adrien Launay）也指出这种想法之冒失。华籍神父精通汉文字和文学，他们考取功名，那如何履行神职？在19世纪中叶那是不可能的，参加科举的考生必须拜孔，而教会是禁止的。南志恒谦卑地表示，他无法赞同童文献，不过也从中感受到童文献是有远见的：

不过，就这件事而言，不足以证明童文献是错的，何况，他只是在不合适的时候说出了这个观点，未来或许时局发生变化，他的想法就变成正确了。[②]

……

此外，童文献将中华经典和"伪孔夫子门生"做了区分：前者伟大，为他所推崇；后者则是他无法接受的谬论。贵州在容教时期仍然发生不少反教的敲诈案，官府对此睁只眼闭只眼。教徒被捕、被督促弃教，或者用钱赎身。教会为赎回教友耗费巨资。童文献对此反感，极端地自我辩解："清政府有失公平，那些人以掠夺为生，我们能期待什么呢？"[③] 有些会友为了救助受害者，没完没了地打官司；童文献不同，他不愿参与任何官非，并鼓励受害者大胆说出自己的信仰。他本人对贵州殉道者表现出敬意，为郝开枝（Hou Kaizhi）写过一部传记，意大利版本在1870年出版。[④]

南志恒提供了更多细节：

"这是一位有控制欲的人物，想法颇多，有前瞻性，工作积极，也从事部分科学与文学相关的工作"，"他好几回将植物、矿物和柞蚕等寄到传信会里昂总部和动植物驯化园，1855年被任命为驯化协会荣誉会员"。[⑤]

① Adrien LAUNAY, *ibid.*, p. 413.

② *Ibid.*

③ *Ibid.*, p. 398.

④ Tipographia del l'istituto dei Paoline di Luigi Annoni e C., Monza, 1870, in-32, 98 pp.

⑤ Adrien LAUNAY, op. cit., p. 363.

会友的评价多少说明了童文献的性格：他很成功，也不得人心。他的个人书信也体现了他的性格：他博学又锋芒毕露；他有抱负，想法也是好的，但却难以实现；当他感觉壮志难酬时，便变得极端刻薄，甚至羞辱长上。

1857 年秋，他怀揣一封教友书信，返回欧洲，向巴黎外方传教神修院和传信部（la Propagande）表达诉求。他请求派遣 7 名传教士去贵州，不过最后只有 4 名，因为负责人需要平衡其他区域的要求。

童文献借此机会主动联系了东方学家们的学会。1858 年 3 月 11 日，他向里昂的自然科学院提供了贵州的一些植物和产品。1859 年，首篇署名为教务长童文献的文章发表在《东方、阿尔及利亚与殖民地杂志》（*Revue de l'Orient, de l'Algérie et des colonies*）上，题为“贵州省：地理、气候、人口、产业、资源、自然景观”（*Province du Kouy-Tcheou, Son aspect physique, son climat, sa population, son industrie, ses richesses, ses curiosités naturelles*）①。1859 年 3 月他回到中国，在香港找到 4 名赴黔的新传教士，包括来自蒙·杜·里昂奈（Monts du Lyonnais）的文乃尔（Jean-Pierre Néel），他三年后在开州被斩首，2000 年 10 月 1 日被罗马封圣。他们从香港到贵阳一路风尘仆仆，1859 年 5 月 28 日，在广州登上一艘帆船，但到了韶关，又不得不返香港办理安全通行证，最后在 1860 年 1 月才到达贵阳。

童文献未想过出任贵州主教，不过当时他必须面对第二次挫折：他不在时，胡缚理最终还是接受任命，成为贵州宗座代牧区主教。1860 年 9 月 2 日，胡缚理出任贵州宗座代牧，祝圣为阿波罗尼亚主教（Apollonie）。1 年之后，1861 年 9 月 4 日，童文献在一封写给巴黎负责人的信中大吐苦水：

> 胡缚理是我赴欧的积极支持者。可他趁我不在，改变一切，做出一些意料之外的事，让福音事业负债……我不敢相信，一顶主教冠居然会让人头脑发热，这就是我从胡缚理主教这件事中看到的。②

在这封信里，他也客观地表达了对整个传教事业的看法。英法政府强迫

① Cet article est signalé par Henri CORDIER, *Bibliotheca Sinica*, X, Nlle série IX, pp. 330/7, p. 163.

② Février 1962. Lettre de M. Perny à M. Albrand. Vol. 530, N° 837, AMEP.

清政府签署《北京条约》，很多传教士态度乐观，相反，童文献有所保留：

> 中国人不是很情愿。他们内部忍辱负重。我得告诉您，非要我表态的话，那我会与他们/前者站在一起，这可能会让您感到愤慨。我的看法是清代社会还没到可以容忍信仰自由的地步……不能高兴得太早……我们法国人容易患上沾沾自喜的毛病。看看中国人对北京事件①的反应就明白了。这件事让民众对欧洲人产生反感。在很多地方，因为我们的所作所为，教徒被人唾弃。②

童文献卸任之后在黔南石头寨附近的一个村庄隐居。不过他并未忘记神职的培养。1861 年为神修院的学生出版了《为好学之中国年轻人所写的拉中字典》（*Vocabularium latino-sinicum ad usum studiosæ juventutis sinicæ*）。这份 8 开本刻刷字典至少有 721 页。伯希和（Paul Pelliot）在《通报》（*Toung Pao*）中提到这本书③，说自己的藏书阁里有一份，缺了几页纸。童文献可能因为和贵州会友相处不好，1861 年 4 月 4 日写信给巴黎长上，请求调到邻近的四川。9 月 16 日，他得到了勒格雷茹瓦神父（Legrégeois）④ 的肯定答复。巴黎负责人“遗憾地同意他的请求”。于是他离开贵州去川东，不过在 1865 年之前他仍然拥有对第一个教区的权利。

他在四川做什么呢？他在当地游历，把所见所闻传达给在巴黎的长上。他同时在编纂一本法拉中三语大字典。我们可从 1862 年 10 月 20 日的一封信中了解到他当时的情况和焦虑。他严厉指责范若瑟主教（Mgr Desflèches），但也与他合作完成了北京的一次棘手事务。⑤ 他去了川西，穿过成都平原，也到 1815 年遇害的徐德新主教（Mgr Gabriel Taurin Dufresse）墓前吊唁。他是前成都主教徐德新的信徒。十多年前，他曾给巴黎负责人写信：

> 我到中国之后，就非常敬仰这位圣人，还建议我的朋友雅克内（Jac-

---

① 指 1860 年英法联军洗劫圆明园。这是中国在西方人处蒙受的最大耻辱，事后签订《北京条约》，准许教会拥有新特权。

② Février 1962. Lettre de M. Perny à M. Albrand. *Ibid.*

③ *T'oung Pao*, Vol XXIII, 1924, p. 394.

④ 当时的澳门账房。——译注

⑤ 1865 年 8 月 29 日川东酉阳玛弼乐神父（P. François Mabileau）被殴毙后，范若瑟请童文献往法国驻京公使团交涉。童文献表达了对主教和法国公使团的不满。

quenet）为他立传。①

他又习惯性地提出了各种建议：请兰斯司铎雅克内“为我们的传教会写史”，与“伪汉学家”、黎塞留街汉文书库负责人儒莲（Stanislas Julien）交换中文书籍。②

1863年3月25日，他写信请“负责人”支持他在广西组织教会的计划，他也将此建议转告给G主教（肯定是广州明稽章主教），否则考虑“隐退”。他打算把更多时间花在汉学研究上：“我未来几年将完成各种中国文学研究，且不说其他作品。”他也提到1年前在开州殉道的文乃尔，他的评价显然与当时教会内部的一片溢美之声不同：

他应该听从建议藏匿起来的。他的牺牲带来的直接后果是80名新信徒弃教，而且很长一段时间都不能在那里布道了……恭亲王得知其死讯后十分悲痛，他担心随之而来的政治后果。③

接着童文献又请求负责人给他寄去米涅（Migne）④ 丛书，作为弥撒礼物。

1864年10月15日，他赞美德·迈松纳夫（de Maisonneuve）上尉：“他通过德·吕伊先生（Drouyn de l'Huis）⑤ 向皇帝建议出版法拉中字典。”⑥ 这中间牵涉了个人利益。

1865年8月20日，他在重庆西郊沙坪坝区写信，重提前一年9月1日一封信中的话题：

虔诚占上风。一下子让中国皈依，但已经引发了许多苦难。（……）皈依

① Dufresse 3729. Lettre écrite du Guizhou le 10 octobre 1852, signée abbé Paul Perny, missionnaire apostolique (copie par le P. Rousseille), AMEP.

② Octobre 1862. M. Perny à M. Albrand. dossier Perny Paul Hubert, N° 0532, AMEP.

③ Octobre 1862. M. Perny à M. Albrand. dossier Perny Paul Hubert, N° 0532, AMEP.

④ 法国神父，他所著神学著作和百科全书格低廉，发行量大。——译注

⑤ 时任法国外长。——译者注

⑥ Dossier Perny Paul Hubert, N° 0532, AMEP.

和受洗礼之间，有着天壤之别。这就是你们和可敬的会友理解不到位之处……①

尽管童文献责备教会操之过急，但也全心全力投入其中。他转身前往川西，与洪广化主教（Mgr Annet Pinchon）建立联系。1861 年 5 月 6 日，洪广化主教接替白罗书主教（Mgr Perrocheau）成为宗座代牧。洪广化主教为培养华籍修士呕心沥血，肯定可以为他提供一个职位。洪广化主教非常重视童文献在字典编写上的贡献，他和巴黎负责人商量，让童文献返法。

二、童文献的汉学成就

1868 年，童文献回到巴黎，1869 年由菲尔曼·迪多兄弟出版商（Firmin Didot Frères）出版了《西语译汉入门》（459 页，分左右两栏）。这部作品是献给“法国皇帝”陛下，署名“童保绿号文献”。② 在 1872 年出版的字典附录里，他清点了欧洲人此前已经撰写的中文字典，最早是 1813 年巴黎出版的《汉字西译》（*Dictionnaire chinois, français et latin*）。

（字典是）一位法国驻华大使（所出版），他获得了一份大家一致认为是叶宗贤（Basile de Gremona）神父所著字典的抄本。他回国之后，用自己的名义出版了这部完全不属于他的作品，这是不可原谅的……皇帝拿破仑一世资助了出版费用……字典中的汉字印刷粗糙，释义也只做了半截……③

同年，童文献出版了《分类中国俗语》（*Proverbes chinois recueillis et mis en ordre*）。④ 所谓“分类”，是按主题分类，将可能证实基督存在的俗语分类收录，首先是 20 条关于“天”的俗语，然后是“学习”“人生须臾”“慎言”“臻于至善”“教育”“诽谤”“女子”“远见”“忠言”等，共收录 441 条俗

---

① Dossier Perny Paul Hubert，N° 0532，AMEP.

② 为什么姓“童”？童文献是想说在中国文化学习上，他还是个初学者，如儿童般吗？至于号“文献”，应该是说他所做的是资料员的工作。

③ Paul PERNY，*Appendice du dictionnaire*，N° V，p. 14.

④ Paul PERNY，*Proverbes chinois*，recueillis et mis en ordre，Paris，Firmin Didot Frères，Fils et Cie，1872，in-12，p. 135.

语，附汉文铅字。第二部分列举了183条中文俗语，没有铅字。这些俗语都和基督教的道德观兼容。童文献可能为了教学而选择这些俗语，这次编撰工作也有利于他更全面地去解读中国传统文化，他从中还看到了基督教启示的痕迹。也许正因如此，他才对耶稣会神父马若瑟（Père jésuite de Prémare）所写那本关于中国典籍隐含基督教义痕迹的作品感兴趣。在1863年7月25日致长上的信函中，他投石问路，把“马若瑟拉丁文手稿”转译成法文，不知道会如何。[①] 他是否打算将糅杂一些隐含基督要义的中国智慧，来丰富和支撑教理教学呢？

不久之后，1872年，《西语译汉入门附录》（*Appendice du dictionnaire Français-Latin-Chinois de la langue mandarine parlée*）出版，副标题给人留下深刻影响：

> 本书内容：国子监简介，中国植物学简介，中华概述，历代皇帝年份年号表，主要星宿图表，官职品级和军衔等级列表，城镇名录及其纬度，《百家姓》及各姓氏来源，音乐及货币制度简介，迄今为止最完整的中国博物学全门类同义词库，等等。[②]

这部百科全书式作品收集了部分中外科学工作的信息。童文献在致读者中说明了资料来源，也明确说出他个人在每个领域的贡献：“这是《百家姓》的首个完整译本。”[③] 至于介绍中国城镇的附录十八，他是按字母排序做简介。他是在华旅居期间编写了这张表，当时还不知道“毕瓯（M. E. Biot）的成果[④]，也不知道诺韦拉主教（Mgr Novella）1854年在罗马出版的成果”。[⑤] 童文献认为：“这一册最重要的部分是自然史。这一领域的汉语著述颇多，但是最重要的是，‘建立自然史各分支术语的同义词库’。”[⑥] 童文献列举了多名传

---

① Dossier Perny Paul Hubert, N° 0532, AMEP.

② 《西语译汉入门》附录封面页的副标题文字。

③ Paul PERNY, *Appendice du dictionnaire Français-Latin-Chinois de la langue mandarine parlée*, Paris, Maisonneuve, Édouard Leroux 1872, Avertissement, p. 2.

④ Édouard BIOT, *Dictionnaire des noms anciens et modernes des villes et arrondissements de premier*, deuxième et troisième compris dans l'Empire chinois, Paris, Imprimerie royale, 1842.

⑤ Paul PERNY, *Appendice* XVIII, p. 224.

⑥ *Ibid.*, Avertissement, p. 2.

教士在植物学方面的贡献，推崇遣使会谭卫道（Armand David）的工作。中国权威学者目前也认同这一说法。童文献对自己工作的定位是："这份作品虽收录自然史的5000多个名词，但尚未完成，仅是草稿而已。"他的愿望是在每种植物的拉丁学名边上，能清楚地用汉字标明植物的中文名称。他抱怨巴黎搞丢他从中国寄回的样本。目前某些植物的拉丁学名里面还有 Perny 一词。巴黎外方传教会的花园里还可以见到这些植物的两三个标本。

同年，童文献应实用口语入门教学的需求，出版了《拉汉对话录（逐字翻译注音本）》（*Dialogues chinois-latins, traduit mot à mot avec la prononciation accentuée*）。[①] 外方传教所撰写的童文献个人传记，对此作品的评价不太客气："童文献先生出版的这份手稿不是原创的，而是1722年广州一位佚名作者所写的。"[②] 童文献出版这些著作的首要目的是培养华籍神职和教中国修院学生学拉丁语。他延长在巴黎的逗留期，不意味着他放弃了在华事业。他向洪广化主教做了说明，并请洪主教去信巴黎负责人，同意他继续留在巴黎。

三、特立独行的传教士汉学家

不过童文献和巴黎外方传教负责人的关系非常紧张。负责人一直无法忍受童文献在信函中用咄咄逼人的口气说话。巴黎公社事件为他们提供了充足的理由将童文献驱逐出会，这对于巴黎外方传教来说是极少使用的严厉惩罚措施。

1871年4月，童文献成为巴黎公社运动的受害者。他在路上莫名其妙地被巴黎公社社员逮捕，后遭拘禁2个月，直到获得"凡尔赛军队"（Versaillais[③]）的解救。他是巴黎主教达尔博伊（Darboy）和其他几位被拘神父生命中最后日子的见证人。出狱之后，他出版了一本小册子，逐日讲述狱中的非

① Paul PERNY, *Dialogues chinois-latins, traduit mot à mot avec la prononciation accentuée*, Paris, Ernest Leroux, 1872, pp. vi-232.

② Références à H. de CHARENCY, Polybiblion, nov. 1872; Henri CORDIER, *Bibliotheca Sinica: dictionnaire bibliographique des ouvrages relatifs à l'empire chinois*, 1re édit., Paris, Guilmoto, 1904–1924, col. 756.

③ Les Versaillais sont les troupes du nouveau gouvernement de la République dirigé par Adolphe Thiers.

人经历，严厉谴责法国人的恶劣行径[①]，他还在书中指出中国社会更加文明，监狱比法国的更人性化。不过书中提到的一位巴黎的拉加德（Lagarde）神父，他感到被冒犯，童文献的文稿很快就被删节，现在很难再找到完整版本。不过童文献极可能在巴黎公社正式刊物上披露了如下内容："巴黎代理主教拉加德与达尔博伊大主教同时被捕，被巴黎公社会员弗洛德派去凡尔赛与梯也尔谈判：巴黎公社以释放教区人员为条件，换取被囚禁在凡尔赛军的革命领袖奥古斯特·布朗基（Auguste Blanqui）的自由。弗洛德要拉加德发誓不论谈判结果如何，都必须回巴黎。"拉加德对弗洛德说："哪怕被枪决，我也会回来的！再说，我一刻也不敢有把大主教一个人留在这里的念头。"但是拉加德以梯也尔没有回复为借口[②]，没有回巴黎。[③] 结果，达博伊大主教和他的同伴们遭到处决。童文献的小册子损害到拉加德代理主教的声誉，于是主教府要求巴黎外方传教负责人为童文献的行为道歉，负责人请长上把信息转达给童文献。1871 年 6 月 11 日长上给外方理事会的报告上写："该会友已接到理事会的通知，并承诺销毁提到拉加德的小册子。"但是在 7 月 3 日的理事会会议备忘录里，有一封童文献的信件，其语气却截然相反。此外，长上汇报说，巴黎教区教务司铎拜勒先生（M. Bayle）和主教府的其他人物抱怨："巴黎外方的先生们均同情心泛滥，以至于童文献非但不兑现承诺，销毁与拉加德有关的内容，而且还印刷全文，甚至容许编辑添油加醋，编造是非……"巴黎外方传教理事会感到焦虑，不想承担责任，打算将童文献驱逐出会。他先是被要求离开修院，到兰斯避风头。1872 年 7 月 9 日，巴黎外方传教理事会给他写了一封信，明确表示将他驱逐：

> 我们不在乎那些攻击和揭发您的匿名信，只依据已知的事实做合理的判断。根据这些事实和有关条款，无可能让您留在我们中间。理事会成员一致认为，我们需要宣布将您驱逐出会……特此告知，我们谨向您表示深切的同情。[④]

---

① "Deux mois de prison sous la commune" suivi de détails authentiques sur l'assassinat de Mgr l'archevêque de Paris, *par Paul PERNY. Troisième édition, Paris, Adolphe Lainé, 1871, 250pp.*

② Après la chute de l'Empire de Napoléon Ⅲ et la signature d'un armistice avec l'Allemagne, Theirs a été élu « chef du pouvoir exécutif de la Republique français » le 17 février 1871 par l'Assemblee nationale, réunie à Bordeaux. De Versailles, il dirige l'écrasement de la Commune de Paris.

③ "Variéte. Une page d'histoire", Journal officiel de la Commune de Paris du 20 mars au 24 mai 1871.

④ Lettre signée Delpech-Guerrin, volume 67, p. 200, AEPM.

随后他们下令禁止传教士们再发布任何关于童文献的文章。童文献也被禁止以神父的身份在巴黎总主教教区活动。

四、与巴黎汉学家们的冲突

另一件不幸的事情让童文献在巴黎汉学家圈子里信誉全毁。1873 年，童文献化名莱昂·贝尔廷（Léon Bertin），向法兰西公学院的教授们寄去一本小册子，揭露当时最著名的汉学家们无能[①]，特别是针对儒莲和德里文。儒莲在 1873 年 2 月 14 日去世，之后德里文被任命为法兰西公学院讲席教师。童文献也想要这个职位吗？铭文与美文学院 3 月 7 日的会议记录指出："佩尔尼先生[②]递交了申请，参与竞争法兰西公学院因斯坦尼斯拉斯·儒莲先生去世后而空缺的汉学教席席位。"[③]

德里文毫不犹豫进行反击，指责童文献野心勃勃。在呈交给法兰西公学院（Collège de France）[④] 教授们的备忘录封面上，他写道："嫉妒心就像眼中的一粒沙子。"（该俗语摘录自由童文献出版的中国俗语。）封面还附有副标题："1874 年 9 月 30 日凡尔赛轻罪刑事庭判决，巴黎法院 1874 年 12 月 16 日和 1874 年 1 月 29 日终审定案。"

童文献在官司失利之后，继续谋生，他希望能从出版中获取一些经济来源。在兰斯期间，他生活拮据，在 8 月 2 日信件中向外方传教请助。传教会理事会 1872 年 8 月 12 日回复道，他将获得 1200 法郎救济，"应付安家之需"[⑤]。

1873 年，梅松纳夫和厄内斯特·勒鲁出版社出版了童文献的《西汉同文法》第一册（共 248 页），第二册是书面语（共 545 页），在 1876 年出版。

---

① Léon BERTIN, Paul PERNY, Le Charlatanisme litteraire dévoile ou la vérite sur quelques professeurs de langues étrangères a Paris: dédié a MM. Les Professeurs du Collège de France, Paris, G. Beaugrand et Dax, 1874, 23p.

② 指童文献。——译注

③ Comptes rendus des séance de l'Academie des Inscriptions et Belles Lettres Année 1873, Volume 17, Numéro 1, p. 16. [http://www.persee.fr/wen/revues/.../crai_0065-1526_1873_num(17_1_88621)]

④ Examen des faites mensongers contenus dans un libelle publié sous le faux nom de Leon Bertin. Note adressée ù MM, les professeurs du Collège de France. -Sainte-German: impr. De E. Heutte, 1875, 48p.

⑤ Lettre du Conseil MEP, volume 67, pp. 198 – 199, AEMP.

尽管为传教会所驱逐，童文献对前会友们仍然感情深厚。他对狱友胡伊庸神父（père Houillon）记忆犹新。他们尝试越狱那天，胡伊庸在街上被杀。童文献后来化名路易·德·萨维尼（Louis de Savigny）为他写了一本小书：《巴黎公社的殉道者——让—巴蒂斯特·胡伊庸先生（M. Jean-Baptiste Houillon），于1871年5月27日罹难》①。

五、中国人受过《圣经》的启示吗？

童文献在无法继续在巴黎外方传教工作之后，打算在他熟悉的科学领域另寻出路。1874年1月1日他在儒莲·博伊耶出版了《在中国内地成立欧洲学术院的计划》（*Projet d'une académie européenne au sein de la Chine*）。② 同年11月26日，他给圣克劳德（Saint Cloud）的动植物驯化学会主席德鲁安·德·吕伊斯（président de la Société d'acclimatation M. Drouyn de Lhuys）去信，阐述这一项目：

尊敬的主席先生。我的一系列汉学研究工作接近尾声，在两三个月内，已交付印刷的最后一卷也即将完成。这一年多来，我经常在孤寂中思索如何能在科学和宗教方面贡献我的绵薄之力。想法之一是在中国建立一所欧洲学术院……

童文献深知中国人善于驯化外来物产，善于掌握自然科学技术。传教士们虽然向欧洲介绍过一些情况，但囿于牧职和经费，难以长期在中国从事科学研究，短期的收效甚微，那么最理想的方式是在中国建立一所欧—中学术院。

学术院由在华生活超过二三十年的老传教士管理，立足于科学和信仰研究。我们对中国的了解太肤浅了。我们的会员甚至不知道北京有翰林院，研究领域宽广……我提议的学院，可以翻译那些中文著作，摘录精髓，并与法

① Editeur Paris T. Olmer.

② Paul PERNY, *Project d'une académie européenne au sein de la Chine, Paris*, Boyer, 1 janvrier 1874, 12 p. Source: Bibliothèque nationale de France, departement Littérature et art, ZP – 2473.

国学术界保持密切的交流……大概只需要五六百名认捐人，一所全新学术院的建立便指日可待。①

这封信落款是“童文献，中国前宗座代牧”（Paul Perny，ancien pro-vicaire apostolique de Chine）。显然，童文献将自己的未来也考虑在内了：他希望被任命为学术院负责人，在中国生活，并发挥组织才能。不过这一计划如同他的诸多梦想，也无疾而终。

童文献并没有丢掉他的福音精神，他与《基督哲学年鉴》（*Annales de philosophie chrétienne*）主编伯尼提（A. Bonnetty）合作。该刊物的办公地点在巴比伦街 39 号，距巴黎外方传教仅几步之遥。他们在 1878 年出版了马若瑟（Père de Prémare）作品的法译本。这本书共 509 面，8 开本，书名为《中国古籍中蕴含之基督教要义遗存》（*Vestiges des principaux dogmes chrétiens, tirés des anciens livres chinois, avec reproduction des textes chinois*），法译本增补了内容，也添加了评论。

这份拉丁文手稿共 329 页，保存在黎世留图书馆，成书于 1724 年 5 月 21 日，地点是广州。马若瑟所拟的标题为 « Selecta quaedam Vestigia procipuorum christianae Religionis dogmatum, ex antiquis Sinarum Libris eruta » 。

这部手稿部分译文节选发表在 1837—1839 年的《基督哲学年鉴》上。在 1878 年全译本的序言中，伯尼提（A. Bonnetty）解释了他是如何与童文献合作，将全文译成法语并增补汉语注释：

在华 25 年的巴黎外方传教童文献神父返回欧洲，以惊人的毅力填补中国传教事业的一项空白，为传教士们提供必要的书籍，以便他们更好履行福音任务。

他独自在华购买了一套字模，克服重重困难，历经艰险，带回欧洲。正是因为有了这一套模具，我们才能在法国铸造汉字。他不仅是作者，也是排印师……

正是在他的帮助和合作下，我们才能够出版马若瑟（Père de Prémare）作

① Lettre adressée a M. à Drouyn de Lhuys, président de la Société d'acclimatation. Société nationale de protection de la nature (France). Bulletin de la Société d'acclimatation. 1871 – 1881. Ⅳ. Faits divers et Extraits de correspondance (Gallica Bibliothèque numérique).

品的完整译本，印刷汉字。①

童文献在华期间，手里有《中国古籍中蕴含之基督教要义遗存》副本。他特别留意到文人们对教义的兴趣：

他就此与几位官员交流过。他们对中国文化传统与基督教义译本有着相似之处感到吃惊。中国会友们极力鼓动他出版或找人出版《中国古籍中蕴含之基督教要义遗存》一书。②

这几行字可能是童文献授意所写？他是否通过征引中国会友对他的支持，以间接地谴责巴黎外方传教负责人对他的驱逐呢？他在法国教会的挫败只会增加他对中华传统文化的钦佩。但是，是否存在一种神学解释，使我们能够在中国圣贤的著作中辨别出圣灵，并从中看到与犹太—基督教传统相似的启示呢？童文献对原始启示（révélation primitive）的历史诠释似乎存在问题。1893 年，他住在凡尔赛教区加尔西勒圣—克劳德（Garches les Saint-Cloud），在给他朋友的信中谈到了这一点：

中国人并没有接受特别的启示，但他们所谓的圣书典籍和口头传说中保留了日尔贝大主教（Mgr Gerbet）所说的“原始基督教”的最初真理。原因如下。现有证据表明，这个由“百姓”构成的族群是亚洲移民族群中最大的一支。在迁徙过程中，他们没有丢下原始启示的传说。他们晓得如实保留这些古老传统。这就是秘密所在。要证实这件事，一封信是远远不够的，需要的是一篇博士论文。③

童文献可能写成这篇博士论文吗？无论如何，今天我们或许可循另一种

① Préface, p. iv et v, in Joseph-Henri de PREMARE, A. BONNETTY trad., *Vestiges des principaux dogmes chrétiens, tirés des anciens livres chinois, avec réproduction des textes chinois. Avec réproduction des textes chinois, traduis du latin, accompagnés de differents complements et rémarques.* Paris, Bureau des *Annales de philosophie chrestienne, 1878.*

② Vestiges des principaux dogmes chrétiens, *ibid.*, pp. 1 - 2.

③ Lettre à un “ancien confrère”, 26 octobre 1893. Dossier Perny Paul Hubert N°0532, AMEP.

历史交流途径来思考问题。法国学者皮埃尔·佩里尔（Pierre Perrier）[①] 和华籍圣母升天会神父 Martin Yen 的研究均暗示存在一种尚不为人知的亚洲早期宗教交流方式。[②] 江苏连云港的孔望山的石雕研究被佩里尔解释为汉明帝同父异母兄弟刘英皈依的纪念碑。学界认为这些石雕完成于公元 1 世纪，即 70 年前后。主要人物身着正装，衣服上挂着一个十字架。他可能是公元 65 年从印度南部来到中国的使徒托马斯。当时有一条海上商业航线为这一交流活动提供了条件。开封犹太教教堂位于通往首都洛阳的半路上，是使徒的必经之地。利玛窦（Matteo Ricci）曾经提到的著名印度礼拜仪式，"为使徒托马斯在中国建立教会"而感谢神的恩典。现在基督神义起源研究网站（EECho）上有若干研究也循这一思路进行。童文献当时并没有这些诠释证据，只是提出将中华文化传统中所蕴含的信仰信息作为证据。

那时他与中国万里相隔，在法国遇到的诸多困难又深深地刺痛了他，于是他对中国的好感与日俱增。他认为中国比法国更加优越。因此他才与伯尼提合作出版《基督哲学年鉴》。他虽仍有传教士其表，但内心早已倏然转变。这也正是为什么他致力于拉丁文手稿的转译，并着重强调马若瑟对中国传统文化蕴含基督教义痕迹之探寻的贡献。伯尼提在 1879 年 3 月 26 日去世，童文献使用伯尼提托他保管的信函和文献创办《新年鉴》（*Les Nouvelles annales*）。他还起诉伯尼提的继承人，追讨 5155 法郎 50 生丁，即他 1879 年 4—7 月期间担任《年鉴》主编的收入，他还声称自己在此期间为《年鉴》提供了一份《山海经》译稿。被告的辩护人则反诉他滥用伯尼提交给他的信件。因此童文献获得的补偿额减少到 1404 法郎 50 生丁。[③] 毫无疑问，他急需这笔钱，因为他的其他出版物虽然很受欢迎，但受众有限。

1884 年，童文献又想出一个新计划，既帮他摆脱生活拮据的尴尬局面，又能发挥他的中国经验乃至重返中国生活，远离那个给他带来诸多困扰的法国。他向总理茹·费里（Jules Ferry）提议，请政府资助，对中国南部苗人进行民族志研究。他写道：

---

① Pierre PERRIER, *L'apotre Thomas et le Prince Ying*, Paris, Edit. Jubile, 2012.

② Une présentation de ces travaux et de leur convergence est résumée dans la revue *Missions étrangères* N° 442, Septembre 1009 sous le titre: *Des chrétiens en Chine à l'âge apostolique?*

③ "Le livre devant les tribunaux", Revue *Le Livre* 1881, p. 448.

研究苗82个部落的组织形式是大有裨益的。这一族群在欧洲学术界人尽皆知。先生，我在其中一个苗部落中生活多年，与部落首领建立了友谊，容易融入。先生，我以科学的名义，提议对苗进行深入的实地研究。其中一个部落生活在越南北圻与中国分界的山区，其他的则分布在滇桂黔川。我在华30年，已搜集了大量资料。①

童文献为此夸大了他在华逗留的时间，而且他还毫不犹豫地提到资助的数额："每年只需提供6000法郎，足够了。"童文献的想法无疑越来越不切实际。他居然向一位不屑于倾听教会的政界人士提出请求，就算茹·费里愿意无视政教分离的事实，也不会接受他的建议。他提出这一请求的时候，孤拔海军上将（l'amiral Courbet）的部队正与清政府的军队在北圻与广西交界苗人居住一带发生了冲突。

在他生命的最后20年里，童文献动用在塞纳和瓦兹两省的人脉，向巴黎靠近。他在1893年10月26日写给一位"老会友"的信中说出了他的忧虑，和想融入凡尔赛教区的愿望。他对马若瑟关于中国汉字的解读做了评述之后，写道：

如果这份关于"汉字的象征体系"（le symbolisme de caractère chinois）的作品可以出版，大概有三到四册，那您会从中找到证据，证实我提出的观点。这份作品是除了月刊《新年鉴》之外，我操劳的另外四份作品中的一本。我希望今年能够在这个省出版一部宪政分裂史。我刚刚向凡尔赛主教呈交了计划。②

在他去世前的2年，他还在巴黎出版了一本名为《中国优越于法国》（*La Chine supérieure à la France*）的八开本书籍，这是他的最后著述，署名是"中国文人童文献"。1907年5月2日，童文献在加尔西勒圣—克劳德与世长辞。

这是一位在法国备受挫败而皈依中华的传教士的遗言吗？尽管他的不少

① Paris, 11 rue Borromée, le mai 1884. Signé: Le très humble et obésissant serviteur, Paul Perny, anc. Vic. Gen, de Chine. AEMP.

② Lettre à un "ancien confrère" 26 octobre 1893. Dossier Perny Paul Hubert N°0532, AMEP.

计划建立在直感之上，在那个时代看起来多么的不切实际，但现在看来是多么的具有现实意义。要充分评价此人物，需要对他的朋友和合作者进行排查，梳理他的社会关系网。同时，还需对他的汉学工作，尤其是词典的附录做细致研究，才能评价他在不同领域的具体贡献。不论童文献的汉学贡献有多大，他始终是一名传教士，在某种意义上，他是一位关注点远远超出了宗教的传教士。他的传教经历对他呼吁法国人学习汉语和更好地了解中国传统文化起到推波助澜的作用。

童文献的科学研究述评

郭丽娜

童文献是巴黎外方传教会在中国西南的传教士，一生颇为传奇，争议不少，主理贵州教务期间，采取了若干新措施发展新生教会，也因新措施和巴黎外方传教会的主要方略相左而遭同会抵制。童文献于1872年脱离巴黎外方传教，以个人名义继续活跃在法国思想界。下文根据巴黎外方传教所藏相关文献、法国各种协会的期刊、童文献的个人专著和南志恒的《贵州传教史》，对童文献的汉学研究工作进行梳理，解读其观点，并讨论其影响。

一、编撰汉语言文学专著，认为中国优越于法国

童文献对汉语言文学感兴趣，应始于他入华传教之时。1853年，童文献以教务长身份接手贵州教务，随即提出一系列发展新生教会的计划，首先是改变传统师徒相传的“口对耳福音”（apostolat de bouche à oreille）[①] 教学方式，进行教育的现代化尝试，他“筹办一所他称为师范学校的大型机构，内设三个主要教学部门……向我们认为有能力履行职责的新教徒灌输信仰，规范生活和进行宗教辩论。有人将来专事布道，有人专攻有利于圣婴事业的医学，第三类人是要教导年轻一代”[②]。

童文献非常重视汉语教学：

我认为我们一直忽视汉语教学；在某些修院，学生语言学习时间不足。在六七年里，每周才学习一个下午……这样的学业结构你们不觉得有缺陷吗？[③]

---

① C. Soetens, *L'église catholique en Chine au XXe siècle*, Paris: Beauchesne, 1997, p. 40.

② Adrien LAUNAY, *Histoire des missions de Chine: mission du Kouy-tcheou*, T. 1, Paris: Les Indes savantes, 2002, p. 372.

③ Adrien LAUNAY, *Histoire des missions de Chine, Mission du Kouy-Tcheou*, Paris 1907, tome 1er, p. 413.

不过他汉语教学举措功利色彩浓厚，在当时同会会员看来，明显动机不良。这应是他后来遭到同会质询的原因之一。他曾在呈巴黎总会神修院的报告中说：

> 我希望贵州学生精通母语，聘请了一名秀才来给他们上课，每天用三分之一课时教汉语；还教古典学，日后他们考取功名，便能反驳孔子弟子的谬误。难道你们没有想过，他们有朝一日考取功名吗？难道这些带着官帽的神父文人不可能为教会事业提供帮助？……[1]

1856年，童文献将小修院迁至贵阳六冲关，为贵州修生杨通绪等人晋铎，制定华籍神职日规、月规和年规，规范传道员的工作，拟出每日的义务和巡视内容，[2] 保证传道组织在精神上虔诚，信仰上坚定。

此外，童文献还创办《传教报》（*Journal de la mission*）和开设图书室，他向总会解释道："新生教会的历史应如实传于后人。"[3]《传教报》除了记录贵州教区的主要传教事件之外，还有相当长的篇幅保留给"科学材料，包括历史、地理、奇闻、当地的自然科学、该省的风俗习惯"[4]。这份报纸在贵州教区坚持创办了12年，也是后来巴黎外方传教史学家南志恒撰写《贵州传教史》的主要参考文献之一。

童文献的主要汉学工作，包括大型专著的编写和出版，是在他返回欧洲之后所做的。[5] 19世纪中叶，新教群体使用西式活字印刷术传道，改变了中国的印刷和出版业的格局。[6] "美国长老会姜别利（William Gamble）1859年改良电铸活字印刷。汉字字模购买变得便利，而且价格合理。日本、韩国、

---

① Adrien LAUNAY, *ibid.*, p. 413.

② *Ibid.*, pp. 416-428.

③ *Ibid.*, 2002, p. 451.

④ *Ibid.*, p. 452.

⑤ 童文献返法之后还著有：《两个月的巴黎公社牢狱生活》，巴黎 Adolphe Lainé 出版社，1871年；《在华中成立欧洲学术院的计划》，巴黎 Jules Boyer 出版社，1874；《黔殉道者》，巴黎 Alfred Mame et fils 出版社，1876年。

⑥ 西式活字印刷术的引入不仅改变了传道的方式，而且通过改变图书的印刷、流通和发行方式，来改变知识在华的传播途径。参见苏精：《铸以代刻——十九世纪中文印刷变局》，北京：中华书局，2018年。

缅甸和川东等地传教士纷纷在印刷工场采用这一技术。”[①] 当时童文献恰好在华，他从美国长老会处购买字模[②]。1869—1876年间在巴黎出版了一批汉学著述，有：

（1）《西语译汉入门》（*Dictionnaire français-latin-chinois de la langue mandarine parlée et appendice*），巴黎 Firmin Didot Frère 出版社，1869年；《西语译汉入门附录》，巴黎 Ernest Leroux 出版社，1872年；

（2）《分类中国俗语》（*Proverbes chinois recueillis et mis en ordre*），巴黎 Firmin Didot Frère 出版社，1869年；

（3）《拉汉对话录》（*Dialogues chinois-latins*），巴黎 Ernest Leroux 出版社，1872年；

（4）《西汉同文法》（*Grammaire de la langue chinoise orale et écrite*），巴黎 Maisonneuve et Ernest Leroux 出版社，1873—1876年。

法兰西第三共和国期间，他还出版下面2种作品：

（1）《中国典籍蕴含之基督要义遗存》法译本（*Vestiges des Principaux Dogmes Chrétien Tirés des Anciens Livres Chinois, avec Reproduction des Textes Chinois*），巴黎1878年；

（2）《中国优越于法国》（*La Chine supérieure à la France*），巴黎 Arthur Savaète 出版社，1905年。

上述著述中影响最大的是《西语译汉入门》和《西汉同文法》。这两套书自成体系，又浑然一体，出版目的显然不只是为了传道，而是希望促进法中相互间的了解，展望法国“与天朝的商贸发展迅速，尤其是帝国邮船公司的火轮班次正常化之后，未来会有更多法国人到中国，加入贸易大潮”[③]。与同一时期巴黎外方传教会[④]和法国经院汉学家所编写的汉语词典和教材相比，这两套书具有如下特点：其一，内容丰富，包罗万象，已远远超出了汉语教

---

① Véronique Ragot, Contributions à la connaissance des langues d'Asie, dans *Les missions étrangères*, Paris: PERRIN, 2008, pp. 202 – 209.

② *Paul Hubert Perny*, archives de la MEPASIE, N. 532. http://archives.mepasie.org/notices/notices-biographiques/perny

③ P. Perny, *Dictionnaire Français-latin-chinois de la langue mandarine parlée*, Paris: Librairie de Firmin Didot Frères, 1869, pp. 5 – 6.

④ 巴黎外方传教会在华传教期间，编写了大量中国方言词典和教材。参见拙作《法国巴黎外方传教会的中国学研究及其影响》，《汕头大学学报》2010年第3期。

材的范畴，实际上是一套汉语言文学与文化的百科丛书；其二，普及中国中产阶层的“共同语”，童文献在《西语译汉入门》的序言中这样解释他对“汉口头官话”（la langue mandarine parlée）的理解：“欧洲人把中国的共同语言误称为‘官话’，其实不论是官员还是文人，都没有他们专用的语言，只是与一般老百姓相比，他们说话方式更加雅致，用词更加考究。我们使用大家都普遍接受的‘官话’一词，实际是指中国的共同语言，即便如此，帝国的沿海方言和土话仍是不收录的。”① 其三，采用耶稣会的汉语拼音方案，并对个别注音做了适合法国人拼写习惯的修改，方便法国人学习。

童文献对于中国文化的推崇，还表现在1905年《中国优越于法国》一书的出版。当时法国激进派政府通过《政教分离法》，彻底完成政权世俗化过程。1906年2月11日，罗马教宗发布通谕予以谴责。② 同年4月1日起，童文献在《天主教世界杂志》上连载“中国优越于法国”，再次肯定中华传统文化之优越。该文共28章，实际上是28条理由，说明中国优越于法国，分别为：中华文明的历史比法兰西文化更加悠久；中国幅员辽阔；人口众多；政治更加清明；文明更璀璨；君主制的实践周期更长；管理架构更简单合理；政治制度稳定，社会制度完善；公民更自由；风俗文化有历史延续性；中国比法国更早有立法意识，法制理念和道德精神有历史延续性和一致性；中国更早提出和实践社会经济理论；中华传统文化中正平和；注重道德和哲学教育；敬重祖先；婚姻制度和宗法制度完善；汉语比法语更古老，语言统一，通用性好，也更多样；教育理念自由；更早健全公共救助体系，救济机构数量众多；中医学研究和治疗法的历史比西医更加悠久；国民教育到位，社会风气良好，人民彬彬有礼；文化、科学和艺术更加古老，博大精深；自由艺术发达；天文学史悠久；农业成熟，园艺业精湛，养鱼业发达；尊重权威，社会有序；优先发展实用性艺术、技艺和工艺；最后是矿产丰富。③

---

① Paul Hubert Perny, *Dictionnaire Français-latin-chinois de la langue mandarine parlée*, Paris: Firmin Didot frères, 1869, p. 4.

② D. Barjot, J-P. Chaline, A. Encrevé, *La France au XIXe siècle*, Paris: PUF, 2011, p. 240.

③ 参见 Tong Ouen-hian, “*La Chine supérieure à la France*, in *Revue du monde catholique*”, T. 10 (avril-juin 1906), pp. 478 – 639, 755 – 765; Tong Ouen-hian, “*La Chine supérieure à la France*”, in *Revue du monde catholique*, T. 11 (juillet-septembre 1906), pp. 56 – 71, 234 – 245, 269 – 294, 447 – 468, 574 – 593, 701 – 706; Tong Ouen-hian, “*La Chine supérieure à la France*”, in *Revue du monde catholique*, T. 12 N. 1 (octobre 1906), pp. 207 – 221。

童文献认为，中国地大物博，具有先天的自然地理和资源优势，重视农业生产，经济理论先进，政治制度以儒家学说和德治主义为基础，融法理为一体，彰显人性。家族宗法制度有正面的政治意义，构成民主化管理的一个重要环节，有利于社会稳定，“中国家族在政府行为之外自治”，人口不断增加，社会秩序井然，因此“尽管中国实践纯粹的君主制，但她比法国和其他徒有‘共和’虚名的国家都要民主得多”。[①] 在文末，童文献仍不忘用大量篇幅来罗列中国的奇珍异产，从动植物到矿产资源，种类繁多，并再次展望法中经济贸易有实质性飞跃。

二、转译《中国古籍中蕴含之基督教要义遗存》

《中国古籍中蕴含之基督教要义遗存，附汉语文本》（以下简称《要义遗存》）是白晋的学生马若瑟（Joseph de Prémare，1666—1736）所著，手稿一直保藏在法国国家图书馆黎世留分馆。法兰西第三共和国世俗化问题激化时，耶稣会士、《基督哲学年鉴》主编伯尼提（Augustin Bonnetty，？—1879）邀

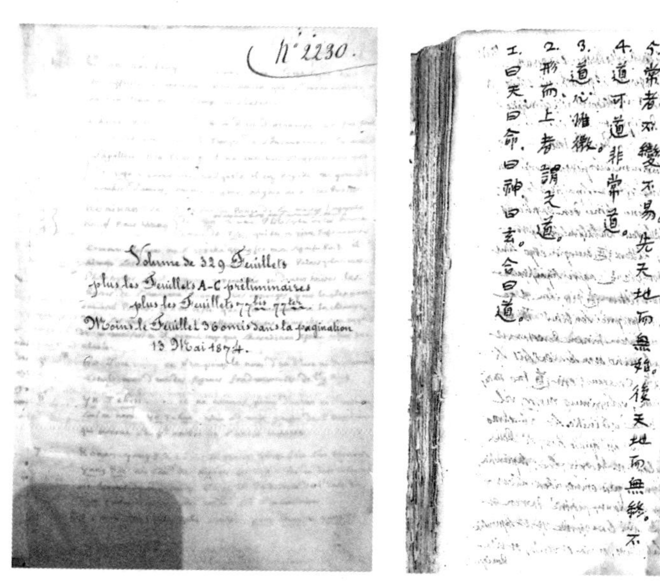

图1　马若瑟著《中国古籍中蕴含之基督教要义遗存》拉丁文原手稿

① Tong Ouen-hian, “*La Chine supérieure à la France*, in *Revue du monde catholique*”, T. 10 (avril-juin 1906), pp. 631 – 633.

请童文献共同整理该手稿，并转译成法文（以下简称“伯—童法译本”），重点诠释《易经》，转译本在1878年出版。

马若瑟手稿原件共329页，双面书写，正面拉丁文，反面汉语，最后一页标注成稿于1724年5月21日，地点是广州。手稿现保存在法国国家图书馆黎世留馆古籍部，编号为CHINOIS－9248－1724。[①]

手稿由5篇文章组成。第一篇题为“理解本书蕴意的要点”，内分15小点，小标题分别是：何为经书？关于《易经》；其他经书与《易经》的关系；关于经书的古老性；教义传统失传；不知何时失传；经书因诠释而失去原义；经书仍存微言大义；经书中的隐喻；隐喻指向神；隐喻不可用于政治范畴；不可完全否定释经的作用；另外几本参考古籍；如何使用这些书籍；中华典籍中可找到基督教义的若干遗迹。

第二篇文章题为“与神、一、三相关的基督宗教要义遗存”，分两部分。第一部分为“论神一”，释“天”和“上帝”两个词项；第二部分是“论神一至三”，分5小点，分别是“文学分析”（即《易经》入门）、论一二三、论一和太一、论太极、论道。

第三篇文章题为“原初时期中国人的记忆节选”。第四篇是“失去自然形态的传说”，分两部分。第一部分是“折翼天使”，含“遗存要义概述”“蚩尤”和“共工”三小点；第二部分是“人的堕落”，含“遗存要义概述”和“亚当布道者的各种形象”两小点。

第五篇是“基督的自然状态”，含一小序和10部分。第一部分是“经书总义”；第二部分是“圣人”；第三部分是“各种圣人”的名称，含“神人”“天人、真人”“一人、大人”“其人、伊人”“美人”“至人”“畸人”“上人”“子（含元子、天子、君子、父子、老子、小子、其子、长子等名的辨析）”；第四部分是“中国古人中的圣”；第五部分是“圣应该是圣母所生”；第六部分是“圣是人和神合体”；第七部分是“圣之神工和死亡是为了救赎”；第八部分是“圣体化为圣餐”；第九部分是“圣的各种象征”（含“羊”

① 该编号为手稿在法国国家图书馆手稿部的新编号。伯尼提和童文献做翻译时，手稿编号是N. F. 2230。伯尼提提及他们翻译时还参考了手稿部包括《道德经》在内的其他汉学拉丁文手稿。当时手稿部汉学库共有藏书4831部，其中807部属于傅尔蒙时期的汉学旧库，4025部属于新库。目录尚未做好。Le père de Prémare, traduit par A. Bonnetty et P. Perny, *Vestiges des Principaux Dogmes Chrétien Tirés des Anciens Livres Chinois, avec Reproduction des Textes Chinois,* Paris: Bureau des Annales de philosophie chrétienne, 1878, préface, pp. XIV－XV.

“龙”“麟”“凤”“龟”）；第十部分是“各种形象和最出名的历史类型”，分13点，分别是：“各种历史传说人物都指向基督耶稣”“几个存在于主流中国史中的个体和集体意象，他们不可被视为历史人物”“伏羲”“女娲”“神农”“黄帝”“后稷”“契”“尧”“舜”“大禹”“成汤”和“文王武王”。最后是《易经》附录，包括阴阳和爻的释义、《八卦略说》和卦象解说，等等。①

伯尼提和童文献在转译时，基本按照原书结构翻译，不过转译本也有两处显著不同：

首先，转译本在原手稿的结构上增补如下内容：教宗良十三世给伯尼提和童文献的敕书（法译文和拉丁原文）、序、前言、《基督哲学年鉴》创刊之后出版过的中国历史研究内容，马若瑟、白晋、傅方济和卫方济等耶稣会士传记，罗马传信部关于中国礼仪的决定，此外还有27条注解。这使法译版比原拉丁手稿的条理更加清晰，结构更为完整。整体感觉在中华经典的诠释上更具权威性。

其次，转译本在原本基础上进一步阐发“易”。龙伯格曾对马若瑟的信件和其他文本做过研究，指出：“马若瑟的文章从这里转向讨论《易经》，中国人坚信《易经》是最伟大辉煌的著作，然而马若瑟认为只有天主教徒才能懂得它的含义……马若瑟在随后的评论中认为《易经》是一本神圣的书籍，而且事实上，它是一部关于弥赛亚的预言性的著作。”② 在《要义遗存》中，《易经》部分无疑是马若瑟手稿的重点内容，对其他经书和神话人物的阐发，基本是围绕《易经》展开。转译本为了更好诠释这一思路，将马若瑟手稿的附录图像包括《八卦略说》、卦象、阴阳和爻等前置，作为释“易”的主体内容，而原手稿的《易经》译文则处理成注释，并增补《老子》片段，诠释老子学说中存在三位一体的思想，也增补了雷慕沙撰写的神耶和华（Jéhovah）传说。这样一来，原手稿以图释文，法译本变成以文释图，有助于读者理解“易”文化。

而点睛之笔，体现在转译“道可道，非常道”③一句。伯尼提和童文献

① 参见法国国家图书馆黎世留馆藏马若瑟拉丁版《中国古籍中蕴含之基督教要义遗存，附汉语文本》，第327—329面目录。

② ［丹麦］龙伯格注，李真、骆洁译：《清代来华传教士马若瑟研究》，郑州：大象出版社，2004年，第160页。

③ 马若瑟的拉丁译文是“Ratio quœ enarrari potest non est œterna ratio”。参见法国国家图书馆黎世留馆藏马若瑟拉丁版《中国古籍中蕴含之基督教要义遗存，附汉语文本》，CHINOIS-9248-1724，第59页。

为此增补了一份长达5页（10面）的点评。表面上看是点评，实际上是一篇小论文，讨论如何译“道”。当时有两份比较权威的法文翻译。第一份来自经院汉学家雷慕沙所写《中国哲学家老子的生平和观点》一文，“道可道，非常道”被译成：« La raison(primordial) peut être soumise à la raison(ou exprimée par des paroles), mais c'est une raison surnaturelle »。[①]

雷慕沙在脚注中提供了汉语原文和拉丁文本“Ratio quidem ratiocinativam insolita vero ratione”，但均未标注出处。他把三个“道”都阐释成与“理性”相关的概念，分别是“la raison（primordial）”“la raison（ou exprimée par des paroles）”和“une raison surnaturelle”，可回译为“初始之理性”“理性（或被言说出来的）”和“一种超自然的理性”。

此外当时著名的东方学者和诗人鲍狄埃（J-P. G. Pauthier）[②] 也有一份法译本：« La voie droite qui peut être suivie dans les actions de la vie, n'est pas le Principe éternel, immuable, de la Raison suprême »。[③]

鲍狄埃把“道”分别理解为“la voie droite qui peut être suivie dans les actions de la vie”“le Principe éternel，immuable”和“la Raison suprême”，意思是“能够在生活行为中被遵循的正道”“永恒不变的原则”和“绝对理性”。

奥古斯丁神学认为，“信仰”（la foi）[④] 是一种“抽象的、超自然的理性（la Raison）”，人的相对理性（小写的la raison）来自“信仰”（la foi），处于“信仰”（la foi）的下位。中世纪后期，世俗权力上升，阿奎那神学在奥古斯丁神学的基础上，调整了信仰和理性的关系，强调“人的行为可以产生一种

---

① Abel-Rémusat, *Mémoire sur la vie et les opinions de Lao-Tseu*, Paris: imprimerie royale, 1823, p. 23.

② 鲍狄埃（J-P. G. Pauthier），法国著名东方学者和诗人，对包括中国和印度在内的东亚和爱奥尼亚岛均有研究，翻译过马可·波罗游记和孔孟的《四书》。出版有诗集《乐曲与爱歌》（Mélodies et chants d'amour，1825）和《赫乐尼安娜》（Helléniennes，1825）。

③ J-P. G. Pauthier, Le Tao-te-king, ou le livre révéré de la Raison suprême et de la vertu, Paris: Didot, 1838. Cité par Le père de Prémare, traduit par A. Bonnetty et P. Perny, *Vestiges des Principaux Dogmes Chrétien Tirés des Anciens Livres Chinois, avec Reproduction des Textes Chinois,* p. 116.

④ 法语区分la foi（信仰）、la croyance（信仰）和la religion（宗教）。由于历史文化差异，原词和译词内涵有所不同。“la foi（信仰）”源自拉丁文fides，意为“信任”，是一种“与人类生存条件的主要构件相关的绝对信任”，尤其是与天主教的一“神”和救赎模式相关的；“la croyance（信仰）”是对“la foi（信仰）”的补充，是一种“在精神上肯定某一存在而又无法提供证据的态度”；“la religion（宗教）”是“所有信仰（la croyance）的集合及其制度化实践”。参见Noëlla Baraquin etc., *Dictionnaire de philosophie*, Paris: Armand Colin, 2014, p. 229, 128, 443.

被善规训的美德，而善与人之理性一致”[①]，在一定程度上把世俗王权从神权的强大钳制力中解脱出来。然而在法国这样一个天主教势力非常强大的国家，王权的合法性仍需神授。正因此，法国大革命前社会存在三个等级，第一个等级是“僧侣”，国王属于第二等级“贵族”。雷慕沙版本对“道”的理解显然有把“道”等同于“绝对理性”的嫌疑，也即一教神的理性。而雷慕沙本人这样解释“初始之理性”：“初始之理性，即创世且治世之智慧，如同精神管治肉体。”（La raison primordial，l’intelligence qui a formé le monde et qui le réagit comme l’esprit réagit le corps. ）[②] 从正统天主教神义来看，这显然难以接受。相反，鲍狄埃版本的“道可道，非常道”，回译大意是“能够在生活行为中被遵循的正道，不是永恒不变的原则，不属于绝对理性”，换言之，“道”完全世俗化，脱离神学范畴。

因此，伯尼提和童文献认为两者均不妥，“有的学者把它理解为神的抽象理性（la Raison abstraite de Dieu），有的则理解为人的物质之道（la Voie matérielle）。我们认为，如果从中看到‘言’（le Verbe），‘初始语’（la Parole primitive）的传统，会更正确，更符合文本原义。如圣约翰所说，‘言’是一切造物之主，是一个未曾丢失的概念，一个极正的概念。因此我们认为，翻译成‘理性’的抽象概念是有误的”[③]。

伯尼提和童文献建议采用直译：« La Parole exprimée par la Parole n’est pas la Parole éternelle » 。[④]（回译大意是：“被‘语’表述之‘语’非永恒之‘语’。”）

至于“道”为何译成“la parole（语）”，而非采用拉丁语 ratio 的同词源“la raison（理性）”，伯尼提和童文献提出如下理由：其一，在“道”之“阴、阳”中，“阴”的繁体字含“云”（四声），“‘云’意味着‘言’（Verbe），‘语’（parole）”。[⑤] 其二，古希腊柏拉图和亚里士多德学说均有“逻各斯”也蕴含“语”之意；拉丁文化亦如此，古罗马戏剧家泰伦斯的《两兄弟》

---

① René Rampnoux, *Histoire de la pensée occidentale, de Socrate à Sarte*, Paris: Ellipses, p. 94.

② Abel-Rémusat, *Mémoire sur la vie et les opinions de Lao-Tseu*, p. 19.

③ Le père de Prémare, traduit par A. Bonnetty et P. Perny, *Vestiges des Principaux Dogmes Chrétien Tirés des Anciens Livres Chinois, avec Reproduction des Textes Chinois*, p. 113.

④ Le père de Prémare, traduit par A. Bonnetty et P. Perny, *Vestiges des Principaux Dogmes Chrétien Tirés des Anciens Livres Chinois, avec Reproduction des Textes Chinois*, p. 116.

⑤ Le père de Prémare, traduit par A. Bonnetty et P. Perny, *Vestiges des Principaux Dogmes Chrétien Tirés des Anciens Livres Chinois, avec Reproduction des Textes Chinois*, p. 114.

（Adelphi）中有古“语”的遗迹。其三，拉丁语“ratio”在演化到法语“la raison”的过程中，内涵发生变化，失去神性。据约翰福音记载，耶稣在加利利海登山宝训，表明“语”（la parole）一词具有神性，而且是口头行为。然而古希腊人信奉泛神论，新柏拉图主义者和西塞罗等人在重新诠释“内在意念”时，忽略了“耶稣”在人神之间的中介作用，加之“口语”经典一旦被“书写”，含义易被曲解。因此一旦采用法语“la raison”译“道”，会出现上述“神化”或“物质化”两种截然不同的理解。最后，伯尼提和童文献批评世俗经院哲学用法语“la raison”理解拉丁语的“ratio”是在传播错误理论。

那么伯尼提和童文献为何不直接将“道”译成“le Verbe”（言）？根据正统基督教教义，“圣父、圣子和圣灵”三位一体。中世纪初期教父思想集大成者圣奥古斯丁认为：“神是三位格：圣父，即圣气，神之存在；圣子，言（le Verbe），真理；最后是圣灵，即爱，诞下圣子”①。这与新柏拉图主义者宣称耶稣是神（Dieu）的“逻各斯”的（Logos）化身有异曲同工之处。也即，“言”（le Verbe）属于三位一体中的“圣子”格。因此“言”（le Verbe）是抽象概念，具有“神性”，处于上位；“语”（la Parole）是前者的“口头”实施过程，处于下位。

雷慕沙在《中国哲学家老子的生平和观点》一文中曾尊老子为东方柏拉图，提出老子西游说。伯尼提和童文献并不赞同，相反，他们认为西方文明先于远东文明，依据是以色列南部犹地亚（Judée）语的考古成果和希伯来圣经《赞歌篇》（Psaumes），“先于老子大约 300 年”。② 伯尼提和童文献还进一步强调，从“道可道，非常道”中，可以看到人“语”与非人造之“语”（即神之“语”）是不同的，直言转译的目的是“用遗存于中国圣经的最初真理来捍卫耶稣——活生生的永恒之‘语’，反对那种败坏耶稣之名的错误理论”。③

概言之，用“语”（la parole）释“道”，是借用法语之语言特性④，先正

---

① René Rampnoux, *Histoire de la pensée occidentale, de Socrate à Sarte*, Paris: Ellipses, p. 81.

② Le père de Prémare, traduit par A. Bonnetty et P. Perny, *Vestiges des Principaux Dogmes Chrétien Tirés des Anciens Livres Chinois, avec Reproduction des Textes Chinois,* p. 113.

③ Le père de Prémare, traduit par A. Bonnetty et P. Perny, *Vestiges des Principaux Dogmes Chrétien Tirés des Anciens Livres Chinois, avec Reproduction des Textes Chinois,* p. 122.

④ 法语源自拉丁语，在形成过程中融入民族特性，因此保留了拉丁语的语法特质和词汇表达，也融入法语的民族词汇。参见梁启炎：《法语与法国文化》，长沙：湖南教育出版社，1999 年。因此，Le Verbe 和 La Parole 的区分与索绪尔普通语言学区分 le langage 和 la langue 是异曲同工的。

本清源，还原神义之“口语”特征，再巧妙地将神的圣子格“言”（le Verbe）置于上位，不仅忠于以“易”辅“神”的索隐思路，而且隐含以“易”入“神”之意味，在风云变幻的共和变革之际坚定地捍卫天主教神权道德。

三、输入柞蚕与提议在华成立欧洲学术院

童文献在黔川传教时，正值法兰西第二帝国时期，工业革命兴起，各地纷纷成立地理勘探和动植物驯化协会，远涉重洋，寻找原材料和推销商品。法国外交人员和传教士远赴海外，有机会进行实地考察，成为各协会招揽的成员。童文献、明稽章和胡缚理等人都是法国驯化协会成员，不过明稽章和胡缚理更加关注教务。明稽章在筹建广州石室教堂时对拿破仑三世说：“广东没有法国的贸易，法国在那只以天主教士而出名。”①

相反，童文献却惊叹中华帝国地大物博，热衷于动植物研究和标本搜集，主张系统研究中国的物产、社会制度、经济制度和农工商业，是“最早从事博物学研究的外方传教神父”。②《里尔地理协会会刊》（*Bulletin-Société géographique de Lille*）记载，童文献先后向法国各动植物培育协会寄回8000多种中国物种③，并试图将这些物种引进到法国，以改良欧洲物种。南志恒也提及童文献研究过广西植物，“佩尔尼说龙眼是euphoria（即龙眼的拉丁名）”。④ 此外，童文献还向帝国动物驯化学会赠送过多种可食用植物、可染色植物以及多种动物腊和昆虫腊⑤，委托过里昂皇家兽医学校主任勒科克（Lecoq）带回狂犬病药物的样品⑥。

衣食住行是人的基本需求，尤以“衣”为首，是人类开化的表征之一。法国南部塞文山区的昂迪兹（Anduze）是传统缫丝业基地，兴起于13世纪末。在绝对君主制时代，重农风气盛行，亨利四世、黎世留和科尔贝大力推

① E. de Colombay, *Le premier évêque de Canton*, Pékin: [sn], 1928, p. 87.

② Olivier Colin et Brigitte Fourier, Les missionnaires et la botanique (1800 – 1950), dans *Les missions étrangères*, pp. 219 – 231.

③ Société géographique (Lille), *Bulletin-Société géographique de Lille*, T. 2 (1883), p. 184.

④ A. Launay, *Histoire des missions de Chine: Kouang-si*, Paris: Victor Lecoffre, 1903, introduction p. 6.

⑤ Société impériale zoologique d'acclimatation, *Bulletin de la Société impériale zoologique d'acclimatation*, T. 5 (1858), p. 109.

⑥ *Ibid.*, p. 292.

动塞文山区的养蚕业，法国南部塞文山区、普罗旺斯和下朗多克均成为重要的养蚕基地，为丝织业和制衣业提供了重要的原材料。桑蚕养殖、桑树种植、缫丝、纺纱和制衣各行业虽术有专攻，实是一个相互依存的网络，桑蚕养殖是基础行业。一荣俱荣，一损俱损。一旦桑蚕养殖无法保证，其他行业也会遭受打击。

1841 年，单是阿莱斯地区（arrondissement d'Alès），蚕茧产量就达到 600 万公斤，地区生丝产量超过 50 万公斤。1853 年，全国产量达到历史高峰期，大概 2600 万公斤。接着爆发蚕微粒子病（Pébrine），蚕茧产量暴跌，到 1865 年仅有 400 万公斤。①

蚕微粒子病（Pébrine）又称为锈病、班病等，是由原生动物孢子虫纲的微孢子（microsporidia）寄生而起的一类传染性原虫病，时而在欧洲肆虐。19 世纪 60 年代，蚕微粒子病（Pébrine）流行期间，几乎摧毁了法国塞文山脉的养蚕业。巴斯德率先采用家蚕母蛾微粒子病检疫方法，有效地控制了家蚕微粒子病的蔓延和传播，除了抑制病害之外，引进外来物种和改良本地物种也是拯救蚕丝业的有效方法之一。

东亚丝绸在欧洲素有盛名，商会和法国国家驯化学会多次委托赴华传教士和外交人员搜集中国养蚕业的信息。法国国家驯化学会与会员约定，新物种以发现者的名字来命名。据国家驯化学会会刊记载，1849—1850 年间，法国驻沪领事敏体尼（De Montigny）将一批蚕蛹从上海寄回法国农业部。在同一时期，童文献也从贵州往里昂寄出 500 多颗蚕蛹。这两批蚕蛹都在 1851 年寄达法国，不过由于邮寄时间长、运输条件和欧洲气候条件不同等因素限制，大部分蚕蛹无法成活。1855 年，敏体尼的第二批蚕蛹寄达法国②，由动物学家盖兰－梅内维勒负责培育。1855 年 5 月 25 日，盖兰－梅内维勒向法国国家驯化协会宣布培育工作取得突破性进展。据会刊："盖兰－梅内维勒先生带来了柞蚕的新消息。他建议将此品种命名为'佩尔尼蚕'，目前有四只雄虫破

① Jean-Marie Legay, Gérard Chavancy, La phase pastorienne de la sériciculture. La crise de la pébrine et ses conséquences, *Nature Sciences Sociétés*, 2004/4 Vol. 12, pp. 413 –417.

② 参见 Société nationale d'acclimatation de France, *Bulletin de la Société nationale d'acclimatation de France*, A. 2, N. 7 (juillet 1855), p. 364。

茧，他展示了其中两只。”[①]

而此时童文献在华，也积极参与野生蚕的培育实验[②]，向帝国动物驯化协会赠送野生柞蚕茧。1858 年 7 月 18 日，童文献在法国动物驯化协会做了关于“贵州柞蚕的专题报告”，详细地介绍了贵州养蚕业的状况。[③] 1861 年 4 月 4 日，盖兰—梅内维勒正式向法兰西帝国和中央农业协会提议将新蚕种命名为“Bombyx Perni（即佩尔尼蛾）”，“以纪念虔诚和真挚的佩尔尼阁下，中国中部贵州省的传教士，他是第一个寄来活蚕茧的法国人”。[④] 为了鼓励蚕种改良，法国国家自然保护协会还设立奖项，“将于 1880 年把一枚价值 1000 法郎的奖章授予佩尔尼蚕的最佳培育者”。[⑤]

柞蚕是中华特色物种，是以柞树叶为食料的吐丝结茧昆虫，蚕丝产量大，属鳞翅目大蚕蛾科，起源于鲁中南地区，黔川地区也有养殖，蚕茧产量仅次于家蚕。童文献向欧洲输入这一蚕种，主要考虑到这是一种生活在高纬度地区的耐寒蚕种，环境适应性好，蚕丝产量大，到欧洲之后存活率高。如童文献自己所言：

> 许多中国家庭通过饲养橡树蚕（指柞蚕）致富。饲养季节降雨量少或者病虫害少发，养蚕收入是相当可观的。橡树蚕丝虽不如桑蚕丝那般精致柔软，但有两大优点，其一是比桑树蚕丝结实，其二是比桑树蚕丝的价格低廉得多。因此自然更受欢迎。东京人（指北越）对橡树蚕的喜爱，远远超过其他品种。贵州是橡树蚕丝的主要供应地，蚕丝绸缎大量销往临近省份和广州，或通过广州出口到欧洲，成为欧洲人制作夏衣的原料。[⑥]

不过“柞蚕卵的孵化需 15—20 天，冬天化为蚕蛹”，仍然很难适应冬天

---

① Société nationale d'acclimatation de France, p. 389.

② Société impériale zoologique d'acclimatation, *Bulletin de la Société impériale zoologique d'acclimatation*, A. 2, N. 7 (juillet 1855), p. 198.

③ 参见 *Société impériale zoologique d'acclimatation*, pp. 314 – 319。

④ Société impériale et centrale d'agriculture, *Bulletin des séances de la Société impériale et centrale d'agriculture*, S. 2 T. 16 (1861), p. 233.

⑤ Société d'acclimatation, *Bulletin de la Société d'acclimatation*, S. 3 T. 1 (1874), p. XXX.

⑥ M. Abbé Perny, Monographie du ver à soie du chêne au Kouy-tcheou, *Société impériale zoologique d'acclimatation*, pp. 314 – 319.

相对寒冷和漫长的欧洲气候，整个驯化过程十分艰难。① 19 世纪 70 年代，欧洲试图普及柞蚕养殖，并进行中日蚕种杂交试验。② 不过，1869 年苏伊士运河开通，运输便利，为中国丝绸产品进入欧洲市场创造了条件，竞争加剧，不少法国丝织厂先后倒闭，养蚕业也面临萎缩。接着人造丝出现，法国乃至欧洲的缫丝业和制衣业重新洗牌。

此时童文献已经完全脱离巴黎外方传教，以“自由人”的身份活动。不过他仍以前贵州教务代理人之名义向法国科学界倡议在汉口成立欧洲学术院。他向动物驯化学会主席德鲁尼·德·刘易斯（Drouyn de Lhuys）进言：

> 在引进和培育外来物种方面，中国或许是世界上技术最好的国家。中国人只要在庞大的帝国周边发现合适的物种，就会加以引进和改良。因此中国是自然物种最为丰富的国家之一。中国人不只是睿智，还有耐心，珍惜一切。他们的博物学家钻研过植物和大自然的特性，不仅掌握了大自然的知识，而且晓得物尽其用，技术和工艺精湛。这点令人感到吃惊。
>
> ……
>
> 法国政府多次派学者赴华调研。他们大部分人未能进入内地，其他的只有在传教士的协助下才能开展工作。学者们不懂地方语言，来去匆匆，调查工作耗资大，收效小。
>
> 我认为，对中国做全方位了解的唯一办法是在中国内地成立一个常驻研究机构，我倡议成立学术院。③

童文献在计划书中再次强调，必须“从方方面面了解中国，推动这一庞大帝国的奇异和有用产品的出口”④。他的计划是：聘请 3—4 名在中国生活超过 20 年的法国传教士、3—4 名中国博士或翰林、3—4 名中国药剂师、3 名有经验的中国医生、2—3 名欧洲博物学家和 2 名欧洲绘图员。具体分工是：传教士主持科学院的工作；中国博士负责搜集百科全书和释义；药剂师负责鉴别草药，赴各地搜集标本；医生提供草药的资料、药性和功效等信息；欧洲

---

① Ministère de l'Instruction publique, *Revue des sociétés savantes de la France et de l'étranger*, Paris, S. 3 T. 3 (1860), p. 635.

② 参见 *Société d'acclimatation*, p. CIII, 298 – 299。

③ *Ibid.*, pp. 726 – 727.

④ P. Perny, *Projet d'une Académie européenne au sein de la Chine*, Paris: Jules Boyer, 1874, p. 6.

博物学家对草药进行科学分类，并管理科学院的博物馆和图书馆；绘图员负责出版物的绘图工作。科学院与各省法国传教士保持密切联系，院刊每月一期，按以下20个门类刊出成果：植物、动物、矿物、历史、哲学、宗教、法律、经济、语言文学、地理、医学、农业、技艺、钱币、艺术、军事技术、商业、名人传记、中国或欧中书目，以及土人或苗子的研究。院刊将免费赠予赞助人，其余的销售盈利，以维持科学院的正常运作。科学院拟选址汉口，因为汉口“在最近的条约中向欧洲人开放……位于长江上，正处于中国的中心”①，交通发达，法租界已在1869年划定，便于各方沟通，促进科学研究的开展。

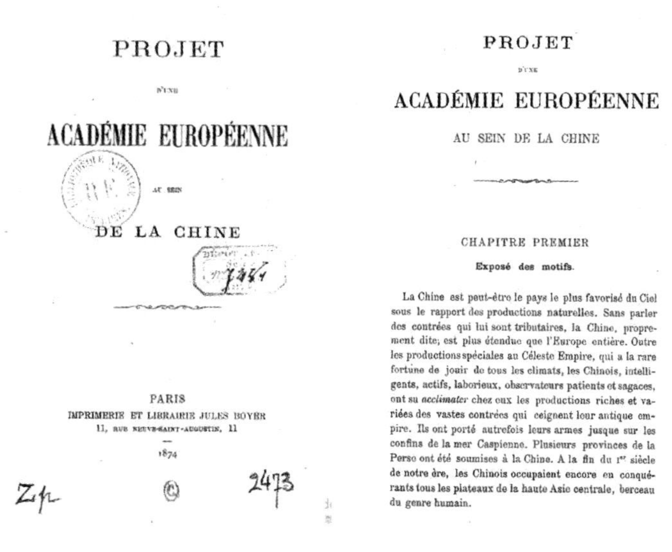

PROJET

D'UNE

ACADÉMIE EUROPÉENNE

AU SEIN

DE LA CHINE

PARIS

IMPRIMERIE ET LIBRAIRIE JULES BOYER

11, RUE NEUVE-SAINT-AUGUSTIN, 11

1874

PROJET

D'UNE

ACADÉMIE EUROPÉENNE

AU SEIN DE LA CHINE

CHAPITRE PREMIER

Exposé des motifs.

La Chine est peut-être le pays le plus favorisé du Ciel sous le rapport des productions naturelles. Sans parler des contrées qui lui sont tributaires, la Chine, proprement dite, est plus étendue que l'Europe entière. Outre les productions spéciales au Céleste Empire, qui a la rare fortune de jouir de tous les climats, les Chinois, intelligents, actifs, laborieux, observateurs patients et sagaces, ont su *acclimater* chez eux les productions riches et variées des vastes contrées qui ceignent leur antique empire. Ils ont porté autrefois leurs armes jusque sur les confins de la mer Caspienne. Plusieurs provinces de la Perse ont été soumises à la Chine. A la fin du Ier siècle de notre ère, les Chinois occupaient encore en conquérants tous les plateaux de la haute Asie centrale, berceau du genre humain.

图2　童文献提议在华成立欧洲学术院的倡议书

童文献的计划不乏前瞻性，不过法国当时尚未走出色当战败的阴影，保守派政府需支付巨额战争赔款，没有预算支持计划的实施。各学术机构无法评估风险，驯化学会表示“已提交委员会讨论”②，便没有下文；其他学会也婉言谢绝。即使如此，童文献仍不余遗力，四处推销研究汉语言文化。1882年12月14日，他身着中国传统长袜，到法国北部最大工业城市里尔的地理协会宣讲，推介《西语译汉入门》和《西汉同文法》，介绍中国的基本情况、儒家学说、政治制度、各种技艺和动植物学，重申要尊重中国文化的观点。

① *Ibid.*, p. 7.

② *Société d'acclimatation*, p. 784.

他在演讲中说："我们经常以最不公道的方式把中国人说成落后民族，丝毫没有想到他们比我们提早20个世纪拥有这一切。"①

四、不成功，便成仁

童文献积极入世，在欧洲推广汉语言文学与文化。在他身上，起码有传教士、汉学家和科学家三重身份，而他本人认为自己首先是一名法国人，"对科学、宗教和祖国有利，是我的唯一希望"②。然而，纵观童文献的一生，除了在贵州难以施展传教理念、在华建立学术院无功而返、向茹·费里政府申请返华无望等挫折之外，还有两个关键事件，改变其命运，几乎动摇了他爱国的信念和决心，使他的人生经历更为曲折，思想更加复杂。

首先是巴黎公社期间，童文献恰好返法编辑出版汉语书籍，被错当成"与凡尔赛勾结的"耶稣会士而被公社社员拘捕，先后囚禁于臭名昭著的玛匝斯监狱（Mazas）和拉罗凯特监狱（La Roquette）。童文献多番申诉无果，并目睹大量不经审判的秘密枪决和非人道折磨。侥幸逃生之后，他怀疑以理性主义为核心的西方文明，并进一步对东方文明表现出好感。他在回忆录中写道：

> 在我们的国家，恰恰相反，野蛮行为竟然如此精心策划，执行方式登峰造极。我们从中感受到了一种极端先进的文明，它脱离正轨，正大踏步回归野蛮。③

童文献回顾在华传教经历，虽然充满曲折，却未曾遭遇牢狱之灾，没想到"这一人生空白竟然要在第四次远涉重洋返回自称文明摇篮、普世道德引路人的人们中间得到填补"④。他抨击巴黎公社过于激进，指"'破坏、摧毁、打砸、撕裂、抢掠、没收、恐怖、堵住公民的嘴、消灭、抹去、制造仇恨和怀疑，随意逮捕，颁布有失理智的政令，发动屠杀，如此等等。'正是巴黎公

---

① Société géographique (Lille), *Bulletin-Société géographique de Lille*, T. 2 (1883), pp. 181－185.

② P. Perny, *Projet d'une Académie européenne au sein de la Chine*, Paris: Jules Boyer, 1874, p. 7.

③ P. Perny, *Deux mois de prison sous la Commune*, Paris: Aldophe Lainé, 1871, p. 6.

④ *Ibid.*, p. 25.

社的惯用词汇"[①]。他也批评某些西方人哗众取宠，歪曲东方文明，"这些书籍不仅在法国的普通民众中间，而且在上层社会，包括学术机构和学者团体中形成了一种关于中国人的错误看法"[②]。他认为："欧洲人的生活充满了无数人为的需要。从这一角度看，亚洲人比欧洲人更加幸福。"[③] 童文献为巴黎大主教在巴黎公社期间无辜罹难鸣不平，成为他被逐出教会的主要原因。

第二件改变童文献命运的事件是他与经院学者德理文之间的诉讼案，案件直接导致童文献被法国汉学界孤立。直至 2005 年，《东方和西方》杂志才有相关文章，指出他是"一位被遗忘的东方学家"。[④]

据《通报》"童文献讣告"："佩尔尼神父声名不佳，曾化名莱昂·贝尔当（Léon Bertin）散布一本诽谤性小册子，针对阿贝尔·德·米歇尔先生和德理文侯爵，1874 年 9 月 30 日被凡尔赛教化法庭处以 500 法郎罚金，入狱 6 个月，上诉后减为 2 个月。"[⑤] 讣告中提及的这场官非，起因是童文献与德理文竞争法兰西公学汉语讲席教授席位落败。童文献对经院汉学讲席的师生传承制度心存不满，遂在 1874 年 7 月中旬化名莱昂·贝尔当在巴黎印刷和派发《揭露文学骗局，巴黎几位外语教师的真面目》（*Le charlatanisme littéraire dévoilé ou la vérité sur quelques professeurs de langues étrangères à Paris*），抨击法兰西公学安南语教师阿贝尔·德·米歇尔（Abel des Michels）和汉语教师德理文。德理文得知消息之后，立刻予以反击，官司最终以童文献败北而告终。《揭露文学骗局》随后被销毁，据笔者所知，目前存有两册，其中一册保存在法国国家图书馆特藏部。从宣传册的内容看，童文献主要是抨击法兰西公学教师垄断资源，重文献诠释，缺乏实践经验，不具备讲席资质。笔者认为，童文献强调实践能力的重要性，而德理文等经院派学者注重理论建构，各有所长。这场官司并非纯粹个人恩怨，而是法国汉学实践家与理论家在全球化浪潮来临之时，对中华文化研究的范式存在不同理解而产生的纠纷。双方争论的结果是共同将法国汉学研究推向现代化和专业化。

毫无疑问，童文献确实存在性格瑕疵，不过其学术成就是毋庸置疑的。

---

① *Ibid.*, p. 58.

② *Ibid.*, p. 60.

③ *Ibid.*, p. 65.

④ 参见 L. Lanciotti, "A Fogotten Orientalist", *East and West*, 2005, Vol. 55, pp. 467 – 471。

⑤ H. Cordier, E. Chavannes, *T'oung-pao*, 1907, Série II, Vol. VIII, p. 125.

笔者认为，起码可以从基督教传播史、法国汉学史和全球文化交流史三个角度加以评论。首先，从基督教在华传播史角度来看，童文献对巩固黔新生教会的贡献是不可否认的。巴黎外方传教会对童文献做出驱出教会的严厉处分，不过仍然肯定他在办校和发展教育方面的贡献，“他注重培养教徒，特别是医学方面的培养工作。1855 年他在贵阳开办了一个新诊所，也开办了大定诊所，两年后开了广顺诊所，1857 年在贵阳开办男童和女童救助所各一处”①。南志恒在《贵州传教史》中对贵阳孤儿院的成绩也给予高度评价，指出：“这一做法的效果立竿见影，从异教徒儿童的受洗人数上可以看出来。1854 年的数字比 1852 年增加了 4000 人”，此后基本上逐年增加，1855 年总人数达到 15424 人，1856 年 26012 人，1857 年 20085 人，1858 年 30553 人，1859 年 29767 人。②

从法国汉学史的角度来看，字典和语法书的编写是域外汉学研究得以顺利进行的基础工作之一，重书面轻实践是法国经院汉学早期的研究特征。法国南特大学近现代文学和比较文学研究学者包世潭（Philippe Postel）指出，雷慕沙 1822 年著《汉语语法要素》是西方首部现代汉语语法书，雷慕沙注重汉语语法的汉学研究范式影响到 19 世纪法国经院汉学家，如巴赞编写《官话语法》（*Grammaire mandarine, ou Principes généraux de la langue chinoise parlée*, Paris, Imprimerie impériale，1856），儒莲编写《新汉语句法》（*Syntaxe nouvelle de la langue chinoise fondée sur la position des mots, suivie de deux traités sur les particules et les principaux termes de grammaire, d'une table des idiotismes, de fables, de légendes et d'apologues, traduit mot à mot*, Paris, Maisonneuve, 1869 et 1870, 2 vol.）。③ 与经院学者相比，童文献的《西语译汉入门》和《西汉同文法》不论从内容还是从结构来看，更像百科全书，与 17—18 世纪传教士汉学时期的百科全书有一脉相承之处，均试图捕捉中华文化的全貌，此外也注重口头语言介绍和会话内容。因此《西语译汉入门》和《西汉同文

① *Paul-Hubert Perny*, archives de la MEPASIE, N. 532. http://archives. mepasie. org/notices/notices-biographiques/perny

② A. Launay, *Histoire des missions de Chine: mission du Kouy-tcheou*, T. 1, Paris: Les Indes savantes, 2002, p. 450.

③ 包世潭认为，该书的现代意义体现在如下三点：放弃以往参照拉丁语语法来编写汉语语法的模式；注重现代汉语语法结构；从小说中提取句式和例子。上述观点是包世潭在 2019 年应中山大学中文系之邀，获国家境外专家讲座项目资助，在举办讲座时提出的。

法》作为西方人习得中华语言文化的系统性资料，无论是在法国汉学词典史和文法史上，还是在汉语语言文学与文化的全球普及史与欧洲百科全书编写史上，均是一份非常独特的文献，值得进一步研究。

此外，童文献的另一项重要工作，即转译马若瑟的《要义遗存》，是对法国社会世俗化进程所做的反应。童文献和伯尼提原本试图通过译本的发行，来表达捍卫传统宗教价值观的态度。不过转译本渲染"神""易"相通，在法国社会世俗化进程不可逆转的情况下，反而为法国知识分子提供再度诠释的空间，在社会学和文学领域产生文化张力。在社会学领域，神义下行，救助（le patronage）等道德观念融入社会学理论；而在文艺美学领域，异国情调的东方成为文艺创作的象征意象，促成艺术化魅。童文献面对法国的社会动荡，认为有必要从有5000多年历史的中华文明中寻求良方。他反对把中国说成"迷信、落后"，主张对中国进行全面研究。在后期出版物中，他一再强调："这些古老人群的文明程度一点不比我们低，尽管他们不懂得使用屈折语……中国上古时期的编年史虽然相当含糊，但是不论大家持何种观点，汉语绝对是目前地球上最古老的口头语言之一"①，"中国人用这种语言写下内容丰富和资料翔实的百科全书，至今无一民族能够超越……艺术、科学、文学在中国繁荣了5000多年。不论从哪个方面看，这个帝国都走在我们的前面。这是不容辩驳的事实"②，他建议法国人"先学好语言，再做评论"③。

在我们固有的思维中，鸦片战争之后，西方主流社会盛行欧洲中心主义，汉学研究者呈现东方主义者的群像。那么童文献这一案例，是否折射出全球文化交往的另一种面貌？是否能够说明文化交流的多维度性和多面相性？

小　结

19世纪对于不少文化共同体来说是个"多难而伟大的世纪"。对于中国而言，经历多场屈辱的战争，启蒙与救亡之声频起；对于法国而言，大革命之后，权威缺位，社会失序，世俗化加速。而与此同时，19世纪又是一个科技发展的世纪，科技给人类提供了更多更好认识自然的手段，人、物和信息

---

① P. Perny, *Grammaire de la langue chinoise orale et écrite*, Paris: Maisonneuve, 1873, p. 5.

② P. Perny, *Projet d'une Académie européenne au sein de la Chine*, pp. 3 – 4.

③ P. Perny, *Grammaire de la langue chinoise orale et écrite*, p. 14.

的流动比从前任何一个时代都快。在这种前所未有的全球化大背景下，童文献的个人机遇，既有命运因素，也有时代特色。他不能被简单地定义为一个为西方殖民主义开路的传教士，对他本人及其科学工作的理解，应放在法国社会转型、西欧国家关系和民族危机、全球化推进的大背景下去诠释，如沙百里先生所说，“梳理他的社会关系网”。以科技革新推动人文思想变化的逻辑去思考，应该可让历史自现其多面相性及其吊诡之处，反照当下，讨论一种可能的整体叙事。

谢阁兰（Victor Segalen）与多样美学

谢阁兰（又译为赛格朗、色伽兰，Victor Segalen，1878—1919）

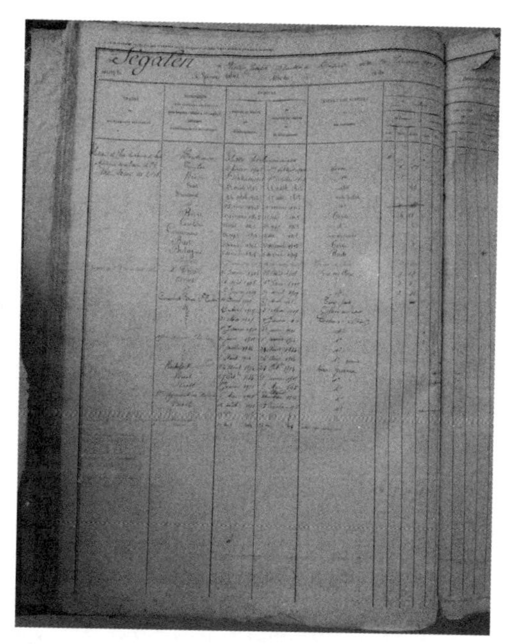

法国海事档案馆藏谢阁兰原始档案

维克多·谢阁兰的《古今碑录》：一部汉法双语的“现代诗”集[①]

［法］包世潭（Philippe Postel）著

郭丽娜译注

维克多·谢阁兰（Victor Segalen，1878—1919）是法国著名诗人、作家、汉学家和考古学家。《古今碑录》（*Stèles*）是谢阁兰的代表性诗作。这是法国文学史上唯一一部用汉法双语书写的“碑体诗”诗集。诗集的构思、创作和制作过程充满谜团，一直为法国文学和比较文学研究界所关注。本文基于谢阁兰的个人文献，从谢阁兰美学思想的源头论起，还原《古今碑录》的创作过程，分析诗集的结构和诗歌的形式，解读诗集各部分的含义，以及它们之间的关联，阐释谢阁兰“多样美学”理论的要义。

一、谢阁兰的“多样美学”理论与法国现代派艺术家的“现代意识”

谢阁兰与象征主义诗人波德莱尔（Charles Baudelaire，1821—1867）、兰波同为“现代”诗人，诗论一脉相承。波德莱尔赋予“现代性”（modernité）一词以如下美学意义：“*现代性*就是过渡、短暂、偶然，就是艺术的一半，而艺术的另一半是永恒和不变。”[②]

在波德莱尔看来，诗人和艺术家的职责是在永恒的形式中“捕抓”一闪

① 本文获2019年国家科技部高端外国专家引进计划“海外亚洲研究与跨文化对话”的资助。

② Charles Baudelaire, « Le Peintre de la vie moderne », IV: « La modernité », *Écrits sur l'art*, Paris, Librairie générale française, « Le livre de poche », 1992, p. 381, article paru dans *Le Figaro* en 1863, et repris dans *L'Art romantique* en 1869.

而过的“过渡”。谢阁兰持相同观点，不过他打算在另一种“理想的形式”——“石碑”这种因质地坚硬而指向永恒的物质——中“捕抓”“中国时刻”。他甚至想过用“中国时刻”来命名他的诗集。与波德莱尔不同的是，谢阁兰对“现代生活”不感兴趣，起码在中国的职业生涯中，他是这样的。他追随波德莱尔，只因喜爱《恶之花》的结尾长诗《旅行》：

火焰烧着我们的头脑，我们想
跳进深渊，那是地狱还是天堂，有什么要紧呢？
在未知的深处，寻找新的事物！①

换言之，寻寻觅觅，用心探索，挖掘新意。兰波也继承了波德莱尔的思想。他呼吁去“寻找新意”：

让我们向诗人索取新意——意念和形式。②

兰波在波德莱尔之后再次定义“现代性”，不过他与波德莱尔不同，主张的是一种大放异彩的绝对的现代性：

绝对必须属于现代。③

这一广为人知的表述是一种审美要求，也是一种生活诉求，但也是一份“无力”的证词，意味着“无法成功”“失败”，否则就无法理解兰波为何写下《永别》一诗，无法理解他为何决定放弃写作，远走阿比西尼。

谢阁兰为兰波写过题为《双面兰波》的诗篇，揣摩这位放弃诗歌创作的诗人的内心矛盾。谢阁兰在诗歌中努力再现兰波已经放弃的那种“绝对属于现代”的形式，似乎有意应对兰波提出的挑战。

谢阁兰同样受益于马拉美，他全盘接受马拉美把“诗”当作“绝对和神

---

① Charles Baudelaire, « Le Voyage », *Les Fleurs du mal* (1857), Paris, Éditions Garnier, Édition d'Antoine Adam, 1988, p. 160.

② Arthur Rimbaud, Lettre à Paul Demeny, 15 mai 1871.

③ Arthur Rimbaud, « Adieu », *Une Saison en enfer* (1873), *Œuvres poétiques*, Paris, Éditions Garnier-Flammarion, Édition de Michel Decaudin, 1964, p. 140.

圣之域”的观念，尽管马拉美对他的影响远不如波德莱尔和兰波。马拉美提出两种对立的诗：一种是“无益和无用的诗”，它有“真实”的“偶然”属性；另一种是“真正的诗”“纯粹的诗”，用“词”再构一个世界：

用话语游戏搬移一个几乎瞬间消失的自然事实，妙不可言，可是有何益处呢？然而，若是为了让纯粹的概念在自然流露的轻声细语中流溢出来，那又另当别论了。①

他还指出，“诗”不应该具有“交流”或“互通”的功能（“铜钱”才是人们用于交换的物质，有功利性目的），相反，诗的雄心是再造一个必要的“想象世界”：

话语啊，你首先是梦想和颂歌，莫像庸众那样轻易地染上铜钱臭，请爱惜艺术的羽毛，献身于想象，到诗人那里找回艺术的潜能吧。②

可是谢阁兰又与兰波不同，他不会故步自封于语言和词语游戏之中，他在体验“真实”中寻找创作灵感。

1903年谢阁兰意外与画家保罗·高更（1848—1903）相遇。后者成为引导谢阁兰到他方体验生活和重塑艺术的引路人。高更与专心从事心灵苦旅、创新诗歌形式的诗人波德莱尔和兰波不同。他热衷于生活体验，去塔希提和马克萨斯群岛（Marquises）旅行，寻找创作灵感，后来不幸身亡。谢阁兰是法国海军军医，负责检验高更的尸体，确认高更的死亡。正因如此，他得以进入高更创作的深处，获得高更的几幅画作和部分手稿。他决定以高更为榜样，采用异国情调方法，从一种遥远的文化中汲取创作灵感。

法国尼采主义者儒勒·德·高勒蒂耶（Jules de Gaultier）也是谢阁兰的良师益友。谢阁兰受其影响，提出一种异国情调理论，称为“多样美学”，即将自身作为主体置于一种机制之中，与客体保留最大的差距，尽最大可能获得感觉

① Stéphane Mallarmé, « Crise de vers », *Variations sur un sujet*, *Œuvres complètes*, Paris, Éditions Gallimard, « Bibliothèque de la Pléiade », 1945, p. 368. À l'origine, dans l' « Avant-Dire » au *Traité du Verbe* de René Ghil (1886), repris dans *Divagations* en 1897.

② *Ibid*.

或感知。这是“感觉强化和‘感知’亢奋的基础法则”[1]，谢阁兰曾说：

存在因差异和多样而兴奋。[2]

换言之，感知的主体和被感知的客体之间的关系越有张力，感觉和感知就越强烈。那么异国情调方法正是在眼前的天际线的最远处寻找某些全新的形式。中国非常适合成为探索的另一极，谢阁兰对高勒蒂耶说：

在中国事物两极分化，对于这种夸张的异国情调，我期待良多。[3]

谢阁兰是海军医生，他很快抓住了机会。他参加法国海军部筹备的竞赛，获得了口译实习员资格，可以在中国履职 3 年，此行的目的地是北京。1909—1913 年间他深入中国腹地。

二、一份雄心勃勃的诗歌创作计划

以上是谢阁兰构思诗集《古今碑录》的背景。那么他如何实施计划呢？

（一）与碑刻相遇

在中国，谢阁兰首先与碑刻相遇。碑刻斐然可观，形如雕塑，确实有异国情调的一面，与其相遇，必定感慨万千，萌发诗兴。谢阁兰对碑刻的认识可分成三个阶段。

1909 年 9 月 8 日，谢阁兰在吉尔贝尔·德·瓦尔让（Gilbert de Voisins）的陪同下，发现了碑刻。中国的土地上四处都是碑刻：

随处可见，道路旁边，都是碑刻。[4]

---

① Victor Segalen, *Essai sur l'exotisme*, *Œuvres complètes*, Paris, Éditions Robert Laffont, « Bouquins » , 1995, tome I, p. 774.

② *Ibid.* , p. 774.

③ Victor Segalen, Lettre à Jules de Gaultier, 20 mai 1908, *Correspondance*, Paris, Éditions Fayard, 2004, tome I, p. 774.

④ Victor Segalen, « Notes sur les restaurations architecturales chinoises » , « Chensi, 8 septembre 1909 » , *Briques et Tuiles*, *Œuvres complètes*, *op. cit.* , tome I, p. 873.

他被碑刻的形式美所打动。在他看来，这是中国的象征：

它们都很美，四四方方，一目了然，稳稳地矗立在石雕龟趺上……这种形式是完美的、纯粹的、经典的中国式。①

1909年9月12日，他们到华阴寺观。那是华山（中国五大圣山之一）山脚下的一座寺庙。寺庙有一开阔的庭院，矗立着一排排碑刻，谢阁兰凭直觉认为那是“对十分神圣和十分古老的文字的崇拜”②，与中国文化密切相关。在他的认知中，中国文化（*wénhuà*）是传统精神领域中一种牵涉书写的工作。此外他还受到马拉美的影响，认同“书写（即‘文’*wén*）”具有神性。

【这些碑刻】之体（le Style）是“文（Le Wên）”，看来不是一种“言语”（le langage），因为它在其他言语中不能引起共鸣，也不能用于日常交流。③

1909年9月21日，谢阁兰去到西安，在孔庙发现了著名的“碑林”。这是他第三次与碑刻相遇。他完全折服于碑刻之美，那可能是一种具有双层含义的碑刻，既有永恒之意，又代表神性，谢阁兰对此深为着迷，深信在中国碑刻中找到了“诗”的灵感之源。至此，中国石碑成了谢阁兰构思一种全新的“诗”的模板。他决定把这种艺术形式植入诗歌之中，以汉语“方块字”为主题，创造一种全新的诗体。

具体操作方式是用模压的方法提取中国石碑上的碑文，印在高丽纸上，再在碑文旁边创作法语诗歌。书页的形态是：法语诗歌被框在一个黑色方框里面，诗人想象在一块中国石碑上创作，诗的主题是右上角的“碑文”，法语诗歌对汉语碑文进行注释和解读，而法语诗歌本身也有标题。因此一个页面就是一块碑，一首诗既是诗，也是一块碑。汉语方块字和法语表音文字共同出现，遵循一定的格式被书写在中国碑刻上。“碑”和“诗”合一，“碑”“诗”互通，汉法互释，这种充满想象力的诗歌被称为碑体诗。这是法国文学

① *Ibid.*

② Victor Segalen, « Houa-yin-miao », « Houa-chan, 12 septembre 1909 », p. 876.

③ Victor Segalen, « Préface », *Stèles, Œuvres complètes, op. cit.*, tome II, p. 36.

史上独一无二的诗歌体裁和书写方式。

（二）艺术形式的植入与“碑体诗”的出版

谢阁兰把“碑”作为艺术模板植入法语诗歌中，这可称为“艺术形式的植入”，实际上这也是欧洲的一种艺术创作传统。戴奥菲尔·戈蒂耶的《珐琅器与浮雕玉石》（1852）和何塞—马利亚·埃雷迪亚①的《战利品》（1893）都使用了这种手法。艺术形式的植入同样存在于中国诗歌创作史上，比如在著名的诗文书画中，“诗”常与“画”对话，吴镇的《渔夫》就是很好的例子。

将“碑”植入“诗”中可从两个层面上进行操作：“体”与“魂”。谢阁兰写道：

> 题词与被雕凿的石头，这就是整个石碑，体与魂，体魂交融。②

首先，碑的“体”或称“材质”在谢阁兰的诗集中以多种方式被植入。诗歌四周的黑色方框说明石碑在空间中被切割。方框将“诗”限定在一个她本该存在的空间之中，不同于马拉美所说的“千篇一律的报道”③。诗集的用纸是高丽纸。纸张的使用被视为是对石质上的斑点再现。诗篇片段之间的圆圈代表某些石碑上的圆孔，即“穿”。中国石碑的起源本身与丧葬相关，在某些汉代墓碑上，仍可清晰看到圆穿。至于排版，谢阁兰自称模仿了中国古代特有的平阙书写格式：为皇帝退一个字，为先人退两个字，为上天退三个字。法语诗右上角的铭文拓印自石碑。诗集的纸张规格是按西安的《大秦景教流行中国碑》的1：2.8这一比例来制作的，换言之，纸张长27.9厘米，宽9厘米。

这些细节外行人是看不出来的。读者一般会不习惯，甚至不理解。因此谢阁兰为诗集补充了一份副文本，内容包括序、出版说明、一封信函和参考书目4个部分。他在序里面回顾了中国碑林的历史和相关习俗；出版说明是为1914年第二版增补的，解释诗歌创作规则；信函标题为“致远西的文士”，

---

① 何塞—马利亚·埃雷迪亚（José-Maria de Heredia，1842—1905），西班牙人后裔，帕纳斯派大诗人，十四行诗的大师。——译注

② Victor Segalen, « Préface », *Stèles*, *Œuvres complètes*, *op. cit.*, tome II, p. 35.

③ 马拉美认为诗歌创作需力图与平庸或隐义的普通范畴脱离关系，他将这个普通范畴称为“千篇一律的报道”（l'universel reportage）。——译注

进一步解释创作要旨；最后参考书目是为1912年版本所写，但最终没有收入该版本。

另外，碑的“魂”同样可植入“诗”中，因为“碑”有自身的文体要求。刘勰在《文心雕龙》第十二章“诔碑”中论及“碑”体必须具备“该”“要”“雅”和“泽”四要素：

> 其叙事也该而要，其缀采也雅而泽。①

遗憾的是谢阁兰并未读过此文，所以他主要是模仿文言文来书写。以诗歌《远征》（« Départ »，碑文为“王西征于青鸟之所憩”，图示为“王西征於青鸟之所憩”）为例，类文言文特征体现为：

第一，尽量使用单音节词，比如：*Son âme, c'est vers là que, par magie, Mou-wang l'a projetée en rêve. C'est vers là qu'il veut porter ses pas.* ②（该诗句共26个音节，其中单音节词17个。）

第二，使用古语。谢阁兰在诗歌中使用“influx”（今义为“冲动”）一词的古义“星宿的引力”③，该义在1547年被使用过。

第三，模仿词语的对仗，比如“ici”（“这”）和“là”（“那”）、“la terre”（“地”）和“le ciel”（“天”），等等。

第四，使用文学隐语。《远征》一诗多次运用隐语，讲述具有传奇色彩的周穆王出行的故事。不过必须指出，隐语也是法国诗歌的文体特征之一，马拉美也爱使用隐语，因此很难断定在法国诗人和中国诗人两个群体中，哪个群体在文体上对谢阁兰的创作产生的影响更大。

“艺术形式的植入”还可体现在第三个层面，即“诗集的制作方式”。谢阁兰非常用心地制作《古今碑录》。他一丝不苟，精心设计。诗集本身就是一件无与伦比的艺术品，外观令人联想起中国传统金石拓片的连缀册页，这种制作方式出现于宋代，1822年出版的《金石索》也是同一类型的出版物。谢阁兰从事考古工作，熟悉这一制作方式，所以他把诗集命名为《古今碑录》。

---

① 刘勰撰，詹锳义证：《文心雕龙义证》，上海：上海古籍出版社，1989年，第450页。

② Victor Segalen, « Départ », *Stèles*, *Œuvres complètes*, *op. cit.*, tome II, p. 57.

③ Entrée « Influx », Trésor de la langue française, en ligne: http://stella.atilf.fr/Dendien/scripts/tlfiv5/advanced.exe?8; s = 1955313735.

《古今碑录》留出页面空白，设计上采用活页折叠形式，像手风琴一样，类似于压印本。拓印出来的汉语碑文附加法语诗歌作为注释，因此每块碑给人留下格式完整的感觉。

《古今碑录》的封面和封底用樟木材质制作，用丝带系住，诗集放在一个外裹天蓝绒布的匣子里。这是一部模仿中国传统书籍的作品，也可以说是一本纯粹的中国传统书籍。

1912 年，《古今碑录》[①] 首版在法国遣使会北京主教座堂北堂印刷出版。该版本不对外出售，诗集共有 48 首诗。第一次印刷只印了 81 册（取《道德经》内有 81 首诗这个数字），第二次印刷量是 200 册。1914 年，诗集第二个版本出版，仍然在北堂印刷，不过这次是与巴黎出版商乔治·科雷斯（Georges Crès）合作，为谢阁兰发起的一个韩国基金会筹资。这就解释了谢阁兰为什么使用高丽纸印刷了。第二个版本有 64 首诗，对应《易经》的 64 卦。此后，谢阁兰还出版过其他版本，不过都是在巴黎的新式出版社出版。

三、一部参考明堂的方位和巡狩仪式的“碑体诗”诗集

《古今碑录》分六大碑部，分别是《南面之碑》《北面之碑》《东面之碑》《西面之碑》《曲直之碑》《中之碑》，标题分别含“南面”“北面”“东面”“西面”，各自对应“南”“北”“东”“西”四个方位，而“中”是一个纯粹的中国方位，在西方的地理概念中并不存在。此外，“曲直”是“无方位”之意。这种空间结构的构思借鉴自司马迁（前 145—前 86）《史记》所记载的一种古老仪式。这位伟大的史学家记载了每 5 年一次的舜帝巡狩盛况：

岁二月，东巡狩，至于岱宗，柴，望秩于山川。遂见东方君长，合时月正日，同律度量衡，修五礼，五玉三帛二生一死为挚，如五器，卒乃复。五月，南巡狩；八月，西巡狩；十一月，北巡狩：皆如初。归，至于祖祢庙，用特牛礼。五岁一巡狩，群后四朝。[②]

[沙畹的译文为：*Le deuxième mois de l’année, il parcourut les fiefs dans l’est; arrivé au Tai-tsong, il alluma un bûcher; il fit le sacrifice wang aux*

① 到 1999 年为止，《古今碑录》作为单行本在北京和巴黎共发行了 14 个版本。——译注

② 司马迁：《史记》，北京：中华书局，2014 年，第 28—29 页。

montagnes et aux cours d'eau suivant l'ordre fixé. Puis il donna audience aux chefs de la contrée orientale. Il mit l'accord dans les saisons et dans les mois et rectifia les jours; il rendit uniformes les tubes musicaux et les mesures de longueur, de capacité et de poids; il restaura les cinq rites; les cinq (insignes de) jade, les trois pièces de soie, les deux animaux vivants et l'animal mort lui furent apportés en offrande; quant aux cinq instruments, lorsque tout fut fini il les rendit. Le cinquième mois, il parcourut les fiefs dans le sud. Le huitième mois, il parcourut les fiefs dans l'ouest. Le onzième mois, il parcourut les fiefs dans le nord. Toutes (ces inspections) furent comme la première. À son retour, il se rendit aux temples de son grand père et de son père défunt, et fit le sacrifice rituel d'un taureau. En cinq ans il y avait une inspection des fiefs et quatre réceptions des chefs à la cour. ①]

我们对最后一句的理解是：5 年后，来自东南西北方的诸侯将再次觐见皇帝。《礼记·月令》把这种巡狩仪式迁移至“明堂”（un «Palais de lumière»）之内，皇帝依据四时变化和五行相生系统在明堂的不同方位（即“空间”）接见各路诸侯，以每年第一个月，即春季为例：

孟春之月，日在营室，昏参中，旦尾中。其日甲乙。其帝大皞，其神句芒。其虫鳞。其音角，律中大蔟。其数八。其味酸，其臭膻。其祀户，祭先脾。东风解冻，蛰虫始振，鱼上冰，獭祭鱼，鸿雁来。天子居青阳左个。②

[法语译文为：*Au premier mois du printemps, le soleil est dans la constellation Ingcheu (Pégase) . La constellation Chen (Orion) atteint le milieu de sa course le soir, et la constellation Ouei (la queue du Scorpion) le matin. Les dénominations qui conviennent le mieux aux jours de ce mois sontki. En ce mois, le souverain (qui préside aux opérations de la nature) est T'ai hao; le génie tutélaire est Keoumang. Les animaux à écailles conviennent spécialement à ce mois. La note qui lui correspond est ki, et le tube musical t'ái-ts'eóu. À ce mois correspondent le nombre huit,*

① *Les Mémoires historiques de Se-Ma Ts'ien*, « Annales principales », « remières annalesprincipales: les Cinq Empereurs », traduction d'Édouard Chavannes, Paris, Librairie d'Amérique et d'Orient Adrien Maisonneuve, 1967, tome 1, pp. 62 – 64.

② 《礼记·月令》，《礼记正义》，阮元校刻《十三经注疏》，北京：中华书局，1980 年，第 1352—1355 页。

la saveur acide et l'odeurrance. On sacrifie aux génies tutélaires des portes intérieures; on offre d'abord la rate des victimes. Le vent d'est amène le dégel. Les animaux hibernants commencent à se remuer. Les poissons (qui pendant l'hiver étaient restés au fondde l'eau) montent jusqu'à la couche de glace. La loutre offre du poisson aux esprits. Les oies sauvages, grandes et petites, reviennent. Le fils du ciel demeure: dans le bâtiment latéral situé à gauche (au nord) du Ts'ingiang. ①]

"青阳"是明堂东侧的建筑物。《月令》描写了皇帝依据不同月份改变巡狩方位，这样做是顺应五行相生系统②，以保国泰民安。

皇帝在明堂内巡游的仪式与中国的传统宇宙观有关联，那是一种古老的知识体系（或可称为信仰），它基于一种"以五为基数（quinaire）的体系"③，将现实中的各种因素（比如时令、五行、色彩、动植物和美德等等）联系起来。比如，"西"对应四季的"秋"，对应星宿"太白星"，对应五行的"金"，对应人体内脏的"肺"，对应五味中的"辛"，对应义务意义上的美德"义"，对应动物"马"。这种宇宙观与五行相生系统同向制约。

谢阁兰知道这种仪式的存在，他借鉴明堂巡狩方位来编排自己的诗集，不过他并没有严格遵守方位次序。对于此，我们可以理解为：诗人如同皇帝遵循天道履行仪式一样，他用他的词语使世界象征性地运转起来。这是诗人的天职。

谢阁兰借鉴明堂巡狩方位来对诗集进行谋篇布局，不过诗集所体现的宇宙观和价值观却是诗人自己的。换言之，诗人没有巡视中华帝国的各处郡省，而是通过挖掘"自我"与"他者"关系的各种样态，将每个方位与一个具有"他异性"的形象联系在一起。用谢阁兰自己的话来说，是"从中华帝国向自我帝国的迁移（un « transfert de l'Empire de Chine à l'Empire du soi-même④ »）"。这一广为人知的说法出自他写给朋友亨利·曼斯侬（Henry

① Voir *Li Ki, Mémoires sur les bienfaisances et les cérémonies*, Paris, Les Belles Lettres, Les Humanités d'Extrême-Orient, Cathasia, série culturelle des Hautes Études de Tien-Tsin, 1950.

② Voir Flora Blanchon, *Histoire de Chine*, Paris, Presses de l'Université de Paris-Sorbonne, « Lectures en Sorbonne », p. 57.

③ Voir Anne Cheng, *Histoire de la pensée chinoise*, Paris, Éditions du Seuil, 1997, chapitre 12: « La vision holiste des Han », « Cosmologie corrélative et pensée scientifique », pp. 285 – 287.

④ Victor Segalen, Lettre à Henry Manceron, 23 septembre 1911, *Correspondance*, *op. cit.*, tome I, p. 1246.

Manceron）的函件。

《古今碑录》共六大部分，分别是《南面之碑》（*Stèles face au Midi*）、《北面之碑》（*Stèles face au Nord*）、《东面之碑》（*Stèles orientées*）、《西面之碑》（*Stèles occidentées*）、《曲直之碑》（*Stèles du Bord du chemin*）和《中之碑》（*Stèles du Milieu*）。

《南面之碑》的人物形象是帝王。他象征“理想的自我”，相对于最后一部分《中之碑》的“我”。后者发生自我分裂，成为“他者”。这一构思与兰波的著名论断“我是另一个人”①，以及儒勒·德·高勒蒂耶提出的“包法利夫人主义”② 都有关联。在福楼拜的《包法利夫人》中，女主人翁包法利夫人一直被文学批评界视为情感小说的代表性女主角。在谢阁兰的诗集中，“我”出现分裂，旨在探索“我”如何在自身之外以福楼拜小说女主人翁的方式行动。

《北面之碑》的人物形象是“朋友”，这是“他者的第一种样态”。第四部分《西面之碑》出现的是与朋友相对的“敌人”。第三部分《东面之碑》的主角是“女性”——“具有他异性的第三种人物形象”。最后《曲直之碑》讨论的是“具有他异性的第四种形象”——“自然”。谢阁兰曾在另一部作品《自然的异国情调》中提及自然是“他异性的一种最佳形象”③，很值得分析和讨论。

四、六个方位的“碑体诗”的蕴意

下文将按照《古今碑录》的编写顺序，对六个方位的诗歌进行解读。

（一）《南面之碑》——诗述帝王——“理想的我”

如前所述，《南面之碑》的人物是“帝王”。在中国传统文化中，帝王总是与南面有关联。

---

① Arthur Rimbaud, Lettre à Paul Demeny, 15 mai 1871.

② Voir Jules de Gaultier, *Le Bovarysme. La psychologie dans l'œuvre de Flaubert* (1892), Paris, éditions du Sandre, 2007, ou *Le Bovarysme: essai sur le pouvoir d'imaginer* (1902), Paris, Presses de l'Université Paris-Sorbonne, « Mémoire de la critique », 2006.

③ Voir Victor Segalen, « L'exotisme de la nature », *Essai sur l'exotisme*, *Œuvres complètes*, *op. cit.*, tome I, pp. 755 – 757.

子曰：无为而治者，其舜也与？夫何为哉，恭己正南面而已矣。①

［法语译文为：*Le maître dit: N'est-ce pas Shun qui gouverna véritablement par le non-agir (wúwéi 无为)? Comment agit-il, en effet? Il se plaça simplement avec gravité et révérence la face tournée vers le sud (nánmiàn 南面), ce fut tout.* ②］

在诗歌里面，帝王和诗人是一结合体，也是碑录的灵魂人物。他通过颁布一系列政令来建构一个虚构的帝国。第一步为王朝确定名称，这显然与孔夫子主张的良好管治需要“正名”③ 的想法有关。于是帝王诗人在第一首诗《无年号》（*Sans Marque de Règne*，碑文为“无朝心宣年撰”，图示为“”）中确定“年号”，然而命名过程相当滑稽。从碑文“无朝心宣年撰”可以看出，王朝的名称是“无朝”，“年号”是“心宣”。诗歌的碑文非常值得琢磨，或许可以翻译成“Composé（*zhuàn* 譔）l'année «Promulgation-du-cœur»［sous la dynastie］«Sans-Dynastie»”④，这到底是什么意思呢？法语诗歌作为注释，可以为读者解开谜团，而理解碑文的逻辑仍然是“从中华帝国向自我帝国的迁移”。根据这一逻辑，作者的用意是用一种内在的、想象的心灵统治来取代外在的、真正的政治统治。的确，年号是“独一无二的年号，无日期，无结束，只可意会不可言传，人人可听从内心加以建构，并致以敬意”⑤。确定朝代和年号之后，该任命官员，于是有了《任命》（*Nominations*，碑文为“封官”，图示为“”）和《三曲远古颂歌》（*Les Trois hymnes primitifs*，碑文为“作咸池之乐”，图示为“”）两块碑和两首碑体诗。

接着，帝王诗人通过《一万年》（*Aux Dix Mille Années*，碑文为“万岁万万岁”，图示为“”）和《行军令》（*Ordre de Marche*，碑文为“万里万万里”，图示为“”）两首诗分别为自己的虚构帝国圈定时空范围。然后帝王诗人必须确立帝国的价值观，他在好几个碑中思考了宗教、伦理和价值观。他

① 《论语·卫灵公》，朱熹：《四书章句集注》，北京：中华书局，1983 年，第 162 页。

② *Les « Entretiens » de Confucius*, *Philosophes confucianistes*, Paris, Éditions Gallimard, « Bibliothèque de la Pléiade », 2009, traduction de Charles Le Blanc, chapitre XV: Le Duc Ling de Wei, 5, p. 174.

③ *Les « Entretiens » de Confucius*, *Philosophes confucianistes*, Paris, Éditions Gallimard, « Bibliothèque de la Pléiade », 2009, traduction de Charles Le Blanc, chapitre XIII: « Le disciple Zi Lu », 3, p. 150.

④ 逐字回译成汉语，大意是：在“无朝代”撰写“心的颁布”年。——译注

⑤ Victor Segalen, « Sans marque de règne », *Stèles*, *Œuvres complètes*, *op. cit.*, tome II, p. 48.

提到基督教、景教、佛教和道教（道教似乎更为诗人所接受），在《致理性》（*Hommage à la raison*，碑文为“其国无师长，其民无嗜欲”，图示为“”）中，他也审视了哲学。

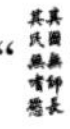

最后，《敕令》（*Décret*，碑文为“钦此”，图示为“”）一诗作为《南面之碑》的压轴诗，既是整个《南面之碑》部的诗歌模板，又悖论式地宣布这种模式是无效的。末尾诗句是：« Honorez du titre souverain l'Empereur qui aurait pu l'être, et qui ne daigne point promulguer d'autre édit. »[①]（把君主的称号给予本该是君主却不屑于颁布其他诏书的帝王吧。）

事实上，帝王和《南面之碑》建立的帝国都不可能存在，因为每一块碑的内容都具有一种内在解构逻辑，比如上述第一块碑《无朝心宣年撰》。同理，宗教碑的诗文也是充满悖论，《万岁万万岁》碑的诗文探寻一种永恒的毁灭性时间，《万里万万里》碑的诗文讨论一个没有边界但却被运动所限定的空间。

（二）《北面之碑》——诗述朋友

《古今碑录》第二部分塑造了第一个具有“他异性”特征的人物：朋友。谢阁兰在此参考了《礼记·昏义》的“五伦”[②]。

> 孟子曰：父子有亲，君臣有义，夫妇有别，长幼有序，朋友有信。[③]
>
> （顾赛芬的译文为：*[A]ffection entre le père et le fils, justice entre le prince et le sujet, distinction entre le mari et la femme, gradation entre les personnes de différents âges, fidélité entre les amis.* [④]）

谢阁兰在第三部分《东面之碑》中写了《五伦》（*Les Cinq Relations*，碑文为“夫妇有别”，图示为“”）一诗，阐述对社会关系的看法和对朋友关系的理解：

---

① Victor Segalen, « Décret », *Stèles*, *Œuvres complètes*, *op. cit.*, *Ibid.*, p. 93.

② *Li Ki, Mémoires sur les bienfaisances et les cérémonies, op. cit.*, tome II, p. 642.

③ 《孟子·滕文公上》，朱熹：《四书章句集注》，第 259 页。

④ Voir *Meng tzeu*, *Les Quatre Livres* (1895), livre III, chapitre I, traduction de Séraphin Couvreur, Taipei, Kuangchi Press, 1992, pp. 424 – 425.

Du père au fils l'affection
Du prince au sujet la justice
Du frère cadet à l'ainé la subordination
*D'un ami à son ami, toute la confiance, l'abandon, la similitude*①

大意是：父子间有亲情；君臣间有正义；兄弟间有长幼；朋友间有信任、有舍弃、有心性相似。

在《北面之碑》的诗歌《明鉴》（*Miroir*），碑文为“人以铜为镜，人以古为镜，人以人为镜”，图示为“”）中，谢阁兰直接将朋友喻为“明鉴”：

Son visage-mieux qu'argent ou récits antiques-m'apprend ma vertu d'aujourd'hui. ②

（他的面容胜过宝鉴和史书，照出我今日的美德。）

此外，挚友应该给人一种彻底放松和愉悦的感觉。《写给他》（*A celui-là*，碑文为“秘园”，图示为“”）一诗云：

À celui-là [...] [j] e propose ma vie singulière. ③

（给他［……］我特别的人生。）

即便如此，朋友之间还是可以体会到背叛。诗人在《印模》（*Empreinte*，碑文为“班瑞于群后”，图示为“”）一诗以“虎符”为意象描写了这种体验。虎符是古代中国君臣调兵遣将之约。虎符一分为二，一半留中央，一半交给将帅，两只虎符同时合并才能调动兵马。当君主的信使将虎符送到时，将军需验明虎符的真伪：

Affrontons la double fidélité.

---

① Victor Segalen, « Les Cinq Relations », *Stèles*, *Œuvres complètes*, *op. cit.*, tome II, p. 127.

② *Ibid.*, « Miroirs », p. 102.

③ *Ibid.*, « A celui-là », p. 110.

Hélas! Oh hélas! Les contours ne s'enferment plus; les coins se heurtent et les creux teintent le vide. ①

（让我们合拢双方的忠诚吧。啊！哦，啊！边缘无法缝接，边角无法吻合，榫卯错位。）

《假玉》（*Jade faux*，碑文为“君子耻其言而过其行”，图示为“君子恥其言而過其行”）一诗也讨论友谊遭受考验的问题。

如何避免友谊变质，谢阁兰的解决方案是：接受现实，让他者（朋友）——他本人——发生形变，致友谊于死而后生。诗人在《远景》（*Des lointains*，碑文为“死朋生友”，图示为“死朋生友”）中表明态度：

Notre vieille amitié se tient entre nous comme un mort étranglé par nous. [...]
Ha! Hardiment retuons-là! Et pour les heures naissante, prudemment composons une vivace et nouvelle amitié. ②

（过去的友谊如同一具被我们扼死的死尸，横在我们之间［……］啊！勇敢地再次杀死它吧！让时光重生，用心呵护，谱写一段忠贞不渝的新友情。）

同样，《吸血鬼》（*Vampire*，碑文为“之死而致死之不仁，之死而致生之不知”，图示为“之死而致死之不仁之死而致生之不知”）和《忠实的背叛》（*Trahison fidèle*，碑文为“求友声”，图示为“求友聲”）两首诗都论及如何面对朋友的背叛。在司马迁的故事中，伯牙因失知音而绝琴，诗人不同，即使今非昔比，友情已逝，朋友离世，背叛诗人，可诗人依然抚琴……

Même auprès de cet autre que voici, c'est encore,
*C'est pour toi seul que je joue*③

（即使伴随着他，我依然为你一人演奏。）

---

① *Ibid.*, « Empreinte », p. 99.

② *Ibid.*, « Des lointains », pp. 107 – 108.

③ *Ibid.*, « Trahison fidèle », p. 113.

在此诗句中，“他者”并非另一位朋友，而是背叛诗人的那位朋友，然而他已经变成了“他”，诗人最终选择宽恕。由此可见，谢阁兰的“多样”（le divers）思想也可运用于对友谊的理解。

（三）《东面之碑》——诗述女性

在中国传统文化的五伦中，“夫妇”之间或泛化为“男女”之间（如《礼记》就提及“男女”）是有“别”的。所谓“别”，即“他”“不同”。女性是他异性或多样性的象征。谢阁兰写道：

Mais pour elle [...] [j] e lui dois par nature et destinée la stricte relation de distance d'extrême et de diversité. ①

（可是对于她［……］，我不得不出于天性和她保持疏远和多样性的严格关系。）

在欧洲人的想象中，东方指向“他异性”，或许正因如此，谢阁兰把女性放在“东面”。

诗人在朋友身上体验到背叛，也同样在女性身上感受到“不协调”。② 男人接近女人时，无一例外地感受到一种恐惧，如同面对“一张狻猊般的恐怖面孔”，用谢阁兰的话来说是“菩萨庙堂里的狮子”③，或如同面对“一团泥巴”④。

男人感到失望。在诗篇《取悦她》（*Pour lui complaire*，碑文为“撕绸倒血”，图示为“倒撕血绸”）中，诗人使尽浑身解数，吸引她的注意，可是换来的是她吝啬言语，仅“莞尔一笑”⑤ 而已。

若说爱情有解药，那只有一种，就是维持女性的“多样性”（谢阁兰的惯用语），意思是把爱的关系置于外“形”，千万莫触及其本质。

---

① *Ibid.*, « Les Cinq Relations », p. 127.

② Terme employé parfois par Segalen (dans *Briques et Tuiles*, dans *Équipée*) pour désigner la prise de conscience d'une différence (le contraire d'« accord »).

③ Victor Segalen, « Visage dans les yeux », *Stèles, Œuvres complètes, op. cit.*, tome II, p. 133.

④ *Ibid.*, « Mon amante a les vertus de l'eau », p. 139.

⑤ *Ibid.*, « Pour lui complaire », p. 130.

[Je] ne supplie de toi que l'apparence, la forme qui te hante, le geste où tu te poses, oiseau dansant. ①

（［我］仅祈求你的表面，迷人的外形，曼妙的身姿，莺声燕语。）

其实，谢阁兰在论友谊的《北面之碑》中已经清楚交代过这个问题。《北面之碑》有《无错》②（*Sans méprise*）一诗，碑文为“东向形，北向心”，图示为“北東向向心形”，已影射“东边是女性，北边是友谊”之意。“东”（女性）向其“形”（表面）即可；“北向心”，即对于“北”（朋友，不论男女）都需要用心。

尽管谢阁兰对待爱情的态度相当洒脱，但是在《东面之碑》中，还是有一首另类的诗歌：《乐石》（*Pierre musicale*，碑文为“乐石”，图示为“樂石”）。这首诗一反谢阁兰的“差异”或“多样”态度，叙述中国传统故事萧史弄玉，讴歌美好的爱情。

（四）《西面之碑》——诗述“敌人”与《曲直之碑》——诗述“自然”

“敌人”不属于中国古代文学史部收录的主题，在欧洲，这一人物形象也不为英雄史诗和骑士文学所提倡，因此《西面之碑》的诗歌不是中法文学的传统内容。这部分诗歌的创作主要是受尼采影响，主张战斗，诠释生命的价值。以《刺刀所向》（*Du Bout du sabre*，碑文的图示为“↑”）一诗为例，诗人在赞颂生命的活力之余也对生命进行解构。诗歌的主角是蒙古士兵，代表一种与中央帝国相对的“他异性”，站在西方人的角度看，是“差异”中的“差异”③，是多样的表现。

谢阁兰给《曲直之碑》补充的法语注释是“*Stèles du Bord du chemin*”，意为“路边之碑”，没有方位，有“离题”之意。“无方位”是谢阁兰对五行相生系统中的五个方位基点的创造性的补充。

“曲直”一词由意义相反的两个字组成。在汉语中，很多词汇的构成都是

---

① *Ibid.*, « Supplique », p. 145.

② *Ibid.*, « Sans méprise », p. 70.

③ Voir Su Xian, « Accomplir sa vie du bout du sabre », *Cahiers Victor Segalen*, n° 3, *Lectures chinoises de Victor Segalen*, Paris, Éditions Honoré Champion, 2017, pp. 115 – 131.

这样的，用以表达一个抽象的意义，比如泛指风景的“山水”。不过谢阁兰的“曲直”与“真假”在构词法上更为接近，表达人生面临的两难选择，再次说明谢阁兰美学思想中的“差异”或“多样”思维。在这部分碑体诗中，最能体现这一美学思想的是《给旅者的忠告》（*Conseils au bon voyageur*，碑文为“行路须知”，图示为“行路须知”）一诗。

《曲直之碑》的诗绝大部分是描写中国风景，比如《黄土地》（« Terre Jaune »，碑文为“上平下乱”，图示为“上平下乱”）和《隘口》（*La Passe*，碑文为“阴阳界”，图示为“阴阳界”）两首。最后一首诗《神道之碑》（*Stèle du chemin de l'âme*，碑文为反写的“神道帝之文皇太祖”，图示为“神道帝之文皇太祖”）则是《曲直之碑》和《中之碑》的连接点，在两部分碑体诗之间起着承上启下的作用。诗歌标题的“神道”意为通往坟墓的死亡路径，实际上对于诗人而言，是指自我从肉体中挣脱出来，走向内心——深入“灵魂”，即最后一部分《中之碑》要探讨的主题。

《神道之碑》的碑文采用“反写倒书”的方式，这是中国书法史上的一种偏离式书写风格，谢阁兰在整理南朝古墓的文献时已经了解到这种书写风格。①“反写倒书”可以理解为“从外向内转化”，谢阁兰在诗歌中说：

C'est clairement, pour être lus au revers de l'espace. ②

（显然，需要翻转空间才能读到。）

（五）《中之碑》——诗述“多样的我”

《中之碑》是对“自我”的探索，兼有回顾之意。谢阁兰在《古今碑录》的前言中写道：

碑如同翻转的石板或雕刻在看不到的脸庞上的拱门，用印章在土地上打上烙印。③

此处的“我”已不再是第一部分《南面之碑》中叙述的“理想的我”。

① Voir Mathias Tchang, « Tombeau des Liang, famille Siao-Première partie: Siao Choen-tche », *Variétés sinologiques*, Chang-hai, Imprimerie de la mission catholique, n° 33, 1912.

② Victor Segalen, « Stèle du chemin de l'âme », *Stèles, Œuvres complètes, op. cit.*, tome II, p. 215.

③ *Ibid.*, « Préface », p. 39.

“我”不是笛卡尔式的自主“主体”，能与“异化了”的心理构件——北面的朋友、东面的女性和西面的敌人——保持距离，保证自身的完整性，相反，“我”处于“多样”的中心。在诗歌《“南面”迷失》（*Perdre le Midi quotidien*，碑文为“为自难”，图示为“為自難”）中，谢阁兰写道：

Tout confondre, de l'orient d'amour à l'occident héroïque, du midi face au Prince au nord trop amical, pour atteindre l'autre, le cinquième, centre et Milieu, Qui est moi. ①

（一切皆混沌，从爱情的东面到英雄的西面，从面向君主的南面到昭示友谊的北面，——要触及他者，第五者，中者，这就是我。）

“我”在多样的中间，正是“多样性”本身。这一“多样性”常在诗人心情不佳之时出现，比如在《记忆之珍宝》（*Joyau mémorial*，碑文为“记珠”，图示为“記珠”）一诗中：

Je vois un homme épouvanté qui me ressemble et qui me fuit. ②

（我看到一个心事重重的男子，他像我，他回避我。）

于是，“我”试图在《紫禁城》（*Cité violette interdite*，碑文为“紫禁城”，图示为“紫禁城”）和《赞歌与逊位的权力》（*Éloge et pouvoir de l'absence*，碑文为“篣颂”，图示为“篣頌”）两首诗中独处。

如此一来，“我”的“内在多样性”便以顺从的方式实现了，如诗歌《致暗藏的魔鬼》（*Au Démon secret*，碑文为“心师之神”，图示为“心師之神”）中所述：

Puisqu'il le faut, ô Sans-Figure, ne t'en va point de moi que tu habites. ③

（既然必须如此，哦，无形者，别离开我，驻留吧。）

---

① *Ibid.*, « Perdre le Midi quotidien », p. 222.

② *Ibid.*, « Joyau mémorial », p. 229.

③ *Ibid.*, « Au démon secret », p. 234.

那么，谢阁兰的“多样性”到底是什么呢？一方面，“我”与帝王——秩序的象征——有关，用精神分析学的术语来表述，是“超我”；另一方面，欲望的无序——无意识的——如同一股离心力在“我”的内心翻腾。谢阁兰在好几篇碑体诗中叙述过欲望的释放，比如《奔狂的战车》（*Char emporté*，碑文为“駉駉牡马，在坰之野”，图示为“在駉駉之牡野馬”）。

结 语

综上所述，《古今碑录》呈现了一种思想张力：一方面是渴望秩序，渴望一种既定的秩序，它雕刻于不变质的石碑之上；另一方面是“多样”的躁动。后者似乎在谢阁兰的内心深处占了上风，因为他在最后一首诗《隐藏之名》（*Nom caché*，碑文为“讳名”，图示为“諱名”）的结尾写道：

*Fondent les eaux dures, déborde la vie, vienne le torrent dévastateur plutôt que la Connaissance!*①

（宁愿冰雪融化，生命泛滥，激流奔腾，也不愿神志清醒！）

① *Ibid.*, « Nom caché », p. 268.

认知危机与美学实现

——对谢阁兰小说《天子》的阐释

邹　琰

维克多·谢阁兰是一位与中国有着密切联系的法国作家。他的《古今碑录》《勒内·莱斯》及《出征》等作品都已经受到众多汉学家、文学评论家的重视，相关评论甚多。然而，《天子》这部小说或许是因为谢阁兰去世时尚未完稿，所以仍处于待发掘的状态。其实，就其重要性和文学性而言，《天子》不仅不输于谢阁兰的其他中国题材作品，而且，用杰拉尔·马瑟的话来说，是一个"生殖力旺盛的子宫"，孕育了其他作品。[①] 它集中体现了谢阁兰的多样美学理论，体现了他在认知与美学上的探索。

一、历史、真实和想象

《天子》在整理出版时题为《天子——君王编年史》，讲述清朝光绪皇帝的史事。然而谢阁兰对这本他"期待已久"的小说从名字到形式都经历了反复酝酿和再三斟酌。1909 年 8 月 2 日，谢阁兰第一次来中国不到 2 个月，就在给妻子的信中宣称："……昨晚，我在中国第一本书的巨大、唯一的主人公就在这诞生了：皇帝。"[②] 应该说，谢阁兰之所以这么迅速地就有了关于《天子》的构思，是之前的各种准备和积累所致，比如说他在巴黎的学习，以及与一些对中国感兴趣的作家的交往。中国古老的历史，以及皇帝这个人物的神秘和象征意义，像吸引所有外国人一样吸引了他。皇帝，这个"不死之人""不断重生之人"，"一切都被他想到了，都为着他想，都想着他。这是禁宫异

① 杰拉尔·马瑟：*Ex libris*，第 114 页，转引自伊冯娜·Y. Hsieh：《谢阁兰与中国的文学碰撞：中国模式，西方思想》，多伦多：多伦多大学出版社，1988 年，第 202 页。

② 谢阁兰：《中国书简》，巴黎：布龙出版社，1967 年，第 122 页。

域情调，高傲、杰出、传奇、传统、文雅，因为，在中国，一切都又变成了他的东西。他无所不在，无所不知，无所不能”。[①] 皇帝身上集中体现了中国的整个历史，凝聚着帝国的命运。谢阁兰一开始正是想把皇帝作为一个象征性的人物，以这“独一无二”的人面对他的国家时的态度来描写这禁宫异域情调。

然而，随着谢阁兰在中国旅行的深入，以及对中国了解的深入，他的态度和创作方向产生了变化。一开始，谢阁兰是要避开具体历史的束缚，不想将小说固定在特定的历史背景里，所以他只是笼统地以“所有皇帝的整个历史”为题材，换言之，谢阁兰并不想把它写成历史小说。然而，1909 年 10 月 24 日，谢阁兰说要“把书写成《光绪皇帝传》”。[②] 11 月 8 日，他将《天子》具体化了，“假装这本书是光绪年间一个官方修史官写的”。[③] 我们现在所看到的整理出版的手稿，分为两部分，一部分是皇家修史官记载的事实，另一部分是专门记载皇帝言行的修史官的评论。书中提到的大部分事件，如义和拳运动、百日维新、慈禧出逃、光绪遭软禁等，都是谢阁兰从当时的历史事实中汲取的，主要人物也都是以真名出现：慈禧太后、光绪帝、康有为、翁同龢、李莲英等。在《天子》手稿的边上，谢阁兰还注着：“不要离开光绪时期的表面历史和所有外部事实……”[④]

但是，不要忘了，谢阁兰是 1909 年 5 月 25 日到香港的，而这时慈禧已去世 1 年。对于皇宫内发生的大部分事实，谢阁兰是无从知晓的；而且，在手稿正文第一行前，谢阁兰还加了这样的注释：“在编年史角度，我要完全从历史中挣脱出来。文本不可能长达 19 年（1889—1908 年）！因此……我保留成年时期，第一部分 2—3 年，逃亡 1 年，第三部分 1—2 年，也就是总共长达 4—6 年，就设为 5 年吧，让他在 22 岁去世，这会比较好，比较方便我……”[⑤]

因此，《天子》是一部交织着历史和想象的小说。谢阁兰从同时代的历史事实中获取灵感、汲取养分，将之编织成为自己小说的题材；同时又将自己

① 谢阁兰：《中国书简》，第 122 页。

② 同上，第 192 页。

③ 同上，第 206 页。

④ 谢阁兰：《天子》，《谢阁兰全集》第二卷，巴黎：罗贝尔·拉封出版社，1995 年，第 447 页。

⑤ 同上，第 447 页。

的想象与这一历史事件糅合在一起，以想象去诠释历史，借历史发挥想象，达到自己的写作目的。

历史与想象原本对立，然而在谢阁兰看来却并行不悖。对谢阁兰来说，美正存在于历史与想象的对立张力之中。两者互为异质，其对立并存产生了谢阁兰所坚持的多样美学。为其中一者而牺牲另一者，都会陷于同质，都会使美变得残缺不全。谢阁兰在《出征》中提出过一个生动的譬喻："两兽相向，嘴对着嘴，争夺着一枚朝代不可辨认的钱币，左边是一条颤抖的龙……这是想象，他的风格是隐蔽的。右边是一只躯体颀长、灵活的虎……这是现实，总是很自信……"① 谢阁兰正是在这历史与想象的张力中寻求到了统一，也让作品自始至终保持着张力，而这一点正符合了谢阁兰所坚持的多样美学。

在历史和想象之间的徘徊选择，既表明了谢阁兰的美学观点，也凸显了他在认识论上的立场。谢阁兰说："我是先感知中国，再了解中国，将彼此糅合然后确定下来。"② 感知的结果是主观想象的发挥，而了解的深入则有了历史事实的描绘。历史是其想象的现实出发点，想象是历史事实的升华，是诠释历史的新方式。对谢阁兰来说，历史和想象都是他认识中国、认识未知的途径。正如在他后来的小说《勒内·莱斯》里，"我"用尽了各种方法尝试了各种手段试图进入紫禁城，当不得其果时，"我"便将自己的想象投射到一个名叫勒内·莱斯的人身上，借他之口将"我"的想象一一变为现实。对谢阁兰来说，真实是如此难以接近，只有让已了解的部分历史真实与想象同时发挥作用，才可以得到个模糊认识。这就像在《天子》中，光绪皇帝不停地追问"城墙之外是什么呢?"，不停地想挣脱时间的枷锁，跳出他的年号"光绪"（即光荣延续）所限定的历史时间界限，然而光绪所做的种种努力，不管是根据已有的文献、他人的描述进行想象，还是自己实际的抗争行动，都以失败告终。这也正如《勒内·莱斯》中"我"欲跨越护城河、探索紫禁城内的世界而不可得一样。所不同的是，《勒内·莱斯》中是"我"欲深入紫禁城内部世界，而《天子》中，光绪是极欲得知在局限了他的空间（紫禁城）和时间（"光荣的延续"时期）之外的外部世界。相比起来，光绪的探索认知则更具哲学意义，他不仅想追问有形认知界限"城墙"外的世界，更想探求无形的认知界限"光荣延续"之外的世界。光绪的探索，反映了谢阁兰对

① 谢阁兰：《出征》，《谢阁兰全集》第二卷，第319页。

② 谢阁兰：《中国书简》，第160页。

认知极限的探索。但正像那枚龙虎相争的钱币“朝代不可辨认”一样，这是难以企及的。秦海鹰在其博士论文中就指出，那是无法接近的“未知”，是超验的彼岸。[①] 现实与想象之间的龙虎斗正反映了谢阁兰在认识道路上的拼搏，也反映他在认识终极上的不可知论和危机。

二、多元的叙述

《天子》的叙述方式也极具特点。一开始，谢阁兰便让“他者”自己说话，而不是自己越俎代庖，他“假装这本书是光绪年间一个官方修史官所作”，从而把自己的声音从人前抹去，这一点，就像他在《悠悠远古》中让毛利人自己开口一样，是符合他的多样美学理论的。然而，在《天子》中，除了这位编史官之外，谢阁兰还构思了另外一名专门记载天子一言一行并加以评论的史官。此外，文中还插入了谢阁兰假托光绪所做的散文和诗歌。于是，小说便有了多个不同的叙述声音，在不同的叙述者之间跳跃起伏。在这么多叙述者中，光绪的个人编年史官占据了极其重要的位置。伊冯娜 · Y. Hsieh 在她的博士论文中对这名叫 Wow K'o-Leang 的特殊史官在小说中起的作用做了精辟的分析。她认为这名史官体现了委婉的艺术。[②] 尽管秘密史官所记载的，“不论是臣民抑或是诸侯都永远无从得知”，然而，因为这位史官“受不同的权力控制”，要“删去一切宜删去的东西”，要“适当地得知应当得知的东西”，可想而知，Wow K'o-Leang 所记的一切只能是以“颤抖的笔”记下来的、经过修饰的事件。[③] 因此，在这位编年史官笔下纵观的历史事实，都是委婉地表达出来的。譬如，慈禧太后率领清廷出逃，在史官笔下成了“伟大的出巡”；甲午战争失败后签订的《马关条约》明明是割地赔款丧权辱国，然而在史官的修饰下，却成了“侏儒（日本人）即兴接受了他们之前拒绝的馈赠”，割出的地变成了“布满毒蛇和野人的蛮荒之地”辽东；慈禧太后对光绪皇帝一言一行的控制在史官笔下则变成了一个无微不至的母亲对她的孩子日常的指点迷津，诸如此类的例子不胜枚举。伊冯娜认为在史官这个叙述者上

---

① 秦海鹰：《超越东西方——谈谢阁兰诗作中对“绝对”探索》，《法国研究》1983 年第 1 期，第 9—20 页。

② 伊冯娜 · Y. Hsieh：《谢阁兰与中国文学的碰撞：中国模式，西方思想》，第 200—218 页。

③ 谢阁兰：《天子》，《谢阁兰全集》第二卷，第 330 页。

完美地体现了这一委婉的艺术，它不仅符合中国语言的艺术，也符合中国皇权至高无上的传统文化。谢阁兰通过官方的婉言，将“内容和形式完美地结合了起来”。[1] 亨利·布耶也在《天子》前言中称赞这种婉言艺术，指出“欧洲读者能很好地从语言中分辨出潜语言，从委婉和曲言中发现真相”。[2]

然而，笔者认为，史官这个叙述者的意义还并不止于此。对于追求相异性的谢阁兰来说，事物的多样性是美的体现。但是事物的多样性本身是需要去感知、去认识的，认识的不同导致了事物的本来面目产生了各种变化。随着认识的深入，事物本来面目慢慢浮出了水面，它的多样性也慢慢随之消失。如何才能保持事物的多样之美？谢阁兰在文中设置了多重的叙述声音，不同的叙述者对同一件事看法也不尽相同；事物因之有了多重的认识角度和多重意义，事物的真实面目也就永远处于各种认知的对立张力之中，由此产生了多样性的美。比如，当光绪看见自己的替身，写道：“他们抓了一个人！他们给他穿上了我的衣服！……朕，皇帝，朕，独一无二，他们却复制了我这个人……”；而史官却只评论：“非常平整、有韵律的诗歌，文字的对仗突出了主体的对立”。[3] 两个叙述声音是如此不同，光绪满心悲愤，而史官的评论却平淡乏味，无视光绪内心的真正想法。前者感情恣肆，后者收敛；前者深沉，后者浅白；如此的对立使事情处在悬疑的张力中，产生奇诡的多样美。

此外，引入多个叙述者不仅是出于追求“异”的美学需要，也有认识论上的考虑。对于一个如谢阁兰这样的局外人，如何可能突破认识的高墙，进入禁宫深处，乃至人的心灵深处？他除了通过道听途说了解些只鳞片爪，就只能是通过阅读前朝史官所记载的王朝历史来推测。这也就是他为什么借史官之口来叙述。但谢阁兰也深知史官所记载的是有所保留的，并不完全就是事件的真相。亨利·布耶说欧洲读者能“从委婉和曲言中发现真相”，笔者对此不完全赞同。读者也许能敏锐地体会出其中的讽刺意味，然而想要从中发现事情的真相恐怕不是那么容易，倘若是一个对中国历史不甚了解，不知垂帘听政、百日维新、马关条约为何物的欧洲读者，那就更难上加难。在谢阁兰看来，“帝国的本质便寓于被重重围墙包裹着的魔力之中……而我进不

① 伊冯娜·Y. Hsieh：《谢阁兰与中国文学的碰撞：中国模式，西方思想》，第200—218页。

② 谢阁兰：《天子》，《谢阁兰全集》第二卷，第324页。

③ 同上，第359页。

去"[1]，也无法真正理解。多个叙述者的设置，正是谢阁兰感到真相不可知时采取的策略。不同叙述者对同一事件的不同看法，折射出谢阁兰的认识不可知论。

三、"自我"与"非我"

兰波说："我是另一个人（Je est un autre）。"没有谁比谢阁兰更深刻理解这句话的了。谢阁兰对异者、对他乡的了解和描绘，是为了更好地了解自我，了解此在。然而，"自我"既是认识的主体，又如何转变成认识的客体和认识的对象的呢？"自我"在这就有了分裂性的矛盾，有了同一性的危机。而在《天子》中，最能体现这一点的，莫过于光绪与其替身之间的关系了。光绪每回违背传统，犯下过失，便有一个替身代替光绪来受过。当替身站在光绪面前，"一个和另一个长久地面对着面"。光绪，这个至高无上、独一无二的皇帝，"天子"，居然有另外一个人穿着和他一样的龙袍，生就和他一样的脸，和他一样的举止，坐在他的龙椅上，甚至享用他的嫔妃，大臣们就像匍匐在他面前一样匍匐在这个人面前。这样的情景，皇帝害怕了，"哭了"，他逃避这个替身，像逃避一面"不见底的和没有影像"的活的镜子。[2]

皇帝之所以害怕，是因为这个人盗窃了他的存在，尽管这个替身的存在原本是为了代替光绪去面临所要受到的侮辱，然而这个替身本身却构成了对皇帝更大的侮辱。因为他让皇帝——天之子——这个独特个体的神圣唯一性的光环消失殆尽，让皇帝对自身存在感到了怀疑。光绪认为这个替身比他自己更真实，不仅仅只是真正的皇帝的影子而已。光绪最终通过这个替身认识到自己不过也是个替身，是之前的四千多年历史当中所有皇帝选出来延续历史的替身而已，他真实的个人存在早已消解在历史当中："有一个人四千年来不再是一个人，他叫天子。"[3]

个人的存在危机，不仅体现在光绪与其替身的关系上，也体现在光绪的唯一爱人彩玉身上。这个人物是谢阁兰虚构的，凭借她的爱，光绪才能真正

① 谢阁兰：《勒内·莱斯》，《谢阁兰全集》第二卷，第457页。
② 谢阁兰：《天子》，《谢阁兰全集》第二卷，第359页。
③ 同上，第390页。

感到自己存在。然而当替身出现时，“她不在了”。[1] 当光绪晚上翻妃子的名牌，叫彩玉来陪他的时候，出现的却是另外一个叫彩玉的妃子。光绪极其忧伤地写道：“我用名字来找她——但另一个人窃取了这个名字。”[2] 这极具寓意的情节是否暗示我们个人的存在与名称之间的联系？被称为“天子”的人四千年来也有无数，光绪除了是“天子”之外，什么也不是。如果没有“天子”这个名称，其个人也将不存在。

这种对自我存在的质疑、对自我认同的危机，并不仅仅是光绪皇帝一个个案而已。正如亨利·布耶在前言中指出，光绪皇帝不过是诗人自己的隐喻[3]；光绪皇帝所感受到的存在危机也是谢阁兰自身的体验。在《出征》的第25章中，谢阁兰又一次写到了自我与另一自我的对视。个人在这分裂了，分裂成“自我”和“另一个”，彼此对视。

光绪的替身是在光绪试图冲破历史传统，冲破认识极限而受罚时出现的，这是否意味着，认知的极限便是对自我的认知？而自我在这认知的极限上其本身是分裂的？光绪在这种种抗争中失败了，便转过身，回到过去的年代，装成明朝崇祯皇帝，叫乐师演奏前朝的音乐。这是对现实的逃避，还是对自我分裂的逃避？就像《出征》中的第25章中，当“我”与另一个我相遇在“旅行的最远方”，而在相遇之后，“我转向归程”。[4] 为什么在“我”与另一个我鼻尖对鼻尖对峙之后，他便要转向归程？他的名言不是“由中华帝国向自我帝国的转移”吗？既然已经到达了自我帝国，那为何又要在看见另一张面孔时改变方向，“转向归程”？或者，在谢阁兰心底，他其实是惧怕自我的分裂的？菲力普·扎赫就撰文分析过《勒内·莱斯》中“自我帝国”的同一性危机，并借用布律诺·吉拉斯的结论，认为谢阁兰作品中，“对相异性的狂热追求后面隐藏着对自我的逃避；在对多样性和差别的渴望后面隐藏着秘而不宣的对同一性的怀恋”。[5] 而在《天子》中，这种自我认同的危机体现得更

---

① 同上，第359页。

② 同上，第416页。

③ 同上，第323页。

④ 谢阁兰：《出征》，《谢阁兰全集》第二卷，第314页。

⑤ 菲力普·扎赫：《中华帝国，个人及政治的神话——谢阁兰的〈勒内·莱斯〉与卡夫卡的〈城堡〉》，载《20世纪法国作家与中国——99' 南京国际学术研讨会》，南京：南京大学出版社，2001年，第130页。

明显。正像光绪所写的："在我周围，身边的危机和我心中的危机一样多。"①

谢阁兰一直没有放弃完成《天子》这部充满寓意的小说。中国，是谢阁兰心中的异者，而天子是中国神话中最具神秘意义、象征意义的个体。谢阁兰述说天子的执着，始于美学冲动，是为了寻找多样的美，寻找"中国的形象"。然而谢阁兰并非没有认知目的，他想通过认识中华帝国达到认识自我，必然不会放弃认识现实的、尘俗的真实世界，尽管这种认识是有限的，其终极是不可知的。就在《论异国情调》中，谢阁兰给"美学"做了自己的解释："我给'美学'这一词保留着确切的意思，这是专业思想家所强加给它的精确的科学思想，它保留下来了。这既是景物的科学，也是拾取美丽的景物的科学；这是最奇妙的认知工具。这种认识只能是、只会是世界的部分美的工具，而不是全部美的工具。"②

这段话不仅是对我们上文的最好总结，也要求我们重新审视谢阁兰的美学理论。天子，联系上天与尘世之间的独特个体，他的不停挣扎求索正是谢阁兰在美学实践与认知道路上奋斗的写照。

① 谢阁兰：《天子》，《谢阁兰全集》第二卷，第364页。

② 谢阁兰：《论异国情调》，《谢阁兰全集》第一卷，第778页。

从独语到对话：维克多·谢阁兰与程抱一跨文化书写之异同

邹 琰

维克多·谢阁兰是19世纪末20世纪初的法国作家，曾先后多次来到中国，并创作了很多与中国相关的作品，最著名的有《古今碑录》《历代图画》《勒内·莱斯》等。而程抱一是20世纪中叶去法国的中国作家，现居法国，其创作涉及诗、画、小说等，并于2002年入选法兰西学院，成为40位不朽者之一。两人是文化交流中杰出的代表，他们的跨文化旅程正好形成了轮回。将两位生活时代不同、彼此互为目的地的作家放在本文里来探讨，既是秉承谢阁兰在《论异国情调》中所说："在一个球体上，离开一个点，已经是开始靠近这个点"；更是源于程抱一在1978年谢阁兰百年诞辰的学术会议上的发言："一切出发都是一种回归，而回归又是一次新的出发"①。回归和出发已经没有界限，两人在跨文化交流中只是不同时代作为个人媒介的代表，已经超越了国族的区别。他们的创作有不少相似点，但却有更多的不同点。在21世纪文化交流日益频繁规模日趋扩大的今天，跨文化书写已成为文化领域一个越来越常见的现象。笔者希望通过探讨谢阁兰、程抱一在创作语言、创作题材和读者阅读接受方面的特点，梳理两者创作的异同，以期更深入地了解跨文化写作一个世纪以来的发展和当下的状况，在这文化交流的轮回对话中明确自身的位置，更好地面对今后更加多元的跨文化书写。

一、语言：符号的离乡背井

谢阁兰生活在字母符号的法国，而程抱一本来生活在象形符号的中国。

① 程抱一：《真实的空间与神话的空间》，《眼光、空间、符号》，巴黎：阿兹亚得克出版社，1979年。

当然，两人都掌握目的国的语言。那么两者在进行跨文化写作时，亟待解决的问题便是：采取何种语言进行创作？

海德格尔说过，语言是存在的家。这已经将语言提到哲学的高度，语言不仅仅是交流的中介和存在的工具，更是存在的本质。18 世纪的德国哲学家赫尔德提倡“民族精神”，认为“乡愁是最高贵的痛苦”，而任何一种民族语言都是构造、储存和表达该民族思维的器物，所有的文化都源于语言。[①] 这都证明了语言的重要。对同为诗人的谢阁兰和程抱一来说，语言更不是小问题。一个信奉马拉美的格言：“因为词语，也即动词，动词就是上帝”；另一个则认为，语言具有复杂性和神秘性，它不仅是人们用以指物和交流的根据，同时也是每个人得以形成其个性、思想、精神和融合所有感知与感情、理想与愿望的内心世界的媒介。因此，语言的运用，并不只是单纯的工具的使用，而且决定了作品的身份、文化内涵、立场、出发点乃至本质。

通观谢阁兰的中国系列作品，绝大部分是用法语来写作，尽管这些书中都出现了中文，但都是用法语来表达中文，或者音译，或者翻译，仍然是用26 个字母组合的法语单词写就的纯粹法语作品。只有第一版于1912 年出版的《古今碑录》例外，这本书封面上题有“古今碑录”4 个隶书汉字，分为6 章，每章前依次写有“南面”“北面”“东面”“西面”“曲直”“中”这几个草体汉字，64 首诗中的每一首右上角都冠上了一句正楷书写的汉字题铭。因为这些汉字的出现，有的研究者称这是法汉双语诗集。确实，汉字题铭的出现，使这部作品出现了异质语言的因素，但是，我们应该看到，中文在这部诗集里还是占很小的比例，它改变不了这部诗集是法语诗作的事实。

另外，我们应该把作为语言系统的汉语和作为书写符号的汉字区别开来。谢阁兰和很多西方人一样，对作为表意文字的汉字表现出浓厚的兴趣，将汉字概括为“服从于事物曲线的不加修饰的象征符号”。他在《古今碑录》的前言中说汉字“不屑于被诵读；它们根本不需要声音和音乐；它们蔑视多变的声调和因地而异的音节；它们只可意会而不可言传”。而他在诗集中运用汉字，这风格“不是一种语言，因为它在别的语言中毫无回响，也对日常的交

① 赫尔德：《关于人类历史的哲学思想》，转引自何兆武、柳卸林主编：《中国印象——世界名人论中国文化》上册，桂林：广西师范大学出版社，2001 年，第 165—172 页。

往无用”，而是一种“象征游戏”。① 或者说这是一种象征语言、诗歌语言，而不是真正的现代语言学上所称的词汇构成的具有语义和语用的语言。尽管这些引用的汉字铭文表达了一定的意义，许多还有其中文典故和出处，但谢阁兰更多的是倚重汉字这种表意符号的图解意义，利用它的各种空间形式（如隶书、楷书、草书等各种书写形式），援引所有词汇的“未被讲出的东西”，来取得隐喻的效果。因为这一点，我们只能说《古今碑录》仍然是谢阁兰用法语写就的、借用中国碑帖和汉字形式的诗集。

而程抱一在20世纪五六十年代时用母语——中文表达自己，创作诗歌，翻译法国诗。但从70年代开始用法语创作，慢慢地放弃母语写作。他以François Cheng的名字出版了10多种法文著作，包括诗歌、小说，其中的《天一言》《此情可待》都获得了法国书评界的好评。

同样是跨文化书写，为什么谢阁兰仍然运用的是自己的母语，而程抱一却放弃了母语，而是采用自己旅居国家的语言来创作？

原因当然是多方面的。首先，这涉及语言的掌握程度问题：语言能力的差异导致了两者在创作时的语言差异。谢阁兰1908年4—5月间开始学习中文，在东方语言文化学校听维西埃尔的课，在法兰西学院听大汉学家沙畹的课，1909年成功通过中文考试。他读过中国道家、佛家、《史记》等经典文献，并先后两次来中国进行考察、考古。在与中国关系密切的法国作家当中，他是第一个真正懂汉语的。尽管如此，谢阁兰的发现者亨利·布依耶仍然对谢阁兰的中文水平表示怀疑。诚然，谢阁兰的汉学科学研究具有相当高的水平，但是利用汉语进行文学创作又是另一回事了。② 不要忘记当谢阁兰1910年9月24日开始创作《古今碑录》时，他学习中文才2年。正如程抱一所说，语言是一种冒险，每种语言都在自身周围树立起了严密的栅栏，使那些无缘在其中成长的人很难跨越。③ 对于汉语和法语这两种不同体系的语言来说更是如此。不管谢阁兰多么热爱中文、多么有天分，我们还是难以想象他能在这么短的时间里精通一门语言直至进行文学创作。

---

① 谢阁兰：《古今碑录》序言，《谢阁兰全集》第二卷，巴黎：罗贝尔·拉封出版社，1995年，第32—38页。

② 亨利·布依耶：《谢阁兰关于中华帝国的重大指导或富于启示性的中国迂回法》，转引自钱林森、克里斯蒂昂·莫尔威斯凯主编：《20世纪法国作家与中国——99南京国际学术研讨会》，南京大学出版社、阿尔德瓦大学出版社，2001年，第95—114页。

③ 程抱一：《对话——对法语的激情》，巴黎：德斯克莱·德·布鲁威出版社，2002年，第9页。

而程抱一的情况则有所不同。他1949年到法国，经过自身的努力，成为法国首位华人教授。在法国50余年的生活工作，每时每刻都需要运用这门异国语言，这让他具备了运用这门语言进行文学创作的能力。

其次，这里面还有一个文化冲突和竞争的问题。俄国的文学家巴赫金指出，在一个给定的结构里，符号并不是中性的，而是一个斗争和矛盾的焦点，语言是一个意识竞争的领域，没有任何语言不卷入一定的社会关系，而这些社会关系反过来又是更广阔的政治、思想意识和文化体系的组成部分①。因此，对法语和汉语的选择和转换，实际上在一定程度上反映了法国乃至西方文化和中国文化的冲突和斗争。法语代表的是法国文化乃至自希腊以来的整个西方文化，而隐藏在汉语后面的，是整个中华文化。对谢阁兰而言，他是从代表强势文化的西方来到日趋衰落的中华帝国，完全不需要去适应在现实中国的生活，如果不是出于对中华文化的热爱和理解的需要——这种热爱也是对古老中华帝国而不是对现实的中国的热爱，他在《古今碑录》中引用的也大多是文言文而非口语——，他可以和他的前辈们一样，生活在大城市的特定区域与外界隔绝，可以像克洛岱尔一样一句中文也不会。

而程抱一情况则完全不同。他去法国时，其身份是一个来自第三世界的穷学生，没有文凭，没有学历，也没有工作，处于流亡状态。寄居国无论是在物质还是精神上都对他形成了压力，他所拥有的中国文化之根在西方大国里找不到合适的土壤。如果不去适应它，就无法立足，终将被这异域的土壤埋葬。为了生存，流浪者不得不放弃自己的母语，使用异域的语言。

再次，除了外部的文化冲突和竞争的压力，创作者内心仍然有着个人的选择。后殖民理论的先驱法农认为接受一种语言就意味着“接受一种文化”。② 对某种语言的接受和使用，意味着对该文化的认同。然而，并非所有人在这样的文化差异和竞争面前都具有宽广的胸襟和开阔的视野，能够在自身的裂变之前顺利地登临彼岸。有的人可能会退缩到自己的母文化的壳里，返回自己的祖国；有的人即便在寄居国里生存下来，却始终无法接受当地的文化，最终变成精神世界里的孤魂野鬼；有的人则彻底接受了旅居国的文化，

① 托多罗夫著，蒋子华、张萍译：《巴赫金、对话理论及其他》，天津：百花文艺出版社，2001年，第207—212页。

② 弗兰兹·法农：《黑皮肤　白面具》，转引自艾勒克·博埃默著，盛宁、韩敏中译：《殖民与后殖民文学》，沈阳：辽宁教育出版社，伦敦：牛津大学出版社，1998年，第237页。

融入其中，甚而进一步寻求两种文化的共鸣。而对程抱一而言，前一种可能性已经不存在，中国已经对他关上了大门，他已经没有可能重新投入中国的现实之中。如果固执于母语文化，那他终将在寄居国的强势语言和文化面前做一个失语的人。然而，程抱一要和西方的文学艺术对话，要和西方的思想文化对话，要进入他们的主流中去。就如他在当选法兰西学院院士时的发言里说的那样，他感兴趣的是“自希腊以来的整个哲学传统，历经时间考验的文学艺术创作，以及精神领域里的犹太—基督教传统”。正是出于对法语更是对“对话”的需要和激情，程抱一打破了失语的状态，慢慢地去学会了一门新的语言。30 多年的旅居生活，已经在潜移默化当中让他变成了另一个人，“法语已经紧密地与我（程抱一）的实际生活和内心生活联系在一起，成为命运的象征”。在他看来，法语是十分精粹、高度诗意的文字，为他提供了一种全新的视角，让他体验到重新命名事物的兴奋和喜悦。因此，他满怀激情地接纳了这一种语言，并将之作为自己的创作工具。①

二、题材：迂回的中国叙事

谢阁兰在 20 世纪法国作家当中，是公认的与中国联系最为密切的一个，他的文学生涯和文学成就都是和中国分不开的，甚至被称为“中国诗人”。他的作品，无论是诗歌还是小说、散文，都取材于中国，而且试图从各个方面述说中国，在《古今碑录》中反映神话的中国，在《历代图画》中探讨中国艺术，在《出征》中试图表现真实的中国，在《勒内·莱斯》中叙说革命的中国，《天子》里则是帝王的中国。正是因为谢阁兰对中国的描写，以至于亨利·布依耶编选他的全集的中国系列时称：“谢阁兰和中国由此变得密不可分，甚至在今天，一位对中国颇感兴趣的专家不可能不去研究谢阁兰著作的方方面面。”②

反观程抱一，至今为止他发表的两部小说，《天一言》讲述的是艺术家天一的悲剧命运，背景是 1930—1980 年的中国，中间穿插了天一流亡法国的经历；《此情可待》则是讲述明朝末年医生道生与兰英的爱情故事。这两部小说从总体上来说都是取材于中国的“自家小事”。

---

① 程抱一当选法兰西学院院士的讲演，见《当代外国文学》2003 年第 4 期。

② 亨利·布依耶：《引言》，《谢阁兰全集》第二卷，第 3—19 页。

同样是取材于中国，然而两者的方式迥异、目的大相径庭。谢阁兰第一次来中国时，在快到上海的游轮上给妻子写信说："我们从遥远的地方航来，环绕着球形的中国缓缓地坚定地向前航行，仿佛温情脉脉地抚摸着一个美丽成熟果实的表面，我是多么贪婪地想榨出果子的汁啊！"[①] 这句话暗含了两个非常重要的意义。首先，谢阁兰将中国比作"果实"并非偶然，而是大有深意。"果实"是个不会自己言说的物体，需要主体去"抚摸""榨"来认识。这意味着谢阁兰将中国当成不会自我言说、自我表述的外界"他物"，中国在他眼中始终是他想认识的对象和客体，是他叙述表达的对象。这个对象不会和叙述主体之间进行对话交流，从始至终处于被动的从属的地位，叙述也因此变成了叙述主体的独语。这一点，我们可以从另一个方面找到证明：尽管谢阁兰对中国进行了多方面的描写和叙述，可是，在谢阁兰的中国题材的作品以及他的书信和日记当中，我们几乎找不到他与中国人交谈和深入探讨的暗示。唯一在《勒内·莱斯》中出现的现实中国人，要么是翻译，要么是教中文的老夫子，他们完全听从作者的安排，并且彼此之间从未碰面。

其次，这句话清清楚楚地表明了谢阁兰的雄心：对于中国这个"果实"，他不只是想抚摸它"美丽成熟"的表面而已，而是想"榨出果子的汁"，想获取其中的精华。这正是谢阁兰与那些来东方猎奇的游客和洛蒂之流的不同之处。谢阁兰当然也没有放弃作为一个普通游客对异国风物本能的爱好，但是他时时刻刻保持着一个具有作家和艺术家高度的审美意识，旨在寻找他所崇尚的"多样之美"。对谢阁兰来说，"果子的汁"——中国的精华存在于远古时代的中国，存在于万古时间和万里空间中神秘的古老帝国，而非现实的面临清王朝崩溃的中国。说到底，他对中国的追寻和探险，是对自我的追寻和探险，远古的中国正是他心中一块保存完好的土地，一个象征了他的自我帝国的地方，他在那个土地上所进行的探险正是对自我的探险。也因此谢阁兰对中国题材的运用是一种伪装，正如他 1913 年 1 月 26 日写给于勒·德·高蒂埃的信中称："我在中国仔细寻找的不是思想，不是主题，而是形式。"[②] 在中国题材的外在形式下，他要表达的是自己的内心世界。

而对于程抱一的中国叙事，值得探讨的原因也很多。一种看法认为异国情调仍然是作品在法国获得成功的利器，之所以运用中国题材是满足西方读

---

① 谢阁兰：《中国书简》，巴黎：布龙出版社，1967 年，第 42 页。

② 同上，第 42 页。

者的期待。作者利用了法国读者猎奇的心理，借助于题材的优势，与西方人对话，使作品畅销。①

尽管我们认为西方读者之所以对这类中国叙事感兴趣，一开始不乏好奇心，但如果就此抹杀这类跨文化书写作品更深层次的价值，就太过于轻率了。在笔者看来，时代的发展，已经使新一代的跨文化书写者跳出了狭隘的民族国族的界限，想从更高的文化追求和艺术审美价值上来完成自我，实现自我。作为作者的故乡，中国留下了他青少年时期抹之不去的记忆，是他成年后追忆的对象。中国题材的运用，首先是他的自我表达和言说，是对自我身份的一种建构。程抱一在《天一言》的中文版自序中，说这是他们整个一代知识分子的“心路历程”。他经历了祖国的贫困落后和流亡国外的孤苦，在古稀之年感受到创作的冲动，要为这一代人作“见证”。见证什么？不仅是见证外在的苦难而已，更是见证内心世界的上下求索。他经历过失根、失语的痛苦，在中西文化的夹缝中徘徊，在他国强势文化的压力和对故国文化之根的恋恋不舍之中踌躇惶惑，诗人时时需要问自己：“我是谁？在中国还是在法国?”中国题材的运用，既是一种偶然，也是一种必然。诗人用他者的语言叙述自我的心路历程，这既是在西方文化的氛围中保存故国记忆的一种方式，也是构建自我、实现身份认知的一种手段。

三、读者接受：跨文化书写的前景

在谈这个问题的时候，我们来看看这样几个事实：1912 年《古今碑录》出版，印数为 81 册，不供出售；谢阁兰在世时只出版过这本诗集和《历代图画》，其余的都是去世后出版；他很长时间不为世人所知，闻达于世也是从 50 年代开始，距今不过半个多世纪。而程抱一的小说《天一言》一出版就获得了法国费米娜文学大奖，卖出数十万本，被译成多国文字，其他的诗集、小说也是法国读者竞相抢购的读本，程抱一本人也入选法兰西学院。

这些事实让我们对两者的接受度有个大概的了解。迄今为止，谢阁兰的作品仍然只为少数人阅读，即便 2000 年他的作品被法国大学文科教师资格考试大纲列入考试范围，他仍然是一个相对的冷门作家。他的作品的读者首先是那些学术研究者、汉学家和诗人，其次才是法国的普通读者。在法国的图

① 参见《〈巴尔扎克与中国小裁缝〉——中国作家融入法语潮流》，《北京晚报》2003 年 4 月 23 日。

书市场上，谢阁兰从来不是一个畅销作家。而程抱一则不同，海天出版社的胡小跃做过一个非正式的调查，得出的结论是，在法国，他几乎家喻户晓，他的作品几乎人手一册。① 而且，程抱一比他的前辈谢阁兰幸运的是，借助传媒的力量，他的书被翻译成了各种文字，特别是又回到了中国。

谢阁兰与程抱一的作品命运的不同，在笔者看来，一个重要原因在于谢阁兰几乎始终处于独语状态，而程抱一却始终致力于对话。谢阁兰在他叙事题材的主体——中国的现实中不可能找到任何对话者，懂得法语的人太少，而他与中国人的交谈也是没有放弃欧洲人的成见和屈尊纡贵；他想要探索的对象——天子和紫禁城又无法进入；他只能转向古代的中国，从中国的典籍中去发掘一个他想象中的帝国，而这已经进入了他内心的神秘世界，一个独语的世界。而在自己的国家——法国，谢阁兰同样知音寥寥，他天性审慎而含蓄，他的神秘主义观与母亲、好友的宗教观念相悖，不得不常常掩饰自己的真实情感；他的多样美学与当时流行的洛蒂之类的异国风情爱好格格不入，他不得不在自己的作品中加上一层异国情调的伪装；懂得中文的法国作家更是没有，尽管他说他的诗并非从中文转译过来，但普通读者还是在他夹杂着中文的诗面前望而却步。而程抱一则不同，即便是在流亡法国最孤苦的日子，在他还没有通过语言关而不得不处于“失语”状态的时候，他也在积极地寻找对话者，他翻译法语诗歌，借此深入法国的诗歌传统和叩响早已关上大门的祖国；60 年代之后，他进入巴黎高等实验学院语言研究中心，逐渐和法国的学术圈对话，和法国的主流文化思潮紧密联系沟通；80 年代后，中国打开了大门，他又常常和到法的华人交流。正是在这样一种对话中，诞生了程抱一的作品。他的作品产生于对话，也面向对话，必定在多元的语境当中产生反响。

谢阁兰和程抱一的作品命运的差异，让我们在思考创作主体差异的同时，也思考跨文化写作的读者主体。在谢阁兰的时代，跨文化写作的读者主体只会是懂得作者的创作语言的读者，绝大多数是作者的母语国家的读者。而今天，跨文化写作的读者群已经扩大了，不仅有作者的创作语言国家的读者（这并不一定是他母语国家的读者），而且有无数的借助于翻译进行阅读的读者。对程抱一而言，是用“养语”写作的作品回到了“母语”国家的读者当

① 胡小跃：《回避现实的睿智是没有的——访法兰西学院新院士程抱一》，《深圳商报》2003 年 2 月 17 日。

中。这当然是多元文化的发展和文化间对话交流增多带来的进步。

但是，我们发现，无论是谢阁兰的读者群，还是程抱一的读者群，相同之处在于，他们都有两种阅读倾向：一种是从文化人类学的角度，把这些作者当作研究个案，来研究他们作品中的文化身份、异国形象、文化传播等文化研究主题；另一种是从经典的文学文本研究的角度，去探讨作品的文学价值和美学意义。而阅读当中尤其以第一种倾向居多，这并不仅仅指普通读者如此，甚至一些文学评论者和研究者也是如此，因而有了“边缘文学”“边缘写作”“边缘阅读”的说法。边缘是针对主流而言，而有边缘和主流之分，也就暗含着文学作品创作水平的高下之分，而在笔者看来，跨文化写作和其他写作一样，是各种创作形式当中的一种，具有相同的文学价值，只有具体作家、具体作品的高下之分，而没有写作形式的高下之分。虽然我们知道阅读离不开具体的语境和文化背景，是和社会生活各个方面息息相关的，但是，我们仍然期待，读者能更多地把注意力放到文学作品的文学性上来，能发掘出作品超出国籍界限、语言差异、文化冲突之外的永恒的艺术魅力。

谢阁兰和程抱一，一个借用中国题材书写法语篇章，一个用他者语言叙说中国故事，两者都在跨文化的书写当中创作了各具特色的文学作品。程抱一相对于谢阁兰的不同之处，正凸现了跨文化写作一个世纪以来的发展。在当今多元文化的语境下，跨文化书写不仅是文化间融合、交流、对话的方式，也是对话的成果。

（本文原载《当代外国文学》2006 年第 1 期）

瓦赞、拉尔蒂格和谢阁兰考古团报告

[法] 谢阁兰（Victor Segalen）著

别 致译 郭丽娜校

尊敬的法兰西学会院士[①]考迪教授：

在华考古任务在雅州结束了。我向您汇报此次考古结果。

我们根据沙畹教授的建议，并在早年相关研究的基础上，拟定如下考察内容：

一、调查从西安府到雅州之间这一区域的汉唐两代墓葬遗迹，做仔细研究；寻找现存所有汉唐石雕。

二、调查四川佛教遗迹，确认佛教是否在唐代之前传入四川。四川佛教图像来自何处？有哪些分布地？

通过事前翻译大量省县志，我们规划出一条分头行动的合作考察路线，确保覆盖绝大部分考察对象。我们分别沿渭河两岸考察了西安府到宝鸡县之间的地带，然后在宝鸡汇合，再一同南下汉中，绕过没有遗迹存留的佛坪厅。不过从汉中府起，我们又兵分两路，排雷式地考察了汉中府到保宁府之间的区域，让·拉尔蒂格先生独自翻越汉中和南江、巴州之间的山区，我和吉尔贝尔·德·瓦赞伯爵两人经广元县和昭华县前往保宁。

我们在保宁府汇合，一同沿嘉陵江下行直到彭州，折向绥定府渠县，然后经顺庆府和潼州府去成都。

我们一度犹豫去不去重庆，因为文献记载当地有汉代之前的古墓。幸得驻重庆领事博达尔先生鼎力相助，代为采集全部所需材料，我们最终无须远路跋涉。

① 法兰西学会创办于1795年，整合了法兰西学院，云集法国的科学、文学和艺术精英，是目前法国最为权威的科学研究机构，由五大学术院组成：法兰西学院（L'Académie française，40名院士）、铭文与美文学院（L'Académie des Inscriptions et Belles-Lettres，55名院士）、自然科学学院（L'Académie des sciences，263名院士）、美术学院（L'Académie des Beaux-Arts，63名院士）和道德与政治学院（L'Académie des Sciences morales et politiques，50名院士）。——译注

我们在成都共逗留10天，初步整理沿途考察结果，冲洗底片，接着前往绵州和梓潼县，随后又返回成都研究当地和周边的古迹。因数量众多，我们的逗留时间比计划略长。

接着，我们沿岷江南下，直到嘉定府和犍为县。犍为县是我们此次考察路线的最南端。然后我们回到嘉定府，前往最后一站雅州。

我们认为一路下来，几无遗漏，除了某些汉代艺术遗迹极少的府县之外，如龙安府。另我们也避开扬子江两岸地区，那里交通便利，游客众多，艺术遗迹已经失真。历时5个月[①]的旅行，我们取得如下结果：

——古迹：汉代陵墓不少。部分陵墓被盗挖，部分完好无损，墓室保存完好，我们能够进去考察。[②]

——20余座大型汉阙：只有雅州的一座汉阙已被研究过。[③] 渠县（K'iu hien）汉阙的形态非常特别，部分保存状况良好。

——雕像：10余尊汉代虎形翼兽，部分已辨识出年份。部分大型汉代石碑未有记载。

——四川佛教问题有所进展：我们校考铭文和题记，辨识佛教古迹的年份；对于无法识别年份的佛像和古迹，则与上述已识别的，从风格、图像、工艺特征等方面进行比较。可以认定：

大部分四川佛教遗迹始于唐代，夹杂有少量宋代和现代的粗劣模仿。不过绵州西山观、绵州复凿石阙[④]和嘉定府三处的佛教遗迹群纯粹是唐代之前的，其碑文题记出自梁、北周和隋。

梁、隋遗迹上明确刻着公元529年（这是目前在四川某处遗迹上录得的佛教最早传入年份）或公元610年。上述三组佛教遗迹群，无论是雕刻风格、人物图像组合、佛龛形状，均差异很大，以至于我们可以推定在唐代之前存在三种佛教造像风格：梁代风格、北周风格和隋朝风格。每种风格都受到独特的外来影响，可以据此追溯四川地区佛教造像的历史演变过程。

除上述收获之外，我们途中还有些意外发现。

首先，从临潼县秦始皇陵到渭河谷地的周朝陵墓，历代帝王陵墓数量巨

---

① 指从1914年2月1日至6月26日。——译注

② 因无挖掘许可，考古队利用盗洞或自然裂缝入墓，其中较为重要的墓室为鲍三娘砖室墓。——译注

③ 指多隆（Henri D'Ollone）1906—1909年在华考察期间发现的高颐阙。——译注

④ 此处指汉平阳府郡阙，梁大通三年（529），佛教徒在阙身上加凿20余龛佛像。——译注

大，保存状况好。拉尔蒂格仔细做了地形测绘，这为我们提供了新的中国风水堪舆学信息。

另外，拉尔蒂格先生在汉中到巴州的旅途中，发现了一块古老巨石柱，并标定了类似巨石[①]，从而打下了在华巨石研究的基石。

最后是“崖洞”，我们认定其为“崖墓”。

初入川时，我们在广元县北部嘉陵江沿岸陡峭的崖壁上，吃惊地发现一些四边形洞穴。这些洞穴宽高均1.5米左右，纵深约2米，多数距地面10米高，根本无法攀援。位置稍低、可以进入的洞穴，里面完全是空的。

这些崖洞散落在四川北部到西南部，或许其他地域也有，不过大多数分布在岷江河谷。

这些洞穴在民间叫作“蛮洞”，有“蛮子的洞穴”之意。这是一个有贬义色彩的称谓，指对汉文明来说是外来的。蛮子们凿洞而居，欧洲勘探家普遍持此观点。必须承认，那些容易攀援进入的洞穴确实有人居住，不过居民是汉族农民。

成都的多伦斯（Torrance）先生却提出不同看法。他在洞中找到一些小雕像和画像砖，认为这些洞穴应该是汉代墓穴。

我们对这些洞穴做了仔细考察之后，认为可以证实这个假设。补充以下信息：

——这些洞穴的挖凿工艺一致，整体布局趋同，不同只是大小规模、墓道、墓室门楣和墓室的复杂程度。

——这些洞穴似乎早就被盗挖洗劫。盗墓者或破开封墓石板，或利用崖壁坍塌产生的洞口缝隙潜入墓室。

——洞穴中发掘出来的物品，无论是石椁、陶棺，还是小雕像、铜器，都指向墓葬功用，而非日常居住。有人居住过的洞穴都是在盗墓抢掠之后经历过改造，比如石椁被改造为饮水槽或长凳小塌。结果欧洲游客以为这是洞穴的初始布置。

已经挖掘出来的文物如汉代瓶瓯、小雕像和铜钱等，都说明墓穴是汉人的。我们对这些洞穴做了细致研究后，推定所有雕纹都出自同一时代。这一发现给汉代建筑研究带来一缕曙光，因为如此大规模的汉代遗迹非常罕见：

① 此处指巴中石笋乡。——译注

从嘉陵江北端的小洞穴，到雅河河谷[①]（Ya-ho）悬于崖上的8米高、9米宽大墓室，各种形制的崖墓都有。（见图1）个别崖墓保存状态良好，可以作为个案研究，墓中雕纹图像与渠县和绵州两地汉阙上的雕纹一致。个别独石壁柱还三面饰有汉阙特有的雕纹，并刻有铭文，是真正的汉代墓葬石柱。我们拍摄了大量照片，做了拓印和图绘复原。这些资料不仅有助于还原汉代雕刻艺术史，而且有助于复原汉代墓葬艺术史。如果说汉代墓葬艺术的本意不是呈现死者的物件，而是再现生者的世界，那么可以推断，我们面对的这些遗址，能够帮助我们如实重现汉代宫殿和庙宇的雄伟、社会的富庶。

这也就提前解决了我们的另一个疑问：为什么中国考古学素来严谨细致，却丝毫不提这些崖墓呢？原因有两方面，首先是中国考古学历来重视碑铭题记而崖墓的铭文少，或已风化剥落；其次又必须指出，文献并非只字未提这些崖墓，而是根据我们读过的文献，它们被列在“墓穴”类，但事实上应单列为“崖墓”。最后补充一点，我们在洞穴出口处的岩壁上拓下另外一些铭文，这些铭文此前未有文献记载，不过我们确实在汉代石碑上看到过类似的铭文。

教授先生，以上是我们此次实地考察的初步结论，留待与文献对照，再进一步证实真伪。我们及时向您汇报，亦表达对沙畹教授的谢意。在四川这一考古调研活动甚少的省份，沙畹教授此前的考察、专著和在法国的教学，为我们继续推进工作打下了多么坚实的基础啊！

我们今日前往巴塘，将从那里顺着长江上游向东到丽江（Li-Kiang）测量水文。我们的终点是过了河湾之后的Tseu-ti-kiao[②]桥，也即奥德马尔（Audemard）[③]考察团的起点。如果不受英国人、汉族人和西藏人之间的交涉影响而滞留在打箭炉，如果理塘一带的藏人不给我们添乱——听说有一位欧洲人

---

① “青衣江一名平羌江，俗称雅河。”参见赵尔巽《清史稿》卷69《地理志》四川雅州府目。

② 原文如此，根据地理学家莫里斯·吉姆曼（Maurice Zimmermann，1869—1950）1911年在详细介绍奥德马尔等人长江上游测绘任务时，记作Tseu li kiang桥，是一座80米长、3米宽的铁链桥，位于雅砻江和扬子江交汇处，与丽江纬度相同。参见Annales de géographie，1911（114）：465—469，466。此外，根据1914年6月25日谢阁兰给父母的信中所记，他们当时计划的路线是雅州—打箭炉—巴塘—丽江—大理府—红河上游—越南老街，随后乘火车去河内。参见《谢阁兰书信集》卷二，法国法雅出版社，2004年，第478页。——译注

③ 1909年，奥德马尔和夏尔·得·波利亚克伯爵、雅克·佛尔三人考察云南和四川之间扬子江河段的通航性。考察区域包括扬子江宜昌—成都河段，金沙江丽江—叙府（今宜宾）河段，以及长江支脉雅砻江和岷江的部分下游河段。——译注

和他的护送、挑夫在那被杀——的话，我们25天后到达。

教授先生，请接受我们的敬意。

维克多·谢阁兰

雅州，1914年6月25日

（选自《谢阁兰书信》第二卷，巴黎：法雅出版社，2004年，第471—476页）

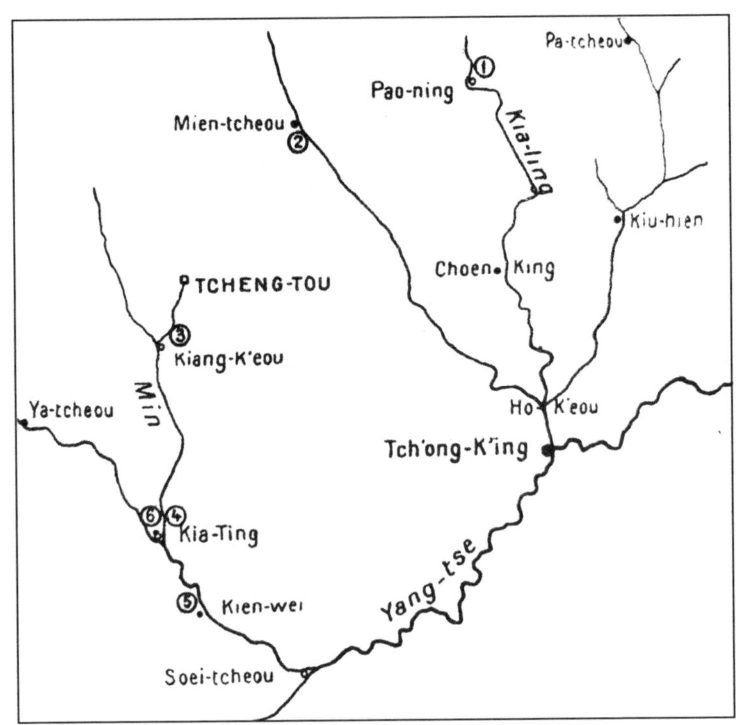

Groupement des tombes de falaises explorées au Sseu-tch'ouan par notre mission

图1　考察崖墓群分布地区，引自《谢阁兰全集》第二卷，巴黎：罗贝尔·拉封出版社，1995年，第929页

地名法汉对照表

Chouen-King 顺庆

Fo Ping t'ing 佛坪厅

Han-tchong-fou 汉中府

Kia ting fou 嘉定府

Kien-Wei hien 犍为县

K'iu hien 渠县

Kouang Yuan hien 广元县

Li-Kiang 丽江

Long ngan fou 龙安府

Mien tcheou 绵州

Nan Kiang 南江

P'ang tcheou 彭州

Pao ki-hien 宝鸡县

Pa-tcheou 巴州

Pao-ning-fou 保宁府

Si-ngan-fou 西安府

Souei-ting 绥定

Tchao houa hien 昭华县

Tch'eng-tou 成都

Tch'ong K'ing 重庆

T'ong Tch'ouan fou 潼州府

Tseu t'ong hien 梓潼县

Ya tcheou 雅州

考古词汇法汉对照表

La brique décorée 画像砖

Le cercueil de terre cuite 陶棺

Les caveaux funéraires 墓穴

La chambre funéraire 墓室

La chronique provinciale 方志

Les études mégalithiques 巨石研究

Le géant léonin 巨型狮子

La géomancie 堪舆学

L'iconographie bouddhique 佛教造像

L'inscription 碑铭

Le menhir 巨石柱

La niche 佛龛

L'ornement 纹饰

Le pilastre monolithe 独石壁柱

Le pilier 石阙、石柱

Le sarcophage de pierre 石椁

La sapèque 铜钱

La statuette 小雕像

La stèle 石碑

Le tigre ailé 虎形翼兽

Les tombes de falaises 崖墓

Le tumulus，le tertre 封土

La tombe，le tombeau 陵墓

Le vase de bronze 铜器

中国雕刻艺术的多种起源

[法] 谢阁兰（Victor Segalen）著
别 致译 郭丽娜校

一、秦始皇陵的麒麟

本研究不否定外来影响或外来文化对土著文化的贡献，而是更专注于追溯本源。探究中国雕刻艺术从兴到衰，一般是回到汉代这段美好时光，追溯其起源。目前出土的最早雕刻出自汉代，再往前看，只能犹如一位盲人，小心摸索，反复求证。没有石头作为实证，只好求助于文献。然而，后者言之凿凿：汉之前有大型墓葬雕刻或日用雕刻。那么我们且尝试勘探一番。

我们根据史书的编年，以汉代为起点，一步一步回溯到“秦（前221—前206）”“战国（前256—前221）”“周（前1027—前256）”，再到“商（前1523？—前1027）”。最后，如果必要，还得追溯到最早的家族“夏”，即大约公元前1989年。

秦朝是汉代大业之先基，历史只有15年，气象却与汉代同样恢宏。严格来说，秦的兴灭并非朝代兴衰，而是始皇帝个人的兴亡。秦始皇，始皇帝，即第一位皇帝之意。他出身于战国世家，是强大的秦国宗室的第五代王（le roi）[①]。他是首位结束周朝封建制度、建立统一帝国的皇帝。他在这个怀古的国度，表现出过人的魄力，焚烧史书，废黜诸王，抹去历史。焚书坑儒，这是传说吗？或许不是。因为我们找到了高耸的奇怪土丘，非陵非台，两千年来一直被当地人称为“灰堆”，轮廓壮观，昭示当年大火的气势。秦始皇之名中外皆知，传说颇多，我们也找到了他的陵墓。

---

① 法语中的“皇帝”（l’empereur）指称国力强大的帝国之君主，而“国王”（le roi）则掌握王国的王权。欧洲历史上的帝国领域广阔、拥有属国，统辖特定文化区域，如罗马帝国、拜占庭帝国。——译注

本册标题限于石雕研究，囊括所有以石为材的艺术形态，对此我还得多说几句话。“石雕”即与“雕像”有关的一切作品，无任何歧视材质之意。一尊“雕像”也可以是泥土做的，表现对象也可以不是活物——它非人，非马；非动物，也非任何鲜活的生命。秦皇陵巍然壮阔，难道不是地上的巨大雕塑吗？至于人，他不是在表达“概念”的“山”中，而是在表达“意念”的“山”中做雕刻的。这正是秦始皇之所为，他在中国史上开了先例。

秦皇陵是一个充满悖论和诗意的作品。它是如此的具有诗意，引得当代中国诗人袁才子诗兴大发，为陵墓赋诗一首。诗句中有不合情理之处，仔细品味，不敢信以为真。他写道：

“三峦叠嶂……”①

诗句考究精致，有“文学夸张”之嫌；诗以司马迁的《史记》为据，兼述陵墓内外。② 不过这一切皆为真实，因为陵墓后来被发现，证实是存在的。

中国史籍文献皆云：“秦始皇在骊山。”这一说法过于书本化，无法提供足够的指引。

骊山可是一条山脉。如何在群山之中找到陵墓，如何在大海之中捞针呢？我们曾一度打算放弃寻找陵墓，骊山之行变得毫无意义。我们到了新丰村③，在城墙上眺望，就在此时，一老者说：“秦始皇！有一个陵……不远……距此十里。”

方圆10里之外空无一物。文献未提供更多信息，诗文铺陈夸张不可信。不过我们还是决定前往。

就在一段黄土沟峡出口处，一座气派恢宏的人造山峰突然出现在我们面前。这不是一个高耸的土堆，也不是一处古迹，而是一处三峦叠嶂的雕塑。看来史书、老人和诗人均无虚言。令人震惊是的诗句所言完全契合现实。诗人甚至是描述得最准确和最精确的人。他说“三峦叠嶂”，确实，这座异形金

---

① “三峦叠嶂”一说疑为谢阁兰杜撰。法国国家图书馆藏有谢阁兰1914年考古《行路日记》手稿第一册电子版，其中第54页摘引袁子才原诗句，请见图1。——译注

② 原文如此，袁枚的诗中并没有引用《史记》对于陵墓的描述。——译注

③ Henry Bouiller 编辑的谢阁兰作品全集中地名记作 Sin tou hien，应记为 Xin fong hien 新丰县，今临潼区新丰街道。《谢阁兰书信全集》中1914年2月16日给妻子的信（卷二第309—310页）和拉尔蒂格《考古笔记》1914年2月16日秦始皇墓条目（第34页）均以新丰村为出发点，在围墙上瞭望，寻找始皇陵，与上文契合；该地名亦符合《水经注》卷19和《陕西通志》卷70中关于秦始皇陵的相关记载。——译注

字塔有三重起伏，三座陡峰，清晰了然。看来诗人和史家心有灵犀。

陵下无碑。于是我们向一位田间农民打听。他回答说：“这是秦始皇墓。”

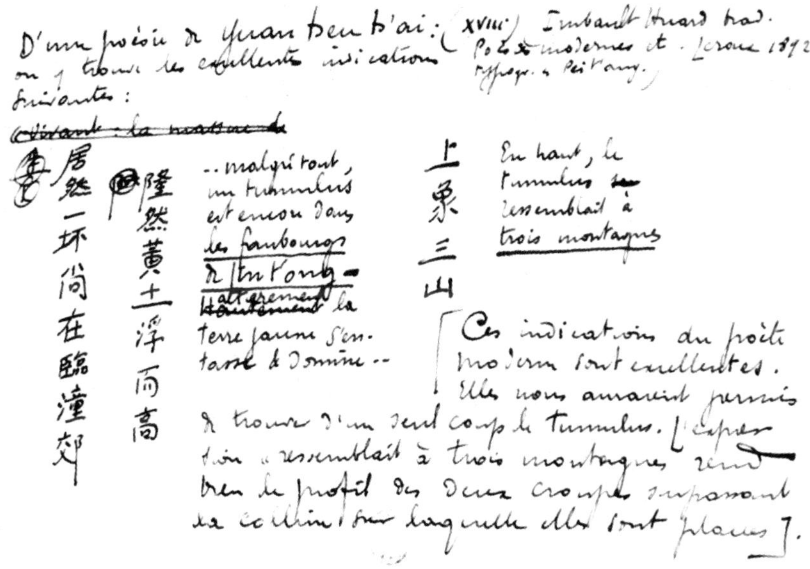
D'un poème de Yuan Tseu ts'ai : (XVIII) Imbault Huart trad. Poésies modernes etc. Leroux 1892. Typogr. à Pei t'ang.

on y trouve les excellentes indications suivantes :

居然一坏尚在臨潼郊

隆然黄土浮而高

...malgré tout, un tumulus est encore dans les faubourgs de Lin t'ong — altièrement la terre jaune s'entasse & domine --

上象三山

En haut, le tumulus ressemblait à trois montagnes

[Ces indications du poète moderne sont excellentes. Elles nous auraient permis de trouver d'un seul coup le tumulus. L'expression « ressemblait à trois montagnes » rend bien le profil des deux croupes surmontant la colline sur laquelle elles sont placées].

图 1　法国国家图书馆所藏谢阁兰 1914 年考古手稿《行路日记》第一册电子版①第 54 页，摘引袁子才原诗句

秦始皇陵位于临潼县以东 5 里，距西安府 60 里，是现存已知最早的陵墓，原貌保存完好；同时也是最大的陵墓，造型考究壮美。

陵墓南面依山。对建筑师来说，层峦叠嶂之间，不用基座，直接在大地上竖起一座土制作品并非易事，不过王命难违。秦始皇登基 26 年之后，统一六国，君威远扬。他决意把陵墓修在骊山的群山与河谷之间，犹如封缄印信。无疑，始皇帝生前审阅过陵墓图样，并征用人手，亲自督工。如今，我们站在陵墓之前，嘘唏不已，有幸得以从笔墨之外来评判中国历史上这位伟大人物。我们目睹的这份杰作只会进一步说明历史的伟人，以至于周围的峻岭看起来只是这座陵墓的边框、背景和陪衬。

始皇陵的陵冢垂直高度约 48 米，自陵冢基台底端至顶端高 60 米，体积约 50 万立方米。加上地宫建造，造陵移动的土方总量极为可观，工程浩大。

① 手稿第一册和第二册下载地址：https://gallica.bnf.fr/ark:/12148/btv1b100851202.r=feuilles%20de%20route%20segalen?rk=42918;4 和 https://gallica.bnf.fr/ark:/12148/btv1b10085119p.r=feuilles%20de%20route%20segalen?rk=107296;4。

始皇陵是史上最大的人工黏土雕塑，其材质“黄土”属“易塑型的材质之一”。若埃及金字塔是一个巨大的“雕塑”，那么秦皇陵也一样。它既非庙宇、宫殿，也非住所，仿照的是一个无生命的生命、一座“意念”的山。

这一“形塑”山峰的想法在后朝的史书中一再提及。始皇帝驾崩约110年后，史家司马迁云：“树草木以象山。”①

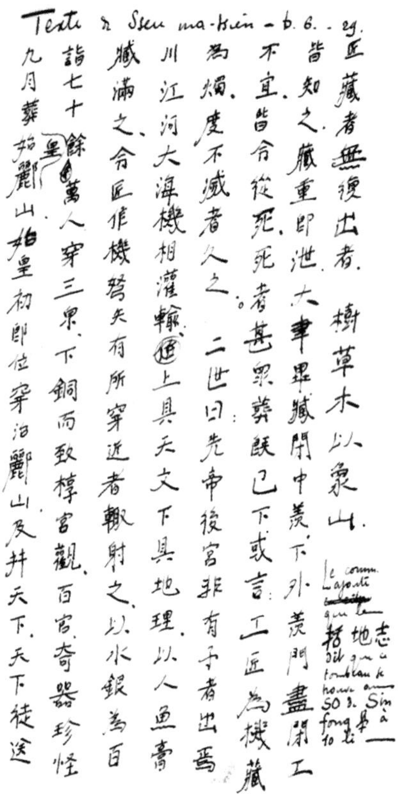

图2　法国国家图书馆所藏谢阁兰1914年考古手稿《行路日记》第一册电子版第53页，摘抄《史记》关于始皇陵的段落

这次发现和意外的收获让我们重燃在石头材质中寻找雕刻艺术证物的希望。确实，秦代遗留下大量礼器和日常器皿，如陶器和瓦当（部分上面刻着阿房宫），还有五条已被辨识的铭文。有没有真正的秦代雕像？换言之，秦代是否还有墓葬石雕或其他雕刻作品遗存？藏在何处呢？藏于这片耕种了2000多年的田野的哪方呢？眼前的田野如麦浪般一直延伸到始皇陵人造山峦的脚下。文献和田野一样空旷。司马迁也只字不提，讳莫如深。《史记》在始皇陵地宫格局、劳力人数、防盗机关上费了不少笔墨，却无一字描述陵墓周围景致。方志只提到地点：秦始皇，在骊山。充其量多了“石人、石马”等说法。②

① 参见法国国家图书馆藏谢阁兰1914年考古手稿《行路日记》第一册电子版第53页（图2）。《史记》云：“大事毕，已臧，闭中羡，下外羡门，尽闭工匠臧者，无复出者。树草木以象山。”沙畹的译文为“Quand les funérailles furent terminées et qu'on eut dissimulé et bouché la voie centrale qui menait à la sépulture, on fit tomber la porte à l'entrée extérieure de cette voie et on enferma tous ceux qui avaient été employés comme ouvriers ou artisans à cacher (les trésors); ils ne purent pas ressortir. On planta des herbes et des plantes pour que (la tombe) eût l'aspect d'une montagne”。——译注

② 原文如此。实际上《陕西通志》中有关于秦始皇陵的条目内容颇为详细。——译注

我们必须到20里外搜索。[①]《陕西通志》确实没有让我们失望，里面的“周至县”条目提到大型古迹。我们可以展望在周至西南30里外依山带水之处看到楼观、说经台、青梧观和五柞宫[②]，每一处都承载着一段历史。

楼观是函谷关令尹喜所建的观星台，用于观察“紫气”，与老子的传说有关。

说经台是讲经之台，老子骑青牛西去时，尹喜恳求他传授作品，老子悯其诚意，在此处为其宣说了被后世称为《道德经》的作品，讲解道与德。

青梧观和五柞宫则分别是先秦和汉代的宫殿。有方志云：“有两只独角兽，是石材所制两侧有文字。那是骊山秦始皇的麒麟。”[③] 这些幸存的石雕是秦代雕刻艺术的绝佳证物。

文献虽有明确记载，不过也不可尽信。老子的智慧与作品是真实的，这一点毋庸置疑，但他的生平与踪迹仅见载于传说，说经台和他的言语一样缥缈。至于秦汉旧宫，尽管方志指出具体位置，估计很难找到遗迹，甚至废墟也难以得见。就算能找到，那也不是真迹，而是修复的遗址。

尽管如此，同一方志还是再度提及：“在五柞宫前的三棵树下，有两只石麒麟。这是骊山秦皇陵之物。具体特征如下：头高13尺，东边那只左爪折断，伤口处可见红色的血。老人说这些是神物，麒麟血是灵药。”[④]

这一切千真万确：宫殿，即使是废墟也好……树木，三棵树……具体尺寸……当地的传说，最后是方志的解释，一切都符合逻辑，说明麒麟为何不在陵墓之中，而是出现在四天脚程之外的周至。那是因为秦始皇驾崩百年后，汉武帝重修宫殿，以作游乐和存放珍奇，并在其中添置前朝皇帝的守陵石兽。于是成千劳力沿着我们走过的路线，将两头巨兽从骊山拉到周至……麒麟确实是存在的……我一定要去看看。在当地发现了霍去病的马踏匈奴石雕之后，

---

① 指骊山以西的盩厔（周至）。参见《钦定四库全书》本刘於义、沈青崖《陕西通志》古迹卷盩厔（周至县）条目。——译注

② 据《水经注》卷19所引《三辅黄图》，五柞宫在盩厔县东南38里。——译注

③ 《陕西通志》原文为：“五柞宫西有青梧观，观前有三梧桐树，树下有石麒麟二枚，刊其胁为文字，是始皇骊山墓上物也。”参见刘於义、沈青崖《陕西通志》卷72古迹卷一青梧观条目（影印本第88页）。https: //ctext. org/library. pl? if = gb&file = 120415&page = 89&remap = gb_ ——译注

④ 《西京杂记》原文为：“头高一丈三尺，东边者前左脚折，有赤如血，父老谓其有神，皆含血属筋焉。”参见雍正年间刘於义、沈青崖《陕西通志》卷72古迹卷一青梧观条目（影印本第88页）。https: //ctext. org/library. pl? if = gb&file = 120415&page = 89&remap = gb_ ——译注

我的愿望变得更加强烈了……地理位置是非常明确的，宫殿在县城西南 30 里处，借助罗盘轻易可找到县城的白塔……宫殿所在地北临县城，向南 15 里接山……即使途中方向偏误耗时，也可在一日内结束考察行动。[①]

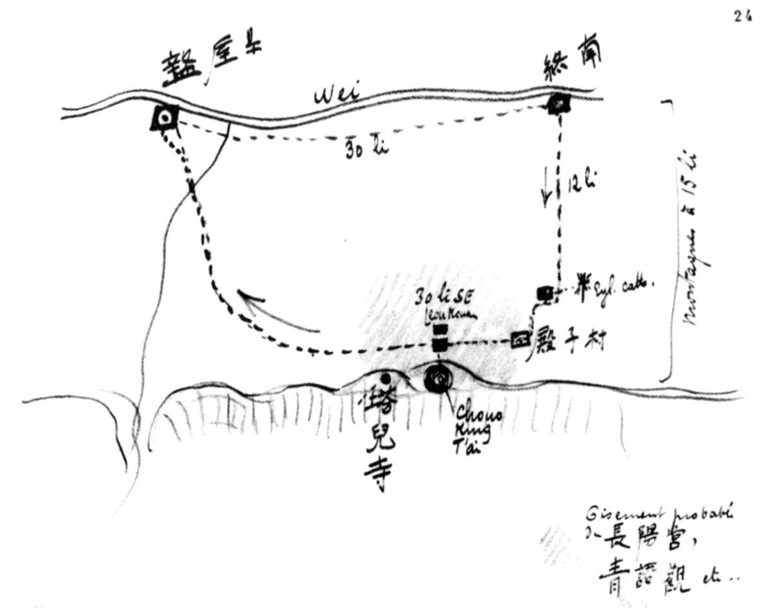

图 3　法国国家图书馆所藏谢阁兰 1914 年考古手稿《行路日记》第二册电子版第 24 页，周至考察区域图绘

于是我从终南村出发，终南村是我去周至县之前的最后一站。我们冒着豆大的雨点一早动身。那是一个春寒料峭的清晨，南边山上依稀可见积雪。我们向南而行，向导走在我的前面。他说，楼观台并不难找，就在西南 30 里外，不过到了那里之后，我们需要问一下路……

我们在松软的平原上快速前行，寻找独角兽。前方重峦叠嶂，连绵起伏，目标方向隐约似有土丘，我想这说明当地的“风水”（fong-chouei）好，是个好兆头。

一路上，我们又遇到了不少新问题。当地农民说有楼观，也有说经台，可是却没有人知道五柞宫！我们向一位路人打听“麒麟”，他样貌痴呆，开始不明白我们在说什么，不过他饶有兴致，问我们找什么……我的马夫伸开双

① 参见图 3：法国国家图书馆所藏谢阁兰 1914 年考古手稿《行路日记》第二册电子版第 24 页，周至考察区域图绘。——译注

臂比画说："这么大的动物……像石牛一样大，从地里挖出来的。"一听到"石牛"两个字，这个人一下子明白了。他要带我们去。

当我们绕过一个小村庄的拐角时，西面山脚下的一块唐代龙纹碑出现在我们眼前，上面刻着"楼观"。这正是尹喜观望紫气之地，他因听闻老子讲经而被载入史册……尽管如此，从石头和瓦片看，楼观的修建时间肯定要比矗立于公元800年间的唐代龙纹碑略晚，可能是10世纪前后。不过这也说明：时至今日，1100年过去了，当地人仍然记忆深刻，崇古思想浓厚。那为何我们不能指望看到说经台呢？

其实这里就是说经台。我转向南面，背对着龙纹碑，眼前赫然一个土丘，树木繁茂，冬季依旧郁葱，黄绿相间……那是一片人工丘陵，形似无主的陵寝，也是连绵起伏。老子正是在此宣讲了5000多字的真谛，一开口就谈到"已知和他者，有限和无限"。他说：

道可道，非常道。名可名，非常名。

我穿过说经台和山岭之间的小径，走向后来加建的部分，那处建筑虽现代但外形美观，旁侧有一座亭台遮蔽着数十通大型石碑，部分出自唐朝……山顶上有道观，外观简约，呈金玄两色，香火供奉旺盛，信客众多。

这无疑就是说经台。不过《道德经》真是在此宣讲吗？……我对此有所怀疑。《道德经》甚至可能不是一次性完成的，也可能不是老子一人所为！新植的树木、闪烁的鎏金、唐代石碑，所有细节，历历在目。我不再期待找到真正的遗迹。这些不是一个时代的证物，而是近代建筑：传说被演绎成建筑而已……而一切突然回到公元前2500年前，或许还得回到千里之外，甚至于时空消失之处，因为《道德经》是超越时空之作……

可是说起五柞宫，我却内心充满惆怅。说经台讲述的是一本书的故事，五柞宫讲述的可是历史。它是寝殿，有屋顶、厨房和园子，曾是伟大的汉武帝的居所。茂陵的汉武帝墓和霍去病墓我们都考察过。

然而，五柞宫却不见踪影。大概已经被摧毁踏平，被精耕细作了千年的黄土湮没……黄土之下的旧宫殿或许被地上两千年的劳作摧为尘埃，润泽庄稼，滋养百姓。也或许宫殿是用易朽的材质所建，很快被时间吞噬，无望再见。

找不到五柞宫，也就无从找到石麒麟。因为通志记载："五柞宫西有青梧观，观前有三梧桐树，树下有石麒麟二枚。”

看来梧桐树也不复存在……在麦浪起伏的平原，田壑纵横，视线所及之处，空旷无物。于是，我转身看着我的第二位向导……他之前可是开价一两银子，保证找到石麒麟的！

他看着我在说经台上上下下，信心满满……那麒麟呢？他总是说：“哦！对……石牛！”他以为我不想再找了……石牛不就在那，百步之外……他绕过一个枯井，指着百步之外。的确，那里有一堆的残砖断瓦。是这里吗？我默默念着：“东边的那只脚部折断……有赤如血，有治病之功效……头高十三尺”。

可废墟后面什么也没有，可能需要挖掘……请始皇帝和诸神赐福于我吧，让土里伸出一只耳朵、一段犄角、一个脚趾也好！可是当我们走到了废墟前，只看到一堆碎砖，完全是当代的产品，已经报废。

向导说：“这里就是了。”

他用脚在地面拨蹭，踢开几个新扔的碎片、饭碗和发臭的垃圾，指了指一个残破但很上去很眼熟的雕像，那是托碑赑屃冒出地面的半个头。这个物件和那些碎砖一样都是晚清的劣作。那个半截入土的破损兽首在无声地嘲笑我……

向导振振有词：“这就是了，这就是石牛。”

痛打这个白痴于事无补。我马上付了钱，独自穿过田野前行。

划定的搜寻区域北面环水、南面依山，西北面可见城墙城楼。我独自骑马寻觅。马儿在田间迂回，脾气烦躁。我搜寻了方圆 30 里，没有放过一寸土地。当无路可走时，我就问：“田里有没有一只大石兽？”（这里的农民完全听得懂北京话。）但没有人见过什么石兽。我自己也在别人家地院里、草堆柴垛里、耕种工具堆里翻找，在平原与山脚处翻找过，在山梁间逡巡，到底哪里才是秦始皇选定之地呢？山川大地要呈现怎样的走势才配装点支撑那墓上的巨兽……一天下来，我一无所获。傍晚时分，我再次想到求助于惜言的长者。于是我满怀倦惫和焦虑回到说经台，求见道长。

他的私宅离道观不远，精致奢华，却低调，玄金两色，舒适安逸，内有骡车、石板庭院、台基、游廊……这是一方桃源、一座华宅。麒麟？他也一无所知。

天色已暗，无法在田野里寻找。我重新上路，顺着指南针指的方向一直向北，再向西北，走了 30 里，单骑 3 小时路程，赶到周至县——我的搜寻领域所在的县城。那晚没有下雨，不过也没有月光。我到达客栈的时候夜色已深。我的行李、骡子和人手都在客栈等我。他们已经提前把我的名帖递给衙门，县长也回递了他的。我走完了过境程序，可以安心去睡了。

……入梦之后，我突然悟到，或许弄错了青梧观的石麒麟和五柞宫与长杨宫（Tch’ong Yong Kong）的相对位置了……应该是向东 8 里，而不是向西 8 里，这样与新版《陕西通志》所记载的在东南方 38 里一致了。不过事不宜迟……我匆匆上路，怀里揣着方志，上有地理数据和文字，那是材质与灵魂、量度与时间……这一切都是为了召唤一只高 13 尺的巨兽！……头比两个人还高……手爪受伤，万灵药……确实要向东 8 里。我要独自再度去寻找……

護照

外交部為
發給護照事茲有法國[illegible]謝閣蘭前往河南府西安府成都府
雲南等處調查古蹟古物相應給照持往凡經過地方到境
時呈由地方官查驗放行並照約保護可也此照
起程地點
經過地方 省分
餘事列下 不得任意刪改
中華民國三年一月二十八日給
回時繳銷
借用無效

图 4 法国国家图书馆所藏谢阁兰 1914 年考古手稿《行路日记》第一册电子版首页，谢阁兰护照

突然醒来……清晨了，县长派人送来第二份名帖。这回是师爷带着四个随从一起来。他说：“听从调遣，可以带您四处走走。”太好了，我们直奔麒麟而去！他们没听懂，而出于礼貌，我必须先亲自去衙门回访。

天刚亮，随行之人捧着我的名帖在前方带路，我们到了衙门。厚重大门嘎吱嘎吱地打开，眼前是前院，一道高门槛之后是轿厅，接着是公堂：砚台、笔架（象征正义的三道利爪）……曾有多少案件在这里被不分青红皂白地判决啊！假如我是被告——或被起诉，像在所有地区一样——，而我又是黄皮肤，那我得多胆战心惊啊！有多少人套着枷锁走过我走的这条路……此时我没看到衙吏和枷锁……可是却有无数人在此认罪。差役拘捕他们的父母，勒索赎金。

大堂最里面坐着民国的县长。他剪了辫子，不过没剃短。这位新体制下的官员还不懂得欧式装扮，也不像以前那样剃头。他既无知，又满怀狡诈的好意。

刚说了两个字他就让人请出师爷……师爷说话字正腔圆。他明白我的意思，也饶有兴趣。一开始听说我要寻找秦始皇的麒麟，他感到讶异，接着他大略想了起来，提起司马迁和骊山。可我去过骊山！我坚持麒麟在本县。师爷表示不知情。我再三坚持，并把我抄写的《陕西通志》段落给他看。他满腹怀疑地读了，好奇心被激起，让人去拿县志。县长不敢插话，略微示意表示许可。

县志拿来了……出版时间和我手里的不同，我的是乾隆年间的，而这份是50年前的……里面还是那段让人憧憬的文字：怪兽的名字、时代、尺寸、神效血液，一模一样！我赢了！这位文人，因为不知道自己的领地上居然有这等奇罕之物而瞠目结舌，担忧无措……我赢了。那么麒麟在哪里？

可是，师爷忽然微微一笑，礼貌且坦然，得意地用灰色的长指甲指着新县志上的两个字：今无。

“书上说了！麒麟？今—如今！无—没有！”

那我只能接受现实……“今天，不存在了……”可是乾隆年间还有人见过不是吗？我手里150年前的通志作证……它们曾在那里，在山脚下！150年，三代人的时间确实足以改变它们的面貌和处境。石麒麟体积硕大，经过风吹雨打，或许已埋没入黄土。它们或许就在地下某处，我曾经踏过的某一点。

“可是我们能把方圆40里翻个遍吗？”

“或许它们已经被切割，做成轴承或磨盘。”

我才不信呢！当地人赋予它们以灵性，“此物是神灵”这一说法应该能够让它们免于厄运，不过不能保证它们不受自然灾害。它们只是藏匿于地下。我希望某天它们能重见光明，这一想法放在我心里，秘而不宣。

那石麒麟到底长什么模样呢？我在田间寻找时想象过它们的模样，在脑海里见过……可是如何描绘或重现呢？此前在寻找的过程中，我认为只要一心挂记它们并相信它们的存在，就能找到它们，可是……我如此信以为真的东西，却是幻影。后世雕刻风格与此之间无法建立起联系了，即使用最严密的逻辑推理也无法做到。那么是否该忽略二级分类，根据唐代卷毛狮子到梁代巨狮的这一回溯逻辑，直接在秦代的麒麟和汉代的雄性弓腰短羽翼虎之间建立类别联系呢？

看来寻找造型独特的异兽的行动陷入了困境。不过有一点是确定的：巨兽是很美的。它们的主人权倾天下，保证了这一点。始皇陵是最美的人工陵墓。秦始皇一生犹如巨人，阔步行走于历史的舞台之上，他外形魁梧，步伐矫健……既然是始皇帝决定修建陵墓，那么陵墓的护卫者——两头巨兽——不论在风格还是造型上，必定和他的威势相匹配。

二、战国和周朝分封时期（或孔子时代）

那么在秦之前呢？

在秦统一诸国之前，大小诸国一边苟延残喘，一边相互征战。这是一段充满血腥背叛、谋杀和罪恶的时期，那个时候霸权充满罪孽而无用，窃国者称王，还有无尽的结盟、决裂、谋逆、出卖与背誓。对于本书的研究而言，那个时代过于贫瘠，因为活着的人要做的事太多了，他们不是在自相残杀，就是互相争夺土地，根本无暇顾及死者的身后事，更别说修建陵寝和装饰宫殿。即使修建，宫殿通常也很快就被摧毁或抢掠……确实，在《通鉴纲目》中，作者零星地提及一些根基稳固的朝代存在雕刻品，但是对于这一时期的艺术品，如雕像或其他雕刻艺术品，不论是日常饰品还是礼器，都只字未提。

唯一值得一提的是，1917 年我最后一次赴华考察时，曾在《江阴县志》墓冢卷中读到“春申君墓”① 在“君山南麓”一句，而在这句话之前，提到一对几乎被湮没的石阙：“那是石阙，置于墓前”②。《江阴县志》墓冢卷记载西汉墓冢，多处提及石雕，“石阙”也常在其他方志中见到，这两个字是标记，也是线索。看来这里极可能存有石阙。我们在卷末读到：“乾隆年间，知县蔡澍立碑纪之”③，指明墓主为春申君（春申君卒于公元前 237 年，享年 63 岁），也说明墓前双阙刻于公元前 237 年。

目前已知最古老的石阙是公元 118 年的太室石阙。我们发现的新都王稚子石阙始于公元 105 年，李业遗迹（或许不是石阙）出自公元 25—30 年间，

---

① 楚相春申君黄歇墓。——译注

② 道光《江阴县志》卷 22《古迹・墓冢九》(《无锡文库》第一辑，南京：凤凰出版社，2011 年，第 546 页)。原文为：“其前有双石柱，仅露其首，盖墓前石阙也。”——译注

③ 弘治年间《江阴县志》无记载。嘉靖《江阴县志》记录如下：“战国春申君黄歇墓在君山，相传东岳庙陛之下，又以未三国吕子明葬处，未详。”据蔡澍《江阴县志》［影印乾隆九年（1744）刻本］记载：“碑碣罕有存者［……］吊古者莫能指识其处，是可慨也。乾隆间知县立石墓上，乃立石以表之，并系以铭。”——译注

这些都是典型的东汉遗迹，还未发现西汉石阙的痕迹。通过回溯两汉和秦代来考察战国时期的古阙，是很有意思的……

然而在一个农耕人口密集，又毗邻扬子江的航运区，战国石柱能够保存下来吗？我心存疑虑，于是请艾尔曼神父（P. Hermand）在巡查教区时替我赴当地考察。

神父复信写道："我按照向您先前承诺的，去看了春申君墓。令人感到遗憾的是，那又是一起文物破坏案例。后人在原址上不断修建和重建，目前那里是兵营，庭院成了操练地……不见石柱、石阙。"

看来无法想象这些石柱的样貌，也无法推测柱头是否粗大，柱身是有雕纹呢还是简约的，是有碑铭呢还是仅是雕刻？……

我们继续往前回溯到孔子时代。孔子是鲁国世家贤者、师者之首，生活在公元前 551 年—前 479 年。他与老子、毕达哥拉斯、"觉醒者"佛陀乔达摩·悉达多是同一时代的人。因此在同一时段里，世上出现了四种伟大思想：一个在希腊、一个在印度、两个在中国。他们之间或许毫无关联，也或许有所联系。如果石雕上没有留下关于老子和孔子两位亚洲思想家的痕迹，任何意图通过建立亚洲石雕体系来把他们的思想联系在一起的想法都是不可能实现的。如果佛陀越来越被视为一位普世英雄，如果说希腊毕达哥拉斯的思想通过他的犍陀罗国后代渗入佛教思想之中（如果这一说法不太恰当），那试图通过溯源来证实远古的知识是多么纯粹、确定和高贵，而传统随着人类的繁衍而尽失的做法，也是不可实现的。

人类思想最先发生交融的是印度和希腊。毕达哥拉斯的一生与其他智者一样，有相当的神秘主义色彩，确切地说，是一种通灵的神秘。时人不仅进行自我探索，也外出游历，于是有人猜测毕达哥拉斯曾去过印度。为这一可爱的猜想辩解的理由是：中国的乐器音色与弦长有关。毕达哥拉斯有一天发现了音乐声响的数学定律，兴奋不已。可这并非偶然，而是在众多相似事物中的"多样"的必然结果。不论情绪、肤色、个体价值观之间存在多大的差异，一切生命之间总会有某些相通之处。正如全世界太阳一样圆，我们无须为这种巧合感到讶异。

但是，我们必须否认的事实，即毕达哥拉斯的哲学希腊和婆罗门的吠陀印度之间的关系，却在后来迂回地承认和接受，而且深信不疑，这是在诠释印度石雕如何兼容神像的过程中发生的。一位来自乡野的异教僧侣竟然融通了纯粹的希腊思想。佛陀微笑不语……

接下来是印度和中国的思想关联。这种关联似乎是通过老子学说的神秘主义和象征意义来实现的。同理，犍陀罗国石雕工人后来到朝鲜谋求发展，石雕艺术也从犍陀罗国流转到朝鲜。印度思想似乎是人类最自由思想的极致表述，这种思想有强大的内生力，从婆罗门的国度出发，传向善思的中国，用“以太”（ether）的音节表达为：

名可名，非常名。

我要强调的是，老子的《道德经》，那本5000表意字的著述，还供奉在说经台上。老子的埋骨之地无从寻觅，不过老子和孔子两位中国圣人却做过思想交流。文献和山东一座墓室中的石碑①均有记载。

山东的那块石碑来自紫云山脚下，如今被嵌入济宁州孔庙的墙里。那是一块宽30厘米、长1.5米的石画（dalle），使用汉代线刻的简练素朴风格刻画。这种风格曾被大量运用，是一种重要艺术形式的变体。

上面老子在右，孔子在左。孔子双手捧着一只飞鸟。② 另一只盘旋在两人之间。

史官司马迁在《老子列传》中也描述了两位先贤的对话：

孔子适周，将问礼于老子。老子曰：“子所言者，其人与骨皆已朽矣，独其言在耳。且君子得其时则驾，不得其时则蓬累而行。吾闻之，良贾深藏若虚，君子盛德容貌若愚。去子之骄气与多欲，态色与淫志，是皆无益于子之身。吾所以告子，若是而已。”孔子去，谓弟子曰：“鸟，吾知其能飞；鱼，吾知其能游；兽，吾知其能走。走者可以为罔，游者可以为纶，飞者可以为矰。至于龙，吾不能知其乘风云而上天。吾今日见老子，其犹龙邪！”

不过这块汉碑并非证物，碑上所绘事件比石碑早发生500多年，石碑也非独此一块。孔子拜会老子这个故事，与其说是一个历史事件，不如说是传说。它在民间广受欢迎，不断出现在不同雕刻作品之中。因此，这块石碑不是史料。

---

① 原文如此，实际为石画像。——译注

② 《仪礼·士相见礼》：“士相见之礼。挚，冬用雉，夏用腒。左头奉之。”——译注

我一直在孔子时代的石刻中寻找既模范化又人性化的人物传奇故事。“孔子时代”分成两个时期：公元前551—前479年是圣人时期；公元前722—前481年是孔子笔下的春秋。那时的中国讲究封建、尊礼、守制和中庸。时代规训细致入微，强调外表，甚至通过法令规范衣袖长度和扣子个数。国家感觉社会情绪不安定，通过强制推行仪礼，维持表面的得体，要求“克制”。确实，当时教与学的意愿同样强烈，孔子为人师表，周朝人民也是模范学生。“阶层”礼仪延续了2500年，直到几年前终结。

然而，正是从孔子时代起，政治局势发生变化。渭河以北、黄河流域汇聚着军事世家，后来发展成为战国列国。为了防范匈奴，周天子在公元前770年迁都河南洛阳。

洛阳是周朝王土，王室在此拥有实权但也日渐衰微……四周环卫着等级不同的封邑。其中厚待孔子的鲁国在历史上最为重要。不论世人承认与否，孔夫子的思想的流传还是通过典籍传世和文人宣传、学者认可，有时也通过儒士殉道，一直是官方治国理念的重要源泉。

可惜的是，这些史上留名的封邑和诸侯国虽笃信传统、理念和原则，而且相互之间争相模仿，却没有留下任何具有真正考古意义的古迹。从孔子春秋到战国，石头的证物无一存留。

不过如果在中国地图上查阅这些地名，不论是原先的18省中国图，还是汉代的42个行政区划图，或是秦代的50行郡图，我们都可一眼辨出周朝教化之影响仅辐射了其中一半（限于黄河谷地），勉强向南延伸，也未能越过扬子江。

南方为野蛮人所占领。不过在野蛮人与战国诸侯之间有一个“三不管”的过渡地带，那就是长江下游盆地的吴越。

吴国在今天的苏州地区，越国在今浙江地区，以杭州为都。公元前473年越灭吴，这也是界定吴国历史遗迹的最晚年份。

吴国至今仍有古迹存留，这是令人意想不到的孔子时代的重要物证。

吴国的历史纪年始于公元前585年寿梦称王。在第24任君王阖闾的管治之下，吴国进入兴盛时期。阖闾卒于公元前496年。

阖闾（这个名字本身听起来像异乡人）后迁都至今日苏州。他的陵墓在苏州城西北门外西北方9里的虎丘。文献描述说，墓穴和墓葬内铜椁三重，黄金珍玉为凫雁，还有三柄宝剑。

我们也听闻过虎丘的传说。阖闾下葬后三日，有白虎踞其上，故名虎丘。

还有个传说与秦始皇有关。据说始皇东巡路过虎丘，想要挖掘吴王墓中三柄宝剑。但有虎守卫其上，始皇执剑想要击杀，老虎腾空一跃，而后消失。剑砍在了石头上……痕迹留存很长时间。始皇命人在墓地掘坑，宣泄未能得到宝剑的遗憾，后人称为剑坑。

白虎、神虎或灵虎应是《梅里县志》所载的石虎。如果文献可信，那守墓所用的石虎就是孔子时代的物品了。不过石虎安放的地点是“在墓上”，这有些反常，或许是误载。很难想象在外形像小山丘而且种植着草木的土冢上兀然竖着一尊石像。或许应该读作在墓前，但这种解释也很牵强，为什么只有一只虎？文中未说明虎是否有翼，也未言明大小。县志对石虎一笔掠过，我们无从得知石虎的姿势、体格、形态曲线、皮毛形状或神态，除非地底的藏物能重见天日。不过石虎和那只灵虎一样，不愿被人看见。

“三不管”王国吴国虽小，但出名，吴王阖闾是五代君王中最卓越的一位，是当之无愧的吴王。我们不清楚阖闾的子嗣，不过史上似乎称他为“吴王第八子”之父。根据《江阴县志》，吴王八子墓位于周庄。这座墓的传说和史实相互补充，说明：吴王八子身出名门，姓名得以在一代又一代县志中被传抄；可他又不够出名，既无过人勇气又无出色品德，所以当地并不重视他的遗物，未曾加封碑塔以表尊崇……而正是在英雄与无名之辈两种身份的中间地带，我们可以找到真正的永恒记忆。

如今坟冢呈土丘状，高 20 米，四边角锥形，占据一个四方小岛的中央，岛上草木葳蕤环护坟冢，并与四周水道交映，整体景致优雅。坟冢西侧在三分之二处的高度有一个缺口，接着一段漫长的地下通道。从此处可以看见有一个低而矮的入口，露天敞开，建筑风格精致。

第一道门体量巨大，土方塌陷导致积土多，所以显得异常低矮。门后五米深处，有另一洞口，稍高，上有粗石梁作框。通道的墙壁是石料堆砌，切面暴露在外，看不到长度。过了第二道门才真正到达地下。地下室贯穿东西。墓穴穹顶由砂岩石板整齐拼组而成。下午的光从墓室入口进来，折射成赭石色，投在墓室的角落里，给我们的探墓之行蒙上一层不安。头顶是整个封土的重量，脚下是半干的泥浆，在坡状地面上逐渐向墓穴深处流去。抬头只能看见整齐的大块石板，展臂能感觉到两端墓墙的自下向上逐渐缩窄，越向上越窄仄，增加承重力，类似钝角梯形，底端近乎四方形，逐渐变为三角形，在距离入口约 100 法尺的地方是墓室最深处的墙。

我们在墓穴深处的壁上摸索半晌，只摸到泥土。虽没有拱穹形的室墓空间，但必须承认，逝者曾被放置在这里。墓室里没有半点石雕或石画像的痕迹。没有立体圆雕，也没有浮雕、线雕。不过在入口处南侧墙偏右的石块上，我隐约瞥见一点纹饰，类似汉代纹饰，似乎是两个相隔几毫米的平面纹饰，中间有一弧曲线相连。

当然，整个墓冢内外没有任何石雕。但是在中国石雕史上，吴王八子墓不能被忽略。在第二道门处，两侧是类似于古希腊早期风格的石块，洞口和过梁侧柱的设计考究，上横一个巨大的过梁，再向上是充当墓顶的石板。这是孔子时代的建筑，是这个完全被湮灭的时代的唯一真实痕迹。

图 5　考古报告手稿《吴王八子墓》中手绘配图，1917 年撰写于上海，载《谢阁兰作品全集》第二部（Paris：Robert Laffont，1995），第 995 页

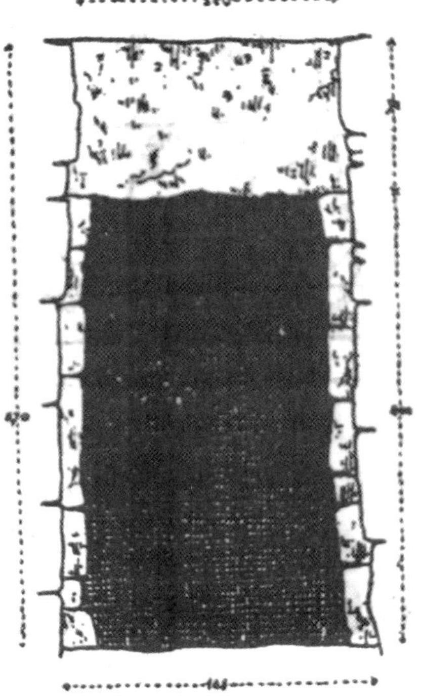

图 6　考古报告手稿《吴王八子墓》中手绘配图，载《谢阁兰作品全集》第二部，第 996 页

三、西周和商殷

对于周朝而言，公元前 770 年向东迁都不只是空间位移，也意味着另一

个时代和另一段历史的开启。因为我们发现中国编年史的书写，在大约 100 年前，即公元前七八世纪前后这一节点上，出现了一次明显的变化，那就是公元前 841 年之后，编年史不仅出现年份，还有月，甚至日。这就说明对历史事件的认定，不再取决于它是否留有遗迹、作为证物，而是依靠以星宿学为基础的史书了。在此之前发生的一切事件是不可怀疑的，但也是不确定的。概言之，东周的历史不仅体现在古迹上，也体现在编年史中。相反，对西周历史的认识，必须依靠大规模的考古，考古结果也是有待进一步求证的。老师爱德华·沙畹也慎重地持上述看法。他即使未公开说过，也私下提过。1913 年我赴华考古之前，他不再沉默，和我再三谈及上述观点。因此，对我而言，寻找西周（据传建立于公元前 1027 年）的遗迹，不是为了推翻先生的观点，而是为了发掘历史。

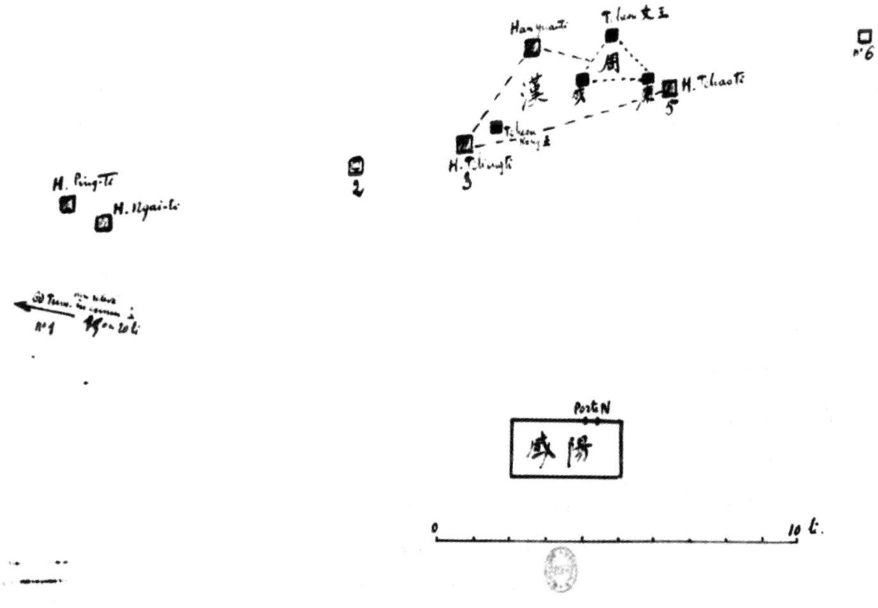

图 7　法国国家图书馆所藏谢阁兰 1914 年考古手稿《行路日记》第一册电子版第 86 页，周王墓分布图

我们曾在《亚细亚学刊》① 上介绍细心的游客在西周旧都几法里外见过的古墓，不过那不是“历史发现”，仅是介绍性工作而已。

---

① 该刊是法国亚细亚洲协会为推进亚洲研究于 1822 年创建的会刊，1915 年分期连载谢阁兰 1914 年 12 月 18 日在法兰西铭文与美文学院大会上宣读的考古结果初步汇报。——译注

那是周朝贤王良臣之墓，诸如文王、武王、康王和周公旦，均是功德无量、为世楷模、名垂青史之人。

他们的陵墓集中在渭河北岸今西安和秦都咸阳以北的平原上，呈等边三角形分布，边距两里，四周环绕着汉墓的多边形基台。每个墓都有封土、矩形围墙和一座现代的祠及几块彰功耀德的石碑。

封土呈四边角锥型，陵基约100米宽、约20米高。土丘前有围墙，中有碑数块、祠堂亭台。石碑是新立的。围墙坍圮，庙祠倾塌，并非年久失修或古远遗迹，而是建材劣质或者官员疏忽。

以上便是西安府平原的周代陵墓。

可是，如果我们想讨论这些大人物陵墓的真实性，那就必须辨认陵墓的外观、造型、雕刻和所在地点。

周朝陵墓的封土看起来像是四周汉墓的缩小版或省工减料的复制品。这里可能真是陵墓的选址，但封土是后人所为。如果说清代之人崇古追思之时吝啬于在这陵基百米的金字塔上再做封土，那他们是极可能对经受时间摧残的旧封土进行彻底改造的。因此原有封土应该更高，我们也无法知道原来的形状如何，更不能根据现状对原有封土及其石雕纹状进行推测。狮子、独角兽、人或翼兽？贤明的周王朝允许我们进行想象的冒险吗？

陵墓地址或许是真的，封土形状和石雕是可疑的。我们面对的问题是，陵墓中的人物在历史上太过出名了，名字和故事常在民间流传，他们确实存在，但不能说明什么。

那么西周的信仰、精神和礼乐的真谛等诸多问题，如果周代没有存留青铜制品，都会出现疑问。

确实，石雕具有独特的艺术价值。刻刀在永恒不变的坚硬材质上游走，剔去多余部分，而铜器通过失蜡法，凝铸成型。不过由于缺乏遗存雕刻品——文献虽多有记载，却对其外形无半句描述——另辟蹊径或许是对的。对周代青铜器进行研究也就显得更为重要。

从青铜器食器的形状来看，它们也可以称之为“雕刻品”。石虎的构思源于真虎，青铜器的构思来自瓦罐，瓦罐是一种自然晾干的凹形盛器，供盛水、盛食或祭礼之用……

我认为在天地间竖起始皇陵的行为是一种“雕塑艺术”，那么用铜液形塑盛器也应当是一种“雕塑行为”，那是在金属熔液中从事抽象艺术创作。这一比较别无他意，只想说明周代的雕塑艺术极为繁荣。

宫廷所藏历史图录上有大量西周青铜礼器，这些容纳空间的盛水器皿制作精美，形态各异，纹饰千变万化，令人叹为观止。

我们可以和中国评论家一样按用途区分这些器皿；也可以按外形区分。在此我无意将这些线条简洁的铜质或木制品的图案或复件展示出来，它们是中国考古史的一部分，不过一本书并不能代表整个历史，在未有成熟的认识之前，用一两个图示来指代全部是不合适的。只是单凭周代青铜器的存在，已可以证实当时存在一种伟大的“大体量”艺术（Art du volume）。指出这一点，我已感到满足了。

青铜纹饰可分两类：一类是希腊风格的几何图案、菱形纹、弦纹、螺旋纹，和汉代浅浮雕中阴线刻法相似，都是雕凿式，本该剔除出“大体量”艺术之中；这些图案主要用于装饰器皿的表面，使器皿看上去华丽。另一类纹饰更具表现力、更立体，刻在柄部，为便于抓拿，通常采用圆雕手法，简朴粗犷，符合特定样式，不过也会挣脱传统图样的束缚。有时整个青铜器充满表现力，不似一个容器，而像一只动物。比如有的香炉或器皿状如鸟兽。最后，铜器本身彻底成为雕刻品，具有张力。比如有一尊青铜器，器皿表面是张开的虎口，准备吞噬一只猴子或一个人。这尊青铜器犹如一个可怕的石雕，雕塑和铜器自然而然融为一体。

因此即使我们对西周石雕一无所知，但仍可以推测当时雕工艺术之辉煌。一切有待未来的考古挖掘，应该能幸运地看到带上西周特有印记的石雕类作品出土。

关于西周的一切科学猜测，应该可以推及周代之前的商殷。西周承传了殷商文化，从考古学看，两个时代的文化是同质的，不存在明显的朝代更替特征。殷商和周文化都在渭河谷地，礼制和仪式相似，礼器形状也相同，只是殷商的礼器比较粗糙、野蛮、笨重，铜质不佳，但也依旧美观。随着时间流逝，这些铜制品都有锈迹，上面长满绿色或红色的苔藓和坚块。根据专业人士的意见，不属于周代的铜制品都被推为殷商时期的。周有模仿，或确切地说，传承殷商文化之嫌，不过这一切都说明那个时代充满创新，这主要体现在灵工巧匠的手指之间。

考古界不久前发现了一些兽骨和龟甲，并破解了它们的秘密，不过这通常是为了证实商代历史的真实性，形成权威定论，并不属于艺术史研究，只是从日期上修订文献和进行证伪。这样无助于我们对殷商的艺术创作做出预判，但我们仍然期待商代之人是充满创造力和向往生活的，他们是杰出的雕塑家。

四、伟大的先祖夏人及其贤王

这一时期是考古史的漫漫长夜。对商周时代的理解，尚有青铜器和兽骨存留，有重要人物、证据和实物，其来源和时代明确无疑。我们可以碰触它们，从不同角度进行鉴赏……文物随着镐铲出土之时，即便未见其样貌，我们仍可以在上面嗅到已逝诸世纪的气息……铜锈和珍珠一样是时代的气息。龟甲和兽骨有自己的质感和时代感。可是夏，却没有一丝遗迹。

严格地讲，大夏没有任何铜器。文献没有提及任何一位夏王的名字。然而，方志却时有神来一笔，明确指向这个创世的时代。在某些县志墓冢卷中，时有“夏”的字样，指明某地有土丘甚至雕刻……只要条件许可，我都会去看看，但一无所获。即使最信誓旦旦的，也是虚无乌有……有县志提到“上古”。我也赶过去看，书中指示清晰、地点明确，在汉中府向南几里地外的田野群山之中，将中国北部和长江流域分开的山脉那里，可是我找到的是一个劣质的石人，立在草丛之中，帽子耷拉，体态浑圆，已被雨水侵蚀，应当出自晚宋……预期是回到公元前 2000 年，眼前是掉落回公元后 1000 年，甚至更晚……

不过此处重点不在于讨论找到了什么、获得了什么，而是提出如下问题：未来考古能否发现夏代雕塑？

史籍有大量记载和异文，讲述中国上古帝王的生平、事迹、功德，自从史上第一位君王逊位起至夏桀被商汤所灭，前后 1000 年。可是我们掌握了什么物证呢？有熔制的特定形状的金属器物吗？或刻有文字的兽骨？……

金属器物意味着对材质的把握，需要传授，意味着传承；甲骨文字无法说明传承。不过，在雕刻史上没有任何地位的汉文字符号，在此时介入了雕刻史。这些纯粹的汉符号（如此纯粹，以至于小学生也能一眼认出来，就像欧洲人能一眼认出哥特风格一样）说明，在它们的时代之前，有一段漫长的本土传统，不受外来影响。甲骨文是刻刀在兽骨上留下的线条，与雕刻艺术史无关，但是我们必须承认，雕刻兽骨之人背后已有一段漫长的艺术传续。

这些符号是象形的。有人首先注意到这些古代文字多代表热带动植物，于是推测文字来自缅甸，从西南进入中国内陆，经过八莫、大理府、昆明、贵阳、江西府（tchang ki fou）、洞庭湖（le lac tong sing）……

不过这些文字更像是在华夏家族起源的地区——黄河谷地和渭河流域一

带——形成的，而不是外来的。华夏宗族形成于对族长的祭奠。族长去世之后，仍通过宗庙和祭祖等仪式对家族施以影响。最后华夏传统是天在上，地在下，人居中，王权是“天之子”，既是天命所归，也承担责任。

文献称公元前 2205 年夏建立之前仍有两位君王，那是两位圣人……这看似可靠，而历史学家多持否定态度，或许未来考古学家会加以证实。文献将历史追溯到公元前 2697 年的黄帝轩辕……

那时，胡夫和哈夫拉的金字塔、斯芬克斯已存在了 1000 年。但我们不应把埃及和其他国度进行比较……在年代上进行回溯，即使缺乏文献的佐证，对未知的公元前纪年进行排查，目的只是想假设中国上古时代可能有一种伟大的雕塑艺术。历史从公元前 117 年起开始保存有证物，从这个节点往前追溯到黄帝即位的公元前约 2697 年，相比起从这个节点往后走到今天，前一个时段比后一个时段略长。中国的雕塑艺术整体史因此有两个面相：一个面相是属于我们的、可见的，其中某些时段还非常出名；另一个面相一点也不乏精彩，其丰富性不可估量，可是我们不了解其中的任何形态，不过文献让我们坚信它们的存在。

（选自《谢阁兰全集》第二卷，巴黎：罗贝尔·拉封出版社，1995 年，第 878—901 页）

人名法汉对照表

Cheou-mong 寿梦
Chéops 胡夫
Chéphren 哈夫拉
Ho-lu 阖闾
Houo K’iu-ping 霍去病
K’ang Wang 康王
Seigneur Tch’ouen-chen 春申君
Tan，duc de Tcheou 周公旦
Ts’in Che Houang 秦始皇
Wen Wang 文王
Wou Wang 武王
Yin-hi 尹喜

地名法汉对照表

Chouo king t'ai，tertre du Livre Dit 说经台

Hang-tchéou 杭州

Kiang-yin hien 江阴县

Gandhara 犍陀罗国

Leou-kouan 楼观

Li-chan 骊山

Meou-ling 茂陵

Montagne de Ts'en-yun 紫云山

Ngo pang kong 阿房宫

Tcheou-tche 周至（盩厔）

Tcheou-tchouang 周庄

Tchö-Kiang 浙江

Tchong-nan 终南

Tch'ong Yong Kong 长杨宫

Tsi-ning-tcheou 济宁州

Ts'ing Wou Kouan 青梧观

Wou-tso Kong 五柞宫

专有名词、形容词法汉对照表

La baie 门洞

Les bas reliefs 浅浮雕

Le burin 雕刻刀

La boussole 罗盘

Le brûle-parfum 香炉

Le caveau voûté 拱穹形墓穴

Le dessin géométrique 几何图案

Les écailles 鳞、甲

L'embase 基台

Les hauts reliefs 高浮雕

L'hypogée 地下建筑、墓穴

La licorne 独角兽

Le linteau 过梁

Le Loess 黄土

Le losange 菱形纹

La nécropole 大墓、王墓

Ki lin，chimère 麒麟

Le tas de Cendres 灰堆

Le temple taoïste 道观

T'ong Kien K'ang mou《通鉴纲目》

La panse 器皿的鼓凸部分、腹部

La pioche 镐铲

Le Pilier du T'ai Che 太室石阙

Le Pilier du Wang-Tche-tseu 王稚子石阙

Le plafond 穹顶

Plan sur plan 阴线刻法

Le poinçon 凿子

La pyramide 金字塔

Quadrupède 四足的

Quadrangulaire 四边形

La ronde bosse 立体圆雕

La strie 弦纹

La spirale 螺旋纹

Le tigre ailé 虎形翼兽

Le vase 瓶瓯樽彝等

Le vase rituel 礼器

特约专题

1993 年 11 月 25 日，汪德迈先生陪同饶宗颐先生第一次造访“皇港小学校”（李晓红提供）

饶宗颐的“小学校”与法国皇港小学校：中法古典学之精神共鸣[①]

李晓红

饶宗颐先生曾在汪德迈教授的建议和陪同下，两次造访乡间皇港（Port-Royal des Champs）修道院和皇港小学校，并因此把香港大学饶宗颐学术馆的外文定名为“Jao Tsung-I Petite École（小学校）”。是什么渊源触动了一代宗师？本文拟就这一问题略做探讨。

一、饶宗颐造访皇港小学校的缘起

饶先生第一次去乡间皇港是1993年11月25日。饶先生被授予法国高等研究学院的名誉博士，他是第一批荣获该荣誉头衔的三位外国学者之一。在参加巴黎索邦学府的典礼和授勋仪式之后，饶先生感到：“心态反觉有点失去平衡，亟须寻觅小憩来求安息。”那一天，在庆典活动结束后，饶先生接受汪德迈的提议，在潮州同乡、中国商企陈氏兄弟公司陈克威、陈克光的陪同下，他和汪德迈两位大师在零下二度的寒冷天气，来到“距离巴黎只有四十公里的密林里面另外一个世界”[②] 皇港修道院所在地，去探访皇港小学校。

在那里，“晓山寂静，万木齐喑，悄无人声，先早已下降的霜霰，吞噬了修道院屋顶的罗马瓦，覆盖上一片白色的缊袍，好像象征当年那些刻苦修行的冉森教徒（Jansénistes）舍身为尼脱离尘俗虔事上帝的贞洁”[③]。在《皇门静室的“小学”》一文中，饶宗颐先生的描写更凄冷，他心中不忍，联想到当

① 本文获2019年国家科技部高端外国专家引进计划“海外亚洲研究与跨文化对话”的资助。

② 饶宗颐：《皇门静室的“小学”》，载氏著：《饶宗颐二十世纪学术文集》卷十四，北京：中国人民大学出版社，2009年，第172页。

③ 饶宗颐：《皇门静室的“小学”》，第172页。

年刻苦修行的冉森教徒世界的寒冷："面对着四人才可合抱的古松屹立不动于习习寒风中表现'岁寒后凋'的节概，令人想起帕斯卡尔（Blaise Pascal）当年（1656—1657）隐居此地为冉森教徒侃侃申辩的十八件《地方通信》（*Les Provinciales*）——曾被人誉为天才作品——所表现的不屈不挠的精神。"树的高大和不畏寒风的气概，使饶先生联想到帕斯卡尔在王权、教权双重强权压力下不屈的气度。此文中处处可见饶公对帕斯卡尔文章内容熟识的程度。接着饶先生的感叹更在"寒"字上下功夫："此刻年律将穷，道院重门深锁。方塘冷蔓，寒水凄然，益增萧条与神秘。"饶先生更为高潮的描写是："道院于一七一一年受法王勒令拆毁，几历沧桑，真令人充满发思古之幽情。宗教和诗糅合的魅力产生了历史上不少伟大人物，使这一座荒凉冷落的门庭成为法兰西文化的温床之一。"饶先生在此所发的思古幽情，表达了他对宗教和国王权威势力对文化镇压之愤怒，和对悲情的冉森派文人命运的同情。

饶先生在他的《皇门静室的"小学"》一文里触景生情、触"静"生义，曾写过这样一段诗一般的话：

人在天地之中，
渺小得像一个不可知的斑点，
亦像一根芦苇，
很容易被一阵风所摧折……
面对无限的宇宙，
永远的岑寂给人以无限的恐惧。
在无限的周遭，
处处可以是中心，
而何处是圆周，
却煞费思量。

饶先生的感受诉说着：精神产生之不易！法兰西文化至今的伟大原来是有这样一群人的奉献！正如同吴承学教授所说，"是颇有诗意的文本实地考察"之一例。①

① 吴承学：《饶宗颐的意义》，《文学评论》2018 年第 4 期。原题《饶宗颐的中国文学研究》（吴教授原本是对饶先生《满江红》文本考察之赞）。

饶先生第二次来皇港，是在他百龄高寿时。2017 年 6 月 26 日，在那次远涉重洋来到法国参加画展开幕式的前一天，饶先生坚持要重访皇港小学校。在 1993 年冬天饶公和汪教授来访时，他们站立的同一个位置，簇拥着饶门三代。饶宗颐大师在汪德迈教授、他的助手及入室大弟子、现任香港大学饶宗颐学术馆副馆长郑炜明教授、笔者和旅法艺术家李中耀先生等人的陪同下，重返这个凝聚了法国思想改革精神的重镇。走进皇港小学校的博物馆，最醒目的藏品莫过于当年培养出法国著名数学家、哲学家帕斯卡尔和著名剧作家拉辛等时代精英的"小学校"的巨幅历史油画（皇港画家：Philippe de Champaigne）。饶先生在画作前看得很仔细，心情非常好，甚至有些激动。当天下午，笔者接到"皇港小学校博物馆"领导的邮件。在邮件中，他表达了有幸能够接待饶宗颐教授一行的至高荣幸。法国友人对中国学术大师的尊敬之情感动了在场的所有人。饶先生以百岁高龄再一次来此圆梦，向法国古典学、向法国文学先驱致敬，对他者文明的尊重与借鉴的精神可见一斑。

二、皇港小学校与法国近代教育改革重镇观念之产生

冉森派教士自认为是 17 世纪上半叶在法国流行的天主教的一个流派，该流派创始人为荷兰神学家冉森。在欧洲宗教史上，该流派与天主教的教派时分时合、若即若离，教徒们甚至可以多次在两者间更换信仰。除了进行宗教改革外，冉森派教士还从事学术研究、文学创作和教育等活动。皇港小学校的老师和学生中有许多冉森派的信徒，学校与冉森派的理念有诸多交集，于是，皇港成为法国冉森派基督教之家。1637 年，在传统神学与王权结合的背景下，皇港小学校在巴黎南边的皇港修道院设立，成为法国初等教育改革的新开端，即后来反叛王权与宗教势力的重镇。

（一）"皇港"与冉森派

乡间皇港修道院（Port-Royal des Champs），修建于 13 世纪。创建者为和英国皇室家族有诸多联系的法国女贵族马蒂尔德·德·卡赫朗德（Mathilde de Garlande）。[①] 1204 年，马蒂尔德·德·卡赫朗德选中了与佛德塞纳

① 冯·巴勒哈萨尔（Hans Urs von Balthasar）：《帕斯卡尔和皇港》（*Pascal et Port-Royal*），Arthéme Fayard，1662，第 20 页。

（Vaux-de-Cernay）修道院相距不远的一处叫“Porrois”的湿地，建“乡间皇港（女）修道院（Abbaye Port-Royal des Champs）”，在建皇港修道院时，她曾得到法国皇室菲利普·奥古斯丁（Philippes Auguste）王及路易九世以及巴黎主教奥登·德·苏利的支持。“皇港”其实与港口并无关联，只与法文“Porrois”一词的发音相关。“Porrois”的意思是“交叉的野大蒜叶”，当时人们只是取了“Por”和“rois”的法文发音，并没有其他特殊的意思。[①]“roi”法语本身指的是国王，“royal”则有皇家的意思[②]，是“皇室家族”之延伸。皇港修道院从一开始就与皇权联系在一起。[③] 该修道院最初的修女来自 Saint Benoit 本笃修会。

16 世纪末 17 世纪初，出身于显赫法官世家的阿尔诺（Arnauld）[④] 家族的昂热里克嬷嬷（Mère Angélique 1er Jacqueline Marie Arnauld）任皇港修道院院长。她信奉把生命奉献给上帝。她主持的皇港女修道院以极简生活、苛刻制度、与世隔绝著称，她的指导思想与冉森派倾向放弃世界、过隐居生活的理念相通。1609 年以后，昂热里克嬷嬷开始对修道院进行改革，严订院规。此举反倒让本身就以牺牲及奉献精神著称的皇港修道院更为出名，吸引了大批出身显贵的年轻女子来到此地。她们进了修道院，谦卑地像基督一样去苦修去生活。皇港修女人数最多时，达到 80 余人。昂热里克嬷嬷通过兄弟罗伯尔·阿尔诺（Robert Arnauld d’Andilly）约请到圣·西兰修道院的住持让·杜维耶德奥拉纳（Jean Duvergier de Hauranne）修士，请他做皇港修道院的精神辅导神父，后来人们称呼他为圣·西兰修士（Saint Cyran，1581—1643）。1625 年，皇港修道院的昂热里克嬷嬷和一些皇港修女们为了躲避疟疾，来到巴黎，买下圣·雅克（Saint-Jacques）街区附近的旅馆。[⑤] 此时，巴黎皇港修

---

① *Noms de lieu d'île-de-France*（《法国中心“岛”地名》），M. Mulon，1997。

② 笔者认为此处“皇家”概念的加入是重要的，有些文章或书籍的作者或译者翻译此词按“波尔罗亚尔”的音译，此译法欠妥。

③ 参见 *Chroniques de Port-Royal*（《皇港纪事》），N° 55，Paris，2005，第 9 页。此节文字主要摘译自［美］布鲁斯·L. 雪莱著、何兆武译：《基督教会史》（2012 年再版），并参见拉辛：《皇港史略》（*Abrégé de l'histoire de Port-Royal*），巴黎：巴约与里瓦日出版社（Payot & Rivages），2015 年，第 29 页。

④ 何兆武译《基督教会史》译为阿诺德，由于其中两个字母发音是用英语发音，故恕笔者此处按法语发音译此名为阿尔诺。

⑤ 即今天地处“皇港”大道上的“皇港军医院”所在地。

道院和乡间皇港修道院同时存在，分别命名。女修道院因此继续发展。直至1638—1639年间，昂热里克嬷嬷的侄子、律师、人文教育家安托万·勒·迈斯特（Antoine Le Maistre）和他的兄弟西蒙·勒·迈斯特（Simon Le Maistre）[①] 等一群冉森派的苦修士[②]和他们的亲友及孩子们被法院驱散回到乡间皇港，此返回潮达10年之久。

（二）冉森派与王权、教权的冲突

当时，在以牺牲精神和创立新思想理念闻名的皇港修道院，不仅修女人数倍增，还吸引了同宗知识分子，即皇港修士先生，其中包括昂热里克嬷嬷的两位胞弟、冉森派的代表人物：安托万·阿尔诺（Antoine Arnauld，巴黎大学索邦神学院教师）和罗波尔·阿尔诺（Robert Arnauld d'Andilly，曾任国务顾问、财政问题专家）。这些“修士先生（Les Messieurs）”们推崇古罗马时期思想家圣·奥古斯丁的基督教哲学与文学思想，尊崇冉森派教义，爱好希腊文学、拉丁文学。这群饶宗颐笔下的宗教盟友（Solidaires）崇尚政教分离，抛弃优厚待遇、名利权位，孤独隐修、自我忏悔，放弃世俗婚姻，他们不愿意做真正意义上的修士。在皇港小学校，他们著书立说、教书育人。皇港小学校由圣·西兰修士于1637年创立。1638年以后就逐渐由皇港修士先生们担任教职，这些优秀知识分子用新思想、新方法教孩子。1651年在皇港地区以旧谷仓建的农庄校址作上课场地，那之后的几年曾是皇港小学校最辉煌的时代。

皇港因冉森派的争议进入历史的视野。1656年，王权势力快要触到皇港小学校的时候，冉森派思想已在修道院延续了20年之久。尽管那时圣·西兰修士已去世，冉森派的理念仍然影响深远，甚至修道院的精神都已经被严谨的奥古斯丁主义感染上了。1709年1月29日路易十四王下令驱散了最后的修

---

① 拉辛：《皇港史略》，第64页。

② “苦修士（Solitaires）”指退隐后生活在皇港的人，相当于苦行僧。在此刻苦修行、严谨好学，被饶宗颐先生称之为“宗教盟友（Solitaires）”，与汪德迈教授在《饶公选堂之故事》一文所称的“皇港修士先生（Les messieurs de Port-Royal）”都是同一个意思。将皇港修道院的修女和修士前特加“皇港”二字：皇港修女和皇港修士先生。本文拟采用“皇港修士先生”的说法。参见拉辛：《皇港史略》，第62页；参见饶宗颐：《皇门静室的“小学”》，《饶宗颐二十世纪学术文集》卷十四，第172—173页；参见汪德迈撰，李晓红、周轶伦、房维良子译：《饶公选堂之故事》，《国际汉学通讯》2014年第9期，北京：北京大学出版社，2014年，第250页。

女，1710 年 1 月 22 日下令拆除乡间皇港修道院①，皇港修道院、皇港小学校自此夷为废墟。

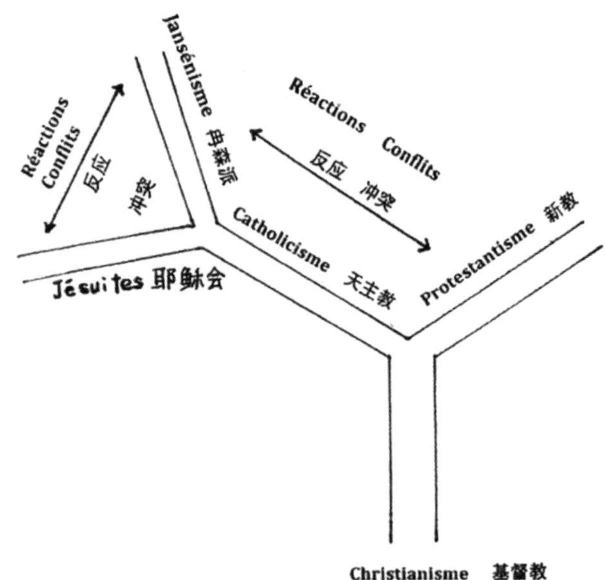

图 1　17 世纪法国宗教势力关系示意图②

皇港修道院的精神辅导神父圣·西兰修士曾与冉森派创始人、荷兰人冉森（Cornelius Otto Jansen，1585—1638）同学，在比利时天主教鲁汶大学（Université de Louvain）学习过。该校的两个学派中，一派支持耶稣会的理念，维持天主教原有的经典观念；另一派支持北非大公圣·奥古斯丁所提倡的关于赎罪和恩典学说的教理。冉森受到了奥古斯丁的影响，支持他的“赎罪说”和“恩典说”。冉森和他的信徒们批评罗马教皇、批评国王，表示不需要等级制度，不需要中央政府。而法国国王和罗马教皇需要的是规矩和服从。此刻，政府、耶稣会、教皇与冉森派之间的冲突变成了白热化、政治化的冲突，而不仅仅是宗教理念的冲突。国王、教皇、耶稣会等谴责冉森派，因为

① 马德琳娜·奥尔德梅尔（Madeleine Horthemels，1686—1767）：《皇港或纸迹上的修道院》（*Port-Royal ou l'abbaye de papier*），伊芙丽出版社（Yvelin edition），2011 年，第 9 页。

② 示意图图解：基督教（le christianisme）分为三个分支，即长期以来一直自认为坚守原基督教教义“普世价值”的天主教（le catholicisme）、出现于 16 世纪的新教（le protestantisme）和东正教（l'orthodoxie）。在法国，主要是天主教和新教之间的分歧导致了宗教冲突。冉森派只是天主教的一个流派，是罗马教皇不承认的思想流派，冉森派与新教一样，反对只有教皇可以解释《圣经》。此图与图解概念源自法国阿尔多瓦大学韦特（Myriam White）教授，在此致谢。

他们惧怕冉森派教徒们会变成新教徒（Protestant），或者靠近基督教新教派，以致威胁到他们的权力。虽然冉森派还留在天主教内，但他们的改革愿望远远超出了基督教和神学的范畴，触动了王权和传统教皇权。这是冉森派在当时与国王及教皇同时发生冲突的最根本原因所在。

尽管冉森教流派很小，但却诞生在法国历史上强大的传统天主教势力之中，这个流派与耶稣会和新教都有一定距离。冉森派认为他们的理念仅仅是为了改革或是革新的诉求，因此一再宣称自己尊重王室、尊重教皇。他们并不希望教皇消亡，并且改革的诉求只针对罗马教廷，与国王没有关系。但仅仅一条“主张直接跟上帝对话，不需要通过神父向上帝中转、忏悔”就被当局认为是企图颠覆王权和教权的立场，招致法国国王、罗马教皇的联手镇压，仅支撑了20余载便难以为继了，就是因为他们的教义精神离经叛道，是一种国王、罗马教皇、耶稣会所不能容忍的新生思想力量。冉森撰写的《奥古斯丁传》在他去世两年后出版。这本书后来成为反映冉森派主要精神的著作，也成为皇港小学校学习经典注疏的基础之一。皇港修道院的断壁残垣已经永远成为历史遗迹，供人瞻仰，无声地诉说着那一场历史事变的惨烈。

（三）小学校的贡献

小学校的体制、教学理念和教学方法。被昂热里克嬷嬷邀请任精神辅导神父的圣·西兰修士于1633年将冉森派的信仰带到了法国。当昂热里克嬷嬷听到圣·西兰修士宣讲上帝福音时，便知道他将会以什么方式引领众生。1633—1636年期间，他在皇港修道院里传播冉森理念，并主张苦修。[①] 圣·西兰修士承担了很重的教育者的任务。他认为教育会对人的信仰产生极其重要的影响。从1637年开始，圣·西兰修士开始给一小众孩子教课，其中包括修士本人的侄子、拉辛的表姐们等。圣·西兰后又增加了三个穷人家的孩子。这就是小学校的最初阶段。由于圣·西兰修士因牢狱之苦死于1643年，后来的教学任务主要由皇港修士先生们承担。1651年，皇港小学校在离小教堂不远的旧谷仓内建课堂，小学校学生每天去那里上课。这之后即是皇港小学校最兴盛的时期。皇港修士先生们用改革精神教书，用启发式的方法论创新和编新教材，这在当时很激进、很新颖。小学校成为法国当时古典学的中心。圣·西兰引入了精神修养理念，但仍遵循天主教改革的路线。该小学教育具

① 拉辛：《皇港史略》，第51—60页。

有严格的基督教特征，讲究科学方式，尊重宗教信仰。圣·西兰对奥古斯丁主义观念有所更改，把“救赎”放在首位，他敏锐地感觉到所承担的人类责任感，并坚信每个人的道德应该完美无缺①，他授课的理念就是以身作则启发学生。

皇港的教学则具有明显的综合性因素。教学在物质上是有保证的，但是老师得对学生在道德和宗教方面的训练负责，他必须严格律己去教育、去祈祷，而不仅是口头言语。教师只有周日可以休闲。老师要求每位学生人手一册课本，不断总结基督教的真理，很长时间以来，就是为此目的而撰写圣·西兰的神学。

皇港小学校的生源来自何方？学校并非免费教育②，学生多半是有钱人家的孩子，但人数很少，当时只有五六个孩子，是男子小学。该校最多曾有过大约 30 个学生，但也达不到当时耶稣会学校的人数标准（100 人），老师最多只照顾六七个孩子。圣·西兰很满意这样的体制，认为这是理想制度；学校有严格的作息时间，但皇港小学制定的法规也是相当人性化的。这是一份 1653 年以后的时间表：孩子们 5 点（对大孩子）或 6 点（对小孩子）起床后就学习，8 点吃早饭。上午上课，11 点是自我忏悔及午餐时间。接着是历史阅读时间。休息一个半小时或两小时以后要接着工作到 3 点，之后，他们可以得到一份零食，再去书房上课，直至晚上 6 点。然后又有一种新的游戏活动可以让孩子们玩到 8 点，晚上 9 点必须休息。

（四）以冉森派为代表的法国 17 世纪古典学（文献学）的贡献

冉森派学者以改革的理念教授语言学、逻辑学、翻译学、修辞学。同时期的耶稣会提倡学拉丁文，但不念希腊文。而皇港小学校教授更多的古典文学：希腊文、拉丁文兼有，并且用法语教学，开发新版法语语法书，都是前所未有的。

在老师方面，杰出的拉丁问题专家（latinist）、希腊问题专家（helléniste）皮埃尔·尼科尔（Pierre Nicole）、阿蒙（Hamon）医生以及教育学家兼语法学家（le pédagogue et grammairien）克劳德·兰斯洛特（Claude Lancelot）都曾在

① 路易·高涅（Louis Cognet）：“皇港小学校（*Les Petites-Ecoles de Port-Royal*）”，*cahier de l'ALEF*，1953 年 3—5 月期，第 19 页。

② 路易·高涅（Louis Cognet）：“皇港小学校（*Les Petites-Ecoles de Port-Royal*）”，第 19—29 页。

此授过课。

在小学校教孩子们的帕斯卡尔的姐姐雅克琳·帕斯卡尔（Jacqueline Pascal）① 写过一本将教学理论付诸课堂实践的儿童守则（Règlement pour les enfants）：《完美或不完美的修女形象：每日室内须知》（*L'image d'une religieuse parfaite et d'une imparfaite: avec les occupations intérieures pour toute la journée*）。

帕斯卡尔创造了新的阅读方法：《对任何语言皆可使用的新简易学习阅读方法》（*D'une nouvelle manière pour apprendre à lire facilement en toutes sorte de langues*）②。具有古典希腊文基础的克罗德·兰斯洛特（Claude Lancelot）创立了法国历史上第一部语法标准书：《皇港之语法学（1660）》（*La Grammaire de Port-Royal*，1660）。尽管存在细微缺陷，但他“强制”性地使用了法语语法，几次再版后，此书发行更加成功。兰斯洛特在 1665 年还出版了《新法轻松学习希腊语》（*Nouvelle méthode pour apprendre facilement la langue grecque*）。安托万·阿尔诺编写的逻辑学教科书《皇港之逻辑学（1662）》（*Logique de Port-Royal*）也是当时最前沿的著名教科书。勒迈思特·德萨西先生（Le Maistre de Sacy）并对《圣经》中的依据进行了合适的经注解释，解释和完善了《圣经》的翻译，德萨西打破用拉丁文或希腊文翻译的惯例，特别用了法文进行翻译，这些举动在当时是惊世骇俗的。这本新译本被誉为最完美的译本，它以《皇港圣经（1657—1696）》　（*Bible de Port-Royal*，1657—1696）为书名闻名于世。

工具的革新也是皇港小学校时期的创举。他们用金属笔替代羽毛管笔。这个在当时有争议的小学校培育了像拉·罗什福科（La Rochefoucauld）和德·拉斐特夫人（de Lafayette）那样伟大的作家，甚至法国最伟大的剧作家拉辛也在皇港小学校汲取了极其丰富的文学与修辞学等的精神营养。法国最伟大的科学家、哲学家帕斯卡尔受父亲艾基纳·帕斯卡尔（Étienne Pascal）的影响接受冉森教义，同情冉森派并极力为其辩护。《致外省人的信》（*Les Provinciales*，1656—1657）③ 中的 18 封信，一封封地发表，揭露耶稣会士们

① 参见 C. Savreux，1665，in-12°，第 464 页。

② 根据法国国家图书馆 1962 年出版的研究《帕斯卡尔，1623—1662》，这篇文章收录在《皇港之语法学》第六章 Grammaire générale et raisonnée de port-royal（1660）。

③ 这个帕斯卡尔信札的题目，饶宗颐先生翻译为《地方通信》，实际上帕斯卡尔是假借一个巴黎人的名义，用虚拟语气写给“外省人”的“信”。参见饶宗颐：《皇门静室的“小学”》，第 172—173 页。

的虚伪，每公开一封就被人抢购一空，此“信札”当时被人誉为天才的作品。帕斯卡尔《思想录》闪烁出人文科学理念的火花，他严谨缜密的逻辑思维能力让人看到他科学家的一面，同时，他对上帝信仰的虔诚，疯狂地为《圣经》和所谓奇迹辩护，他的理智、他的矛盾，又让人看到他哲学家的一面。

由于皇港修道院的被毁，这场宗教斗争的参与者被驱赶出法国，逃到荷兰，遗留下的文件很少。根据 Madeleine Horthemels（1686—1767）的《皇港或纸迹上的修道院》（*Port-Royal ou l'abbaye de papier*）、路易·高涅（Louis Cognet）的《皇港小学校》（*Les Petites-Écoles de Port-Royal*）等遗存不多的文献显示，皇港小学校存在的时间是 1637—1660 年，基本与冉森派由兴到衰的时间相差不大（1637—1660）。某种程度上讲，皇港小学校是法国 17 世纪中叶，在法国国王、罗马教皇、耶稣会与冉森派之争最激烈的时候聚集在乡间皇港的知识分子（皇港修士先生和修女）教育链的统称，是法国 17 世纪文化史的缩影。皇港小学校师资的智力与教学素质在当时无人比拟，他们的古典学成就也十分显著，语言教学和实践的标准化、开发的新教学方法，即以法语为基础，不再使用拉丁文，使文化进化，修辞学、翻译学、语法学呈现的新方法水平之高令人无比钦佩［据汪德迈教授介绍：“皇港小学校教授课程中没有古文字学（paléographe）”］①。他们从以拉丁文为主要教学语言的耶稣会的传统教育系统中脱颖而出，创立了新理念，尝试了新方法，部分教科书和教学笔记至今仍在法国沿用。冉森派的很多书籍与文献都成为反耶稣会教权思想统治的重要历史资料，这一场文化运动曾极大地鼓舞了当时新兴的人文主义思想。以冉森教派教徒为主体的乡间皇港小学校的被毁，悲剧式地留在史册上，给人以无尽的沉思。

三、饶宗颐对古文字学、古典学及小学研究的贡献，以及对皇港小学校经注精神的感悟

饶宗颐先生对皇港修道院及皇港小学校的两次寻访，出于他希望对西方古典学有所了解的愿望。饶先生了解了法国以及皇港小学校实施的经典注疏传统，以及皇港小学校的教学方法，包括具体落实教育理念的方式。欧洲有一个对《圣经》解释的传统，皇港小学校的教育理念也涉及对经典典籍的解

① 据 2021 年 7 月 19 日汪德迈与笔者谈话录音记录。

释与注疏。

皇港小学校的学术研究和精神追求都给饶先生带来很多触动。几百年前，法国发生的社会、宗教和文化变革浓缩在小学校的兴废往事中。对皇港小学校的探访如同揭开了尘封的历史，让这位站在废墟前的东方人产生了极大的共鸣。在第一次寻访回去以后的2003年，促使他把香港大学饶宗颐学术馆的外文名称定为“Jao Tsung-I Petite Ecole（小学校）”，以此明志。

“小学”，又称中国古代语文学。西汉时，称文字学为“小学”。中国古代的小学是指儿童启蒙教育读书的学校。最初时，小学是为贵族子弟设置的。孩童入学必先要识字，掌握字形、字音与字义，且会使用。在汉代，学者将研究汉字的学问称为“小学”，进阶的教育被称为“大学”。

据《汉书·艺文志》记载，古代的字书，“以《史籀》为最早，之后有《仓颉》等。汉代以后，先后又有《凡将》《急就》《元尚》，等等”。[①] 深厚悠久的对“小学”研究的传统逐渐形成。“小学”的内涵随着时代的发展不断丰富。由于古人认为认识研究汉字的目的是为了读懂经书，因此小学一度被看作经学的附庸。到了清代，《四库全书总目提要》将“小学”涵盖最终定为当时公认的三学：包括音韵学（释音）、文字学（释形）、训诂学（释义），重新成为经学的一科。清末，在西方现代思潮影响下，章太炎等倡导以西方语言学、文字学等代替“小学”。

（一）饶先生的知识基础

饶先生从小是在两个世界里自修潜研，一是在家中“天啸楼”的书山学海中学习，二是带着光怪陆离的梦想靠云游四方学习。

饶先生出生在潮安县城一个儒商家中，父亲饶锷先生将自家所居之楼命名为“天啸楼”，藏书数万卷，如大型书籍《古今图书集成》《四部备要》《丛书集成》均齐备。饶锷先生是当地有名的儒商，同时又是喜欢藏书以及研究经史和佛学的学者。他著有《汉儒学案》等，尤长于文献考据，特别钻研宋明理学、佛学与潮州地方文献。10岁时，饶先生已经阅读了《通鉴纲目》《丛书集成》《通鉴纪事本末》《通鉴辑览》等古籍，并能背诵《史记》多篇，经史、佛典、诗词、文赋均有涉猎，奠定了中国文化的传统基础。他继承了中国传统学术精华，全身心浸泡在“天啸楼”的经、史、子、集里，替父抄

① 据2021年7月19日汪德迈与笔者谈话录音记录，第6页。

录著作，训练逻辑思维、分析归纳、语言文字等能力，为以后的文学艺术道路奠定了良好的基础。[①] 他在回顾他的学问时说，有五个基础来自家学，其中第三是目录学，即训练利用目录增进学识，第五是乾嘉学派的治学方法。[②]

饶先生之所以能够成为学养深厚、触类旁通的国学大师，正是基于幼年读书时所获得的扎实的语言文字基础。尽管他上学上得很少，但古代先贤、学者留给后人的“小学”文献，在无意之间便为其塑造了良好的概念和逻辑体系，成为饶先生一生治学的丰沃土壤。

（二）饶先生对“古文字”研究的贡献

饶先生把古典语文称作“小学”，他对古典语文基础训练非常重视，这一点，从他从小受的教育与所拜老师所引之路，以及后来人生路上于多国学者的师承或进修时对古文字学、小学的探讨实例中，可以见到饶先生对古典语言文字及古代典籍的重视。小学研究的是语言文字的来源、发展和使用，而“求是、求真、求正”，正是饶先生自勉的学者境界。[③]

1. 饶先生对甲骨文的研究

饶先生自幼读清代儒士的著作，推崇孙诒让和顾炎武，并受这二位学者的影响。饶先生研究了朴学大师孙诒让考释甲骨文的开山之作《契文举例》。而饶先生治学肯钻进去，肯走坚信的学术之路，则源于顾炎武的影响。据《饶宗颐——东方文化坐标》，饶先生后来研究甲骨文的动机来自孙诒让考释甲骨文的《契文举例》。[④]

饶先生甲骨文研究的代表作是《殷代贞卜人物通考》（以下简称《通考》）。1954 年夏天，饶先生利用暑假期间去日本京都，专门探究那里所藏的 3000 片甲骨。饶先生特别重视甲骨文的研究，他明白甲骨文在汉字发展历史中所起的关键作用，它上承原始刻符符号，下启青铜器铭文，是研究上古历史最重要的第一手资料。他白天去京都大学人文科学研究所图书馆细看流失到日本的这批中国甲骨，仔细查看并做详细记录，晚上把拓本带回他所住的三缘寺中继续研究。他研究甲骨文的巨大学术成果就这样一点点地积累起来。

① 参见陈韩曦：《饶宗颐学艺记》，广州：花城出版社，2011 年，第 2 页。

② 陈民镇：《阅读饶宗颐：从天啸楼到梨俱室》，《中华读书报》2018 年 7 月 18 日。

③ 李焯芬：《国学大师饶宗颐的人生智慧》，香港：新雅文化事业有限公司，2018 年，第 58 页。

④ 陈韩曦：《饶宗颐——东方文化坐标》，广州：花城出版社，2015 年，第 14 页。

从1982年起，他策划主编了大型分册资料索引《甲骨文通检》一书，由沈建华负责编纂。饶先生在每册卷首皆撰有长篇前言，对相关的甲骨学问题进行深入的分析探讨，其中的许多内容代表了饶先生的新思考，具有很强的启发性与指导意义。[①] 他还领衔主编了《甲骨文校释总集》，这些著作都是甲骨文总结性的汉字工具书。1959年，饶先生《通考》一书出版。全书以贞人为纲，卜事为纬，共计80万字。[②] 根据饶先生弟子郑炜明的考证："从饶先生发表第一篇涉及殷代贞人的甲骨文论文是在1946年这一点看，到1959年出版《通考》，前后应至少花了14、15年功夫。"[③] 该书经戴密微推荐，1962年获法兰西学院"儒莲奖"。对于《通考》一书在甲骨学上的贡献，刘钊教授概括了以下几点：

一、开创以"贞人研究法"为纲、全面整理甲骨卜辞的新体例。

二、对全部甲骨刻辞重新校勘，为学术界提供更为科学准确的资料。

三、抉发殷周礼制，复原殷商社会真貌。

四、精于文字训释，善于通读卜辞。

刘钊教授特别强调："饶宗颐教授熟谙典籍，具有很深的小学功底，将之运用到甲骨文字的训释上，常常能独具慧眼，妙解纷披。所论皆能与典籍或晚出新资料密切结合。《通考》的文字考释亦时时有新颖的见解。"[④]

2. 饶先生对简帛的研究

饶先生将经注的视角同样运用到了战国简与汉代马王堆帛书的研究中。"1965年，在纽约楚帛书藏主戴润斋处获睹帛书原物，积疑冰释，写成《楚缯书十二月名核论》，证实帛书图像首字即《尔雅·释天》十二月名，遂成定论；又据楚帛书红外线照片作《楚缯书之摹本及图像——三首神、肥遗及印度古神话之比较》及《楚缯书疏证》（并1968年），把楚帛书研究推向新阶段。"[⑤]

1967年，饶先生在美国哥伦比亚大学美术史及考古学系参加专题学术研讨会，做了题为《〈楚帛书〉及古代美术与太平洋地区关系可能性》的演讲，对大都会博物馆藏的"楚帛书"做了真实性的论证，得到与会学者的赞同。

---

① 刘钊：《谈饶宗颐教授在甲骨学研究上的贡献》，《中国图书评论》2010年第3期第117页。

② 参见陈韩曦：《饶宗颐——东方文化坐标》，第59页。

③ 录自郑炜明与笔者的交谈（2021年7月16日）。

④ 刘钊：《谈饶宗颐教授在甲骨学研究上的贡献》，第117页。

⑤ 陈韩曦：《饶宗颐——东方文化坐标》，第277—278页。

饶先生所撰《从缯书所见楚人对于历法、占星及宗教观念》一文被收入会刊。1985年出版的《楚帛书》，集饶先生30年研究之大成，他第一个指出帛书即楚国“天官书”的佚篇，被学界认为是最合理的解释。

3. 饶先生对敦煌《老子想尔注》抄本及敦煌变文的研究

饶先生在少年时代已经开始接触老庄思想。1954年，饶先生在新亚书院讲授“老子”等课程。前后3年间，他借助教学，对道教思想文化与道学进行研究。

1939年，饶先生第一次在叶恭绰位于香港的寓所接触到敦煌文物及敦煌学，后来赴日时的所见所闻又促使他开始这一研究。20世纪50年代，饶先生在报上得知日本人把流失在英国的敦煌文献拍成微缩胶卷。一位朋友方继仁出资买下一套微缩胶卷，送赠饶先生，以此支持他的研究。1954年，饶先生出席在英国剑桥大学召开的英国皇家亚洲学会主办的第23届东方学家国际会议，在会上发表的论文《老子想尔注校证》，正是他深入研究微缩胶卷中的北朝写本《老子想尔注》残卷的结果。[①] 饶先生成为研究敦煌本《老子想尔注》的第一人，他曾说，最先与敦煌学结缘就是因为从事《道德经》校勘的工作。[②] 1956年，饶公于香港东南书局出版《敦煌本老子想尔注校笺》一书，首次破译今存于大英博物馆编号Stein 6825的敦煌遗书中残卷。此著填补了学术空白，在法国受到高度重视，并引发后来欧洲道教研究的长期计划。法国道教思想研究权威康德谟（Maxime Kaltenmark）将其列为教材。著名道教研究者施舟人（Kristofer Schipper）深受其影响，他尊饶先生为道教文献研究的开拓者。[③] 汪德迈先生在他的文章里谈到此事时说，戴密微先生是汉学家，非常欣赏饶先生的学识。戴密微当时于巴黎的国立图书馆做编目工作以及从事伯希和敦煌资料研究，他决定邀请这位没有大学学历、比他本人还年轻15岁的中国学者来巴黎工作。[④]

从该书的初版到1991年11月在上海古籍出版社再版（再版书名为《老

---

① 陈韩曦：《饶宗颐——东方文化坐标》，第58页。

② 饶宗颐：《我和敦煌学》，载《饶宗颐二十世纪学术文集》卷八（上），台北：新文丰出版股份有限公司，2003年，第291—299页。

③ 饶宗颐：《我和敦煌学》，第291—299页。

④ 参见汪德迈：《我和我的老师饶宗颐先生》。本文为汪先生2015年3月17日于香港中文大学“饶宗颐访问学人讲座”上的演讲，李晓红译。后以中文同题发表于香港中文大学《中国文化研究所通讯》2015年第2期。

子想尔注校证》)，饶先生研究此课题先后长达40年之久。根据弟子郑炜明介绍：“其间数度修订其学说，该书影响欧洲汉学家、中国道教史学家超过半世纪。”① 法国汉学家施舟人这样评价该著作：“道教研究伊始，陈垣、福井康顺、马伯乐等都只是一种比较笼统的历史探索，无人敢把早期的道书当作一项专门的研究主题。不少中国及日本学者认为，道教资料可以推断它的年代和其他历史情况就足够了，无须深入研究它的内容。就此而言，饶宗颐先生是道教研究的开拓者。他不仅把蒙尘已久的重要文献抢救出来，并加以各种严谨的注释与考证。可以说，在他之前，从未有人如此科学地研究道教文献。…… 饶宗颐先生的成就使法国学者非常佩服。《老子想尔注》为他们提供了一个了解汉代思想的全新角度。”②

1954年剑桥会议结束后，戴密微先生特邀饶先生到巴黎的法国国家图书馆敦煌文献资料库的伯希和收集敦煌经卷资料库做编辑整理工作，辨识至今仍存于法兰西学院、巴黎塞努齐博物馆和吉美博物馆的26片甲骨文残片。同时，饶先生也研究敦煌写本，他可以亲手触摸敦煌文献原件。据李焯芬教授回忆：“饶宗颐难以按捺住心中的激动。他知道：敦煌文献藏于英国的数量最多，但藏于法国的却是最精的，因为拿走这些文献的是懂中文的法国汉学家伯希和。他拿走的都是他细心筛选的精品。1965年12月，在戴密微的建议下，法国国家科研中心正式邀请饶宗颐到巴黎协助研究敦煌文献，由饶先生的法国学生汪德迈做他的助手。”③ 据汪德迈回忆，那段时间，饶宗颐白天在法国国家图书馆的伯希和收集敦煌经卷的资料库工作，晚上回他家继续工作，直到深夜。④ 饶先生在这段时间里，对吉美博物馆所藏的伯希和带回的敦煌经卷精品220件进行研究，并在对敦煌经卷研究基础上，写出大批有原创观念的敦煌学论文，法国吉美博物馆至今仍保存不少饶宗颐所做敦煌研究手稿。饶先生与戴密微先生密切配合，帮助出版伯希和文库书籍。根据法国国家图书馆写本部中文馆藏机读编目负责人罗栖霞教授介绍，饶先生还对法藏敦煌乐谱进行研究：“我于1956年初次到法国巴黎，看了P. 3808号原卷宗……”⑤ 罗教授还说，饶先生研究大量法藏敦煌经卷曲子词，用中文校录歌词，着手

① 郑炜明：《饶宗颐：大先生，小故事》，《北京日报》2017年8月8日。

② 参见陈韩曦：《饶宗颐——东方文化坐标》，第65页。

③ 李焯芬：《国学大师饶宗颐的人生智慧》，第31—32页。

④ 汪德迈：《我和我的老师饶宗颐先生》，香港中文大学《中国文化研究所通讯》2015年第2期。

⑤ 饶宗颐：《我和敦煌学》，第291—299页。

恢复原貌。饶先生还关注过佛经唱诵音腔的研究问题。《敦煌曲谱》是中国迄今所见最早的曲谱，中外音乐史家对该曲谱进行了大量的转译、解读研究。例如，饶先生研究过的一件敦煌乐谱，正面抄有《长兴四年（933）中兴殿应圣节讲经文》，乐谱抄写在它的背面，为一种符号型乐谱……《敦煌曲谱》虽仅有25首，但古奥难辨，在饶先生之前，中外学者几乎无人能读懂这“音乐天书”。[①] 1964年，饶先生与戴密微商定做《敦煌曲》的校录，精心印制了一大批不被人熟悉的曲子词写本，同时纠正了不少以前的讹误。饶先生还发表或与戴密微先生合作发表了《巴黎所见甲骨录》《敦煌曲》《敦煌白画》《敦煌曲绪论》等著作和文章。[②] 他在写《敦煌白画》一书时，曾谈到他在学习唐代白描，并于甲骨、楚帛书、侯马盟书以及流沙坠简等出土文物上的文字上所下过的功夫，他不仅学习其线条及其结体，而且还尝试自己创作古文字书法作品。

关于敦煌变文，饶先生如是说，所谓变文，本来是指经文的附属品，源于陆机《文赋》“说炜晔而谲诳”的“说”，与佛家讲诵结合后，随着佛教在华的发展，逐渐形成的一个新文体的变种。但从“变”这一观念加以追寻，文学有变种，艺术有变种，两种同时并肩发展，和汉字的形符与声符互相配合，文字上的形变演化为文学上的形文，文字上的声符演化为文学上的声文。刘勰指出的形文、声文、情文三者，性与声两文都应该从文字讲起，所谓变文，事实上应该有形变之文与声变之文二者。可是讲变文的人，至今仍停留在“形变”这一方面，古乐府中仍保存“变”的名称。饶宗颐认为：“余一向主张，变文在文学与艺术上的发展，有以下二途：1. 形文：沿此推进，注重变相，是绘画的成就。2. 声文：乐府中有所谓‘变’，佛曲在唱诵时的转度方法，即唱腔的形成，竟陵王延请僧人做特殊的训练，此与声调的辨别分析是两回事，前者是音乐学，后者是语音学，不容混淆。”[③] 关于变文，笔者请教汪德迈教授时，他说：“关于变文，中国文字从唐朝开始就已经改革了。

① 2019年3月29日，阿尔多瓦大学文本与文化研究院、索邦大学远东研究院联合主办“中西方诗画会通研究：文字与图像的交叉启示”国际学术研讨会期间，参观法国国图时，笔者根据罗栖霞教授对《饶公研究过的法藏伯希和敦煌汉文写卷简介》的口述记录整理。

② 参见欧明俊：《互鉴与会通——饶宗颐与汪德迈学术思想比较》，载《文明通鉴与文化创新——第二届深圳大学“饶宗颐文化论坛”论文集》，深圳大学饶宗颐文化研究院，2019年11月26—27日，第41—42页。

③ 参见欧明俊：《互鉴与会通——饶宗颐与汪德迈学术思想比较》，第95页。

唐朝的和尚用文字的‘字’来表示口语，不再用文言，用的是白话。为什么呢？因为他们要给百姓传播佛教，用口头的‘话’来写口语。他们是最早知道表音文字的中国人，引用的是从印度来的文字——梵文，用梵文的方法来写中文的白话。变文不但受佛教影响，而且还是佛教徒创造的。”① 对于变文应如何归类（或定义）的问题，中国古文字学家常耀华这样说：“变文恐怕归入训诂学最合适”，“不过，训诂学跟文字学之间并没有明确界限。浑言不分，析言有别”。② 综上，充分反映了饶先生善于从古今中外文献中搜索、比对、联想，以达“贯通融合”的研究方式。饶先生极其重视古典文学的修养，这正是他看到皇港小学校教育理念时油然而生共鸣的原因。他认为，一切之学必以文学植基，否则难以致弘深而通要眇。

（三）语言文字是通往自由平等之学问，在语言文字的研究基础上开拓新领域

尽管小学在中国很长时间以来被认为是辅助性、功能性的学问，但是，语言文字上差之毫厘，彼此之间的交流便谬之千里，更毋庸谈追求真理、传承知识。语言文字是一切文明得以延续和发展的基础和最重要载体。冉森派摒弃了旧知识分子用拉丁文竖起的壁垒，采用法语教学，又将语言以科学系统的方法进行标准化规范化，让所有孩子可以通过方法来掌握语言，获得知识，实现个人的发展，可说是走了将文化交还给人民的第一步。孔子曾说：“三人行，则必有我师。”饶先生亦无常师。饶先生多次撰写文字，缅怀自己的老师，他也非常尊重曾经在学识方面给予他指教的学者。除了中国的古文字研究外，作为迷恋古文字和碑铭学者的饶先生，还研习过印度摩珩・佐达罗（Mohenjodaro）图形文字，还向印度婆罗门种姓学者白春晖（V. V. Paranjape）学习梵文，并向法国著名亚述学者蒲德侯（Jean Bottéro）先生请教苏美尔文字。

饶先生继承传统小学研究的路子，又在此基础上开拓新领域，他赋予小学研究新视野，找到新源头，在小学研究的基础上，加上了考古学的背景，使传统的小学研究面貌更新。

① 根据 2021 年 7 月 19 日汪德迈与笔者谈话录音整理。

② 根据 2021 年 7 月 29 日常耀华与笔者谈话录音整理。

四、皇港小学校的经注传统和反叛精神对饶宗颐的启示

（一）追求开放的学术氛围

汪德迈教授从小学校的故事联想到自己学习的中国古典学，想到为坚持自由思想的中国东林书院所产生的影响。汪教授把饶先生看作一生的老师，认为饶先生和戴密微大师，对他而言，正可谓是“内圣人，外老师”。他赞赏饶先生这种崇敬他者（或他方）文化精英们的精神，深知饶先生在重视中国古典学的同时，也有希望了解西方古典学的强烈愿望，所以建议饶先生去皇港小学校参观。汪教授说：“饶宗颐先生的心中被注入的这种力量，致使他将在他所理想的‘小学校’框架里建立他自己理想的框架。”① 皇港小学校所教、所传承的正是法国古典学（文献学）的精髓。

（二）文化的殊途同归

饶先生对知识的学习和了解把握得非常准确。也许他对有些东西了解不多，比如对《圣经》的理解，对信教人方法论、世界观的理解，凡此种种。但是他对帕斯卡尔《思想录》等有广泛影响的著作却看得很准，《思想录》反映了帕斯卡尔受过皇港小学校经典注疏学方法论的系统训练。

饶先生的《皇门静室的“小学”》反映了他对帕斯卡尔《思想录》根本精神的理解。帕斯卡尔曾在书里提到“人是什么?”的问题：“人只不过是一根苇草，是自然界最脆弱的东西；但他是一根能思想的苇草。用不着整个宇宙都拿起武器来才能毁灭他；一口气、一滴水就足以致他死命了。然而，纵使宇宙毁灭了他，人却仍然要比致他于死命的东西更高贵得多；因为他知道自己要死亡，以及宇宙对他所具有的优势，而宇宙对此却是一无所知。”② 饶先生希冀做一名隐士，隐居山林，著书立传，像皇港修士们一样迷恋人文科学，像孟子一样“逃空虚而有足音跫然”，追求“不可思议的觉醒”。他追求

① 汪德迈：《我与我的老师饶宗颐》，《国学茶座》第 9 期，济南：山东人民出版社，2015 年，第 48 页。

② *Pensées sur la religion et sur quelques autres sujets*，*Br.*，*Nos* 347。参见帕斯卡尔著，何兆武译：《思想录——论宗教和其他主题的思想》，北京：商务印书馆，1986 年，第 157—158 页。

简单安静的生活，这就是他把皇港小学校称为“皇门静室”的“静”的心迹之一。他在“无限空间的永恒”之中思考着，沉思着，发问着……他愿意像帕斯卡尔文中所说，做一根思考着的芦苇，提倡“发问”的科学研究精神，追求高尚的精神。

（三）谈中法“自由思想”的提倡

饶先生希望建立中国的“小学”。同饶先生把学术馆视同皇门静室的“小学”一样，他认为法国皇门静室的“小学”拥有相当于中国古代学术史上的“小学”传统。拉辛写过的有名的《史略》，“把古典语文学科称为‘小学’和中国的传统语文的形、音、义的智识完全一样。因此，足见对于古典语文基础训练的重视，中外是一致的”①。饶先生希望大家正视传统的古文字学，提倡古文字学、小学。饶先生觉得自己的学问所知仍然不多，“刚好 Petite 是小的意思，École 是小学校、小学的意思，他就是要以此自喻所知不多，学问小……”②，所以他的学术馆，只是一个 Petite École（小学校）。当然，这个小学不完全是中文表达的“大学”与“小学（文字学）”意义中的“小学”意思，皇港小学校只是孩童读书的小学校，而香港大学设立的以饶宗颐学术馆命名的小学校则不是一般的教育机构，是安排各类与教育有关系的学术活动与事务，是进行研究活动或出版事宜等的书院。饶先生有他想表达的更深层的意思。他寄希望于这个“小学”以实现他心中理想的框架，这是他多年来的学术志趣和期许。

结　语

饶先生从小受过严格的经注传统教育。通过对皇港小学校的了解和对其历史的探究考察，皇港小学的治学方法、修行方式与古典学自学模式、精神生活的隐修模式得到饶宗颐先生的共鸣。饶先生《皇门静室的“小学”》一文里的“诗”是“文明与文化”世界的泛指，是对那个特殊年代里，冉森派中多名皇港小学教师具有的高超神学知识和深厚的文学修养的礼赞。这批社会的文化精英具备尖端的智力素质，有着对不同的学科的深层了解、对自己宗教信仰虔诚执着的追求，对人文科学的超前研究和对古典学的推陈出新。

---

① 陈韩曦：《饶宗颐学艺记》，第 140 页。

② 郑炜明：《饶宗颐：大先生，小故事》。

他们有着与传统决裂的反叛精神，才会在那个荒凉的地方产生改革意念与新思想。这就是西方“宗教和诗的柔和”，是在法国文学界、思想界、宗教界中的新与旧、古与今、生与死之间的较量之后产生出来凝固在古典学里的无穷魅力：贫、寒、简，然而丰富、炽热、高深，耐人寻味。饶先生曾经说过：“名字代表着文化内涵。”[①] 皇港小学校体现了欧洲变革时代文献研究的新理念，这些理念所代表的时代精神让饶先生感触良多，促使他产生新思想，以至于他决定重新命名学术馆。2003 年，体现欧洲经典注疏学传统的“Petite École（小学校）”的命名，深切准确地反映了饶先生的新古典学精神。

① 施议对、施志咏编纂：《文学与神明——饶宗颐访谈录》，北京：北京联合出版公司，2019 年，第 75 页。

“中国文化和中国人民的友谊向我展示了中国特有的人文主义的宽厚”①

——忆恩师汪德迈先生

李晓红

汪德迈先生（Léon Vandermeersch），我们的老师，于2021年10月17日永远地离开了我们，享年93岁。汪先生热爱中国文化，倾其一生之力致力于中国文化的研究以及中法文化之间的交流与互鉴，他的研究领域广阔，学术视野宏大，成果丰硕。作为20世纪最伟大的汉学家之一，先生的离世，让我们无比遗憾，他深谙中国文化，又通晓西方文化，我们很难再找到具有他这样思路的替代学者。

图1　先生在乡间皇港修道院皇港小学校展览前留影，李晓红摄于2017年6月26日

一、辞别

永远忘却不了与恩师汪德迈见的最后一面。那是2021年10月14日的下午，笔者去法国高善医院看望当年第二次住院的汪先生。走进病房，先生斜卧在病床上，见我进来，面露愉快的神情，用手势招呼我坐下。我询问了他的病情，他说，比上次住院感觉好。我问他这两天在医院怎么过的？他说：“我一半时间听广播，一半时间睡觉。”

① 汪德迈：《“会林文化奖”演讲辞》，摘自汪德迈：《中国文化探微》，载刘洪一主编：《文明通鉴丛书》第一辑，第21篇，北京：商务印书馆（出版中）。

他笑着说："J'en profite du temps pour dormir（我趁机好好睡觉）。"他希望下周五，即10月22日，女儿尚达尔再来巴黎时，就能办出院，回家休息。他还很放松地跟女儿打电话，想跟将从布鲁塞尔来看他的外孙周日外出吃饭。在病房里，老人欣慰地看了我特地带去的友丰书店出版的他与我、顾乃安（Antoine Gournay）、克罗蒂娜（Claudine Nédelec）教授联合主编的《心手合一的艺术——从东方到西方的书法与图像》的样书。我还请示他，如果他恢复健康，原定10月22日召开（此次肯定不可能了）的北京语言大学"致敬汪德迈先生汉学研究70年"线上专题座谈会可不可以延期举行，他回答说可以的。我们的谈话进行了半个多小时，为了让他休息，我起身要走。他说："6点半我要听电台的中国消息。"就如同他每次病重之后他都会"绝处逢生"，我曾跟他开过玩笑："你是农民体格，健壮而有耐力。"他笑道："Peut-être（可能吧）!"因此，我依然相信以他的毅力和体魄可以扛得过去。不料，16日下午尚达尔电话告知老人病情加重。17日晨，尚达尔短信告知恩师仙逝了，天人两隔了！夫君李中耀和我完全不敢相信，这噩耗如同晴天霹雳、泰山崩塌，我顿时泪如雨下。我完全没有意识到那句话竟是今生他与我说的最后一句话，生命的最后时分，他心里挂着的仍是中国！

二、缘起

20世纪90年代末，我在索邦大学做博士论文，授业恩师白莲花（Flora Blanchon）教授把我引荐给汪德迈这位法国汉学大家，请这位中国古文字与文学造诣极深的大师指导我的博士论文中图像与文字学术领域里的问题（我的论文题目为《神龙——中国古代龙图像起源》）。白莲花教授又特邀汪德迈教授担任我的博士论文答辩委员会主席，汪老与我从此结下20多年的师生缘。回想起我与夫君中耀在法国与汪老多年的缘分，随侍左右，亲闻謦欬，与中耀一起得到先生的关爱、教诲与提携，实为学生今生之莫大荣幸。我和中耀常向老师请教学术问题、与他进行酷爱的中国书画探讨。2018年以来，我按好友福建师范大学欧明俊教授提出的《汪德迈学术思想研究》中的《汪德迈先生访谈录》访谈大纲，采访汪先生。因此，到汪先生家中与先生探讨的机会日益增多。法国疫情严重封城期间，我仍然拿着先生开的探视证明去探望他，与他交谈，继续访谈工作。当时的法国市面上弥漫着新冠肺炎疫情蔓延扩散的紧张气氛，然而，在巴黎十五区一座外装修是典型的西方建筑、内部却充满东方文化气息的法国人家中，这位睿智博学的学者则神情淡定地抒发他对中国文化的热爱之情、对中西方文化差异的见解以及谈论东西方各位老师对他的恩惠和影响。老人生前一直保留法国人的习惯，每年备有一本记事本，专门记录当年与客人的预约时间或大事。他每次都问我："你下次哪天来？"他用颤巍巍的手在同一规格的本子上记下每一次约定的时间，我的记事本上同样密密麻麻地记着与先生约定的时间。这一个个约定的日子，先生"您还在吗？"现在该我对天长唤了："先生此次去，何日复归来？"

三、求学

汪先生出身于法国北部 Wervicq-sud 的一个虔诚的天主教家庭，父亲经营一家小型纺织公司，母亲为一位有声望的从事慈善事业的医生之女。兄弟姐妹十人中他排行第六。

先生小时候，5—7 岁时在家自学，跟饶宗颐一样，没有去上学，家里请了一位私人教师。到 7 岁半，为了让孩子们能独立生活，能够面对人生中之艰难困苦，父母亲把他和家里其他兄弟陆续送进亚眠"普罗维登斯"（Collège de la providence à Amiens）天主教教会学校（中学）去读书，当住校生。这个学校也是马克龙总统读书的学校。

2019 年，在将新书《中国教给我们什么？》寄给马克龙总统时，总统曾这样回答先生："感谢您给我上的中国课。"岂不知，正是这所有极其严谨校规的基督教教会学校给 7 岁半幼小的汪德迈进行了是非判断、道德品质的教育，培养了他认真踏实的学习习惯、一丝不苟的学习态度，甚至他崇尚苦修的精神都来源于该校的启蒙教育。他曾经对我说："7

图 2　2018 年，先生在法国北方 Wervicq-sud 他的老家屋子前

岁半就住寄宿学校对我太难了。”为了消解由于遵守严格餐饮制度而带来的饥饿感，孩子们的母亲会每周四来看他们，带他们去好餐馆打“牙祭”，那一时刻孩子们个个如狼似虎，饱餐一顿。每每谈起母校，先生都会愉快地忆起那些快乐时光。也就是在这所学校里，先生开始了文理科如地理、历史、数学的学习。在语言类的学习中，除了母语法文外，他学了希腊文、拉丁文、德文等外语。他喜欢读希腊文的《亚历山大班师回朝》（*Nalabase*，*Le retour des guerriers d'Alexandre*）这类历史书，他说，他读这本书比读古希腊荷马史诗《伊利亚特》《奥德赛》等书还要喜欢。先生说：“直到 15 岁才有作文课”，他很喜欢写作文。先生说，他的考试成绩一直很好，除了德语略差一点。青少年时代的汪德迈记叙文就写得很好，论说文也写得好。在中学期间他没有学过英文。在先生后来倾其一生追求的研究中国文化的过程中，执着专一，极有定力，孜孜不倦，修成正果，都与其幼年所受严谨教育、多科目的学科智力开发分不开。

1944—1945 年，先生转学至凡尔赛天主教教会学校圣・热纳维耶沃（Sainte Geneviève）预科班（Prépa）读书，两年后获得业士学位文凭。这所简称 Ginette 的教会学校是一所专门培养学生将来考“综合理工”“中央理工”“圣・西尔”一类的法国大学校（grande école）中的理工科精英学校。

先生说，他 17 岁以前所上过的任何一个学校都没有开过中文课。他对中国一点都不了解，只有他的一位去过印度当过传教士的叔叔跟他讲有关印度的大象与斑马的故事，这是他接触远东地区文化的开始。后来在圣・热纳维耶沃教会学校预科班读书时，他遇见一位叫张工宪（Truong Congcui）的越南老师，张工宪对越南与其他远东国家的介绍，对青年汪德迈产生了很大影响，他开始迷上了远东地区，也开始对中国感兴趣。在张的介绍下，先生又去跟一位叫陈荣生的中国老师学习中文，陈先生用自编的《我说中国话》的课本开始了先生人生第一次的中文学习。2 个月后陈先生回中国，走之前把先生介绍给后来成为《红楼梦》译者的李治华先生继续学习中文。而发现中国语言文化的魅力，则是源于先生 17 岁时，在阅读德国著名语言学家乔治・冯・德・格贝勒茨（Georg Von der Gabelentz，1840—1893）19 世纪写就的一本德文中文语法书时得到的启示。这本严谨古老的语法书，从文字语言的撰写到思维方式的阐述，都超出汪德迈的想象。既与他的母语法文不同，也完全不同于他曾经学习过的拉丁文、希腊文和德文的语法书。这本书令先生着迷，使他有了学习中文的冲动，这就是他去法国国立东方语言文化学院（Institut

National des Langues et Civilisations Orientales）学中文的起因。

1945 年 10 月，于凡尔赛教会学校圣 · 热纳维耶沃 2 年预科班学习毕业后，先生去大学深造，在法国国立东方语言文化学院注册。可是，当时他没有钱，学费只能靠父亲支付，而父亲认为学中文将来无法生存，他希望先生学法学，只愿意支付他法学的学习费用。后来先生学法律是为父亲，学中文和哲学是为自己的愿望。

先生于 1945—1948 年间在法国国立东方语言文化学院读了 3 年中文，1948 年读完课程，1951 年获中文业士学位（笔者注：法文 Brevet，当时法国高校的初级学位，台湾、大陆似无此制度，也许相当于香港的副学士学位）。戴密微曾是他一年级时的中文老师，但当时与他并不熟。在读中文的最后一年，他又开始读越南文的业士学位（1947—1949）。汪先生特地跟我说明，在法国国立东方语言文化学院他没有学过日文。

当时先生选择了一种艰巨的求学方式，即同时报几个专业，自己调整时间去听课，挑战自己。1945—1951 年期间，他同时于巴黎大学的法学部（曾经的索邦大学，今又恢复旧名）注册学法律。先生在拿到法律学学士（本科）、硕士学位之后，于 1950—1951 年读了 Doctorat 博士学位课程（即 6 年制的第 5 年开始准备，读 1 年），以《马克斯 · 斯特纳的经济学思想理论》（*Les idées économiques de Max Stirner*）为题通过答辩获巴黎大学法学博士学位，成绩优秀（至今未出版）。

据先生介绍，马克斯 · 斯特纳是 19 世纪一位思想很激进的德国哲学家、思想家，他的理论影响到后来的虚无主义、无政府主义。1945—1950 年期间，先生同时还在法国巴黎大学文学部注册学习哲学。在先生第二本学生证即文学部学生证（哲学）上，清楚地记录了他在文学部攻读哲学每年注册日期或考试纪录的轨迹。他 1950 年读完巴黎大学文学部哲学硕士学位课程，他的哲学硕士学位论文题为《莱布尼茨和中国思想》（*Leibniz et la pensée chinoise*）（至今未出版）。他后来跟我说："我得反过来感谢父亲的支持，他的付费却成全了我大学期间多方位多学科学习的心愿。我在学习自己喜爱的中文和哲学的同时，打下了扎实的法律学功底，对我后来几部阐述中国古代行政制度的学术著作《法家的形成——古代中国特有的政治哲学形成研究》（*La formation du légisme, Recherche sur la constitution d'une philosophie politique caractéristique de la Chine ancienne*），1965 年远东学院出版社出版；我的法国国家博士论文《王道》（*Wangdao ou la Voie royale*）等著作起了很大作用。"

1954年在西贡时，先生就开始构思博士论文《法家的形成——古代中国特有的政治哲学形成研究》。后因远东学院院长让·菲琉匝（Jean Filliozat，1906—1982）要求，该论文转注册为法国高等实践研究院（EPHE，为法国重量级学术单位）毕业文凭，该校无博士学位，此文凭相当于硕士学位，1965年由法国远东学院出版社出版。该论文反映了青年汪德迈当时首先研究的是中国先秦法家的学说。

1954年，先生以《王道》为论文题目，在巴黎大学注册修读法国国家博士资格。[①] 该论文《王道》2卷（卷I：文化与家庭结构，*Structures cultuelles et structures familiales*；卷II：政治结构与礼仪，*Structures politiques et rites*）分别于1977、1980年在法国远东学院、新院出版社出版。这篇写于日本留学期间的论文讨论了中国古代制度典章、文化与家庭结构。1975年，先生完成博士论文《王道》，通过答辩获国家博士学位，指导教师为谢和耐。法国初无汉学博士学位，20世纪初始设，二战后步入正轨。嗣后有资格执教中文并指导博士学位论文者只有谢和耐、吴德明（Yves Hervouet）等先生。1962年先生至香港大学师从饶宗颐先生，受其影响，终完成洋洋数十万字之《王道》巨著，该书上溯殷周甲骨，兼及古代社会结构，转而钻研儒家之学。据饶宗颐先生得意门生郑炜明说，饶师曾赞其著曰："马伯乐以后，欧洲言（我国）古史者，未能或之先也"。

《汉学研究》（*Études sinologiques*，巴黎大学出版社1994出版）实为先生的一本论文集，在论文集中选印了他在博士论文《王道》的重要章节（尤其是《王道》的下卷）以及他一些文章中的重要摘要和理论。

从他求学的经历、专业的选择以及后来学位论文的选题等方面，我们可以看出他学术的关注点，也可以看到他研究思路的演进脉络与过程。

---

① 汪德迈先生读的是法国国家博士学位（thèse d'État）。在他读博士的时代，法国有2种博士学位：1. 第三阶段博士（doctorat de troisième cycle），攻读时间为2—3年；2. 国家博士，学习时间一般为8—10年，可以按学生要求延长。读书期间，做相当于教授助手的工作（Assistant des professeurs）。攻读者在获得学位后可以行相当于副教授（即目前的 maître de conférences）的教职权。该国家博士制度于1984年废除。1984年取代这两种博士学位的是（docteur nouveau régime，新改革制度博士）新博士制度，一般学制为4年制（改革的目的是区别于仍存在数年的国家博士学位，并已经提交国家博士论文主题的原已注册国家博士的博士生）。这项改革是为了与称为博士的盎格鲁撒克逊博士（PhD）保持一致。但是在盎格鲁撒克逊国家，您可以成为拥有博士学位的大学教授，而在法国，除了博士学位之外，还必须具有监督研究（相当于博士导师文凭，HDR）的资格才能成为教授。

四、践与行

先生在法国的大学学习汉语、越南语、哲学和法律后毕业。从1951年开始到1965年重返巴黎的整整15年中，先生的足迹踏遍包括柬埔寨、越南、朝鲜、缅甸、泰国、印度尼西亚、印度、锡兰、斯里兰卡等东亚与南亚国家及地区。在此期间，先生对这个在全球最具有活力的西太平洋地区文化的整体性与多样性进行了分析研究，实地考察。先生不认同有些法国汉学家的做法："我并不赞成有些法国汉学家只从书本上了解中国的'教条式'研究方法，比如法国某些汉学界老先生，他们研究古代的中国文化，但是他们不太会说中文，往往只看书本，缺乏与中国人的直接接触。我当时渴望到香港实地生活于中国人中间，我认为要真正理解中国的思想，只有与他们共同生活，才能体会其喜怒哀乐。而且我以为，只有了解古代中国文化，才容易了解中国当代文化。"

先生在远赴远东地区、汉文化圈国家工作过程中对有关中国文化阶段性和地区性问题进行思考，构思他的新著，持之以恒，从未停止。在先生代表作《新汉文化圈》一书中，先生根据在东南亚各国的考察与工作实践，特地撰写了他的研究心得，以及崛起于20世纪地平线上的汉文化圈在政治、经济和文化上带给整个世界的意义。先生在该书前言中注明，这本书是于1984年在东京日佛会馆工作期间写成的书，距离先生最初去越南工作已有30年。

先生晚年常兴致勃勃地谈起他去印度、中国香港与当地民众共同生活的趣事。那些居民鲜活的面容给他留下深刻印象。他们生动的语言，让先生深刻体会到长期受中国传统文化、受儒家思想影响之人的情感，获取了直接的感性认识，搜集到大量第一手资料。他后来还接触到新加坡以及中国的台湾、香港等地民众。

按《新汉文化圈》一书译者陈彦先生的说法："在作者看来，这一文化区域各国无论政治制度如何不同，经济发展水准怎样悬殊，但在历史上都属于中国文化的影响范围，尽管影响——用作者的话讲，叫作'汉化'——程度有深有浅。"（笔者注：请注意，不是"汉字化"，而是"汉化"，含义更广。）而他们"都有一个共同的文字基础——汉字"。先生曾经自问："作为法国学者，能否理解另一种文化?"按西方研究历史的学者的"问题意识"（problématique），在《新汉文化圈》一书中，先生曾假设中国文字的起源是占卜。他还问道，文化的精髓到底是什么？东西方的文化差异造成东西方在思维方式、语言结构、价值取向、社会组织形式等各个方面差异巨大的核心因素究竟是什么？等等。书中，先生十分强调汉字的重要意义，他认为，汉文化诸国之间不同的文化特质都深深嵌刻在一个共同的心态基石之上……这一共同的心态基石，就是普遍运用于汉文化圈各国的汉字（汪德迈著，陈彦译：《新汉文化圈》，2007 年，第 93 页）。先生说："中国文字不同于西方人所熟悉的拼音文字，主要区别是它的表意性。"

图 3　2013 年 7 月 24 日去汤一介、乐黛云家拜会，左起：金丝燕、汪德迈、汤一介、乐黛云

先生指出，汉字系统与苏美尔及埃及文字的重大区别是，苏、埃文字仅仅是一种书写文字，而汉字则兼有书写系统和真正独立的语言系统的双重性。先生又论，中国文字起源于占卜，那么文字怎么表达？中国文字的作用是用占卜的语言记号来记录，再进行沟通。中国文化以表意文字为载体，根植于占卜学与《易经》，而西方文化则以表音文字为载体，源于神学和《圣经》。文字系统的差异造成东西方思维方式、价值理念的不同，并最终推演为完全不同的两种文明形态。先生认为，儒家伦理是某种人道主义，而这种人道主义与西方文化中的人道主义有很大反差。这种反差体现为，两个世界中的个体在面对其所属的各个群体时有不同的行为变化。儒家思想根植在人们心中，原因在于，在汉文化诸国中，它为社会秩序提供了一种方法。儒家思想对社

会结构的认识是建立在自然界宇宙观模式之上的，即自然界的有机运行依据阴阳五行和季节的规律。这一认识促使人们在权力机构的复杂性中寻找它自身的平衡点。先生把日本、朝鲜、新加坡、越南等国的经济与政治发展放在历史和文化的整体背景下去思索，分析了汉文化圈各国在历史进程中的成败得失，并指出，现代化不是只有西化一条路可以走。

先生预见到了儒学在世界未来文化中的地位。他展望了从未在西方传统中出现过的集体主义（la communautarisme）、礼治主义（le ritualisme）、功能主义（le fonctionualisme）等词的参照系统对于汉文化圈今天与明天的意义。① 对于汉文化圈和西方文化的将来交往，先生相当乐观。他认为，汉文化可补西方文化之缺，西方文化也可补汉文化之缺。至于冲突，则可通过国际间越来越多的多方协调机构解决。先生的治学模式与考证方法均师承法国汉学大师伯希和、马伯乐、戴密微等人实证派的研究体系。

在先生晚年，他依旧保持年轻人的朝气，老当益壮，精神矍铄。

2018年4月，中国学界朋友们对法兰西学士院通讯院士、国际汉学大师汪德迈先生发出盛情邀请。经过他们周密的安排，我陪同老人，欣然从法国启程，开启了一个90高龄老人的中国巡回学术演讲之旅，创下了奇迹。先生此次巡回演讲的单位包括中国国家博物馆和郑州大学、郑州成功财经学院、中山大学、福建师范大学、福州大学、山东大学和南京大学，还包括慈云寺、河南省文物研究所、中山大学饶宗颐研究院、广州市饶宗颐学术艺术馆、江苏省中国画学会、南京师范大学美术学院徐培晨教授工作室等单位。汪教授所到之处，无不受到热烈欢迎。4月19日，他在中国国家博物馆做了题为《中西艺术的差异与相互影响》的演讲。

4月21日，在杜甫故里河南巩义，先生出席由郑州大学文学院副院长刘志伟教授主持的“诗圣杜甫与中华诗学”国际研讨会，做了题为《试论中国唐代诗人杜甫与法国中世纪诗人法朗索瓦·维雍的风格比较》的演讲。在研讨会闭幕发言中，先生说道：“中国文化是世界上现存的最古老的文化之一，它以无比辉煌的魅力继续影响着世界。我一生中有运气能与中国文化结缘，以90高龄得以继续研究中国文化，这得益于我的中国老师——刚刚去世的著名国学大师饶宗颐先生，我热爱中国文化!”先生还在郑州大学文学院做了《欧美汉学研究》的学术报告。

① 汪德迈著，陈彦译：《新汉文化圈》，南昌：江西人民出版社，1993年，第118—119页。

图4　2018年4月19日，中国国家博物馆学术研究中心负责人朱万章（左一）主持汪德迈教授在该馆的讲座《中西艺术的差异与相互影响》，汪德迈（左二）、李晓红（左三）、国博讲堂负责人宋亚文（左四）在座

图5　2018年，郑州大学文学院刘志伟教授（左一）主持汪德迈教授（左二）在郑州大学的讲座

4月27日，先生在中山大学中文系“名师讲坛”做了题为《中国表意文字的来源——占卜学》的演讲，中文系系主任彭玉平教授主持。先生谈道：“最古老的汉字是在占卜的材料上被发现的，这绝非偶然，说明中国的先人们在史前时期就创造了文字，它是被占卜者发明，被占卜者占卜所用。”先生在该校外国语学院做了《中国第一次文化革新运动：谈孔子对中国文化的最大贡献——私人著书》的演讲；还在该校博雅学院、人文高等研究院做了《马、恩的“亚细亚生产方式”以及古代中国生产方式的特殊性》的演讲。

图6　中山大学中文系彭玉平教授特地献上为汪先生90寿诞所撰所书寿联

5月3日晚，先生在福建师范大学文科楼102教室做了题为《论庄子：从道教和佛教思想说开去》的演讲，福建师范大学文学院欧明俊教授主持，教室里挤满了福州当地前来的各校师生，先生与在场的师生进行了热烈的讨论。5月5日，先生在福州大学做了《中西艺术的差异与相互影响——浅谈中法文化交流》的讲座。

5月8日，先生还受到山东大学国际汉学研究中心郑杰文教授的盛情邀请，在山东大学国际汉学研究中心给博士研究生们做了题为《中国表意文字的来源——占卜学》的演讲，我与欧明俊教授陪同先生前去。

图 7　先生和福建师范大学文学院欧明俊教授以及他的学生们在一起

图 8　山东大学国际汉学研究中心主任郑杰文教授主持为汪德迈院士颁授山东大学顾问教授荣誉证书仪式（曾凡朝摄）

先生最后一场演讲是在南京大学进行的，南京大学范重来校长助理宣读了南京大学授予汪德迈先生名誉教授的决定并颁授聘书。南京大学文学院院长徐兴无教授主持了5月11日的大会。

图9　南京大学文学院刘重喜教授（左一）、徐兴无教授（左三）、汪德迈教授（左四）和李晓红（左二）在该校别致的演讲海报前合影

徐兴无教授说：“今天，我们在座的人很荣幸见到法国总统马克龙今年年初在西安演讲时提到的一位法国著名汉学家——汪德迈先生。他以90高龄开始学术与人生的一次壮举，从今年4月中旬开始，汪教授壮游中国，纵横南北，今天是他这次壮游的压轴演讲。”张伯伟教授主持了先生的演讲《中国表意文字的来源——占卜学》。先生向在场师生介绍了他集毕生心血精力完成的《中国思想的两种理性——占卜与表意》一书的精华，先生研究中国文化的执着精神感动了在场的中外学者，他的演讲在师生们热烈的掌声中结束。

先生以90高龄开始的这次人生壮举，从2018年4月17日开始至5月14日结束。他欣喜地与中国师生进行面对面的深入交流，了解到中国大学师生对他作为一位法国汉学家对中国文化思想理解的反馈，先生以他的身体力行浇灌着中法友谊之花。

五、寻根

据先生口述，20 世纪 60 年代，他去过两次中国。第一次，是中法建交当年即 1964 年的 7 月，按他的话是他自己一个人去观光的，时间约 1 个月，去的目的地之一是苏州，造访苏州盆景园。据周瘦鹃先生 1964 年 8 月 16 日发表在香港《文汇报》新风副刊上回顾先生此行的文章《欢会西茵河畔客》介绍，当时，苏州市人委交际处特别请著名作家周瘦鹃先生接待先生，说有一位法国朋友到了苏州，慕名要来拜访；他是文学家和研究中国历史文化的著名学者，曾当过大学教授，能说中国话，能读中国文字，能讲出苏州历史人物“吴王阖闾”、伍子胥等名字来，听他说此来主要是请教中国的盆景和插花艺术。先生在园内受到周先生和职工们的热烈欢迎。周先生致欢迎语说：“我们两国建交以来，您是第一位到苏州来的友好使者，不用通译，可以直接交谈，实在使我兴奋得很，但您怎么会知道我而惠然肯来呢?”周先生文章继续写道：“汪先生微微一笑道：我先前读了您的文章，记住了您的名字；最近在广州又读了您新出版的一本《花弄影集》，这才驱使我到苏州来登门拜访了。”先生说明了自己前来请教的目的：“我为了要给我国研究院写一篇关于‘插花’的文章，请您谈一谈中国的插花艺术。”周先生欣然与先生谈到中国明代袁宏道的《瓶史》，谈到日本人创造的“宏道流”插法的隐喻等。他说，这种插法就是把花枝剪成上、中、下三个部分，喻“天、地、人”。周先生说：“据我瞧来，倒是十分自然的。”先生在小本子上不停地记录后说，这次自己看到了中国，去了广州、上海、杭州和苏州，下一站去北京。先生表示，回去后要写一部书，名叫《东游记》。周先生回复道：“很好很好，我祝您成功!”

1959 年，先生出席日本汉学研究大会，并用日语做学术演讲《中国“插花”艺术》（*L'arrangement de fleurs en Chine*）。后来他修订过的长达 62 页的法文长文《中国“插花”》发表于吉美博物馆《亚洲艺术》1965 年第 11—12 期，该文和 1965 年先生至东京国际展览中心（Kokusai tôhôgakkai gakushi kai-gi kiyô）所做的学术演讲《明代袁宏道〈瓶史〉中的文学创作思想》都嵌入了先生去苏州盆景园考察后对中国插花等问题的重新考量。

据先生说，另一次赴华，也是在 1964 年，是他与夫人李氏子去广东潮州寻根，找李氏子曾祖父母曾经居住过的村子。先生记得他们是从香港入境，

图 10　2019 年 3 月 30 日，先生参加法国阿尔多瓦大学文本与文化研究院、索邦大学远东研究院联合主办的“中西方诗画会通研究：文字与图像的交叉启示”国际学术研讨会，和与会学者于巴黎法国国家艺术史学院内合影

去广州是坐公交汽车去的。可是到了潮州，先生只记得越南文的村名，不知道中文名字，最终没有找到曾祖父的村子，只找到曾祖母的村子。我曾问他，村子里还有她家的后人吗？先生回道，没有了。先生告诉我，他们都是非常穷的老百姓，是穷人，以为出国移民到西贡，就可以发财了。先生后来曾经带着女儿尚达尔和 2 个外孙、1 个外孙女及他们的孩子几次回到中国。

先生的脚步最后一次踏上中国大地，是 2019 年 12 月底，至 2020 年 1 月 4 日，他带着一个特殊的家庭旅行团（22 人）赴上海与苏州，去寻访家族血脉和中国文化的渊源。这个团包括 6 个未成年的第四代孩子在内，其中最小的孩子只有 3 岁，团员之间年龄最多的相差 88 岁。原来他们都与中国有着血缘关系，孩子们已经离世的外曾祖母就是一位生活在越南、祖籍广东潮州的中国知识女性。李中耀与我有幸受先生邀请，陪同他们一起去中国，见证了这位称自己是中国女婿的法国汉学家的这段中法家国情。他把毕生精力献给法国的中文教育、中国学术思想研究的事业，在他即将到来的 92 岁生日之前，决定带自己四代同堂的家人来了解中国、体验中国文化，给孩子们讲中国故事，进行中国文化的熏陶。先生用这种特殊的方式表达他对中国的热爱，对学习和研究中国文化终生不渝的信念与希望文化传承的愿望。就在逝世前不久，先生还对我说："如果还有机会，我还要去中国!"

六、师承

谈到先生在法国汉学界乃至世界汉学界的贡献，他取得的学术成就，离不开他的法国老师戴密微的指引与多次去远东地区与汉文化圈国家的经历，也离不开他的中国老师饶宗颐对他在中国文化精华方面的传授与影响，还有给他以深厚学养和汉学基础的日本汉学界老师的教导。先生在《饶公选堂之故事》一文中这样谈到他的老师们："对于一位青年学生而言，一生最大的荣幸莫过于能受教于一位德高望重的大师。我作为一位汉学研究者，年轻时曾有幸师从三位杰出的学者，其中包括巴黎学者保罗·戴密微（Paul Demiéville）、京都学者内田智雄（Uchida Tomō）及香港学者饶宗颐先生。如今，三位学者中仅饶公仍健在，并在国际上享有极高声望，仍然活跃在世界汉学研究舞台上。虽然，对于他们三位我均怀有无比崇敬、感恩的心情，对另外两位老师的崇敬和追忆对我同样弥足珍贵，每每想起，难以忘怀。但事实上，在与三位老师的交往中我与饶公的关系最为亲近，他也是唯一一位至今我能与之见面并继续合作的导师。因此我将讲述他的故事。但是，在讲述饶公的故事前，我要在文章的起首处，向已故的戴密微先生和内田智雄先生致敬。在我看来，这两位学者绝不逊色于饶公选堂。"这三位在国际上享有极高声望的学者如今均已仙逝，他们在汪先生人生的不同阶段分别指导过他。先生始终对他们怀有无比崇敬、感恩之情。这几位老师对汪德迈学术思想的形成与道路的选择曾起过决定性的作用。

（一）与日本汉学界诸位老师之渊源

在日本的三次求学和工作期间（1959—1961 年，第一次赴日本京都留学；1964—1965 年，第二次赴日留学），先生师从日本京都大学吉川幸次郎（Yoshikawa Kojirô）、小川环树（Ôgawa Tamaki）、重泽俊郎（Shigezawa Toshio），1964 年重返京都日本同志社大学（Université Dôshisha），师从内田智雄等教授。后来经过回法国在高校任职（1966—1973 年，在南法普罗旺斯大学任中文教师；1973—1979 年，任巴黎七大系中文系系主任）之后，1981 年，先生再次赴日，在东京日佛会馆（Maison franco-japonaise，1981—1984 年）工作，任馆长。先生屡次跟我谈到他师从日本老师们的经过与在日跟他们分别学到的学业成果。首先谈到的是与吉川幸次郎先生的师生渊源。先生谈道："吉川幸次郎认为文学是一切学问的基础，进行学术研究应从文学入手，饶公对此深表赞成。""我跟吉川幸次郎先生学中国文学和中国思想史，最主要的是学《史记》。跟小川环树先生学中国古典文学与散文。师从白川静先生，注重他学术学理的研究，学习他用考古类型学的比较方式、对出土品和传世品的器物器型、年代比较、铭文等进行的比较研究；在诗学方面学习他的历史学、民俗学和比较学角度的研究方法。我跟重泽俊郎学习中国思想史和哲学，主要是战国思想史和诸子研究。"

至于谈到先生的重要著作，他于法国高等实验研究院的毕业论文《法家的形成——古代中国特有的政治哲学形成研究》中，先生回忆起日本学者木村英一对他的极大的影响。他说，这本书"实际上就是在 1960 年前后于日本期间开始写作的。当时日本基本没有关于先秦时代思想和历史的书籍，这些内容只有于中国哲学常识的书里会有介绍。中国学者对道教、佛教很重视，但对法家和墨子的学说不太重视，没有专门写法家的著作。而日本学者对这些小的学派很有研究，日本大阪大学的木村英一就是其中之一。我非常尊重他，虽未曾谋面，但读过他很多著作。除了他获得博士学位的《老子の新研究》（创文社，1959 年），还有《法家思想の研究》，这是我《法家的形成——古代中国特有的政治哲学形成研究》一书写作的主要依据。在法国，我于巴黎索邦大学读法学时，就想到过写中国法家这个题目。同时，作为著名的中国哲学研究学者的木村教授，他的哲学思想也对我此书思路的形成有深刻影响。我的论文从法家研究开始，扩展到中国法律、政治制度研究，其中还包括哲学"。先生虽然没有听过他尊为日本大师的内田智雄先生的课，但是他却非常执着地参加内田先生与他的学术同伴们的"工作坊"讨论，时间长达近 1 年。这个研究课中对中国刑法与法律方面的学识讨论对先生影响极大。先生读过很多日语的日本研究中国古代法家的书，加之他在法国学习过的法学基础知识，以及受木村英一与内田智雄学术思想的影响，成为先生起意撰写法家这个主题的论文的缘由。当我们（欧明俊老师和我）问到先生"是日本的汉学更强，还是法国的汉学更强"的问题时，先生这样回答："我可以肯定地说，日本汉学远远超过法国的水平。"当然，从先生家中日本学者精装著作的收藏数量和先生对这些书的珍爱程度，包括《史记会注考证》《大汉和辞典》等，足以见到先生对日本汉学学者极其敬重的情感，而日本学者敬畏学术的态度、严谨的治学方法、他们对中国文化深爱的情怀都深深影响了先生一生。

图 11　1976 年在巴黎戴高乐机场迎接饶宗颐，左起：侯思孟（Donald Holzman）、饶宗颐、戴密微（Paul Demiéville）、汪德迈

（二）戴密微与汪德迈的师生情

记得先生不止一次谈到戴密微对他的教诲，不仅教了他中国文化的知识，还为他树立精神上的榜样。

先生 1945 年在法国国立东方语言文化学院（巴黎）读书时，戴密微正在那里执掌中文教席。那时第一年学中文的学生很少，只有六七个人，即便这样，戴密微却很吃惊，他幽默地说："你们人太多了。"第二年，东语的课就不是戴密微教了，他被法兰西学院（Collège de France）聘为教授做研究，同时为该院开的"汉学讲座"授课。法兰西学院 200 年的"汉学讲座"史上，前后有 12 位汉学家分别执掌教席。戴密微先生的老师沙畹（Edouard

Chavannes，1865—1918）先生是第四位。沙畹先生曾有 3 位杰出的法国弟子：伯希和（Paul Pelliot，1878—1945）、马伯乐（Henri Maspero，1883—1945）、葛兰言（Marcel Granet，1884—1940）。他还有外国弟子，其中之一就是瑞士籍戴密微（后加入法籍，1894—1979）。1946 年，戴密微接替马伯乐执掌法兰西学院“汉学讲座”教席，他是第六位执掌教席的教授，一直到 1964 年退休。

戴密微最重要的弟子有三位：侯思孟、谢和耐和汪德迈。因此可以说，汪德迈是沙畹的再传弟子。自设立“汉学讲座”200 年来，法国汉学界特别是法兰西学院“考据派”的汉学研究取得诸多成果。

1955—1956 年，先生先在河内法国中学任教，后因当地成立新政府，先生卸职后被河内的法国远东学院（EFEO）聘为研究员。戴密微领导远东学院汉学研究，成为汪德迈的指导教师。1958 年 5 月，先生原在结束越南工作后申请去中国，因政局变化被拒。先生回到法国，至法兰西学院，随戴密微研究汉学。12 月，听从戴密微建议，留学京都大学，从此开始了 1958—1961 年的赴日留学生涯。

后来，先生一直在法兰西学院听戴密微的讲座，开始了解他的汉学思想。后来先生去日本工作，常常一从日本返回法国，就去听戴密微先生的课。戴密微治学范围很广，他在法兰西学院主持讲授佛教文献学、中国语言文学，授课内容讲得比较多的是文学、诗歌、中国文学批评史和佛教研究。他还有一个人文科学的课题是：“清代的几位思想家”，专门力挺例如清代史学家、思想家章学诚这样的中国学者，他的多种课程中还有一门课讲授庄子。先生记得有一次上课，他运用佛教的观点和概念来分析解释中国文学批评中的现象，观点新颖、与众不同。因为戴密微学过梵文，他的梵文功底很好。他研究的与先生研究的不是一个领域，戴密微重点研究佛教和文学，而先生研究的主要是中国的思想史和中国的哲学，还有中国的法学，比如中国的政治制度、法律、历史等，他们所感兴趣的学科研究领域不太一样。

1958 年先生结束在越南的工作之后，原本就想去中国内地，但当时去中国内地有进出不便的问题，后来先生又想去香港，戴密微认为香港是一座商业化城市，学习气氛不浓，所以戴密微推荐先生去了日本。于是先生被戴先生派往京都，在那儿工作了 3 年（1958—1961）。当先生从日本回去的时候，饶公已经给戴密微先生寄去了他的两卷 1959 年香港大学出版的关于殷代贞卜人物研究的经典著作。这些书籍的问世，更让戴密微先生感觉到必须要马上培养一位年轻学者。事实上，当时在欧洲还没有人从事这方面的工作。于是戴先生派先生去香港跟饶公学习，让饶公就甲骨文研究对先生进行启蒙教育。这就是他在香港作为饶公学生学习（1962—1964）的最初原因。

先生曾经谈到戴密微先生懂得多门外语的事。他原籍是瑞士，他会意大利文、法文、德文，很自然，瑞士本身就是拥有多种语言的国度，这几种语言他都说得很好。因工作关系，他还学了英文。由于他的夫人是俄国人，所以他又学了俄文。后来他还学了梵文、藏文。1921 年他去中国工作，由于工作需要他得懂中文，所以他学了中文。他还因去日本工作，学过日文。后来他在东方语言学院执掌中文教席，成了中文教授。他对中文的文言文比对白话文更了解。他曾经在 1921 年 6 月至 1922 年 1 月第一次赴华，受法国远东学院派遣去北京考察过。他的学生谢和耐先生的回忆文章里曾讲过，戴密微第二次去中国，是在 1924 年，戴密微先生去厦门大学任教，教授西方哲学、法文、印度文明和佛教史。戴先生关于福建特别是鼓浪屿的话题给先生留下很深的印象，以至于后来先生去中国时，还专程去过鼓浪屿。2018 年 5 月，先生应学术研究伙伴欧明俊教授与他工作的福建师范大学文学院领导的邀请，再度访问福建，去了福建师范大学和福州大学访学，这些都是因为先生的恩师戴密微教授和朋友施舟人先生曾在八闽大地工作和生活过，给先生带来美好印象的缘由所吸引的。先生像他的老师戴密微先生一样，懂 9 门外语。在中学时代先生学过希腊文、拉丁文、德文，除去母语法文，他还不同程度地掌握了中文、日文、韩文、越南文、梵文、英文等语言。这使他具有宏观的视野，为未来研究多国多语种文化与汉学的规律、成果形态与社会功能提供了极好的条件。

在法国，对敦煌材料的研究是从戴密微、谢和耐和苏远鸣等先生开始的，对敦煌材料的深入研究则与饶宗颐先生紧密相关。先生的补充研究说，法国敦煌学家当首推伯希和，他把材料带到法国后，已经开始敦煌学研究，但其中最重要的工作就是编目。第一代研究敦煌学的是戴密微先生，是他开始做编目的，以后他就和谢和耐、Michel Soymié 先生（也是先生的朋友）一起做，还有一位法籍华裔学者吴其昱（1915—2011）。吴先生是法国国家科学研究中心（CNRS）的敦煌学以及俗文化的研究专家。

1965 年，戴密微以法国国家科学研究中心名义邀请饶宗颐至巴黎，帮助整理和研究敦煌手抄本卷宗，校勘敦煌曲子，兼为《敦煌白画》搜集资料。先生获准任饶宗颐助手，饶宗颐此行住先生家中（1965 年 12 月初至 1967 年

图 12　2019 年 3 月 27 日，先生参加法国阿尔多瓦大学文本与文化研究院、索邦大学远东研究院联合主办的“中西方诗画会通研究：文字与图像的交叉启示”国际学术研讨会，和与会学者于阿尔多瓦大学文本与文化研究院前合影

8 月末）。戴密微先生事务繁忙，不能亲自陪伴饶公，所以委托先生负责饶公的一切事宜，并陪伴他。先生于 1966 年 1 月向饶公介绍了霞莫尼（Chamonix）的高山自然景观，这深深触动了饶公的绘画灵感。在 1966 年 8 月前后，饶宗颐第一次亲睹雪山美景，触动灵感。晚宿旅馆，谈论诗歌。先生向饶宗颐介绍法国诗人兰波（Rimbaud），饶宗颐极为倾慕，不少诗因兰波诗《醉舟》而得到灵感。饶宗颐此行依谢灵运诗韵作诗 36 首，结集为《白山集》。戴密微英文赋诗题于卷首：“儿时闲梦此重温，山色终非旧日痕。爱听清湍传逸响，得从峻调会灵源。”3 月，饶宗颐于香港自印《白山集》线装本。

1966 年 8 月 7—13 日，饶公应戴密微之邀去他的故乡庄山（Mont-la-ville，这一地名，饶公译为市山，而在戴密微的书中则译为庄山）时创作了诗集《黑湖集》。“黑湖”并不是位于乎日山脉的地理学概念上的“黑湖”，而是在马特洪峰（Mont Cervin，德文译为 Mattehorn）脚下的小湖泊，饶公为它取名“黑湖”，是为与其《白山集》中的“白山”相对应。《白山集》描绘了冬日于法国一侧的阿尔卑斯山脉，而《黑湖集》刻画的是夏日瑞士一侧的阿尔卑斯山脉。2006 年 11 月，先生为了向老师饶宗颐贺 90 高寿，特地再版法文版《黑湖集》，新版改名为《黑湖诗》（*Poèmes du Lac noir*）。汪德迈特撰前言道，饶公的画领略了谢灵运的山水诗境界，突显了西方景致的诗情画意。饶宗颐的中文诗原作、书法书诗与戴密微法文译本的交集，足以显现中法之间文学与艺术的互融与互通，在中法文化交流史上传为一段佳话。

图 13　饶宗颐作诗、戴密微译为法文、汪德迈作序的《黑湖诗》封面，法国远东学院出版社出版，2006 年

（三）饶公与汪德迈的师生缘

先生与饶公相知相交逾半个世纪。作为法国顶尖的汉学家，先生与饶教授 50 年来亦师亦友、合作无间、情长笃至。饶公在巴黎从事研究时，曾几次住在先生家，两位前辈学者早年曾同游印度及亚洲各地研究当地之文化历史。他们之间深厚的学术情谊，一直是世界汉学界、中国学界广为人知的佳话。

先生曾在 1962—1964 年期间被戴密微先生派往香港大学学习，师从饶宗颐。汪教授特别谈到饶公曾慷慨地帮助了包括他在内的众多外国汉学学者。他满怀深情地说："在香港期间，我一方面在香港大学听饶公讲《文心雕龙》的课，一方面每周去他家里，得到饶公单独为我和另一名印度学生在家中讲解《说文解字》的特殊优待。我深知对于一位研究者来说，他的时间是多么宝贵，饶公当时有很重要的工作，他自己的时间都不够用，但是他从不吝惜时间，为我们这些前来求学的外国学生上课和答疑。"两位学术巨人结下的深厚跨国情谊，不断结出中法友谊的硕果。2021 年 12 月即将获得法兰西学院铭文与美文学院"汪德迈奖"的法国远东学院前一任驻香港代表、现任利氏学院院长的劳格文先生（John Lagerwey）就是一例。

在谈到饶公对先生的影响时，先生谈道："饶公对我最重要的影响是古典学，我认为'最重要的'这几个字应该这样去理解：因为我跟饶公研究《文心雕龙》时，我明白了一件事，中国的思想家没有特别的哲学理念。在中国，思想是用文学的方式表示的，哲学是西方人的概念，中国人不用‘哲学’的概念。那个时候，中国当然也有思想家，但没有与西方一样的‘哲学’观念。比如，我举一个例子。在《文心雕龙》里的一篇文章，第18篇，叫《论说》，在法国、在西方，一定把它算在哲学范畴，可是在中国却算是文学范畴里的。我非常喜欢这一方式的解读。”

先生对中国的文学和西方的哲学的解释是：中国文化的基础是“文”，西方文化的基础是宗教，宗教之后是哲学，不是“文”，“文”只是第二位的，在中国是第一位的。饶公是一位文学家，因为先生很爱他的老师，所以他清楚地知道中国的文学家是什么样的，他们与西方文学家不一样，比西方文学家高明得多……饶公是思想家，他用文学表达自己的思想。所以先生明白，在中国，“哲学”的表达形式与西方的是不一样的，应该说实际上比西方人的“哲学”理念影响更大。中国文学比西方文学更讲究、更细腻。因为中国文学的工具西方是没有的，再就是中国有表意文字，而西方没有表意文字，这一点很重要。中国还有书法。

先生说：“跟饶公学习了《说文解字》，学习了对表意文字的分析，而正因为我是外国人，所以我会提这样的问题：‘为什么中国有表意文字？’而中国人则不会提这样的问题，他们自然而然地用着表意文字。那么我的问题也就考虑得更远，与占卜有关系。在中国，文化的基础不是宗教，是占卜学，这是我个人的看法。当然，饶公对此也有研究，不过他的研究属于表意文字的范畴。”

饶公与汪先生的学术交往，曾深深影响法国汉学界。1987年9月23—25日，先生出席在法兰西学院举行的由Anne-Marie Blondeau、施舟人主持的“论‘礼’之II：法国高等实践研究院百年纪念”研讨会。饶公的重要著作《由出土银器论中国与波斯、大秦早期之交通》发表在此次会议的论文集里，先生专门介绍并翻译了饶公的文章。先生曾在《饶宗颐先生的典范作用》一文中说：“饶宗颐先生是中国当代社会一位百科全书式的学者，他几十年如一日地辛勤耕耘，遂能在人文领域里写下鸿篇巨著，誉满寰宇。在当代中国文化界，饶宗颐先生是一位继承传统、承上启下、开辟新路的典范。有很多人语言掌握得不少，但是目的只是交流。饶宗颐先生既不会说德语，也不会说英语。然而我感觉，他不需要会说很多种外语，也不需要说得很好，他的睿智超越众人，他能很快进入‘文化语境’。因为他有一种意识——一种文化意识，他懂文化，只要看过，即刻明白，且非常深刻，甚至不需要专门为他解释。比如，他跟别人去看法国远古时代的拉斯科洞穴壁画，他马上能看明白那些画的意义。他对于史前文化的敏感、对史前艺术家所做的艺术品的品质和绘画语言的审美一目了然。饶公的认识超越很多专家。法国有很多史前史的学者去看过，然而对史前画深度的了解有的却不及饶公。包括去卢浮宫参观西洋绘画，他马上能够看明白西画的意思。正如《老子》所言的道理，可以说明的'道'不是真的'道'，同样，不必用语言来解说的文化才是真的文化。饶宗颐先生明白真的文化是什么，他的思维是一种思辨的思维。"

他还说："饶宗颐先生崇高的人格不只是会影响 20 世纪，他永远是我们的榜样。当我们想到伟大人物时，我们通常想到的是伟大的政治人物。例如在 20 世纪，我们想到的是罗斯福、斯大林、戴高乐和丘吉尔等人。我认同他们是伟大的人物，但我认为我们不谈论饶宗颐先生是不行的，饶宗颐先生对我来说比其他人更重要。他的重要性不在于政治方面，而在于文化方面。因为恰恰只有文化的力量可以穿透几个世纪，而政治家们的存在只存在于他们所生存的那个时代。"

图 14　2017 年 6 月 25 日，汪德迈在法兰西学院接待饶宗颐，香港大学饶宗颐学术馆提供

饶宗颐与汪德迈之间长达半世纪特殊的师生缘和中法情让所有中国学者与法国汉学界学者都肃然起敬。饶公在 2017 年最后一次来巴黎的第三天，即

6月26日，与他的家人、朋友和学生一行20余人重游巴黎南边被汪德迈教授称之为法兰西文明摇篮（有些地方称之为法兰西教育领域的摇篮）的皇港修道院（Abbeye du Port-Royal des Champs）之时，饶公得意弟子郑炜明、李中耀和我有幸作陪。两位蜚声中外的“师生”这一天“小学校”的重游，见证了中国驻法大使翟隽强调的中法两国在文化上的“相互理解，相互欣赏，相互吸引”以及“两国文化互学互鉴”的道理。

七、师恩重如天

去过汪先生家的朋友都知道，在他客厅的主墙面上有一副行书对联：“时时与君子共游处”（上联），“事事以古人为导师”（下联）。这是先生2005年4月21日请中耀书写的，主墙面上还有一幅先生另请中耀给他画的水墨画。中耀来法多年，风格已变，这幅画已经不是纯粹中国古人文人意味的水墨画，虽然用的依然是宣纸、水与墨，但却有着一种既有中国文人水墨意境又有西方风景画（丙烯材料）中西合璧风格的黑白作品（法国画界称Lavis），先生很喜欢艺术，他的观念很开放。黎教授认为，用的是源于《易·系辞上》之“君子之道”的内涵，反映了汪先生之“君子人格”“君子处事”与“君子志趣”的精神追求。赖教授解：“时时与君子共游处”，游为出游、处为家居，借指相处，彼此生活在一起；也可指交游、来往之意。赖教授认为，以上联句并无明确出处。汪先生以古人为师，他与君子相交，真“谦谦君子”也，实为“学人”之师、“汉学”之镜子，不愧为“法国汉学大师”。此对联反映了汪先生“治学”和“做人”的价值取向，实乃他的“座右铭”。先生如此巧妙地通过书法对联及中西合璧风格的水墨画，与自己所在之西方地域以及所追求的中国“礼仪”

图15　欧明俊于2019年3月24日赴汪德迈府上拜访，左起：欧明俊、汪德迈

精神融为一体。

20 多年间，先生为我主持及参与主持的国际研讨会论文集以及与夫君李中耀合作的 6 部著作撰写前言或作序，如《神龙——中国古代龙图像起源》（友丰书店，2000）、《中国绘画介绍系列丛书》（植物、花卉，卷一，2003；动物、昆虫，卷二，2007）（Méta Éditions 出版社）、《世界幻想动物图像及图形文字的创造》（友丰书店，2013）等书。先生多年来常与我和中耀交流、讨论中国文化与艺术的意境、中西文化中文化与艺术的异同与优劣等问题。2021 年 8 月，中耀水墨画作品《海与火》在法国唯一的官方沙龙海洋沙龙获得二等奖。李中耀今日的成绩与先生多年来的指导、鼓励与关心是分不开的，我们将牢记先生的教诲，为中法文化交流做出自己应尽的努力。

图 16　2005 年 4 月 11 日，先生与李中耀对中国画意境与画法进行探讨，指导李中耀的作品

结　语

先生曾打了个比方，就好比我们在爬山，我们爬的是人文主义（Humanisme）的山，是同一座山，但是是从不同的两侧上山。中国文化可能是从南方上来的，法国文化可能是从北方上来的。等攀登到顶峰后大家就明白了，目标一样，都有一样的价值，都一样地宝贵。就好似从山的两端攀登同一个

峰顶，路途不同，方式也许也有区别，但“殊途同归”。因为我们研究的是文化，尽管不同，但理念一样、目标一样。所以欣然走到一条路上，登上山顶，不亦乐乎？

《新汉文化圈》译者陈彦说：“汪先生将一生献给了中国文化，在我看来，他最大的功绩应该是对汉字体系在世界语言文字中的定位。这是中国学者无法做到的，只有西方学者才有这种眼界。但有眼界却不一定有实力，有实力却又未必有这种精诚，汪先生倾其一生之力终于达至金石为开的境界，是汉学的大幸，是中国文化的大幸！汪先生在天国应该可以静静地安顿了！”

2018 年 3 月，好友福建师范大学文学院欧明俊教授提出《汪德迈学术思想研究》的计划，学术访谈录是其中一部分，拟定了《汪德迈先生学术访谈录》访谈大纲，与我商定，由我按访谈大纲采访汪先生，研究计划得到汪先生大力支持。

2020 年，先生将他的中国文化演讲录书稿整理编订任务交给欧明俊教授和我。书稿收录先生最近几十年于中国和法国各高校及研究机构的学术演讲，系统呈现他对中国文化的洞见。编订时，部分文章经我们访谈汪先生，加入他最新思考、修订的内容。我们尽心竭力，做了搜集、编辑、增补注释、核对、校订、文字润色等工作，使其以新的面目系统地呈现于读者面前。附录《汪德迈先生学术访谈录》（部分）和《汪德迈先生年谱初编》。先生看到完成的书稿，感到满意。欧明俊教授与我编订的汪德迈先生的最新著述《中国文化探微》已被收入深圳大学饶宗颐文化研究院组织编纂、由刘洪一教授主编的《文明通鉴丛书》第一辑，先生生前十分关心这部著作，为之付出巨大心血，而此书竟成先生的遗著，令人扼腕痛惜！同时，我们期待中国大百科全书出版社的中文版《汪德迈全集》尽早面世！

先生的溘然长逝，是世界汉学界的重大损失。我们深切缅怀汪德迈先生，其人其作将是留给全世界学术界的精神财富。失去德高望重的汪先生，作为门生后学，我们自当努力，传承先生未竟的事业，走好未来的每一步，让逝者安息。

汪德迈先生精神永垂不朽！

（注：文中部分资料引自欧明俊、李晓红《汪德迈先生学术访谈录》《汪德迈先生年谱初编》《编后记》，摘自汪德迈《中国文化探微》，商务印书馆即将出版。）

作者和译者简介

弗朗索瓦·穆罗（François Moureau），巴黎索邦大学终身名誉教授，法国游记文学中心（CRLV）创始人，曾为索邦大学出版社社长、比利时皇家科学艺术学院成员、北京大学客座教授。研究领域为法国古典主义与启蒙时代戏剧文学、传教士游记文学、手写传播学专家。代表性著作有《鹅毛笔与铅字，启蒙时期的印刷与手写空间》《手写新闻索引，16—18 世纪地下手抄报刊词典》《旅行戏剧》等。

布里吉特·尼古拉（Brigitte Nicolas），洛里昂法国东印度公司博物馆馆长。研究领域是艺术史。

梅谦立（Thierry Meynard），中山大学哲学系教授，博士生导师，中山大学西学东渐文献馆副馆长。主要研究领域为中西思想交流、西方古典哲学、当代新儒家。主要著作有《从邂逅到相识：孔子与亚里士多德相遇在明清》《上川岛，通往中国之门；庞嘉宾关于圣方济沙勿略之墓的报告》等。

沙百里（Jean Charbonnier），著名宗教史学家和汉学家，哲学博士。主要研究领域为基督教史、神学和中国道学，著有《中国基督徒史》等诸多专著。

包世潭（Philippe Postel），法国南特大学近现代文学系副教授，博士生导师。中法图书馆文化共同遗产撰稿人、谢阁兰协会前主席。研究领域为法国近现代文学与比较文学。代表性著作有《赤穗市武士，日本和西方戏剧，小说和电影中的四十七浪人神话》《谢阁兰与中国石雕：考古与诗学》等。

耿昇，中国社会科学院历史研究所研究员，著名翻译家。研究领域为法国汉学。代表性译作有《法国藏学精粹》《中国 5—10 世纪的寺院经济》《鞑靼西藏旅行记》《中国与基督教》《喜马拉雅的社会与宗教》《汉藏走廊古部族》《西藏的黄金和银币》《中国对法国哲学思想形成的影响》《中国社会史》

《丝绸之路》等。

李晓红，巴黎索邦大学远东研究院研究员、香港大学饶宗颐学术馆名誉研究员。研究领域为中国古代龙凤文字与图像、中国书画造型艺术、中国近代留法艺术史、华人参政史以及敦煌学。代表性专著有《神龙——中国古代龙图像起源》。

郭丽娜，中山大学中国语言文学系教授，博士生导师，文学硕士、历史学博士。主要研究领域为中法文化关系史、法国文学和比较诗学、域外汉学。代表性著译有《清代中叶巴黎外方传教会在川活动研究》《广州湾租借地：法国东亚的殖民困境》《法国外交部档案馆藏 1919—1922 年留法勤工俭学文献》。

邹琰，广州大学外国语学院副教授，硕士生导师。主要研究领域为法国文学、翻译理论与实践。代表性著译有《托多罗夫对话思想研究》《让·艾什诺兹》《谢阁兰中国书简》。

程曾厚，中山大学教授，博士生导师，著名翻译家。研究领域为法国文学与比较文学。代表性著译有《雨果和圆明园》《雨果绘画》《雨果诗选》《巴黎圣母院》《语言学引论》。

桑瑞，华北电力大学外国语学院讲师，法国图卢兹大学文学博士。主要研究领域为法国文学与比较文学、欧洲汉学、翻译学。著有《高一志中文作品中的女性形象研究》。

别致，法国西布列塔尼大学文学博士，中山大学中国语言文学系博士后。主要研究领域为近现代法国文学与比较文学。著有《乔·布斯盖书信集：身份与他异性的形塑空间》。

周晓艺，中山大学中国语言文学系比较文学与世界文学方向硕士生。

张浩健，广州外语外贸大学翻译专业硕士生。

致　谢

首先感谢母校中山大学的培养；感谢中文系为我提供良好的工作环境；感谢在学术上一直给予我鼓励的诸多前辈：秦和平教授、刘世哲教授、耿昇教授、刘志伟教授、科大卫教授、吴义雄教授、吴承学教授、汤开建教授、张西平教授、邹振环教授和李雪涛教授，还有我的文学老师程曾厚教授和史学老师刘文立教授……给予我帮助的人实在太多了，无法一一罗列。能够站在巨人的肩膀上往前走，感到非常幸运。

感谢法国人文之家、巴黎社会科学高等研究院、法兰西远东学院、法国国家档案馆、外交部档案馆、海事档案馆和殖民地部档案馆、巴黎外方传教会档案馆和遣使会档案馆等机构提供帮助。

感谢所有赐稿的朋友。尤需感谢弗朗索瓦·穆罗教授伉俪、沙百里先生和李晓红教授。在书稿编辑过程中，每每想起旅居巴黎的日子：去弗朗索瓦家，没遵嘱乘坐巴士，自作主张乘坐地铁，走失在圣—拉扎尔车站，老弗朗索瓦从家中徒步出来找我；沙百里先生擅自带我和朋友进入巴黎外方传教会档案馆库房，被同事投诉。事后我在圣—日耳曼区公交车上与老先生不期而遇，老先生那无奈的眼神……后来他带我去参观巴黎外方传教会后花园，说里面有好几株从中国带回的树种。在里面转了几圈，都没找到，老先生突然想起，“哦，可能是去年修生整理花园时铲掉了”。作为补偿，他讲了一件趣事。法国总理府马提尼翁宫与巴黎外方传教会后花园仅一墙之隔，总理府的猫常翻墙过去捣蛋，不时遭到驱逐。疫情期间，与 80 多岁的老先生在社交网络上互相问候，最近他又慷慨同意翻译和发表他的文章，令我感动不已。李晓红教授是法国著名汉学家汪德迈先生的弟子，情深意重。李老师谈及太师爷饶宗颐先生和先师汪德迈先生时，缅怀之情自然流露于笔端。为求忠于事实，李老师一丝不苟，三易其稿，令人钦佩。

感谢法国朋友罗宾先生（Robin Saby）、布列塔尼史学家雷米（Rémy Le Martret）和他美丽的太太、布莱斯特法国海事档案馆的小老太太馆长。我在布莱斯特调研期间，雷米和馆长太太放弃法国人雷打不动的假期，陪我在档案馆逗留了一天。法国海事博物馆布展思维之前沿、技巧之高超，大西洋的海风夹带着清新的牡蛎味，返航的渔船，海边咖啡馆那条有着印第安名字的大狗……给人留下深刻印象，令人难以忘怀。

最后感谢我的父母和家人。尤要感谢我的父母，是他们给了我人生最宝贵的财富：健康的身心。

郭丽娜

2022 年 5 月 21 日